LA FORCE DU DESTIN

Les Âmes Jumelles tome 3

Cathy ANTIER

CONTENTS

AVANT PROPOS

Ce roman vit dans ma tête depuis des mois. Les chapitres ont été modifiés un nombre incalculable de fois, et je l'ai réécrit tout autant de fois.

Mais la vie n'a pas été tendre avec mois ces derniers mois, et j'ai dû faire face à trois décès de proches successifs.

Tout d'abord ma sœur, qui avait tout juste quarante-et-un ans, et qui a laissé derrière elle un compagnon au bord de la rupture, et trois enfants encore mineurs qui la pleure encore tous les jours.

Puis, six mois plus tard, mon compagnon qui n'avait que trente-huit ans et qui m'a laissée seule pour élever nos trois merveilleux garçons.

Et enfin ma petite maman chérie nous a quittés. Perdant définitivement face au cancer contre lequel elle se battait depuis toutes ces années.

Tout ça en seulement quinze mois. C'est pour cela que ce livre, plus que les autres, a eu du mal à sortir de ma tête. Je pense qu'inconsciemment, je ne voulais pas laisser partir une dernière partie de moi-même.

Beaucoup d'entre vous s'impatientaient de le voir sortir, mais la vie m'a mise une claque monumentale, et je pense que vous pouvez comprendre que j'ai eu du mal à me relever. Alors malgré les aléas de la vie, je vous le livre finalement.

En espérant qu'il vous plaira. Et comme je dis toujours, haut les cœurs !

PROLOGUE

Mon regard erre sur l'ensemble de mes camarades réunis autour de moi, et mon ventre se contracte durement de peur. Nous avons été emmenés dans cette partie du camp, sans vraiment savoir à quoi nous attendre. La seule chose de sûre, c'est que normalement, d'ici quelques semaines, je deviendrais le réservoir de sang d'un vampire.

Une porte sur ma droite s'ouvre brusquement, et un silence de mort envahi la pièce. Tous les regards se tournent vers la source du bruit, le mien y compris, et j'avale bruyamment ma salive en voyant les vampires entrer en masse dans la pièce.

Il y a des hommes, des femmes, des jeunes, des vieux, des beaux, des moches. Je dirais qu'il y en a pour tous les goûts. Malgré tout, je me demande ce qu'ils font là. Il me semblait que seuls les gardiens étaient autorisés à entrer dans la ferme.

Un vampire plus grand et plus impressionnant que les autres s'avance au-devant de ses camarades, et se racle la gorge pour attirer notre attention. Je ne pense pas qu'une telle chose soit nécessaire, avec la prestance qu'il dégage, sa simple présence écrase totalement celle des autres vampires. Et puis nous sommes tous tellement terrifiés, que nous ne voyions que lui.

— Si vous êtes ici, c'est que vous avez été choisi pour être la crème des humains. Seuls ceux qui ont un quelconque intérêt pour notre chef, finissent ici.

Son regard parcourt lentement l'assemblée, s'arrêtant sur certaines têtes, passant rapidement sur d'autres, avant que son regard ne se fixe dans le mien. Un long frisson dégringole le long de ma colonne vertébrale, et sans même en prendre conscience, je m'humidifie les lèvres.

Un léger sourire étire la bouche du vampire, et je vois sa langue passer sur ses crocs impressionnants. Je prends une courte inspiration, et avale la boule qui s'est formée dans ma gorge, incapable de détourner le regard.

— Vous l'ignorez certainement, mais vous allez passer quelques mois avec un tuteur qui vous apprendra comment vous comporter au mieux avec votre futur maître. Nous ferons en sorte de vous montrer toute l'étendue de vos prochaines fonctions. De ne rien oublier.

Le vampire commence doucement à s'avancer dans les allées, gardant toujours son regard braqué dans le mien. C'est un peu gênant, surtout que je peux voir dans les yeux de mes camarades qu'ils se demandent ce qu'il se passe entre nous.

Il finit par s'arrêter à mes côtés, sa main se posant sur ma joue, sous pouce caressant doucement ma pommette. Un frisson étrange, mais très agréable me parcourt lentement le corps, alors que je me plonge dans son regard noir. Mes yeux se focalisent soudain sur le bout de sa langue qui vient se poser sur sa lèvre inférieure pour l'humidifier légèrement.

Je suis obligé de retenir le halètement que je sens monter dans ma gorge, et serre violemment les mâchoires pour m'empêcher de gémir, alors que mes entrailles se contractent durement.

C'est la première fois que je réagis de cette façon face à une personne. Dans le camp nursery, il m'est arrivé plus d'une fois de me retrouver seul avec des filles à moitié nues. Et pas une seule n'a entraîné un tel déferlement de désir dans mon corps.

Car j'ai beau être jeune et ne pas y connaître grand-chose, j'ai parfaitement bien compris que mon corps réagissait à celui du vampire. Ce que j'ai du mal à comprendre étant donné que c'est un homme, et que moi aussi.

Depuis toutes ses années, on m'a appris que les hommes devaient monter les femmes afin de les engrosser. Pourquoi mon bas-ventre s'éveillerait face à un autre homme ? C'est totalement incongru !

Le vampire finit par faire retomber sa main le long de son corps, et se retourne pour faire face au reste de l'assemblée présente. Il se racle la gorge, comme s'il avait besoin de reprendre contenance, et continue son petit discours.

— Durant ces prochains jours, il vous sera attribué un espace qui vous sera personnel. Seul vous et votre tuteur aurez le droit d'y pénétrer. Et vous devrez obéir aveuglement à ce que votre professeur vous demandera. Si j'entends parler d'un seul refus à quelque demande que ce soit, vous vous retrouverez en camp de travail. Me suis-je bien fait comprendre ?

Nous hochons tous la tête de concert, totalement conscient des enjeux qui sont en train de se jouer en ce moment. Le chef des vampires nous a choisis pour être les prochains esclaves de sang, mais il ne tient qu'à nous de rester à cette place. Et de ce que j'en sais, être un esclave de sang est une place privilégiée.

Un autre vampire pénètre dans la pièce, tenant à bout de bras une liste épaisse de plusieurs pages, et tousse une fois avant de se mettre à égrener des noms. Je vois alors mes camarades de camp s'avancer dans la pièce les uns après les autres, pour être entraînés dans des pièces à l'extérieur de la grande salle. Nous ne sommes bientôt plus que trois, et il ne reste que deux personnes en plus du vampire qui nous a fait le discours. Ce dernier s'avance vers moi, un sourire charmeur aux lèvres, et je ne peux m'empêcher de me retrouver à nouveau piégé par ses grands yeux noirs.

— Comment t'appelles-tu ?

Pris par ses grandes prunelles noires, j'avale ma salive, le menton levé pour ne pas le quitter des yeux, et murmure d'une voix faible :

— Calvin, Monsieur.

Son sourire se fait plus grand et il hoche lentement la tête. Je sens ensuite une main chaude s'enrouler autour de mes hanches pour me plaquer contre son corps. Malgré un sentiment de plénitude à être tenu de cette façon, il existe également au fond de moi comme une peur ancrée par les âges.

On m'a tellement rabâché qu'un homme devait se montrer fort et être fiable pour sa femelle, que cela me paraît étrange d'être plus petit que le vampire. Et d'être tenu de cette manière également. On pourrait presque croire que je suis une femme déguisée en homme.

Le bras du vampire se resserre violemment et je me retrouve plaqué contre lui. Un souffle saccadé s'échappe de mes lèvres en sentant une forme dure et cylindrique frapper le haut de ma cuisse. Bien que je ne lui poserais très certainement pas la question, je pense savoir de quoi il s'agit. Et mon bas-ventre répond en conséquence.

Je sens mon membre grossir dans mon pantalon, me mettant mal à l'aise de ressentir une telle chose pour la toute première fois face à un homme.

Je ferme soudain les yeux en sentant le souffle du vampire s'échouer le long de mon oreille, et ma main s'accroche durement à sa chemise pour me maintenir debout. Mes genoux flageolent durement et je suis certain que je ne vais pas tarder à m'évanouir s'il continue de la sorte.

— Je m'appelle Artémus. Mais à partir d'aujourd'hui, tu devras m'appeler Maître. Me suis-je bien fait comprendre ?

Il se recule légèrement, plantant ses yeux dans les miens, et mon cœur tambourine à toute allure dans ma poitrine alors que mon souffle sort de façon erratique de ma gorge. Après ce qu'il me semble des heures, mais qui n'a pas dû durer plus de quelques secondes, je finis par hocher la tête en signe d'assentiment, entraînant un sourire ironique chez le vampire.

Il resserre sa poigne sur moi, puis adresse un mouvement du menton au vampire qui tient sa liste, avant de m'entraîner à sa suite le long d'un couloir assez lumineux. De chaque côté, des portes fermées laissent passer quelques mots de conversation, mais le plus souvent, il ne s'agit que de sons un peu étranges. Le genre de sons que je n'ai encore jamais entendus.

Artémus finit par me faire entrer dans ce qui ressemble à une chambre. Dans le coin près de la fenêtre, trône un lit double, fait avec ce qu'il semble être des draps de qualité. Il est un peu en hauteur et paraît extrêmement moelleux. Tout à fait le genre de lit que je n'aurais jamais espéré avoir un jour.

À côté, une table de chevet avec une petite lampe posée dessus, et pas très loin, une commode où est posé un miroir. De l'autre côté, une table avec deux chaises, et pas très loin une porte qui doit mener aux sanitaires. C'est spartiate, mais bien plus que tout ce que je pouvais avoir dans le camp nursery. Au moins, j'ai une chambre pour moi tout seul.

Le vampire se détache de moi, me plaçant au milieu de la pièce, et se cale contre la commode, les bras croisés sur le torse. Je remarque tout de suite la grosse clé dans sa main droite, et je frissonne de peur. Je crois que mon entraînement pour devenir un esclave de sang est en route.

— Ceci est ta chambre, Calvin. Tu n'en sors que si on te le demande, et je suis le seul à pouvoir entrer ici, sauf si je donne mon autorisation expresse. Me suis-je bien fait comprendre ?

Je hoche la tête en signe d'assentiment, avant de retenir un cri lorsque la main du vampire s'enroule brutalement autour de ma gorge à une vitesse folle. Je ne l'ai même pas vu bouger.

— Face à moi, tu parles ! Est-ce que c'est clair ?

À nouveau je hoche la tête, terrifié qu'il puisse me faire du mal, avant de me souvenir de ce qu'il vient de me dire.

— Oui, Monsieur.

Je vois ses prunelles noires se mettre à flamber, avant qu'il ne se calme et me sourit de manière mécanique. Je ne vois aucun sentiment dans ses yeux, et j'ai peur. Je crois que je réalise alors seulement à cet instant que les vampires sont bien nos prédateurs naturels.

— Je vais laisser passer pour cette fois, car tu débutes à peine. Mais souviens-toi bien que tu dois m'appeler Maître.

J'avale l'excédent de salive que j'ai dans la bouche, et réussi à sortir les mots de mes lèvres sèches. Artémus sourit plus tendrement, et me surprend totalement lorsque sa bouche vient s'écraser sur la mienne. Jamais personne ne m'a embrassé. Et c'est une sensation étrange.

Pourtant, je ne peux m'empêcher de gémir lorsqu'il passe la barrière de mes lèvres, et que sa langue s'insinue dans ma bouche pour venir caresser la mienne. Une décharge électrique se propage dans tout mon corps, et je me cambre contre lui pour venir frotter mon membre dur contre le sien.

Car à présent, je n'ai plus aucun doute quant à ce que j'ai senti tout à l'heure. Le vampire me désire bel et bien. Je sens son sexe dur venir se nicher contre mon aine, frottant délicieusement contre le mien.

Artémus se recule soudain, sa main posée dans ma nuque pour me maintenir, et plonge son regard dans le mien. Ses doigts forts me maintiennent en place, et je me mordille les lèvres pour ne pas gémir. Je viens de découvrir que j'adorais qu'on se montre autoritaire sur moi.

— Sais-tu quel est le rôle d'un esclave de sang, Calvin ?

— Non, Maître.

Le petit sourire qu'il arbore alors que je l'appelle de cette façon enflamme mes veines, et je me cambre contre lui pour en avoir plus.

— Comme l'indique le nom, tu dois fournir le sang nécessaire à notre survie. Mais un vampire ne se nourrit que dans des circonstances bien particulières.

Je halète durement alors qu'il se penche sur moi pour finir sa phrase tout contre mon oreille. Son souffle me chatouille le lobe et je gémis doucement lorsque sa langue vient se poser sur ma peau surchauffée.

Artémus se redresse, me tenant toujours fermement, avant de me plaquer contre la commode derrière lui, son torse se collant à mon dos, son bassin se frottant contre mes fesses. J'ouvre de grands yeux surpris, et un peu apeurés en le sentant faire, pourtant, une grande excitation monte en moi. Comme si mon corps connaissait déjà le plaisir qu'il allait me faire ressentir.

Les boutons de mon pantalon sautent l'un après l'autre, et mon souffle se fait court dans ma poitrine, jusqu'à ce que je perde presque totalement la tête lorsque l'air frais vient frapper mon gland engorgé de désir. Les lèvres du vampire se déplacent allègrement sur la peau de ma nuque, me léchant, me mordillant, et je laisse ma voix porter mon excitation en dehors de cette pièce.

— Dès que je t'ai vu, j'ai su que tu étais fait pour ce genre de plaisirs, Calvin. Ton futur maître sera un chanceux.

Sa main gauche s'enroule autour de mon membre, et je rue dans ses doigts, cherchant encore plus de contact et de friction, jusqu'à ce qu'un râle sourd ne m'échappe en sentant un doigt inquisiteur se présenter à mon entré intime.

Je me crispe contre l'intrusion, avant de totalement oublier sa présence, lorsque la main sur ma verge tendue se fait plus insistante, et que les lèvres quémandeuses descendent sur mon épaule et ma clavicule.

Le doigt s'enfonce lentement dans mon corps, et mon anus se resserre encore et encore sur cette intrusion, jusqu'à ce qu'Artémus ne trouve un endroit en moi qui me fait voir toutes les étoiles de la Galaxie.

Je me cambre brutalement tandis que son doigt touche encore et encore cette partie en moi. Sa main gauche sur mon membre pompe de plus en plus vite, et ses lèvres s'activent atrocement sur la peau de mon cou. Mon corps est bombardé de sensations de toutes parts, et j'ai peur de perdre pied.

Je crie violemment lorsque les crocs du vampire finissent par transpercer ma peau malmenée. Mais contrairement à ce que l'on pourrait penser, je n'ai pas eu mal un seul instant. Bien au contraire. Je viens d'avoir le plus bel orgasme de toute ma vie.

Si ce tout petit instant est un indicateur de ce que sera ma vie future, je suis heureux que le chef ait fait de moi un esclave de sang. Vivre ce genre d'orgasme régulièrement va être absolument fantastique.

CHAPITRE 1

─────

J e me mordille l'ongle du pouce alors que mon regard se pose sur le battant qui vient de se refermer derrière Basile. Tout ce qu'il vient de me dire me paraît encore incroyable. D'après ses mots, les loups s'uniraient pour la vie avec une personne choisie par une puissance supérieure.

Et si jamais la personne qui était choisie pour moi ne me plaisait pas ? Ou pire, si moi je ne lui plaisais pas ? Nous serions dans un beau bordel.

Des voix montent du couloir, et je ferme les yeux pour tenter de me concentrer dessus, et comprendre ce qu'elles se disent. Je tente de me souvenir à quoi ressemble le compagnon de Basile. Il m'a dit que mon Âme Jumelle, comme il l'appelle, est le frère de son compagnon, et qu'ils se ressemblent comme deux gouttes d'eau tous les deux.

Je revois un homme grand, avec des cheveux assez longs pour passer les doigts dedans, mais courts pour garder cette masculinité propre aux loups dominants. Leur couleur claire m'amène un sourire aux lèvres, alors que je les revois dans la brume du jour naissant, auréolés des premiers rayons du soleil levant. Je pense que je vais adorer caresser ses cheveux. Au fond de moi s'éveille comme un besoin que j'ignorais posséder. C'est la première fois que je ressens une telle chose, et un sourire vient éclore sur mes lèvres.

Quant au reste de son corps, je n'y ai pas vraiment fait attention sur le moment. J'étais plus concentré sur ce que l'on attendait réellement de moi en me fourrant dans ce bus. Ses hommes avaient beau nous dire que nous étions à présent des hommes libres, j'ai eu un mal fou à y croire. Jusqu'à ce qu'ils nous débarquent du bus en plein milieu de nulle part, et que la moitié d'entre nous se mette à se transformer en loup.

Pendant plusieurs minutes, j'ai regardé, éberlué, mes camarades se muter en un animal absolument magnifique. Puis, un des hommes a posé sa grosse main sur mon épaule et m'a poussé à m'avancer vers mes amis.

À peine les avais-je rejoins, qu'une énorme vague s'est abattue sur moi, transformant mon corps en un réceptacle d'énergie. J'ai presque eu l'impression de me mettre à vibrer d'électricité, avant que mes membres ne se transforment d'un coup, et que je ne tombe en avant, me retrouvant à quatre pattes. Tout comme mes camarades, je suis moi aussi devenu un loup. Un animal au pelage d'un roux flamboyant, comme mes cheveux.

Ensuite, lorsque nous avons tous repris notre forme humaine, ils nous ont fait remonter dans le bus, et j'ai à peine vu le reste du trajet. Un bourdonnement résonnait dans ma tête m'empêchant de me concentrer. Puis, j'ai compris qu'il s'agissait de l'animal qui cohabitait avec moi désormais. Il venait de s'éveiller et tentait de communiquer avec moi. Ça va pas être facile de m'habituer à avoir une autre conscience dans mon corps.

Nous sommes alors enfin arrivés dans ce que je qualifierais de village. Tout avait l'air tellement plus simple ici. Pourtant, le bus s'est arrêté devant une grande maison, et les hommes nous ont fait entrer pour nous confier à des femmes qui nous ont accueillis le sourire aux lèvres. Nous confirmant que nous étions libres.

Et c'est vrai que depuis que nous sommes arrivés, toutes les portes restent ouvertes. Aucunes serrures n'a cliqueté après nous lorsque nous sommes entrés. Et tout le monde a été affreusement gentil avec nous. Comme si nous appartenions à leur étrange communauté.

Basile nous a rapidement expliqué comment fonctionnait une meute de loup. L'importance de la hiérarchie. Il nous a parlé d'Alphas, de Bêtas et des Gammas, nous indiquant les missions qui leur sont dévolues à chacun, et le respect qu'on leur devait. Tout est encore flou dans ma tête, mais je ne désespère pas de tout comprendre un jour.

Je me laisse tomber contre le dossier de mon fauteuil, alors que cette fameuse nuit se déroule à nouveau dans ma tête. Tout a changé dans ma vie en l'espace de quelques secondes à peine. À l'instant ou Jesse est entré dans ma chambre, j'ai su qu'il y aurait des problèmes.

Artémus se reposait tout contre moi après s'être nourri, et j'étais bien. Je me disais que je serais heureux si le vampire se décidait à m'acheter. Après tout, nous passions le plus clair de notre temps ensemble. Et pas uniquement à baiser. Nous parlions énormément tous les deux.

Durant ces quelques mois passés en compagnie du vampire, j'ai découvert ce qu'était réellement un esclave de sang. Nous devions bien sûr leur fournir leur nourriture pour exister, et assouvir leurs bas instincts, mais nous étions aussi leurs confidents, leurs amis, et peut-être plus pour certains.

Alors, bien évidemment, le sexe était toujours phénoménal avec lui. Dès l'instant où il m'a fait découvrir ses nouveaux délices, j'ai été incapable de me rassasier. Pour son plus grand bonheur. Et je dois avouer que j'ai eu du mal à changer de tuteur durant quelques jours.

Car ce que j'ignorais, c'est que durant ces quelques mois où je parachevais mon initiation, Artémus ne serait pas mon seul tuteur. Les propriétaires de la ferme ignoraient totalement qui pourrait être intéressé pour m'acheter. Je devais donc être au point pour n'importe quelle personne. Je devais donc également savoir ce qui peut faire plaisir à une femme dans un lit.

Ça a été les semaines les plus longues de toute ma vie. Incroyable comme sentir le poids et la douceur d'une verge glissant dans ma bouche m'excite au plus haut point, alors que me retrouver nez à nez avec un sexe féminin luisant et dégoulinant me soulève l'estomac. Je tremble de partout en sentant une verge dure s'enfoncer dans les chairs fermes et serrées de mon fessier, tandis que je manque de perdre contenance en m'enfonçant dans un vagin humide.

Quoi qu'il en soit, Artémus venait à peine de me revenir, et j'étais tellement heureux de le retrouver que je n'ai pas hésité une seule seconde. Je me suis jeté à son cou pour l'enlacer, ma bouche dévorant ardemment la sienne, ma main se glissant vivement dans son pantalon.

Un sourire lascif a étiré mes lèvres en le sentant déjà prêt pour moi, alors que j'activais ma main de haut en bas sur son membre dur.

— Putain ! Cal ! Personne ne fait ça comme toi !

Un autre sourire a pris place sur mes lèvres, et j'ai plongé dans sa bouche pour aller chercher sa langue. Je sais que je suis doué dans ce que je fais. Il me l'a dit plus d'une fois, et même cette vampire avec qui j'ai été obligé d'aller, m'a affirmé que ma bouche était une invitation au péché.

J'ai alors lâché un cri étonné lorsqu'Artémus m'a violemment plaqué contre le mur, a déchiré mes vêtements et m'a pénétré sans autre forme de procès. Cela m'a fortement brûlé, et il s'est tout de suite excusé, malgré tout, j'ai eu du mal à me remettre dans l'ambiance.

Il m'a fallu pas mal de va-et-vient pour retrouver mon excitation, et encore plus pour que je laisse mon plaisir s'entendre. Artémus s'est alors déhanché en moi, accélérant encore et encore ses va-et-vient dans mon antre, avant de me remplir brutalement de sa semence chaude. Ses crocs se sont plantés dans ma clavicule, perçant ce qu'il restait de ma chemise, déclenchant mon orgasme.

Le vampire m'a ensuite conduit dans mon lit, et je me suis blotti tout contre son corps, posant ma tête dans le creux de son épaule comme je le faisais toujours. J'ai passé presque un an à ses côtés, et je dois avouer que je me suis attaché à lui. Dans le fond de mon cœur, j'espérais secrètement qu'il allait tomber amoureux de moi et m'acheter. J'aurais dû me douter qu'une telle chose n'arriverait jamais.

Artémus s'est alors relevé pour passer une main douce dans mes cheveux, me caressant ensuite tendrement la pommette.

— Tu vas me manquer, Cal !

J'ai froncé les sourcils, ne comprenant pas vraiment pourquoi il me disait une telle chose. Il m'a embrassé tendrement, puis s'est relevé pour remettre ses vêtements en place.

— Tu as été acheté hier. Je pense que tu seras bien dans ta nouvelle demeure. C'est un homme bien. Enfin, de ce que j'en sais.

La tristesse a déferlé sur mon corps en une vague furieuse

tandis que je comprenais qu'il me faisait ses adieux. Mon cœur s'est brisé en mille morceaux. Tout ce que nous avions vécu tous les deux ne représentait strictement rien pour lui. Je n'étais qu'un corps accueillant où fourrer sa queue de temps en temps.

Le sentiment de peine et d'abandon a soudain disparu pour être remplacé par une vague de rage et de colère qui a tout submergé sur son passage. Alors lorsque Jesse a poussé la porte de ma chambre, et s'est jeté sur Artémus, je n'ai pas vraiment réfléchi.

Je me suis décalé sur le côté pour lui laisser la place de passer, et je l'ai regardé tuer mon amant. Avec les yeux secs, j'ai regardé le morceau de bois s'enfoncer dans le torse d'Artémus pour se planter dans son cœur. Sans rien ressentir, j'ai assisté à la déchéance de mon amant, le regardant se désagréger dans l'air du soir.

Je crois qu'à ce moment-là, j'étais totalement anesthésié par la douleur, ne réfléchissant plus vraiment à ce qu'il se passait autour de moi.

J'essuie rageusement les larmes qui coulent en abondance sur mes joues à ces souvenirs, et me lève d'un bond, me rapprochant de la porte toujours close. Je colle mon oreille contre le battant, frissonnant de partout en entendant la voix grave et rauque qui répond à Basile. Elle est tellement sensuelle qu'elle me fait frétiller de partout.

J'ignore pourquoi je repense à Artémus maintenant. Il est mort. Je ne peux plus rien pour lui. Et même ce soir-là je ne pouvais rien pour lui. Jesse était déterminé à faire le plus de mort possible. Je suis au courant des pertes parmi les humains. Ceux qui ont voulu sauver leurs maîtres et qui se sont sacrifiés pour eux. J'en aurais certainement fait partie si Artémus ne m'avait pas informé juste avant l'entrée de Jesse que j'avais été vendu.

Je me secoue à nouveau me focalisant sur ce que j'entends de l'autre côté de la porte. Visiblement, Basile est en train de discuter avec mon Âme Jumelle pour qu'il me laisse plus de liberté. Je soupire doucement, me passant une main dans les cheveux, ne sachant pas trop ce que je dois faire.

Je meurs d'envie d'aller voir l'homme qui est censé devenir le centre de mon univers. De ce que m'en a dit Basile, lui seul serait capable de me remonter le moral. Normalement, il est celui qui est fait pour moi, et qui me comprend mieux que personne.

Mais d'un autre côté, je suis terrifié à l'idée de ne pas lui plaire. Et s'il ne ressentait strictement rien pour moi. Et s'il me détestait au premier regard.

Je repense alors au vampire qui s'est occupé de ma formation. Je pensais sincèrement que je lui plaisais, et qu'il allait vouloir me garder à ses côtés pour toujours. Et en quelques minutes à peine, il a fait s'écrouler mon rêve le plus important.

Je suis vraiment stupide d'avoir pu croire une telle chose. Comment un vampire pourrait-il sincèrement s'intéresser sur le long terme à un humain ?

La voix grave s'infiltre soudain dans tout mon corps, passant sous ma peau pour venir s'infiltrer en moi, et je ne réfléchis même plus. Ma main appuie d'elle-même sur la poignée et je me retrouve debout dans le couloir aux côtés de Basile. Le loup me regarde avec des yeux éberlués, mais je ne fais pas vraiment attention à lui. Pour le moment, je suis entièrement focalisé sur l'homme qui vient de se figer à l'autre bout du couloir.

Il est encore plus beau que ce que j'ai pu imaginer. Je savais déjà pour ses cheveux blonds magnifiques, et ses yeux d'un chocolat au lait caramélisé, mais je ne m'imaginais pas que son corps allait être aussi musclé et délicieux à regarder.

Je me mordille la lèvre inférieure alors que mes yeux se gavent de la beauté de l'homme qui me fait face. Je crois que ce que Basile appelle le Destin a bien travaillé sur ce coup. Cet homme est absolument magnifique et est tout à fait à mon goût.

Je sursaute soudain lorsqu'il se cambre en arrière, et que des poils commencent à lui pousser sur le visage. Ce n'est qu'à cet instant que je réalise également que ses ongles sont devenus des griffes, et que ses vêtements ne sont plus qu'un lointain souvenir. J'assiste émerveillé à l'émergence du loup. Et même sous cette forme, il est superbe.

Un pelage d'un blond doux, une gueule allongée qui semble sourire, et des oreilles toutes droites sur sa tête. Ce loup a vraiment une bonne tête.

L'animal s'approche de moi, et se met à me renifler sous toutes les coutures, calant sa grosse tête sous ma main. Je rigole légèrement avant de le caresser doucement, gardant mon regard sur lui.

— Pourquoi être sorti, Calvin ? J'avais réussi à le convaincre de te laisser du temps.

Je relève les yeux sur Basile et esquisse un petit sourire. C'est vrai que je n'étais pas très heureux lorsqu'il m'a appris que j'étais destiné à un homme dont j'ignorais tout. Mais après ces quelques minutes, seul, j'ai réalisé que c'était nettement mieux que ce que j'étais destiné à faire au départ. Jusqu'à ce qu'il vienne me chercher, on m'apprenait à rendre un vampire heureux. J'allais devenir la chose d'un vampire. Le prostitué d'un suceur de sang.

Alors pourquoi ne pas devenir le compagnon d'un loup. Après tout, ça ne pourra jamais être pire que ce que je devais devenir. Au moins, de ce que m'a dit Basile, je vais pouvoir choisir ma vie en dehors de ce couple.

Je ne sais absolument pas ce que je veux faire de ma vie. On ne m'a appris qu'à satisfaire un homme ou une femme sexuellement. J'ignore donc pour quoi, en dehors du sexe, je peux être doué. Je ne pense pas que mon Âme Jumelle accepterait que j'offre mes faveurs aux autres loups du village. Il va donc falloir que je trouve ce que je veux faire.

Un vrombissement se fait sentir sur ma jambe, et je baisse les yeux pour voir le loup blond le poil hérissé, les crocs à découvert faire face à Basile. Je glisse une main dans la fourrure dense, et laisse un petit gémissement de bien-être m'échapper en sentant les poils doux sous mes doigts. C'est un véritable paradis sur terre cette sensation.

Je me laisse tomber à genoux, et enroule mes bras autour du cou de l'animal, plongeant mon visage dans le pelage blond si doux. J'inspire une pleine bouffée de son parfum, et je me gave de son odeur si tentatrice. Un mélange de guimauve et de violette. J'ai envie de le bouffer.

Basile ouvre de grands yeux étonnés en entendant le loup lui grogner dessus, avant qu'un petit sourire ne se dessine sur ses lèvres. Il me fait un mouvement du menton, avant de saluer le loup et de sortir de la maison. Je le regarde faire, un peu surpris qu'il me laisse seul avec le loup. Après tout, nous ne nous connaissons absolument pas. Que dois-je faire maintenant ? Est-ce que j'ai même quelque chose à faire ? J'ignore tout de la manière de fonctionner des loups en dehors de ce que nous a rapidement expliqué Basile. Et si je faisais une bêtise plus grosse que moi ?

L'animal me lèche tendrement la joue, ramenant mon attention sur lui, et je me décrispe brutalement. Je ne pense pas que je puisse faire la moindre bêtise. Je dois juste écouter mon instinct. Cela devrait suffire.

Je me relève et me dirige vers la salle que je viens de quitter, gardant mes doigts plongés dans la fourrure soyeuse et me laisse tomber sur le fauteuil que j'occupais précédemment. L'animal se dresse sur ses pattes arrières pour venir poser celles de devant sur mes genoux, et me lécher sauvagement le visage. J'explose de rire, et m'essuie la joue du revers de ma manche, repoussant l'animal.

— Ce n'est pas très propre !

Le loup laisse un jappement lui échapper, avant de se diriger vers la porte que j'ai refermée derrière moi. Je fronce les sourcils tandis qu'il s'appuie sur la poignée.

Nous venons à peine de nous rencontrer, et il veut déjà s'éloigner de moi ? C'est un peu vexant tout de même. Mais je finis par faire ce qu'il me demande et ouvre la porte. Le loup sort en trombe, avant de s'arrêter dans le couloir, et de se tourner vers moi. Il pousse un petit cri, qui me fait sursauter, avant de revenir vers moi pour prendre le bas de mon pantalon dans sa gueule, et me tirer avec lui.

Je ressens alors un intense sentiment de soulagement en comprenant qu'en réalité, il veut juste que je le suive. Je passe donc ma main entre ses oreilles pour le caresser lentement et le suis le long du couloir.

L'animal m'emmène rapidement hors de la maison, et une fois de plus, je suis surpris que personne ne nous course pour me ramener à l'intérieur sous les verrous. Je me permets alors d'observer les bâtiments tout autour de moi avec un énorme soulagement. Depuis que nous sommes arrivés avec le groupe, je n'ai pas vraiment eu l'occasion de sortir et voir le ciel me fait un bien fou. Malgré tout, je ne cesse de jeter des coups d'œil compulsifs derrière moi pour vérifier que personne ne nous suit. Je pense qu'une partie de moi est restée coincée dans cette ferme. J'ai encore du mal à me dire que j'ai le droit de sortir comme j'en ai envie. Que je ne suis plus un esclave.

Nous passons en plein milieu du village, où se tient un marché assez bien achalandé. Des différentes allées que je peux voir, il y a vraiment du choix pour tout le monde. On trouve de tout. Ça part des aliments de base, aux bijoux magnifiques, en passant par des vêtements de toutes sortes. Je pense que je reviendrais y faire un tour un jour.

Et rien que cette idée m'amène un sourire sur le visage ! L'idée de ma liberté commence enfin à me rentrer dans le crâne.

Nous passons ensuite devant un restaurant, et je m'arrête net devant la porte en voyant mon ami de toujours à l'intérieur du bâtiment en train de nettoyer les tables.

Je repense à notre petite discussion de tout à l'heure et me demande si Kit sera toujours mon ami dans les prochains jours. La découverte de ma sexualité différente de la sienne, l'a secoué plus que je ne l'aurais imaginé.

Pourtant, cela n'a rien d'étonnant dans ce village. De ce que j'ai compris, il y a beaucoup d'hommes gays. L'arrivée du nouveau chef de meute ouvertement homosexuel a visiblement attiré pas mal de monde, et a également permis de faire sortir le loup du bois. Sans mauvais jeu de mot bien sûr.

Cependant, je ne fais pas vraiment tache dans le paysage. Bien au contraire, je me fonds bien parmi la meute.

En revanche, la vie de mon ami ne va pas être facile tous les jours. Si ce que m'a révélé Basile est exact, Kit est jumelé avec un homme. Pourtant, mon ami a de toute évidence une aversion évidente pour l'union entre deux hommes. J'espère sincèrement qu'il arrivera à changer d'idée assez rapidement, parce que se retrouver soumis aux désirs d'un homme peut être un véritable chambardement des sens.

Durant plusieurs mois avant que je ne sois choisi pour être un esclave de sang, je me suis posé des questions sur moi-même. Je sentais bien qu'il y avait quelque chose de différent chez moi par rapport aux autres garçons du camp. Tous les autres mecs ne cessaient de parler des expériences qu'ils avaient pu faire avec les filles. Mais pas une seule fois il ne m'est arrivé d'en avoir envie.

En revanche, lorsque je regardais mes petits camarades se baigner nus, mon bas-ventre frétillait de désir. Et lorsqu'une fois je suis tombé sur un reproducteur en plein travail, ce n'est pas la femme que j'ai honteusement matée, mais bien ses fesses musclées et éminemment masculines qui se creusaient furieusement à chaque poussée. À l'époque, je n'y avais pas forcément fait attention.

Pour une raison étrange, je me l'étais toujours plus ou moins caché, jusqu'à ce qu'Artémus me serre dans ses bras, et me montre le plaisir qu'on peut avoir en ayant le membre dur d'un autre homme en soi. J'ai alors lâché la bride à mes désirs enfouis et me suis épanoui dans le sexe avec un autre homme.

Le museau du loup me pousse brutalement, et je me rends compte que cela fait plusieurs minutes que je me suis arrêté devant la devanture du restaurant. Je glisse donc à nouveau mes doigts dans la fourrure douce de l'animal, et continue de le suivre le long des allées du village.

Nous passons devant différentes maisons, de style et de

taille différente, avant qu'il ne s'arrête devant une demeure de bonne taille. Il me pousse à avancer, et me force à ouvrir la porte avant de se faufiler à l'intérieur, et de monter à l'étage.

Je le regarde grimper les marches me sentant un peu mal à l'aise d'être laissé seul dans une maison que je ne connais pas du tout. Voyant le temps passer sans que le loup ne redescende, je me dirige vers ma gauche. J'atterris dans un salon accueillant avec son canapé en cuir moelleux placé devant une télé à écran plat géante. C'est la première fois de ma vie que je vois de telles choses. Mes yeux parcourent rapidement la pièce, surpris d'y trouver des étagères remplies de livres en tout genre. Je m'approche, mais grogne doucement alors que les mots écrits ne me disent strictement rien.

S'il y a bien une chose au moins que je veux faire maintenant que je suis là, c'est apprendre à lire et à écrire. Une fois, Artémus m'a avoué que les vampires laissaient délibérément les humains sans savoir, afin de les garder sous contrôle. D'après lui, un humain qui ne savait ni lire ni écrire, n'était pas dangereux. Je ne veux plus jamais n'être qu'une chose.

Un bruit derrière moi me fait me retourner, et je me retrouve bouche bée devant l'homme qui me fait face. Il est encore plus beau que ce que je croyais. Ses épaules sont larges et tellement musclées que je risque d'avoir du mal à faire le tour. Elles surplombent un torse rempli d'abdominaux et de pectoraux alléchants, avant qu'un « V » magnifique ne me mène à l'endroit de tous mes délices.

Je me lèche les lèvres, rêvant de pouvoir goûter à cet homme parfait, avant de me reprendre en rougissant comme une adolescente.

Artémus m'a plus d'une fois avoué que j'avais tendance à rougir facilement. Mais que cela faisait presque tout mon charme. Ma langue habile sur son membre faisait le reste.

— Je m'appelle Raphaël.

Je sors de ma transe et tends ma main pour serrer celle qu'il me tend. Presque immédiatement, une décharge électrique se propage dans tout mon corps, et je tressaille durement, avant qu'un sourire d'excuse ne se dessine sur mes lèvres.

L'homme en face de moi fronce les sourcils, et retire prestement sa main, allant même jusqu'à l'essuyer sur son pantalon.

Il n'y a pas à dire, le loup semblait nettement plus affectueux que cet homme. Pourtant, je vais tout de même devoir faire affaire avec lui de temps en temps. Je ne peux décemment pas passer ma vie sous ma forme de loup.

— Tu n'as pas de nom ?

Le ton tranchant me hérisse le poil, et j'accroche un sourire factice sur mes lèvres avant de lui donner mon nom. L'homme hoche lentement la tête, m'examinant de la tête aux pieds, avant de soupirer doucement.

Je me demande à quoi est dû ce soupir. J'espère juste qu'il n'est pas déçu par moi. Je sais que les roux n'ont pas vraiment la préférence. J'ai même été extrêmement surpris lorsque le grand chef m'avait choisi pour être un esclave de sang à l'époque. J'étais persuadé de n'être jamais acheté. Et j'espérais donc pouvoir rester à vie avec Artémus.

Pourtant, d'après mon Maître, je venais d'être vendu lorsque Jesse a lancé l'assaut. Cela veut donc dire que les roux sont tout de même appréciés. Et en voyant Basile, on peut se dire qu'ils sont mêmes très aimés.

— Bien, comme le lien s'est enclenché au moins de mon

côté, le mieux, c'est que tu t'installes ici. Il y a une chambre là-haut qui ne sert plus depuis le départ de Gabe. Tu peux la prendre. C'est la première à droite.

Je hausse les sourcils, un peu étonné par ses mots. Il me donne presque l'impression d'accueillir un invité de passage, qui en plus lui est indésirable. Comme si je n'étais absolument pas important pour lui. Comme si nos vies n'étaient pas intimement liées.

Et c'est encore plus surpris que je le regarde me faire un mouvement sec du menton, avant qu'il ne tourne les talons pour sortir de la maison.

C'est tout ? Il va me laisser là tout seul, et partir faire ce qu'il a faire ?

Je n'ai pas le temps de le rappeler pour lui demander ce que je peux, et ce que j'ai le droit de faire, qu'il a déjà passé le pas de la porte pour se fondre dans la masse de la meute. Je reste plusieurs minutes, les yeux exorbités par la surprise sur la porte qui s'est fermée devant moi, avant de réaliser qu'il m'a laissé seul chez lui.

Je grogne doucement, avant de taper du pied pour évacuer ma colère et ma frustration. Je souffle ensuite pour me calmer. Après tout, c'est notre toute première rencontre. Peut-être que tout comme moi, il ignorait totalement comment réagir. En plus, étant donné que je n'ai pas encore atteint ma maturité sexuelle, je ne suis pas encore réellement touché par le lien d'Âme Jumelle.

Il va nous falloir un peu de temps pour nous habituer l'un à l'autre. Je pense que pour le moment, il a juste besoin de se retrouver un peu tout seul afin de réfléchir à tout ça.

Un peu rassuré par mes paroles, je me mets à visiter mon

LA FORCE DU DESTIN

nouveau foyer. D'après ce que j'ai compris, Raphaël veut que je vive avec lui. Je ne sais pas si c'est parce qu'il a besoin que je sois là, ou s'il le désire, en tout cas, je vais devoir vivre dans cette maison.

Heureusement que je n'ai pas eu le temps de m'habituer à l'autre demeure. Autant de changement en si peu de temps, ça aurait pu m'être fatal.

35

CHAPITRE 2

—————

près avoir passé plusieurs minutes bloqué dans l'entrée, je finis par monter à l'étage et trouver la chambre qu'il m'a indiqué. Effectivement, elle fait vide. Seul un lit, une table de chevet, une armoire et une commode sont présents. Et le matelas nu confirme que ce lit n'a pas servi depuis des lustres. Très certainement depuis le jour où Gabriel a rencontré Basile et Andrew.

Je me mets donc en quête de draps propre. À défaut d'être doué pour autre chose, je sais au moins faire mon lit. Lorsque j'étais en apprentissage pour être esclave de sang, nous étions en charge du ménage de notre chambre étant donné que seul notre maître ou nous même avions le droit d'entrer dans nos chambres. Il a donc bien fallu que j'apprenne vite à mettre des draps propres. Surtout lorsqu'on voit à quelle vitesse Artémus pouvait les salire.

Et puis, ça permettra de m'occuper pendant quelques heures cette histoire. Tant mieux, parce que je sens que ma vie a pris un tournant assez étrange et que je vais m'emmerder durant les prochains mois. Il va donc falloir que je trouve assez rapidement ce que je vais pouvoir faire de ma vie maintenant que je suis libre.

J'ouvre l'armoire posée contre un mur, pour la trouver

presque vide. Seule une couverture et deux oreillers sont posés sur une étagère. Je les sors pour les poser sur le lit, avant de me tourner vers la commode. J'ouvre tous les tiroirs, mais à l'encontre de l'armoire, ils se révèlent tous vides. Je souffle de découragement.

Peut-être que je ferais mieux d'attendre que Raphaël rentre pour lui demander où il range les draps ? Je me remémore alors le visage sans expression de l'homme qui m'a fait face tout à l'heure, et je me dis que je risque de l'énerver si je lui pose cette question. Et puis, j'ignore totalement où il est parti, et pour combien de temps il peut en avoir.

Je sors donc de la chambre et ouvre doucement la porte en face. Cette fois-ci, la pièce semble un peu plus habitée. Au moins, le lit est fait, et une veste est délicatement drapée sur le dossier d'une chaise. Je pénètre plus en avant dans la pièce, avant de m'arrêter net lorsque le parfum de la guimauve et de la violette me frappe de plein fouet. Je ne sais pas si Raphaël sera d'accord avec le fait que j'ai fouillé dans ses affaires.

Mon regard parcourt avidement l'espace, me demandant si je peux découvrir quelque chose sur mon compagnon, sans avoir besoin de fourrer les mains dans ses affaires. Mais en dehors des photos posées sur les meubles, il n'y a rien d'exceptionnel dans cette chambre.

Malgré tout, les photos m'interpellent. Je m'avance donc, et un sourire tendre étire mes lèvres en voyant sur la première, trois hommes absolument semblables se tenant par les épaules, un énorme sourire aux lèvres. Ils semblent tellement tous heureux. Et excessivement jeunes. Je me demande quel âge ils pouvaient avoir sur cette photo. Il faudra que je pense à lui poser la question.

Je parcours le reste des clichés, mais elles se ressemblent un peu toutes. Le plus souvent, il s'agit d'une photo de famille.

Soit les triplés sont tous les trois, soit, il en manque un. Certainement celui qui prend la photo.

Je ressors de la chambre, sans fouiller plus en avant, et descend le couloir pour ouvrir la porte à côté de ma chambre.

Il doit s'agir de la chambre de Vincent, car dans celle-là également, on sent que quelqu'un y a vécu il n'y a pas si longtemps que ça. Le lit est fait correctement, et aucun vêtement ne traîne, mais une légère sensation de vie rampe dans l'air.

Comme dans la chambre de Raphaël, je n'ose pas fouiller plus en avant et ressors aussi rapidement que je suis entré. Si les draps étaient dans l'une ou l'autre chambre, j'expliquerais à Raphaël que je n'ai pas voulu me montrer indiscret.

Je continue mon exploration, tombant sur une salle de bains géniale. Je crois que je viens de tomber amoureux de cette pièce. Elle est absolument immense. Une cabine de douche capable de contenir au minimum cinq personnes, avec des buses qui sortent des murs un peu partout. Je suis persuadé qu'on peut voir les étoiles briller dans mes yeux alors que je contemple cette merveille. Je ne résiste pas et tends la main pour ouvrir les robinets. Presque aussitôt, l'eau se met à dégouliner de partout, se mêlant à une lumière douce diffusée par les différentes buses. Une légère musique se fait également entendre, et mon sourire ne fait que s'accentuer.

Je ferme l'eau, avant de me tourner de l'autre côté, pour regarder les trois vasques alignées le long du mur, un grand miroir les surplombant. Tout est absolument magnifique. Cette salle de bains a été faite avec beaucoup de goût.

Cela va grandement me changer de ce que j'ai connu jusqu'à présent. Entre la salle de bains du camp nursery qui servait à tout le monde, et la petite pièce impersonnelle accolée à ma chambre, j'ai gagné au change.

Je laisse un soupir de bonheur m'échapper avant de trouver le courage de sortir de cette pièce, pour continuer mon exploration. J'ai toujours des draps à trouver.

Je fais donc demi-tour pour me rendre dans l'autre sens, et redescends les escaliers. Je visite le bas de la maison, m'émerveillant une fois de plus face à la télévision énorme qui est posée au mur, ou les canapés en cuir qui semblent m'appeler de toutes leurs voix. La seule véritable envie que j'ai actuellement, c'est de me vautrer dedans et ne plus en bouger de la journée. Mais j'arrive à m'arracher à ce violent désir, et fait à nouveau demi-tour, pour me rendre dans ce qui ressemble à une salle à manger.

J'avance donc dans la pièce, et ouvre les placards, pensant trouver des assiettes et des plats de service, mais me retrouve face à des draps de toutes les couleurs, et de toutes les tailles. J'ouvre grand les yeux, surpris de les trouver à cet endroit.

Je finis par hausser les épaules. Après tout, Raphaël range sa maison comme il veut. S'il préfère que les draps propres se retrouvent dans les placards de la salle à manger, c'est son droit. Même si c'est hyper bizarre. J'en viens alors à me demander où il peut bien ranger les assiettes et les plats de service.

Je hausse les épaules une nouvelle fois, et remonte les escaliers avec mes précieux dans les bras pour faire mon lit. Au moins, j'aurais un endroit où dormir cette nuit. J'enfile la couette dans la housse comme un pro, avant de tendre le drap housse sur le matelas et de me redresser, fier de moi.

Je suis totalement en sueur et à bout de souffle à force de farfouiller dans la housse pour mettre la couette, mais à présent, j'ai un lit impeccable. À un moment donné, j'ai même réussi à rentrer totalement dans le tissu comme si je jouais un papillon émergeant de son cocon. Malgré tout, j'ai tout de même de quoi dormir pour ce soir. Mais je suis crevé.

Je jette un rapide coup d'œil à l'heure, et sursaute en voyant que la journée est bien avancée. Je descends au rez-de-chaussée et me dirige vers la cuisine pour avaler un petit quelque chose. Une fois ma soif apaisée, et ma faim rassasiée avec le peu qu'il y avait dans le frigo, je vais me jeter dans les canapés qui m'ont fait de l'œil toute la journée, et m'allonge de tout mon long dans le cuir doux et moelleux.

Étant donné que je ne me souviens de pas grand-chose, je n'ai pas dû mettre très longtemps à m'endormir. Je me réveille brusquement en entendant la porte d'entrée claquer violemment. Je me redresse pour regarder Raphaël pénétrer dans la maison, son regard froid braqué sur moi. Étrangement, depuis qu'il s'est à nouveau transformé en humain, j'ai le sentiment de le gêner plus qu'autre chose. Comme s'il ne voulait pas de moi dans sa vie.

Il s'arrête sur le seuil du salon, les pieds écartés bien ancrés au sol, les bras croisés sur sa poitrine, son visage impénétrable. Un long frisson de peur descend le long de mon échine, et je me crispe sur le canapé.

— Ce n'est pas prêt à manger ?

Sa question me glace plus qu'autre chose. Ce n'est pas du tout ce à quoi je m'attendais venant de lui. Mais visiblement, il s'attendait à ce que je prépare à manger. Il n'a pas peur dans ce cas. Je n'ai jamais fait une telle chose de toute ma vie. Je crois bien que je ne suis même jamais entré dans une cuisine de toute ma vie.

La seule expérience qui pourrait s'en approcher, c'est lorsque je vivais encore dans le camp Nursery et que je donnais un coup de main à ma mère. Mais même là, je m'occupais plus de garder les enfants en bas âge loin d'elle et des fourneaux, plutôt que de l'aider avec les casseroles. C'était plutôt le rôle de mes sœurs.

Concrètement, la seule chose que je sache réellement faire, c'est donner du plaisir à un vampire. On ne m'a appris que ça durant ces derniers mois. Comment veut-il que je sache préparer à manger ? J'ai déjà eu du mal à allumer la télévision, et à comprendre comment elle fonctionnait. Il ne valait mieux pas que j'approche d'une machine pouvant tout brûler autour d'elle.

Je me redresse lentement, ma bouche s'ouvrant et se fermant convulsivement comme une carpe hors de l'eau, cherchant une réponse à lui donner qui ne le mettrait pas plus en rogne que maintenant. Je ne veux pas tout foutre en l'air dès mon arrivée dans cette maison.

— Qu'est-ce que tu as foutu de ta journée ?

La colère m'envahit lentement, et je prends plusieurs inspirations lentes pour la calmer. Ce n'est pas le moment pour m'énerver contre lui. Nous avons tous les deux subit des changements aujourd'hui. Il est normal qu'il ne soit pas à l'aise en ma présence.

Je le regarde pendre son manteau dans l'entrée, avant de se diriger vers ce que je sais être la cuisine. Et encore, je le sais parce que j'ai visité. Tout seul ! Lui m'a abandonné dès qu'il l'a pu. J'ai été obligé de me débrouiller tout seul dans un endroit que je ne connaissais absolument pas.

Et moi qui pensais qu'il serait content d'apprendre que j'avais réussi à trouver les draps et à faire mon lit tout seul. Un rire amer passe dans ma tête, et je vois mon loup pencher la tête sur le côté, visiblement étonné par le son produit par mon regret.

Je serre et desserre les poings sur mes côtés, essayant de retrouver mon calme. Je ne suis pourtant pas du genre nerveux en temps normal, mais ses répliques m'ont mis hors de moi. Je ferme les yeux en entendant les portes de placards claquer dans tous les sens, tandis que je l'entends marmonner dans sa barbe.

Je m'approche donc pour savoir exactement ce qu'il dit, et sens la rage monter encore en moi. Il ne sait strictement rien de moi ni de ma vie. Il ignore ce que j'ai dû faire et subir pour rester en vie. Même si j'ai pris du plaisir dans les bras d'Artémus, cela ne veut pas dire que j'étais totalement consentant. On ne m'a laissé aucun choix.

En naissant dans cet endroit de malheur, ma vie était déjà toute tracée. Je devais obéissance aux vampires. Eux seuls avaient le droit de vie ou de mort sur moi. Et dès l'instant où le proprio m'a désigné pour être un esclave de sang, j'ai su ce qui m'attendait. J'ignorais simplement que j'y prendrais autant de plaisir.

Les quelques mois passés dans les bras d'Artémus ont été les plus beaux de ma vie jusqu'à présent. Et vu comment c'est parti avec Raphaël, j'ai un peu peur qu'ils ne soient les seuls.

Ma patience ayant atteint ses limites, je fais demi-tour, et me précipite sur la porte d'entrée. La rage obscurcit ma vision, et c'est d'un pas rapide que je parcours le chemin fait le matin même. Je n'aurais jamais dû croire Basile lorsqu'il me disait que trouver son Âme Jumelle était un véritable bonheur. Ce n'était que de la publicité mensongère pour que j'accepte son ami. Une simple propagande pour son club.

S'il y a bien une chose que j'ai retenue, c'est que Raphaël est un ami intime de celui qui est mon géniteur. Et que de toute évidence, il ferait tout pour lui. Comme mentir, par exemple.

Parce que l'homme qui me fait face depuis tout à l'heure n'a absolument rien à voir avec celui dont m'a parlé l'Oméga ce matin. Bien au contraire. Ce sont deux personnes totalement différentes.

Je laisse un cri de douleur m'échapper lorsqu'une main à la poigne forte s'enroule autour de mon bras, et me force à me stopper en plein élan. Je me retourne d'un bond pour faire face au Delta. Il a vraiment l'air furieux, et me fait un peu peur.

— Tu comptes allez où comme ça ?

J'avale ma salive et tente de me dégager, mais il ne me lâche pas, me rapprochant même de son corps. Ma température corporelle augmente soudain, et je m'en veux de réagir à sa présence de cette façon. Je comprends que c'est mon côté loup qui a dû reconnaître son compagnon qui interagit avec lui. Et je déteste cette partie de moi.

Je ferme donc les yeux, et vois effectivement mon animal dans ma tête, bondir dans tous les sens en sentant le parfum si envoûtant de son compagnon. Je serre les mâchoires presque à en grincer des dents, avant d'ouvrir brusquement les yeux. Raphaël me secoue comme un prunier, mes dents s'entrechoquant brutalement.

— Tu vas me répondre !

— Je rentrais chez moi !

Un rire sardonique sort de ses lèvres, et ma rage fait son grand retour dans mon corps. Une fois de plus, je tente de le repousser, mais il est nettement plus fort que moi. Lui a passé ses dernières années à s'entraîner pour devenir un loup fort, capable de protéger sa meute. Alors que le seul sport que j'ai fait, n'était que du sport en chambre. Pas vraiment de quoi lui tenir tête.

Raphaël me traîne derrière lui comme si je n'étais rien de plus qu'un vulgaire sac, et referme la porte de chez lui d'un coup de pied, avant de m'asseoir de force sur une chaise dans la cuisine. Je grogne doucement de douleur, en frottant mon bras martyrisé, et retiens les larmes qui montent en moi.

Je hais ce type !

— Nous n'avons pas vraiment le choix, Calvin. Il s'avère que tu es mon Âme Jumelle, mon loup t'a reconnu. Tu vas donc rester ici, que tu le veuilles ou non.

Il me tourne soudain le dos, et commence à naviguer dans la cuisine, sortant des aliments du frigo, avant de prendre des casseroles et des poêles dans un placard. La colère qui ne m'a pas quitté depuis qu'il est rentré tout à l'heure n'a fait qu'enfler dans mon ventre. Surtout en comprenant que je suis maintenant prisonnier de cet homme.

Et je m'en veux d'être sorti de cette salle ce matin. Je me suis laissé embobiner par Basile et ses mots de bonheur éternel. Il semble avoir eu de la chance, mais ce n'est visiblement pas mon cas. Mon Âme Jumelle me déteste pour une raison que j'ignore et ne veut pas de moi.

Je me lève pour calmer mes nerfs à vif, et me fais brutalement plaquer au mur, la main du Delta enroulée autour de mon cou. Mon cœur se met à tambouriner à toute allure dans ma poitrine, et j'ai du mal à respirer. Je pose ma main sur la sienne, pour lui indiquer que l'air ne rentre plus dans mes poumons, mais il ne semble pas comprendre ma manoeuvre.

— J'ai dit, tu ne pars pas d'ici.

Je hoche la tête pour lui montrer que j'ai compris, espérant qu'il va vite me relâcher. Mais il reste plusieurs secondes comme ça, à me regarder haleter, avant qu'une lueur fugace ne passe dans ses yeux, et que ses doigts ne se desserrent. La pression sur mon cou disparaît brutalement, et je me retrouve à glisser contre le mur comme une loque.

Pour le coup, je n'arrive plus à retenir mes larmes. Je les laisse couler librement sur mes joues, alors que j'enroule mes bras autour de mes genoux levés, et que je pose ma tête dessus. Même Artémus ne m'aurait jamais traité de cette façon. Bien qu'il ne me voie pas autrement que comme une chose bonne à lui donner du plaisir ou du sang, jamais il ne m'aurait fait mal de la sorte. Il existait un certain respect entre nous.

Ce que de toute évidence je n'ai pas avec cet homme. Raphaël semble me percevoir comme une obligation. Comme quelque chose avec laquelle il est obligé de faire. Un peu comme une maladie incurable. On fait avec parce qu'on n'a pas le choix, mais on n'est pas vraiment heureux de l'avoir.

— Tu aurais quand même pu préparer à manger. Comme si j'avais passé ma journée à me tourner les pouces moi !

Tout mon corps tremble de fureur. Je suis vraiment hors de moi. Il ne m'est encore jamais arrivé de me sentir de cette façon, et c'est vraiment déstabilisant et désagréable. Jamais encore je n'avais eu l'occasion d'être aussi énervé, et encore moins après un autre être humain.

Je me lève d'un bond, poussé par les endorphines qui courent dans mon corps, et serre les poings sur le côté de mes cuisses.

— Et comment aurais-je pu faire une telle chose ? Je ne sais pas comment on fait !

Raphaël esquisse un sourire sardonique qui me retourne le ventre. Il se fout vraiment de moi. Je ne pensais pas qu'on pouvait détester une personne à ce point. Surtout en si peu de temps. Il nous aura seulement fallu quelques heures pour que la haine naisse entre nous.

— Et comment se fait-il que Basile, qui était comme toi je te le rappelle, sache comment faire à manger, lui ? Et excellemment en plus ! Il a tout de même repris le restaurant du village qui était à l'abandon.

J'ouvre de grands yeux étonnés, me demandant comment mon géniteur a pu apprendre. Ce n'est pas dans le camp d'esclave de sang en tout cas. C'est alors que je me rappelle qu'il n'est jamais passé par ce camp. De ce qu'il nous a révélé, il a été choisi pour être un reproducteur, avant d'être acheté par le gouverneur du District.

Je sais que ce n'est pas non plus lorsqu'il était encore dans le camp Nursery. On attend pas ce genre de choses des enfants. Ils sont uniquement là pour faire grandir les rangs et s'occuper des plus jeunes. Et lorsqu'il est devenu un reproducteur, on lui demandait juste de féconder les femelles. C'était le rôle des femmes de fournir les repas.

Je ne vois donc qu'une seule chose. Cela doit dater de lorsqu'il s'est retrouvé chez le gouverneur. Ça ne peut être qu'à ce moment-là. Même si cela me paraît étrange. Il n'aurait pas dû avoir le temps d'apprendre.

— Je ne sais pas, et ce n'est pas à moi qu'il faut poser la question. Quoi qu'il en soit, on ne m'a pas appris ce genre de choses.

— Et on peut savoir ce que toi tu as appris dans cette ferme ?

J'avale la boule de stress qui m'est monté dans la gorge, et détourne le regard, mal à l'aise. Je ne peux pas lui dire que la seule chose que je sache réellement faire, c'est satisfaire sexuellement un vampire. Qu'il soit homme ou femme, je ne sais faire que ça.

La main de Raphaël se pose dans mon cou, mais moins fortement que tout à l'heure, et je me rends compte que je n'ai plus vraiment peur de lui. Bien au contraire. Si je devais faire attention aux envies de l'animal tapi en moi, je serais en train de me coller au corps vigoureux se trouvant face au mien.

Mais l'humain en moi n'est pas du tout d'accord avec ça. Bien au contraire, j'aimerais être le plus loin possible de lui. Si je pouvais me trouver à des milliers de kilomètres ce serait l'extase.

— Réponds-moi, gamin !

Je mordille ma lèvre inférieure, ne sachant pas trop comment lui amener une telle révélation, et la lueur que je vois briller dans ses yeux subitement me cloue sur place. Ses pupilles caramel se sont soudainement éclairées pour briller intensément, et me montrer le loup qui sommeille en lui, me donnant envie de lui faire plaisir.

L'animal en moi veut faire plaisir à son compagnon. Et ça me tue de le laisser faire.

— J'ai appris à faire plaisir aux vampires.

Raphaël se recule d'un pas, sa main jusque-là toujours posée sur mon cou, s'écartant brusquement comme s'il s'était brûlé à mon contact. Son regard parcourt rapidement mon corps de haut en bas, puis de bas en haut, et je peux voir exactement le moment où il comprend ce que je veux dire. L'air de dégoût qui apparaît subitement sur son visage me soulève l'estomac. Les larmes me montent lentement aux yeux, et je me détourne de lui pour ne plus voir cet air de ré-pulsion sur son visage.

— Tu veux dire que j'ai hérité d'une putain ? Génial ! J'ai une chance folle ! Mon frère a eu le droit à un homme doué en cuisine. Et j'obtiens une pute qui se fait baiser par tout ce qui porte des crocs ! Absolument fantastique !

Je suis obligé de me mordre l'intérieur de la joue jusqu'au sang pour ne pas me mettre à pleurer comme un gosse. Il ne faut pas oublier que je n'ai que dix-sept ans. Il pourrait se montrer un peu plus gentil avec moi.

Ce n'est pas comme si j'avais décidé de devenir une pute. Je ne me suis pas réveillé un matin en me disant que j'irais bien donner mon cul aux vampires qui traînent dans le coin. Bien au contraire. Si j'avais pu choisir librement ma vie, ce n'est certainement pas ça que j'aurais choisi de faire.

Même si je dois avouer que ça n'a pas été aussi terrible que j'essaye de le faire croire. Artémus a été génial avec moi, et il s'est toujours montré gentil. Son absence se fait d'ailleurs affreusement ressentir ce soir. Jamais il ne m'aurait traité de cette façon lui.

Raphaël me plaque de nouveau d'une main de fer contre le mur, et je vois dans ses yeux qu'une lutte s'est engagée entre son loup et lui. J'ai le sentiment qu'ils ne sont pas d'accord sur le chemin à suivre tous les deux.

Le Delta pose une main dure sur mon épaule, et je crie de douleur lorsqu'il me force à me mettre à genoux devant lui. Mon cœur tambourine à toute allure dans ma poitrine, tandis qu'il me maintient de force à ses pieds. Je relève doucement la tête afin de savoir ce qu'il attend de moi et me fige en l'entendant.

— Alors je t'en prie, montre-moi ce qu'on t'a appris !

Mon souffle se bloque dans ma gorge tandis que je comprends ce qu'il veut que je fasse. Je tente de me défaire de ses doigts qui s'enfoncent violemment dans ma peau, mais il est vraiment beaucoup plus fort que moi. Je sens les larmes sur le point de tomber, mais je fais tout pour les retenir. Cet enfoiré ne doit pas voir à quel point il m'affecte.

Je vois une fois de plus cette lueur étrange passer dans son regard, et les doigts se faire moins durs sur mon épaule, avant qu'elle ne disparaisse de nouveau et que Raphaël ne plonge les doigts de son autre main dans mes cheveux, pour plaquer mon visage contre la braguette de son jean. Si je n'avais pas encore compris ce qu'il attend de moi, je n'ai plus aucun doute maintenant.

J'abandonne donc la bataille que je me livrais et laisse mes larmes dégringoler violemment sur mes joues. Je prends une grande inspiration pour me donner le courage d'y arriver. J'ai été formé pour ça. Pour faire à des hommes qui ne me plairaient pas forcément, ce que me demande mon Âme Jumelle. Je lève donc le bras et tends une main tremblante pour ouvrir son pantalon. Je déglutis lourdement en voyant le membre qui se profile devant moi sous le coton du boxer, et prends sur moi pour continuer.

C'est ce que l'on m'a appris à faire. Artémus n'a eu de cesse de m'expliquer que peu importe ce dont j'ai envie, il faut juste que je fasse plaisir à mon maître. Je ferme donc les yeux pour retrouver mon amant instructeur, et descend le sous-vêtement de Delta. Il faut que je pense à Artémus, à ce qu'il aimait que je lui fasse.

Ma main s'enroule autour de la verge de Raphaël, et j'ouvre brusquement les yeux en me rendant compte qu'elle est toute molle entre mes doigts. J'ai toujours eu l'habitude d'Artémus. Et il était systématiquement dur lorsqu'il venait me voir. Il arrivait parfois qu'elle ne soit pas encore totalement réveillée, mais elle était au moins à moitié dure. Alors me retrouver avec un membre mou entre mes doigts est une grande première pour moi.

Et c'est également très vexant. Car cela veut dire que je ne l'excite absolument pas. Raphaël est censé devenir mon Âme Jumelle dans un avenir proche. Nous sommes destinés à avoir une famille. Mais comment tout cela serait-il possible s'il n'arrive même pas à bander pour moi.

Je ravale les nouvelles larmes qui veulent se mettre à couler, et commence à masser doucement le membre dans ma main. Mais j'ai beau m'acharner, le sexe du Delta ne veut rien savoir. Je sors alors le bout de ma langue, me disant que ma bouche va sans doute le stimuler davantage que ma main. Mais je n'ai même pas le temps de sortir la langue, que Raphaël finit par me repousser brutalement, et range son engin dans ses vêtements, avant de me fusiller du regard. Comme si c'était de ma faute s'il n'avait pas réussi à bander, et je dois reconnaître que je le prends personnellement. C'est vrai que normalement, le Destin a réparti notre Âme dans nos deux corps. Nous sommes donc censés nous entendre sur tous les points. Et visiblement, mon compagnon ne veut pas de moi. En tout cas, pas physiquement.

Le Delta secoue doucement la tête en arborant un sourire narquois, comme s'il savait déjà qu'une telle chose allait arriver, et se retourne vers le plan de travail pour se remettre à faire à manger. Je grogne en serrant les mâchoires, et me redresse, frottant mes genoux endoloris d'avoir passé trop de temps au sol.

Je n'ai vraiment pas eu de chances à la loterie. Basile s'est vu attribué deux mâles absolument superbes et prêts à se mettre à ses pieds aux moindres de ses désirs. Alors que je me retrouve avec un connard qui semble juste vouloir faire de moi sa chose. Et moi qui pensais que la vie dans la meute serait différente de celle d'esclave de sang.

Je me détourne pour fuir à nouveau, mais me retrouve une fois de plus plaqué contre le mur. Mais cette fois-ci, ma trachée n'est pas bloquée, je peux donc respirer à peu près normalement.

— Je te l'ai déjà dit, gamin ! Tu ne pars pas d'ici. Nous devons apprendre à nous connaître si nous voulons passer le reste de nos vies ensembles.

Un rictus méprisant étire soudain mes lèvres.

— Tu crois franchement qu'avec ta manière de me traiter j'ai envie de passer ma vie avec toi ? Si c'est le cas, tu es plus con que je ne le pensais.

Je ne savais pas que je cachais autant de courage en moi. Ou alors, je suis subitement devenu suicidaire. Parce qu'il ne fait aucun doute que ce loup est cent fois plus fort que moi et qu'il pourrait me briser en bougeant seulement le petit doigt.

Mais contre toute attente, il se recule brutalement, ses yeux miroitant bizarrement, et je comprends que c'est son loup qui vient de faire une apparition. Visiblement, ils ne sont pas d'accord tous les deux sur la marche à suivre à mon propos.

Je sens que le Destin a un peu cafouillé en faisant son boulot nous concernant. Je vais galérer dans les mois à venir, et je ne donne pas cher de la suite en ce qui concerne mon histoire avec le Delta. Elle n'aura peut-être pas une fin heureuse comme les autres Âmes Jumelles avant nous.

CHAPITRE 3

―――――

Je regarde tout autour de moi, surpris de me retrouver au milieu des têtes pensantes de la meute. Lorsque Raphaël est venu me chercher dans ma chambre après notre petit tête-à-tête un peu houleux, j'ai eu peur qu'il ne me demande à nouveau de le sucer. Étant donné qu'il n'a pas réussi à bander la première fois, j'ai craint qu'il ne revienne à la charge.

Mais de toute façon, je pense que je n'ai pas fini avec cette partie de notre association. Je ne vois pas trop comment l'appeler autrement. Ce n'est certainement pas une relation, et encore moins un mariage. Nous avons juste été jumelé par un connard qui se croit supérieur aux autres.

Sincèrement, si un jour je rencontre celui qui décide qui doit aller avec qui, je lui mets un gros coup de poing dans la gueule pour lui apprendre à ce débile.

À peine sommes-nous arrivés dans la maison de l'Alpha, que l'homme qui est censé être mon Âme Jumelle, se colle à l'homme qui est censé être mon géniteur. Je suis super bien entouré ça fait peur.

Je me laisse donc tomber dans un des canapés, les bras croisés, faisant la gueule pour bien montrer à Raphaël que ça me fait chier de le voir avec Basile. Mais il s'en fiche royalement. Il va même jusqu'à me tourner le dos cet enfoiré.

Je lève les yeux au ciel, en grommelant doucement, prenant de petites inspirations pour tenter de ne pas trop m'énerver. Je n'ai pas vraiment envie que tout le monde comprenne qu'on ne peut pas se blairer l'un l'autre.

J'ai comme un coup au cœur en voyant Gabriel s'approcher de Basile et lui parler tendrement à l'oreille, avant qu'ils ne s'embrassent langoureusement. Si je voulais extrapoler un peu, je pourrais presque nous mettre Raphaël et moi à la place des deux hommes, et je pourrais sans problème imaginer à quoi nous ressemblerions.

Mais je crois que ce qui me fait le plus de mal, c'est qu'à trois, ils arrivent à prendre soin des uns des autres, sans que jamais aucun d'eux ne soit oublié. Pour preuve, Basile a beau discuter avec Raphaël, ses deux hommes ont pensé à lui en allant lui chercher un breuvage chaud.

Je détourne le regard, les larmes montant en moi. Je ne dois pas leur laisser voir que cela m'atteint de cette façon. Je dois me montrer fort.

J'examine alors mon environnement, me demandant pour quelle raison nous avons dû venir ici. Je dois reconnaître que lorsque Raphaël est venu me chercher dans ma chambre, la seule chose que j'ai compris, c'est que j'allais pouvoir sortir de la maison et peut-être me tenir éloigné de lui. Je n'ai pas vraiment cherché à savoir pourquoi nous devions sortir.

Un cri déchire soudain l'air, et je me glace d'effroi sur le canapé en comprenant qu'il s'agit d'un cri d'un humain. Je ne sais pas ce qui lui arrive pour qu'il crie de cette façon, mais je ne veux pas être à sa place. On a le sentiment qu'il est en train de se faire égorger vif. Ou peut-être dépecé. Je n'ai jamais tenté ni l'un, ni l'autre, alors j'ignore ce qui fait le plus mal.

Je tressaille durement lorsqu'un autre cri se fait entendre, et je vois mon géniteur se crisper sur sa chaise tandis qu'il tourne la tête vers le couloir. Il est devenu blanc comme un linge et ça me fait un peu rire. Je glousse doucement, avant de me tendre à mon tour.

— Tu ne devrais pas rigoler. D'après ce que j'ai compris, ça devrait bientôt être ton tour.

Je tourne lentement la tête, tombant dans des yeux marrons rieurs qui me mettent tout de suite à l'aise. Je sens mes lèvres s'incurver légèrement pour répondre au sourire qu'il m'adresse. Avant de froncer les sourcils, ne comprenant pas ce qu'il veut me dire.

— Tu sais tout de même ce qui est en train de se passer ?

Je secoue la tête en signe de négation et me fige en grimaçant lorsqu'il m'explique que Nathan est en train de mettre au monde le premier enfant issu d'un Oméga. Ma grimace se transforme en comprenant le sens de ses premières paroles. Visiblement, il s'attend à ce que je tombe enceint rapidement moi aussi maintenant que je suis jumelé avec Raphaël. Il faut que j'arrive à le détromper sans qu'il ne comprenne pourquoi. Je tente donc de biaiser.

— Je ne suis pas encore sexuellement mature. Il va falloir attendre des années avant qu'une telle chose n'arrive.

Un autre cri perce brutalement l'air, et je sursaute à nouveau brusquement. L'homme explose de rire en voyant ma réaction, et je fronce les sourcils à son attention. J'ai préféré opter pour la version sûre. Celle que personne ne pourra remettre en question. Parce que si je m'étais embarqué dans le fait que Raphaël ne veut pas de moi, et qu'il est physiquement incapable de bander pour moi, je sens que je n'aurais pas quitté cette maison de sitôt.

— Tu ne dois pas savoir qui je suis !

Mes sourcils s'arrondissent davantage sur mon front. Serait-il quelqu'un d'important ? Si c'est le cas, Raphaël a une fois de plus manqué à ses devoirs ! L'homme me tend la main, son sourire éclatant toujours en place.

— Je suis Tyler. Compagnon de l'Alpha de la meute de la rivière bleue, également Ancien au conseil des meutes. On peut aisément dire que j'en ai vu dans ma vie. Et un gamin qui vient de rencontrer son Âme Jumelle alors qu'il n'est pas encore mature, ce n'est pas la première fois. Donc, fais-moi confiance lorsque je te dis que ce sera bientôt ton tour.

Ma mâchoire se décroche presque en entendant ses mots. Déjà, j'ignorais totalement qu'il existait des personnes encore au-dessus de Ryan et Andrew. J'ai naïvement cru qu'ils étaient les seuls à pouvoir me donner des ordres. Mais visiblement, ce n'est pas le cas. Cet homme et son compagnon semblent en être capables également.

Ensuite, qu'il me dise qu'il a déjà vu un cas comme le mien et que l'Oméga ce soit retrouvé enceint rapidement me met un peu les boules. Parce que cela veut dire que si jamais Raphaël décidait qu'il veut une descendance, je n'aurais pas d'autres choix que d'accepter.

Avec le visage qu'il m'a montré ses dernières heures, j'en viens à me dire qu'il serait même capable de me violer pour obtenir ce qu'il veut. Une perspective très réjouissante.

— Je dois avouer que j'ignorais totalement votre existence. Mon compagnon n'a pas vraiment fait son travail correctement. À vrai dire, j'ignore quasiment qui est qui dans ce salon.

Tyler fronce les sourcils à mes mots, avant de regarder le

Delta qui est toujours en compagnie de Basile, et je vois son visage se figer lorsqu'il comprend ce qui lie les deux hommes. Il fait ensuite le tour de la pièce, pour s'arrêter sur Gabriel et Andrew qui sont enlacés un peu plus loin, mais qui jettent fréquemment des regards à leur compagnon. Au moins, ils font attention à lui, eux. Ce qui n'est absolument pas le cas de Raphaël.

J'ai beau faire celui qui s'en moque royalement, je ne peux pas empêcher mes yeux d'aller et venir dans sa direction. Et depuis que nous sommes arrivés, il ne m'a regardé qu'une seule fois, et Basile l'a fait également. Je pense qu'ils ont dû parler de moi tous les deux.

L'Ancien me regarde à nouveau, et la pitié que je vois dans ses yeux me retourne l'estomac. Il semblerait bien qu'il ait compris mon problème. Je baisse les yeux, honteux du comportement de mon compagnon. Il est en train de se traîner aux pieds d'un homme qui a déjà été réclamé par deux autres hommes. En plus, du peu que j'ai pu voir, Basile est fou amoureux de ses deux hommes. Raphaël n'a aucunes chances.

Mais cela veut dire que moi non plus. Tant qu'il sera amoureux de mon géniteur, il n'y a aucun espoir pour moi. Il ne me verra jamais autrement que comme le gamin qui l'a empêché d'avoir l'homme qu'il aimait.

Basile se retrouve soudain avec un bébé dans les bras, et je suis émerveillé par le changement qui s'opère en un quart de seconde chez lui. Tout d'abord réticent à prendre cette enfant dans ses bras, il est maintenant en train de la bercer tendrement contre son cœur, et ne semble pas vouloir la rendre à Joshua lorsqu'il débarque peu de temps après sa compagne. J'ai le sentiment que l'Oméga va bientôt se retrouver père. Il y a de fortes chances pour qu'en rentrant chez eux, Basile exige de ses compagnons qu'ils lui fassent un bébé.

— Tu sais, Calvin, Basile ne pensait pas être aussi heureux il y a quelques mois de ça. De ce que j'en sais, il était persuadé que le Destin avait fait la plus grosse connerie de sa vie en l'accouplant à ses deux hommes.

Je fronce les sourcils, ne voyant pas du tout où l'Ancien veut en venir. Il me sourit doucement, avant de prendre mes mains dans les siennes, et de me raconter un peu l'histoire de mon géniteur.

J'avoue que je découvre énormément de choses sur lui. S'il y a bien une information que les vampires nous cachent, c'est que nous vieillissons deux fois plus vite en leur servant de repas. Je ne savais absolument pas que je perdais des années de vie en donnant mon sang régulièrement à Artémus. Je suis heureux d'avoir été trouvé par la meute. Même si je me prépare à une vie de tristesse aux côtés d'un homme qui ne m'aimera jamais.

Ensuite, j'ai découvert que j'avais fait la même connerie que lui, en tombant amoureux de l'homme qui m'a initié aux plaisirs entre hommes. Nous sommes vraiment plus semblables que je ne le pensais. Je savais que jamais Artémus ne m'avouerait tenir à moi, mais dans un coin de mon esprit, je croisais les doigts pour qu'il m'achète. Nous serions alors restés tous les deux et je n'aurais pas été obligé de me donner à un autre vampire. Heureusement pour moi, une telle chose n'est jamais arrivée. Malgré le fait que j'avais été vendu la veille du soulèvement, j'ai tout de même pu rejoindre la meute. Ce serait arrivé un jour plus tard, je serais à l'heure actuelle en train d'ouvrir les cuisses pour un parfait inconnu et me vider tous les jours un peu plus de mon énergie vitale.

J'ai également aussi été ému en découvrant que tout comme moi, il ignorait totalement qu'il était un loup, et qu'il était uni à un animal et un vampire. Ça n'a pas dû être évident pour lui de se retrouver au milieu des deux hommes.

En revanche, ce que j'ai du mal à accepter, c'est le fait qu'il ait donné un espoir fou à Raphaël. Tyler vient de me raconter que Basile est allé embrasser mon compagnon, alors que le Destin l'avait déjà jumelé avec le vampire et le loup. Il est allé se pendre au cou de Raphaël qui n'attendait que ça, et qui depuis est persuadé que l'homme dont il est amoureux va revenir.

En réalité, la haine que ressent le Delta pour moi vient de là. Basile serait resté tranquillement à sa place ce jour-là, mon compagnon serait peut-être plus enclin à m'accepter dans sa vie aujourd'hui.

— Ce que je veux te faire comprendre, Calvin, c'est que tu ne dois pas perdre espoir. Le Destin sait ce qu'il fait.

Son regard se détourne légèrement et je suis le même chemin que lui pour tomber sur un homme qui me file la chair de poule de peur. Il est immense, et il se dégage de lui une sensation oppressante de pouvoir qui me cloue sur place. Instinctivement, je baisse la tête, avant de le regarder pas dessous mes cils.

Le sourire qu'il arbore soudain me coupe les pattes. Ce simple mouvement de ses lèvres lui retire toute la dangerosité qu'il peut émettre en temps normal.

Je regarde Tyler, qui lui aussi à un sourire énorme plaqué aux lèvres. Je comprends que le géant n'est autre que son compagnon, et je suis estomaqué. Comment une petite chose comme Tyler a pu accepter un monstre comme l'Alpha ? Ça me dépasse !

— Tu sais, lorsque j'ai rencontré Gidéon, je n'étais pas bien vieux. À peine une petite cinquantaine d'années. Je n'avais eu qu'un seul amant à ce jour. Comme nous avions tous les deux passés notre maturité sexuelle, nous avons fusionné dès notre rencontre, mais les premiers jours ont été houleux entre nous. Comme tu peux t'en douter, Gid est un Alpha pure-souche, et il n'admettait pas que je remette ses décisions en question, moi petit Oméga. J'ai donc dû lui apprendre à m'écouter, à prendre mes considérations en compte. Nous avons galéré durant des mois, mais dès que notre aîné est arrivé, tout a changé entre nous. Aujourd'hui, je ne pourrais pas vivre sans lui.

La paix dégagée par son visage me cloue presque sur place. À croire que c'est son union avec l'Alpha qui le rend aussi heureux.

Je me tourne vers sa moitié, et je reste une fois de plus ébahi par le courant que je sens passer entre eux. C'est chaud et doux, comme une couverture moelleuse. J'ai juste envie de me pelotonner tout contre eux pour absorber leur chaleur et leur bien-être.

Je m'aperçois brusquement que j'aurais adoré qu'ils soient mes parents. J'ignore totalement comment cette idée m'est venue, ni même pourquoi, mais j'ai le sentiment profond que j'aurais été heureux avec eux comme parents.

— Je te demande juste de faire confiance au Destin, Calvin. Il sait ce qu'il fait. Ça peut te paraître faux pour le moment, mais je peux t'assurer qu'un jour tu repenseras à cette conversation et que tu en rigoleras.

J'esquisse un sourire triste, n'y croyant pas du tout. Surtout lorsque je tourne le regard vers Raphaël et que je le trouve en train de littéralement baver devant Basile. Il n'a vraiment rien compris le pauvre. Jamais l'Oméga ne ressentira autre chose que de l'amitié pour lui. Éventuellement un amour purement fraternel, mais jamais rien de plus.

Je sens les larmes me monter aux yeux en comprenant que tant qu'il ne laissera pas partir Basile, il ne me laissera pas entrer dans son cœur. Et une colère sourde monte en moi contre celui qui m'a donné la vie. Je sais que c'est irrationnel. Ce n'est pas totalement de sa faute. Mais il n'existerait pas, j'aurais pu être heureux.

Ma colère se dégonfle d'un seul coup, alors qu'une autre idée fulgurante ne passe dans mon esprit. Il n'existerait pas, moi non plus. Car j'ai beau ne pas vouloir de lui comme père, nous sommes tous les deux sûrs à quatre-vingt-dix-neuf pour cent qu'il est bien mon géniteur.

Je souffle bruyamment en me passant une main lasse dans les cheveux. Ma vie est devenue compliquée ses derniers temps. J'en viens à me dire que j'aurais été plus heureux en étant la putain d'un vampire. Au moins, je savais ce que j'avais à faire, et où se trouvait ma place.

Aujourd'hui, je sais juste que je suis censé devenir l'Âme Jumelle d'un homme qui ne peut pas m'encadrer, et j'ignore ce que je vais pouvoir faire de mes journées.

— Viny ? On peut discuter ?

Je relève brusquement la tête pour tomber dans les yeux sombres de mon ami. Kit semble un peu mal à l'aise, se tortillant d'un pied sur l'autre, croisant et décroisant les doigts devant lui.

Je me tourne vers Tyler et l'Ancien m'adresse un sourire tendre avant de poser une main douce sur les miennes.

— Tu fais partie de cette meute maintenant, et je sais que ça peut être compliqué de discuter de ce genre de choses avec l'homme qui est à l'origine de ton problème.

Nos deux regards se portent vers la table où sont assis les deux hommes, et mon ventre se contracte douloureusement en voyant la dévotion dans les yeux de Raphaël. Je sais déjà que jamais il ne me regardera de cette façon.

— Gid et moi avons décidé de nous installer ici pour le moment. Il a laissé le commandement de la meute à notre fils aîné. Donc, si tu as besoin de discuter, tu sais où me trouver. OK ?

J'avale la boule qui vient de se former dans ma gorge, et tente de refouler mes larmes. C'est la toute première fois de ma vie que quelqu'un s'intéresse réellement à moi et à mes sentiments. Jusqu'à ce jour, on a toujours fait attention à ma santé, à ma forme physique, mais jamais à ce que je ressentais. C'est un sentiment très agréable.

Tyler se lève du canapé et dépose un baiser sur mon front. Je rougis avant qu'une sensation de bien-être intégral ne se fonde sur moi. Un peu comme si je m'étais coulé sous une fontaine de bien-être et qu'elle m'en recouvrait tout entier.

L'Ancien me fait un clin d'œil et se détourne pour aller se coller à son homme. Avec un léger sourire triste, je regarde l'Alpha écarter son bras pour que son homme vienne se caler tout contre son corps. Il l'a fait sans même y réfléchir. On voit qu'il a l'habitude de tenir son compagnon de cette façon.

Le canapé se creuse à côté de moi, et je me détourne du couple formé par les deux anciens, pour tomber dans les yeux sombres de mon ami. À une certaine époque, nous étions les meilleurs amis du monde, mais une simple phrase à tout bousillé entre nous.

Malgré tout, je ne veux pas renier ce que je suis. J'ai découvert grâce à Artémus que j'aimais les hommes, et je suis fier de ça. Je sais que je n'ai pas a en avoir honte. Ce n'est pas une maladie. C'est juste moi.

Kit se passe une main nerveuse dans les cheveux, ses yeux se baladant partout, sans jamais se poser sur moi. J'ai le sentiment qu'il veut me faire comprendre quelque chose. Et je crois déjà savoir ce dont il s'agit. Si je me base sur ses mimiques étranges, je dirais qu'il s'en veut pour la manière dont il m'a traité le matin même. Mais il rêve s'il pense que je vais l'aider à se sortir de cette merde.

Kit finit par redresser la tête, les mains croisées, coincées entre ses genoux. Il plante son regard dans le mien, et je ne peux m'empêcher d'admirer son courage. C'est une chose que j'ai toujours vantée chez lui. Malgré notre position tout en bas de l'échelle sociale, Kit ne s'est jamais laissé démonter par qui, ou quoi que ce soit. Il a toujours tenu tête aux vampires qui nous gardaient.

— Je tiens tout d'abord à m'excuser pour ma manière de réagir ce matin. C'est juste que tout va trop vite en ce moment, et que ça a été la goutte d'eau qui a fait déborder le vase.

Il esquisse un sourire contrit, et j'ai du mal à ne pas lui sauter dessus pour le serrer dans mes bras. Je pense que ce ne serait pas forcément bien pris de sa part. Je me contente donc d'un simple mouvement de la tête, accompagné d'un petit sourire.

— Il faut que tu comprennes que jusqu'à ce que tu me dises que tu préférais les hommes, j'étais persuadé être tombé dans un village de dégénéré.

Mes sourcils se lèvent d'un coup et mon visage perd toutes ses couleurs à ses mots. C'est donc de cette façon qu'il nous voit. Pour lui, nous ne sommes que des gens malades. La colère grimpe subitement en moi, et je me lève d'un bond, me retenant de toutes mes forces de le rouer de coups. Il n'a pas le droit de penser une telle chose. Nous ne sommes pas des malades mentaux. Nous avons juste une sexualité différente.

Bien évidemment, mon geste ne passe pas inaperçu, et tous les regards se tournent vers nous. Même celui de Raphaël. Mon Âme Jumelle fronce brutalement les sourcils, et il me semble voir de la colère dans ses yeux. Mais à cet instant-là, je m'en moque totalement.

Kit se lève à ma suite, se rendant compte qu'il n'a pas forcément exprimé sa pensée comme il l'aurait dû, levant les mains devant lui pour s'excuser.

— Désolé, mon pote. Une fois de plus, j'ai mis les pieds dans le plat lamentablement. Je me suis mal exprimé. Ce n'est pas ce que je voulais dire.

Je serre les poings, me retenant de toutes mes forces de ne pas le frapper. Je n'ai jamais été aussi en colère qu'à cet instant. Je crois même que notre petite échauffourée avec Raphaël ne m'a pas mis autant hors de moi.

— Écoute, Viny. Est-ce qu'on pourrait trouver un petit endroit calme pour en discuter tous les deux ? J'ai pas mal réfléchi ces derniers jours, et j'aimerais en parler avec toi, si c'est possible.

Il semble tellement contrit que ma colère se dégonfle d'un seul coup. Je hoche la tête de manière saccadée, et suis récompensé par le sourire énorme de mon ami. Il tend le bras derrière lui et m'invite à le suivre hors de la salle à manger.

Je fais un pas avec lui, avant qu'une main ne vienne s'entourer autour de mon avant-bras, m'arrêtant brusquement. Je grimace de douleur, me mordant les lèvres pour ne pas crier. Je croise le regard froncé de Tyler, et esquisse un sourire pour le rassurer, avant de regarder Raphaël.

— Que veux-tu ?

— Savoir où tu comptes aller comme ça ?

Je lève les yeux au ciel en soupirant fortement. Ça va vite me gonfler s'il me suit à tout bout de champ. Mon regard se perd alors vers le salon et ce n'est qu'à cet instant que je remarque l'absence de Basile. Un sourire amer étire mes lèvres. Je suis persuadé qu'il n'aurait pas fait gaffe de mon départ si l'Oméga avait toujours été là.

— Discuter dans un endroit plus tranquille avec mon ami.

Le Delta pose les yeux sur Kit, avant de revenir vers moi. Après plusieurs secondes à nous regarder dans le blanc des yeux, il finit par hocher la tête en signe d'assentiment et à me lâcher le bras. Je plie et déplie mes doigts plusieurs fois pour faire revenir le sang, en grimaçant légèrement, avant de lui accorder un léger sourire et un mouvement du menton pour le remercier.

Je ne sais pas encore vraiment comment me comporter avec lui, mais je pense que le mieux que j'ai à faire, c'est de faire profil bas, et le caresser dans le sens du poil. L'énerver au moindre geste ne m'aidera pas. Tout comme faire comme s'il n'existait pas.

— Je t'attends ici.

Je force un sourire sur mes lèvres et hoche à nouveau la tête. Je n'ai pas vraiment envie de rentrer avec lui, mais je sais que je n'ai plus vraiment le choix.

Je repense alors à ce que m'a dit Tyler tout à l'heure, et je me dis que je ne pourrais jamais lui parler de ce qu'il risque de me faire vivre. En l'espace de quelques heures seulement, je suis devenu l'esclave d'un loup.

Finalement, j'ai beau avoir un animal qui partage mon corps, ma vie n'a pas changé d'un iota par rapport à celle que j'avais à la ferme. La seule différence, c'est que cette fois-ci, on ne me demandera pas de me prostituer étant donné que mon propriétaire n'est même pas capable de bander pour moi.

Je finis par suivre Kit le long du couloir, le cœur serré et une envie de vomir qui me prend aux tripes. Ma vie est une belle merde. Finalement, j'avais raison tout à l'heure. Basile n'aurait jamais dû venir au monde. Car dans ce cas, je ne serais jamais né moi non plus. Et je n'aurais pas à subir une telle ignominie.

CHAPITRE 4

─────

vec un léger sourire sur les lèvres, je regarde mon ami
faire la navette dans le jardin. Dès qu'il s'est présenté
devant moi tout à l'heure, j'ai bien compris qu'il était
stressé de me parler. À mon avis, ce qu'il a à me dire ne doit pas
être facile pour lui.

J'examine les alentours, et mon sourire s'accentue sur
mes lèvres en voyant la balancelle un peu plus loin. Je retire le
mécanisme qui la garde fixe, et m'installe sur le coussin moelleux, avant de donner un léger coup de mon pied pour me balancer doucement.

Je me cale confortablement, remontant mes jambes sous
moi, me laissant bercer par le mouvement. Mes yeux ne quit-
tent pas Kit qui continue de déambuler devant moi, se passant
nerveusement les doigts dans les cheveux.

Il finit par s'arrêter devant moi, glissant ses mains dans
les poches de son jean, et je ne remarque qu'à cet instant,
que malgré le fait que nous ayons quasiment le même âge, il
fait extrêmement jeune. En le voyant debout en face de moi
dans son jean lâche et son tee-shirt près du corps, ses cheveux
ébouriffés en tous sens, et ses yeux pétillants, on lui donne
guère plus de seize ans.

Nos vies ont pris des chemins différents, et cela nous a modelé de façon différente. Tandis que je devenais un pro du sexe, Kit était recueilli par des loups pour en faire l'un des leurs, et l'élever comme l'un de leurs petits. Il n'a pas eu à vivre tout ce que j'ai vécu. S'il l'avait fait, Vincent ne serait pas aussi loin de sa meute.

Je me mordille la lèvre inférieure, me retenant de lui parler de cet homme qui attendait sa venue comme le messie, mais qui a dû s'éloigner pour ne pas lui faire peur. Basile m'a bien demandé de ne pas lui répéter tout de suite. Il préfère attendre de le sentir prêt pour l'informer que nous savons déjà qui est son Âme Jumelle.

— Je voulais tout d'abord m'excuser à nouveau pour la façon dont je t'ai traité ce matin. C'est inexcusable de ma part.

Je plonge dans le regard noir de mon ami, et esquisse un léger sourire pour le rassurer. Il se balance de la pointe de ses pieds à ses talons, gardant les mains au fond de ses poches. Il sourit à son tour, mais je sens qu'il n'est toujours pas serein.

Je tapote la place à côté de la mienne, l'invitant à me rejoindre. Il jette un coup d'œil derrière moi, et je suis son regard, fronçant les sourcils en voyant Raphaël accoudé à la porte extérieure. Pourquoi nous observe-t-il de la sorte ? Il doit bien se douter que je ne vais strictement rien tenter avec mon ami. Kit n'est absolument pas prêt à ce genre de chose pour le moment.

De toute façon, même s'il avait été prêt, je ne vois pas en quoi me rapprocher de Kit pourrait l'embêter. Après tout, Raphaël m'a très bien fait comprendre qu'il ne voulait pas de moi. Je trouve sa manière de me surveiller un peu excessive.

Je me détourne de lui et indique de nouveau à Kit de venir s'asseoir à côté de moi. Il penche la tête sur le côté en me regardant, m'interrogeant à sa manière.

— Ne t'inquiète pas, il ne va pas te faire de mal. De toute façon, je ne sais pas pourquoi il fait ça, il ne veut pas de moi.

Cette fois-ci, Kit fronce brutalement les sourcils, alternant rapidement entre la maison et moi, avant de finalement se décider à s'asseoir.

— Je dois avouer que j'ai un peu de mal à te croire à le voir comme ça.

Je ricane amèrement. Il ne l'a pas vu tout à l'heure lorsqu'il m'a presque forcé à le sucer. Ce n'est qu'à cet instant que je réalise que la plupart du temps, les gens ne voient que la partie publique d'une personne. Ils ignorent absolument tout de ce qu'il se passe dans le privé lorsque les rideaux sont tirés. Et c'est encore plus vrai lorsqu'il s'agit d'un couple. En dehors des deux protagonistes, ou trois dans le cas de Basile, il est impossible de savoir exactement ce qu'il se passe entre deux compagnons.

C'est certainement pour ça que pour mon géniteur, Raphaël est un mec exceptionnel qui mérite d'avoir le meilleur, alors qu'en réalité, c'est un connard complet.

— C'est pourtant la stricte vérité. Il me l'a dit clair et net. Ce n'est pas moi qu'il voulait.

Je sais que l'on peut sentir la colère et l'amertume dans ma voix, mais je ne peux pas y faire grand-chose. C'est comme ça. Le Destin m'a jumelé avec un homme qui ne veut pas de moi. Je dois faire avec, point à la ligne.

Kit s'installe face à moi, sa jambe gauche repliée sous lui, son coude sur son genou. Il pose son menton dans sa main et plonge son regard dans le mien. Je dois avouer que ses yeux sombres sont assez déstabilisants. On a du mal à distinguer la pupille de l'iris. Un frisson me parcourt tout entier, avant que je ne détourne le regard.

À mon avis, Vincent aura du mal à lui mentir lorsqu'il reviendra. Kit a une aura qui donne juste envie de lui dire la vérité, toute la vérité, et rien que la vérité.

— Tu as des problèmes avec lui ?

Je regarde à nouveau mon ami et suis surpris d'y voir un réel intérêt. Comme si ma relation avec Raphaël était importante pour lui. Je hausse les épaules pour lui signifier qu'il n'y a rien de grave, même si c'est faux, avant de tenter de lui sourire réellement. Kit esquisse une grimace qui me fait rire légèrement, et je sens comme un poids s'échapper de mes épaules.

— C'est juste qu'on doit apprendre à se connaître tous les deux. Ça ira mieux dans quelques semaines.

— Tu y croirais, je pourrais presque y croire à mon tour.

Je lève les yeux au ciel, mon sourire s'accentuant sur mes lèvres. Il n'a pas entièrement tort, mais je pense qu'une petite partie de moi y croit dur comme fer. Je dirais une partie avec de grandes oreilles et une fourrure bien fournie.

— Il plaît à mon loup. Je crois que je n'ai pas vraiment le choix.

— Et à toi ? Est-ce qu'il te plaît ?

Je fronce les sourcils, ne voyant pas vraiment la différence entre les deux. De toute façon, ça ne changerait strictement rien. Si mon loup le veut, cela veut bien dire que je suis obligé de me le coltiner jusqu'à la fin de ma vie. Je hausse donc une nouvelle fois les épaules, mais cette fois-ci, je n'y crois plus du tout. Toute ma bonne humeur s'est échappée.

— Ça n'a aucune importance qu'il me plaise ou non. Il est mon Âme Jumelle, je n'ai pas le choix.

Kit se redresse, posant un de ses pieds à terre et se penchant vers moi. Je fronce les sourcils, me demandant ce qu'il a bien pu trouver. Son petit sourire machiavélique ne me dit rien qui vaille.

— Lorsque Basile m'a informé que j'étais un Oméga mâle et que j'allais obligatoirement me lier avec un autre homme, j'ai totalement paniqué et je me suis braqué. Je veux dire, je n'ai jamais été attiré par les hommes. Alors je ne vois pas pourquoi une puissance supérieure déciderait à ma place de ce qui est bon pour moi ou pas.

Il reprend brusquement son souffle, ses joues se colorant d'un joli rouge. Je vois bien qu'il est passionné par ce qu'il raconte. C'est d'ailleurs la première fois que je le vois aussi investi dans quelque chose.

— Bref ! Comme je ne voulais pas me retrouver dans cette situation, j'ai fouillé dans tous les livres que j'ai pu trouver parlant des Âmes Jumelles, mais je n'ai pas trouvé grand-chose. Je suis donc allé parler à Tyler. Il est un ancien, et il sait des trucs que la plupart des autres ignorent.

Il se remet debout et recommence à arpenter le jardin de long en large. Il est vraiment passionné par ses recherches, et ça fait plaisir de le voir comme ça. Je m'installe plus confortablement dans ma balancelle pour suivre le cours qu'il semble vouloir me donner.

— Il m'a avoué que visiblement, le Destin décidait de faire rencontrer des Âmes Jumelles avant la maturité sexuelle de l'un d'eux lorsqu'il n'était pas trop sûr de lui.

Cette fois-ci, c'est à moi de me redresser brusquement,

attentif à ce qu'il me dit. Basile ne m'a jamais parlé d'une telle chose. Serait-il possible que je me débarrasse de Raphaël ? Si c'est le cas, c'est une excellente nouvelle.

— Il m'a dit que le plus souvent, l'association se déroulait à merveille, mais qu'il arrivait que lorsque le loup atteignait dix-huit ans, son compagnon attitré n'était plus son Âme Jumelle. Je n'ai pas tout compris. Simplement qu'il était possible de changer d'Âme Jumelle en cours de route.

Un espoir fou enfle en moi à l'entente de ces mots. Raphaël est-il au courant ? Et dans ce cas, est-ce pour ça qu'il s'accroche autant à Basile ? Est-ce à cause de ça qu'il me traite aussi mal ? Il espère toujours que Basile reprenne ses esprits et se jette dans ses bras ?

Après tout, je m'en moque totalement. Le principal, c'est que j'ai la possibilité d'avoir une autre Âme Jumelle.

À peine ses mots ont-ils traversés mon esprit que je vois mon loup se dresser d'un bond sur ses pattes, et se mettre à hurler à la mort.

Lui n'est absolument pas d'accord avec ça. Il s'est déjà quasiment lié avec l'animal de Raphaël, même s'ils ne se sont pas encore vus en tête à tête. Cela me paraît d'ailleurs étrange que mon animal se sente aussi proche de celui du Delta alors qu'ils ne se sont pas encore vus. Je me demande si mon loup n'est pas juste heureux à l'idée que Basile lui ait trouvé son Âme Jumelle.

Je décide de ne pas tenir compte de ses envies pour le moment, et m'accroche comme je peux au fait que j'ai la possibilité d'avoir quelqu'un d'autre que Raphaël pour Âme Jumelle.

Ce n'est qu'à cet instant que je remarque la mine renfrognée de mon ami. Kit s'est arrêté en plein milieu du jardin, les mains dans les poches, la tête baissée en signe de défaite. À le voir ainsi, on a le sentiment qu'il a perdu tout espoir.

Je me lève donc à mon tour pour aller le rejoindre et enroule subitement mes bras autour de lui en remarquant qu'il est en train de pleurer. Le grognement que j'entends provenir de derrière nous me surprend, et m'énerve en même temps.

Il n'a absolument pas le droit de se montrer possessif lorsque l'on sait qu'il a passé plusieurs heures en compagnie de Basile tout à l'heure et que je n'ai strictement rien dit.

Je ne fais donc que tourner la tête pour le fusiller du regard avant de me concentrer sur mon ami.

— Qu'y a-t-il Kit ? Pourquoi ces larmes si visiblement tu peux changer d'Âme Jumelle ?

Il renifle bruyamment avant d'agripper mon tee-shirt pour s'accrocher à moi. Je peux sentir dans la posture raide de son corps qu'il est extrêmement mal à l'aise. Je passe donc une main douce dans ses cheveux pour l'apaiser.

Après plusieurs minutes, il finit par se redresser et rougit brutalement en se rendant compte de la position que nous avons. Il s'écarte d'un bond, les rougeurs s'accentuant sur ses joues. Je ne peux m'empêcher d'esquisser un sourire amer. Encore maintenant, alors qu'il sait que je suis jumelé avec un homme, il a peur de ce que je pourrais penser de ces gestes un peu ambigus.

Il essuie les traces de larmes sur ses joues et ose enfin relever la tête pour me regarder.

— En réalité, je peux changer d'Âme Jumelle, mais ce sera fatalement un homme.

J'ouvre la bouche comme si j'allais dire quelque chose, mais n'arrive pas à trouver les mots. Je la referme donc et fronce les sourcils. Je ne comprends pas vraiment ce qu'il tente de me dire. Kit se remet alors à faire les cent pas dans le jardin, et je retourne m'asseoir sur la balancelle, essayant de réfléchir à ses paroles.

Il souffle bruyamment et se laisse tomber à mes côtés lourdement, relançant le mouvement de balancement.

— Tyler m'a expliqué que j'étais un Oméga, et qu'un loup ne changeait pas de statut. Je suis né Oméga, je mourrais Oméga. Donc, je serais obligatoirement associé à un homme, puisque les Omégas mâles sont destinés aux loups mâles.

À nouveau j'ouvre la bouche, mais les seuls mots qui veulent sortir sont des mots d'excuses. Sauf que je ne vois pas pourquoi je m'excuserais. Ce n'est pas de ma faute s'il n'aime pas les hommes. Et ce n'est pas non plus moi qui aie décidé de l'accoupler à un homme.

Je tente donc de biaiser un peu. Il va bien falloir qu'il accepte à un moment donné son destin. De toute façon, je doute que Vincent reste encore loin de sa meute. Il en est l'un des Delta après tout. Il a des responsabilités.

— Tu sais, ce n'est pas si mal d'être avec un homme. Les plaisirs sont différents, mais tellement plus intenses.

Kit relève le bras qu'il avait posé sur ses yeux, pour braquer son regard noir sur moi. Il aurait eu des armes à la place des yeux, je serais mort sur place. J'esquisse un sourire crispé, mais ne sait plus vraiment comment relancer la conversation.

Je souffle à mon tour. J'en ai marre de prendre des gants avec lui. D'ici quelques mois, il va se faire sauter par un homme. Autant qu'il en prenne conscience dès maintenant et qu'il s'y prépare.

— Je te conseille de revoir ton jugement assez rapidement, Kit, parce que ton Âme Jumelle ne va pas te laisser tout seul juste parce que tu ne veux pas être avec un homme. Sais-tu comment les Âmes Jumelles se reconnaissent en temps normal ?

Mon ami secoue la tête en signe de dénégation, et mon sourire se fait goguenard. Je me redresse pour me rapprocher de lui, comme si je voulais lui confier un secret.

— Leurs odeurs respectives les attire, et dès que les deux morceaux de l'âme sont mis en relation, les animaux sortent. Et là, peu importe l'endroit où tu te trouves, les deux corps s'unissent pour fusionner.

Le visage de mon ami perd ses couleurs d'un seul coup, et je m'amuse de voir sa pomme d'Adam monter et descendre furieusement dans sa gorge. Il se lèche les lèvres, plusieurs fois, ayant visiblement la bouche sèche.

— Tu veux dire, devant tout le monde ?

Je hoche la tête, un petit sourire énervant aux lèvres. Le genre de sourire qui donne des envies de meurtre à la personne à qui vous l'adressez.

— Nathan à fait ça devant son père. Quant à Basile, Gabriel et Andrew, s'était devant la meute toute entière. Alors c'est vrai qu'ils étaient sous leur forme de loup. Mais ils ont quand même baisé devant tout le monde.

Kit se lève d'un bond, s'éloignant de moi, la bouche grande ouverte. Il a du mal à cacher la grimace de dégoût qui naît sur son visage, et j'avoue que ça m'énerve un peu. C'est sûr que se faire prendre devant toute la meute ne doit pas être super génial, mais au moins, tout le monde sait tout de suite à qui tu appartiens.

— Devant tout le monde ?

Je hoche la tête en signe d'assentiment, et reste stoïque face à son air de plus en plus mal. Il semble enfin prendre totalement la mesure de ce qui l'attend dans les prochains mois.

Il se laisse à nouveau tomber à mes côtés, soufflant lourdement, les yeux pleins de larmes. Mon cœur se serre légèrement en le voyant aussi désemparé, et je tends la main pour serrer la sienne. Kit tourne son visage vers moi, et la peur que je vois au fond de ses prunelles m'ébranle lourdement.

— Est-ce que ça fait mal ?

Je rigole doucement avant de m'approcher de lui pour le prendre dans mes bras. Un grognement provenant de derrière nous me fait me redresser d'un bond. Un peu plus loin, adossé au mur de la maison, Raphaël nous observe, les sourcils froncés, les bras croisés sur sa poitrine.

Je le fusille du regard, avant de me réinstaller plus confortablement, serrant mon ami contre moi. Je ne sais pas ce que le Delta me fait depuis tout à l'heure, mais il n'a pas à me dire ce que j'ai le droit de faire ou pas avec Kit.

— Tu crois franchement qu'on recommencerait si ça faisait mal. Bien au contraire. Comme je te disais tout à l'heure, ce sont des sensations différentes, mais tellement fortes et délicieuses.

Mon ami se recule légèrement pour plonger son regard noir dans le mien. Il semble être totalement perdu et ça me fait mal au cœur pour lui. Je passe une main douce dans ses cheveux, m'attirant un nouveau grognement de mon compagnon, et dépose un baiser sur son front.

— La seule chose que je puisse te conseiller, c'est de faire tes propres découvertes. Tu as encore un peu de temps devant toi avant que ton Âme Jumelle ne puisse te revendiquer. Profite de ces quelques mois pour explorer ce côté de la vie.

Kit se redresse, et pour la première fois depuis le début de notre discussion, m'adresse un léger sourire, que je me presse de lui rendre. Il se penche à son tour sur moi pour me serrer contre lui. Malheureusement, il n'a pas le temps d'y parvenir, qu'il est brusquement éjecté loin de la balancelle.

Je me retrouve soudain face à un Raphaël fou furieux. Ses yeux clairs me lancent des éclairs emplis de rage pure, et ses mains sont serrées en poing le long de ses flancs.

— On rentre à la maison, tout de suite !

La colère qui vibre dans sa voix, me fait brutalement frissonner, mais pas de plaisir. La peur s'insinue en moi, alors que je me lève pour me placer à ses côtés, la tête baissée en bon esclave que je suis. J'ai beau avoir été sorti de la ferme, je ne suis toujours pas libre. Raphaël gardera toujours la mainmise sur moi. Je serais toujours sa chose.

Des larmes de colère et d'impuissance gonfle dans mes yeux, et je dois prendre plusieurs inspirations pour ne pas les laisser couler. Je ne veux pas qu'il sache qu'il a cet ascendant sur moi.

J'adresse un sourire d'excuses à mon ami, avant de me mettre en marche devant le Delta. Raphaël grogne une dernière fois sur Kit, avant de me suivre. Il m'attrape brutalement le bras, m'arrachant un léger cri de douleur, et me tire en travers de la maison. Des yeux surpris nous suivent le long de notre traversée, et durant un bref instant, je prie pour qu'on remarque la peur dans mes yeux, et qu'on arrête cet homme.

Mais bien évidemment, seuls des sourires égrillards apparaissent. Ils doivent tous penser que nous sommes pris par nos hormones, et que nous somme justes pressés de rentrer chez nous pour nous faire suer entre les draps.

Si seulement ils savaient !

Nous avons à peine franchi le seuil de la maison de Raphaël, que je me dégage d'un mouvement brusque et me dirige à grands pas vers l'étage. Je claque bruyamment la porte derrière moi et tombe sur mon lit, laissant enfin les larmes glisser le long de mes joues.

Pourquoi suis-je maudit de cette façon ? Le Destin aurait pu aisément m'accoupler avec un homme gentil et soucieux de mes besoins. Mais non ! Il a fallu qu'il me mette avec un homme aigri, et déjà amoureux d'un autre. Un homme pour lequel je n'ai aucun espoir d'un jour lui plaire.

Je me redresse brusquement dans le lit en entendant le bruit de la porte. Je me retrouve nez à nez avec un Raphaël hors de lui. À tel point que la porte part exploser contre le mur lorsqu'il l'ouvre, et que des fragments de bois arrivent jusqu'à mon lit.

— Tu étais obligé de me faire honte de cette manière ?

J'essuie rapidement mes yeux. Je ne veux pas qu'il découvre à quel point il me fait mal. Jusqu'à ce que ses paroles me frappent de plein fouet. Mais de quoi veut-il parler ? De quelle façon j'ai bien pu lui faire honte ? Je suis resté quasiment tout le temps assis sur le canapé sans rien dire, ni faire, avant d'aller discuter avec Kit dans le jardin.

— De quoi parles-tu ?

Il s'approche de moi à grands pas, et instinctivement, je

recule sur le lit pour m'éloigner de lui, me retrouvant vite acculé à la tête de lit. Raphaël grimpe sur le matelas, se positionnant sur mon bassin, attrapant mes poignets entre ses grandes mains pour me maintenir cloué au lit. Mon cœur tambourine à toute allure dans ma poitrine tandis qu'il se penche sur moi, sa voix à peine plus forte qu'un filet.

— De ta façon de te coller à ce mec ! Tu es à moi Calvin, et personne d'autre que moi n'a le droit de poser ses mains sur toi. Dois-je te marquer pour qu'on sache à qui tu appartiens ?

Je secoue la tête en signe de négation, ne faisant pas attention aux larmes qui glissent sur mes joues. À présent, je me moque qu'il voit à quel point j'ai peur de lui. Je crois que jusqu'à cet instant, je gardais espoir qu'il puisse voir autre chose en moi qu'un simple corps à posséder. Mais plus maintenant. Aujourd'hui, la haine à supplanter toute autre sentiment en moi.

C'est d'ailleurs pour ça que je me déteste lorsqu'il se penche sur moi et que je le laisse m'embrasser sans vraiment me débattre. Raphaël pose ses lèvres sur les miennes, et je sens mon loup se réveiller en moi pour l'accueillir avec joie.

Un seul coup de langue, et mon animal ouvre ma bouche pour le laisser entrer. Un mouvement de rotation de son bassin, et me voila en train de gémir comme un drogué en manque. J'en suis même à me cambrer pour accentuer la pression entre nos entre-jambes.

J'ouvre les yeux en grands en sentant le membre dur de Raphaël se frotter au mien. Je pensais que je ne lui plaisais pas. Lorsqu'il a voulu me forcer à le sucer, sa queue n'a jamais voulu se lever. Pourquoi maintenant ? Qu'est-ce qui a bien pu changer entre nous en si peu de temps ?

Avant que je ne puisse comprendre ou même lui poser la

question, le Delta se redresse d'un coup et sort de ma chambre aussi vite qu'il y est entré. On le croirait poursuivi par le Diable en personne.

Je laisse plusieurs secondes passer, tentant de retrouver mon souffle, après ce baiser, qui je dois bien l'avouer était tout à fait exceptionnel. C'est la première fois qu'on m'embrasse de cette façon. Et c'est également la première fois que je suis aussi excité par un simple baiser.

Je me redresse alors sur mes coudes, mon regard se posant sur la porte à moitié sortie de ses gonds, et un léger sourire étire mes lèvres. J'en viens à me dire que je ne laisse pas Raphaël aussi indifférent qu'il semble vouloir me le faire croire. Si ça se trouve, il est plus déstabilisé par ce qu'il ressent pour moi qu'il ne veut bien l'admettre.

Je sais que je ne dois pas me faire de fausses joies, mais le fait qu'il ait réussi à bander pour moi est déjà une grande avancée. Même s'il n'arrive pas encore à se l'avouer, le Delta est mon Âme Jumelle, et peut-être que nous arriverons finalement à bien nous entendre. Tout n'est pas gagné, mais je vais continuer à faire des efforts. Je vais prendre sur moi pour le moment, et faire en sorte que notre histoire fonctionne.

CHAPITRE 5

———

J e laisse tomber les épices dans le faitout, et me recule brusquement alors qu'une grande éclaboussure sort de la casserole. À côté de moi, Carole explose de rire, me donnant un coup dans l'épaule.

Depuis que nous sommes rentrés de chez l'Alpha deux mois plus tôt, je tente maladroitement de me faire accepter par mon compagnon. Je passe mes journées à prendre soin de la maison, faisant tout le ménage et m'occupant de toute l'intendance. Je suis même allé jusqu'à prendre des cours auprès du second de Basile, afin d'améliorer mes techniques culinaires. La jeune femme m'a été d'un grand secours. Sans elle, je ne sais pas comment j'aurais appris à faire à manger.

Lorsque j'ai senti le membre dur du Delta se frotter à moi ce fameux soir, j'ai compris que Raphaël ressentait de l'attirance physique pour moi, et je me suis dit qu'il fallait que je fasse tous les efforts possibles pour me faire accepter. Avec le temps, il finira bien par me voir moi plutôt que l'image qu'il s'en fait.

J'ai également compris que le Delta n'en avait pas vraiment après moi. C'est plutôt le fait d'être accouplé avec un autre homme que Basile qui est mal passé. Tout ça est intervenu trop rapidement après l'union des trois hommes pour que

Raphaël l'accepte facilement.

Je suis persuadé que je serais arrivé dans sa vie plusieurs mois après le jumelage de Basile avec ses deux hommes, ce serait mieux passé. Raphaël m'aurait accepté beaucoup plus facilement.

Nous avons d'ailleurs eu une petite période très tendue à la maison, lorsque Gabriel est arrivé un soir, un énorme sourire aux lèvres, pour apprendre à son frère qu'il allait être tonton. Face à son triplé, le Delta a montré un visage souriant et heureux. Mais lorsque Gabriel est reparti de la maison Raphaël s'est retranché dans le salon avec une bouteille d'alcool à la main. Il l'a vidé dans la nuit, ainsi que deux de ses consœurs.

La pilule a été dure à avaler pour lui, et ça ne fait que quelques semaines qu'il s'en est plus ou moins remis. En tout cas, il donne l'impression de ne plus être affecté par cette nouvelle. Même si plus d'une fois, je l'ai retrouvé le regard dans le vide, les yeux tristes. Ou alors à deux doigts de pleurer en voyant le ventre de mon géniteur s'arrondir lentement.

C'est pour ça que j'ai décidé de faire des efforts pour lui plaire. Je me suis dit que si je faisais en sorte d'être exemplaire, cela lui plairait et qu'il serait plus heureux. Une fois que j'aurais réussi à lui plaire, il sera sans doute plus sympa avec moi.

Kit n'est absolument pas d'accord avec moi. Il pense que je suis en train de me rabaisser et que Raphaël en profite pour faire de moi son esclave personnel.

— Fais gaffe, Cal ! Tu vas totalement te tacher. Dois-je te rappeler que tu as déjà dû jeter un tee-shirt ?

Carole rigole à nouveau et se remet devant les fourneaux, m'expliquant succinctement comment faire cuire mon plat.

Je prends des notes, regardant attentivement tous ses

CATHY ANTIER

gestes. Durant ces deux mois, j'ai d'ailleurs remarqué que j'avais une mémoire photographique. Il me suffit de voir faire quelqu'un une seule fois, pour être capable de reproduire le geste presque parfaitement. Carole est dégoûtée, mais également ravie pour moi. Ça me permet d'évoluer rapidement dans la cuisine, comme dans le reste de mes enseignements.

C'est d'ailleurs grâce à ça que j'ai appris à lire et à écrire très facilement. En quelques semaines seulement, je maîtrisais les éléments de langages à la perfection. Les louves chargées de notre éducation étaient très surprises. Jusqu'à ce que je leur avoue mon secret. C'est sûr que lorsqu'il suffit d'un seul regard pour se souvenir de tout, c'est plus facile d'évoluer rapidement.

La jeune femme baisse le feu sous la casserole et je la suis vers la table, où nous prenons place tous les deux. Elle m'adresse un sourire fatigué, et je le lui rends en fronçant les sourcils. C'est vrai qu'elle a l'air crevé. Il faut dire aussi qu'elle n'a plus beaucoup de temps pour elle la pauvre. Entre les cours que nous prenons le matin auprès des louves, ses après-midi où elle travaille aux côtés de Basile, et les rares moments de libres qu'elle passe avec moi, Carole est sur les rotules.

Et encore, pour le moment, Basile ne fait que lui montrer les ficelles du métier. Il lui a bien expliqué qu'elle ne serait aux commandes du restaurant que le temps où il serait alité après la naissance des jumeaux. Il a été question de fermer les portes du restaurant durant un temps, mais pratiquement toute la meute s'est révoltée à cette idée. Malgré tout, Andrew a légèrement élevé la voix pour faire passer son point de vue, et bizarrement, ça ne posait plus de problème à personne. Malgré tout, Basile a décidé de le garder ouvert en mettant Carole à sa tête durant les quelques jours dont il aurait besoin pour se remettre.

En pensant à ça, je revois le visage décomposé de Raphaël

lorsque les trois hommes ont appris la nouvelle à la meute un mois et demi plus tôt. C'était un soir tout ce qu'il y a de plus banal, Ryan avait prévu une sortie pour permettre à Nathan de se transformer enfin en loup après son accouchement. Ça faisait déjà quinze jours que le petit Matthew était né, et il avait besoin de retrouver son animal.

Notre Alpha a donc rassemblé tout le monde, pour l'accompagner. Basile, Gabriel et Andrew en ont profité pour nous annoncer que leur Oméga était enceint, et qu'il attendait deux bébés. Toute la meute a sauté de joie, sauf deux personnes. Un vieux loup homophobe qui ne veut pas quitter la meute, car il se trouve trop vieux pour s'insérer dans une nouvelle meute. Et mon compagnon, qui a semblé s'écrouler en apprenant la nouvelle. C'est vrai que lorsqu'il était passé pour nous annoncer la grande nouvelle, Gabriel avait légèrement omis de nous informer que Basile attendait des jumeaux.

J'ignore si Raphaël a enfin compris qu'il n'avait plus aucune chance avec Basile, quoi qu'il en soit, il ne semble plus lui tourner autour. Ou alors, il ne le fait pas devant moi.

— Comment vas-tu, Calvin ? Tu sais qu'on se fait du souci avec Kit. Tu ne sembles pas aller super bien.

J'esquisse un léger sourire et me dirige vers le frigo pour en sortir deux petites bouteilles d'eau, et retourne m'asseoir à ses côtés. Carole me remercie du bout des lèvres, et avale la moitié de la bouteille avant de la reposer devant elle. Pour ma part, je me contente d'en prendre une petite gorgée avant de jouer avec l'étiquette.

La jeune femme pose sa main sur la mienne, et je relève la tête pour la regarder. Je vois bien l'inquiétude dans ses yeux, mais ne sais pas trop comment la rassurer.

Ma relation avec Raphaël est loin d'être un conte de fée.

Bien au contraire. Nous nous voyons très peu l'un et l'autre. Le plus souvent, il est déjà parti lorsque je me réveille, et je suis déjà couché lorsqu'il rentre. J'en viens même à me dire qu'il fait tout pour m'éviter. Les seules fois où nous sommes ensemble au même endroit, c'est lorsque la meute au complet est appelée à se rassembler. Uniquement dans ces cas-là, il se tient à mes côtés.

Quoi qu'il en soit, je ne peux pas vraiment dire que je suis malheureux. Je n'ai aucune raison de me plaindre en dehors du fait que mon Âme Jumelle m'ignore totalement. Pour tout le reste, tout va superbement bien. J'ai quasiment une maison immense pour moi tout seul. On m'a éduqué rapidement, et on me laisse choisir ce que je veux faire de ma vie sans me presser.

À côté de ça, j'ai des amis sur lesquels je peux compter à n'importe quel moment, et je vis dans un village agréable où j'ai été accueilli les bras ouverts. Je dois être un des hommes les plus heureux de la terre.

Pourtant, j'ai toujours ce creux à l'intérieur de moi. Comme s'il me manquait quelque chose, et je n'arrive pas à savoir quoi. J'ai beau chercher, je ne trouve pas. Mais j'ai comme dans l'idée qu'il ne se comblera que le jour où Raphaël s'intéressera réellement à moi.

— Je vais bien Carole. Je fais contre mauvaise fortune bon cœur. Raphaël ne veut pas de moi, je fais avec.

La jeune femme me serre tendrement la main, et m'adresse un petit sourire, avant de finir sa bouteille d'eau et de se redresser d'un bond en voyant l'heure avancée de l'après-midi.

— Ce n'est pas que je m'ennuie, Cal, mais Basile va finir par m'attendre à ce rythme. On s'appelle pour la prochaine cession ? Ou tu penses que tu n'as plus besoin de mon aide.

Je vois au fond de ses yeux marrons, l'espoir que je n'ai plus besoin d'elle. C'est vrai que je l'ai pas mal sollicitée ces dernières semaines. Elle doit être épuisée la pauvre. Pourtant, elle continue à me proposer son aide, et c'est tout à son honneur.

— Avec tout ce que tu m'as déjà appris, je pense être capable de préparer un repas tout seul maintenant. De toute façon, même si je le voulais, je ne pourrais jamais faire aussi bien que lui. Alors ce n'est même pas la peine d'espérer faire mieux.

Carole m'adresse une grimace, comprenant de qui je veux parler. Depuis le tout début, elle m'a incité à parler avec lui. Selon elle, Basile aurait été le mieux placé pour m'apprendre à cuisiner. Il est tout de même le propriétaire et chef du restaurant. Depuis toutes ses semaines, elle se contente de me rapporter ce qu'il lui a appris.

Mais j'en suis incapable. Tout d'abord, parce que c'est à cause de lui que je me retrouve dans cette situation. Il n'aurait pas donné de faux espoirs à Raphaël, je suis persuadé que le Delta ne se serait pas accroché de la sorte. Il n'est pas stupide.

Cependant, ce qui me bloque le plus, est tout de même le fait qu'on se ressemble autant tous les deux. Il ne m'a pas fallu deux secondes face à lui pour comprendre qui il était pour moi. Notre ressemblance physique est absolument incroyable. On pourrait nous prendre pour des jumeaux s'il n'y avait pas cette différence d'âge à peine perceptible. Malgré tout, rien ne nous prédestinait à être aussi ressemblant sur le caractère.

Du peu que j'en sais sur lui, Basile semble aimer et détester les mêmes choses que moi. Dans une autre vie et dans d'autres circonstances, je suis persuadé que nous aurions été les meilleurs amis du monde. Les aléas de la vie font qu'il est l'un des hommes que je hais le plus sur cette terre. Ce n'est pas voulu, c'est juste viscéral. Ça changera peut-être avec le temps. Quoi qu'il en soit, pour le moment, j'ai du mal à me trouver dans la même pièce que lui sans chercher à lui en mettre une.

Donc, pour apprendre à faire à manger, j'ai demandé à la seule personne que je connaissais capable de faire une telle chose. Et heureusement pour moi, Carole était d'accord pour le faire.

Je la serre une dernière fois contre moi, et la regarde sortir de la maison. Je souris doucement alors que ses mots passent dans ma tête. En deux mois, j'en suis déjà à considérer cette maison comme la mienne. Je ne suis pourtant pas forcément le bienvenu ici.

Et que se passera-t-il lorsque Vincent reviendra de son exil forcé ? Se battra-t-il avec son frère pour avoir la maison et installer son compagnon ici ? Ou ira-t-il s'en chercher une autre ?

Depuis que Ryan et Andrew se sont alliés dans la direction de la meute, le territoire s'est énormément agrandi. À tel point que le départ de Vincent est une épine dans le pied des deux Alphas. Ils ont besoin de plus de généraux pour les aider à gouverner la meute, mais ne veulent pas destituer Vincent de son poste.

Tout ça à cause d'un gamin qui a peur d'une chose qu'il ne connaît pas !

Sincèrement, depuis deux mois que je suis là, je dois avouer que cette partie de ma vie me manque. J'avais pris goût à recevoir la visite d'Artémus régulièrement. Et être obligé d'être abstinent n'est pas dans ma feuille de vie.

Lorsque les loups nous ont libérés, j'ai cru que j'étais réellement libre. Libre de faire tout ce que je voulais. Et c'est en partie vrai. Je peux sortir de la maison quand je veux, je peux décider d'aller me balader où je veux. La seule obligation que j'ai, c'est de ne pas aller me vautrer dans les premiers bras venus. De ce que j'ai compris, il n'y a qu'avec Raphaël que j'ai le droit de faire quoi que ce soit. Et ce n'est pas demain la veille qu'une telle chose arrivera.

Sauf qu'il faudrait tout de même lui rappeler que je ne suis encore qu'un adolescent bousculé par ses hormones, et qu'on m'a appris durant des mois à donner et recevoir du plaisir. Je connais la chose, et j'ai très envie de m'y remettre.

Je baisse le feu sous la casserole à son minimum et couvre le faitout, avant de sortir par la porte de derrière. Dans les cas comme aujourd'hui où le besoin et le désir se font sentir plus fort qu'en temps normal, j'ai pris l'habitude d'aller me balader en forêt pour prendre l'air. Le plus souvent, harassé par ma marche, à devoir crapahuter durant des heures au-dessus des racines et hors de sentiers battus, je tombe de fatigue le soir, ne pensant plus du tout à l'absence de sexe.

J'entame donc ma marche d'un bon pied, tentant de faire le vide dans ma tête. Le jour où je suis arrivé ici, j'ai été subjugué par toute la latitude qu'on me laissait. Durant quelques instants, j'ai eu peur que Raphaël ne m'enferme chez lui toute la journée et me garde prisonnier, mais ce n'était qu'une peur infondée, heureusement pour moi.

Après plusieurs heures de maraudage, un bruit de ferraille se fait entendre, et je m'approche discrètement, surpris d'entendre ce tapage. C'est la toute première fois que j'entends ce bruit depuis que je me balade. Je jette un coup d'œil tout autour de moi, et réalise que je ne me suis encore jamais aventuré de ce côté-ci du territoire.

Je m'arrête net alors qu'un tiraillement se fait sentir dans mon ventre et qu'une sensation étrange s'empare de moi. Un peu comme si on venait de me retirer une couverture chaude des épaules. Je tourne la tête pour regarder derrière moi, mais ne vois strictement rien. Je décide donc de reculer, et cette sensation revient, mais cette fois-ci, dans l'autre sens. Je réfléchis à ce que ça pourrait être, avant de comprendre que j'ai dû arriver aux abords du territoire de la meute. Ce qui veut dire que je ne devrais attendre aucune aide si je m'aventure de l'autre côté du voile.

Je me mordille nerveusement les lèvres, ne sachant pas trop ce que je dois faire exactement. J'ignore totalement ce que je vais trouver de l'autre côté. Et s'il s'agissait d'un psychopathe qui n'attend que moi pour me pourfendre de sa hache aiguisée ?

Je me secoue doucement, laissant un petit rire m'échapper alors que ses pensées me traversent. Apprendre à lire n'était peut-être pas une si bonne idée. Les romans qui sont dans la bibliothèque des triplés sont peut-être un peu trop sanglants pour effectuer une balade en forêt sereine.

Je secoue la tête en riant doucement, me traitant d'imbécile. Ces bois ne sont pas peuplés de psychopathes. Si ça avait été le cas, on m'aurait prévenu.

Mon rire s'arrête net, et je fronce les sourcils, me demandant qui aurait pu me prévenir. Certainement pas Raphaël étant donné qu'il fait tout pour m'éviter. Basile non plus, puisque c'est moi qui l'évite. Les autres loups, je ne les connais pas assez bien pour qu'ils me parlent de quoi que ce soit. Quant à mes amis, ils sont arrivés dans la meute à peu près en même temps que moi, alors ils doivent en savoir autant que moi. Donc, à bien y réfléchir, je ne pense pas qu'on m'aurait prévenu si des psychopathes traînaient dans le coin.

Le bruit reprend un peu plus loin, et ma curiosité accompagnée d'un léger pincement au creux du ventre, me pousse en avant. Sans réfléchir davantage, je fais un pas après l'autre, allant vers ce mystérieux tintement de métal, avant de m'arrêter net dans mon élan.

Face à moi se trouve un homme avoisinant les deux mètres, voir les dépassant, d'une stature absolument gigantesque qui réveille l'instinct de survie de mon animal. Je le détaille tandis qu'il continue de travailler sur le véhicule dont le capot ouvert en face de lui m'apprend qu'il essaye de le réparer.

Ses cheveux sont bruns, tirant sur un chocolat noir assez riche, et forment de magnifiques bouclettes qui me donnent juste envie de plonger mes doigts dedans pour les entortiller autour d'eux. Ses bras énormes se tendent sur un tee-shirt humide de sueur, qui me mettent l'eau à la bouche.

Mais je manque cruellement de défaillir, lorsqu'il relève brusquement la tête et que je plonge dans des yeux d'un vert absolument incroyable qui me transpercent de part en part. Un lent sourire vient étirer ses lèvres, et mon loup regimbe violemment en moi.

Tout simplement parce que je le trouve absolument superbe. Ce que ne semble pas du tout apprécier l'animal. Bien au contraire, pour la toute première fois depuis que je me suis transformé, je vois mon loup avoir peur de quelque chose.

Jusqu'à présent, il s'est montré fort et protecteur, et j'avais le sentiment qu'il ne pouvait rien m'arriver maintenant qu'il était avec moi. Mais face à ce colosse, mon loup a les pattes qui tremblent, et il se couche face au prédateur qui se trouve devant lui.

En revanche, c'est tout le contraire pour moi. À regarder

cet homme magnifique, j'ai juste envie de courir dans sa direction et de me jeter à son cou pour découvrir le goût de ses lèvres. D'enrouler mes bras autour de son cou fort pour vérifier si je suis capable dans faire le tour. De coincer mes jambes sur ses hanches et le sentir me coller contre sa poitrine puissante et dégoulinante de sueur.

Tout mon corps se met à trembler de désir, et une chaleur caniculaire m'envahit tout entier. Je me passe la langue sur les lèvres plusieurs fois d'affilées, sans même me rendre compte de ce que je fais, comme un assoiffé en plein désert sans une goutte d'eau. Je ne le réalise qu'en voyant les pupilles du géant se dilater brusquement, et son regard passer de mes lèvres humides à mes yeux.

Mon bas-ventre se réveille d'un seul coup et j'ai peur que ma braguette n'explose tellement je suis dur. Cela fait tellement longtemps qu'on ne m'a pas touché de cette manière. Et c'est la première fois que je suis aussi excité rien qu'en étant face à un autre homme. Même si celui-ci est absolument délicieux, je me demande pourquoi je réagis de cette manière.

Je me fige totalement lorsque l'homme se met en mouvement. Le loup en moi est juste incapable de faire le moindre geste pour s'enfuir face à la menace, tandis que l'homme veut juste voir ce qu'il va se passer ensuite. Les deux réunis font que je ne peux pas bouger d'un pouce.

Mon dos heurte soudain un arbre derrière moi, et c'est à cet instant que je réalise avoir reculé de plusieurs pas. Ce qui veut donc dire que mon loup est plus fort que moi.

Je grimace durement tandis que l'écorce m'écorche légèrement la peau à travers le tissu de mon tee-shirt, mais plus rien d'autre n'a d'importance au moment où le géant colle son corps en sueur au mien.

Sa chaleur se diffuse rapidement à moi, et je halète durement, mon souffle se bloquant dans ma gorge tandis que son parfum si sensuel de fleur exotique s'envole tout autour de moi. Je serais un peu plus porté sur le jardinage, j'aurais dit éventuellement de la fleur de tiaré, mais je n'en mettrais pas ma main à couper.

Son bassin vient se frotter au mien, et un gémissement rauque sort de ma gorge sans que je ne puisse rien faire pour le retenir. Mes joues se colorent rapidement d'un beau rouge pivoine, et je baisse la tête, honteux de mes réactions d'ado.

Un doigt se pose alors sous mon menton, et je tremble littéralement alors qu'il me force à relever la tête. Je plonge avec délice dans les océans que sont ses yeux verts translucides. Ils me rappellent vraiment la couleur de la mer des caraïbes que j'ai vu en photo dans un livre. Aussi saisissant qu'elle.

— Lloyd !

Je frissonne durement en entendant cette voix rauque, basse et sensuelle comme ce n'est pas permis. J'aurais dû me douter que la voix correspondrait au physique de cet homme. Tout aussi séduisante et puissante.

Je fronce alors les sourcils, me penchant plus sérieusement sur ce qu'il vient de me dire, et ne comprenant pas. Le léger sourire qui vient étirer ses lèvres fait flancher mes genoux. Le géant ne serait pas en train de me plaquer contre le tronc d'un arbre, je me serais sans aucun doute effondré au sol comme une loque. Il est vraiment trop beau pour être vrai. Je dois être perdu en plein milieu d'un de mes rêves érotiques. Ce n'est pas possible autrement.

Sinon, cela voudrait dire que le Destin est vraiment cruel avec moi. M'associer à un homme comme Raphaël, qui bien que très séduisant et très sexy, ne veut pas de moi, alors qu'il existe ce genre d'homme, qui de toute évidence est très attiré par moi.

— Je m'appelle Lloyd !

Son sourire se fait plus prononcé sur ses lèvres et une fois de plus, je ne peux retenir le gémissement bas qui sort de mes lèvres. Je vois alors ses pupilles se dilater totalement, et mon cœur se met à tambouriner à toute allure dans ma poitrine.

— Cal...

Je grimace face à ma voix geignarde et sifflante, et me racle la gorge pour essayer de retrouver mon calme, avant de réessayer.

— Calvin. Mon nom est Calvin.

Son sourire se fait plus séducteur, et mes genoux tremblent davantage, chose que je ne pensais pas possible. Mon cœur s'arrête brutalement en le voyant se lécher les lèvres tandis que son regard se pose sur ma bouche, avant qu'il ne plonge ses yeux dans les miens. La faim que je vois dans ses prunelles translucides me retourne de l'intérieur, et des papillons se mettent à voleter dans mon ventre, remontant mon estomac dans ma gorge.

Il se penche finalement sur moi, et mon orgasme explose lorsque ses lèvres rencontrent les miennes. Leur chaleur, leur douceur, tout en lui fait que je ne peux retenir le plaisir ressenti. Mes doigts s'accrochent violemment à sa chemise pour le rapprocher de moi et frotter mon bassin contre ses cuisses. Je sens son membre dur frotter contre mon ventre, et le cri rauque qu'il pousse lorsque j'appuie dessus avec mes abdominaux ne fait qu'accentuer mon plaisir.

Sa langue pénètre brutalement ma bouche, et je sens

qu'il vient de libérer sa bête. Il me fouille, me goûte, me découvre. Sa langue se faufile dans chaque coin et recoin de ma bouche, n'omettant absolument rien. Et je ne peux rien faire pour l'en empêcher. Je ne veux surtout rien faire pour l'en empêcher.

Je suis totalement à sa merci. Cloué contre le tronc d'un arbre, en plein milieu d'une forêt où personne ne pourrait m'entendre, cet homme peut faire de moi tout ce qu'il veut. Et je crois bien que je ne m'y opposerais pas le moins du monde.

Il se frotte langoureusement contre moi, et mon membre qui baigne dans ma jouissance précédente, est en train de reprendre de la vigueur. J'ai déjà récupéré rapidement par le passé, mais jamais aussi vite. Ma verge tressaille brutalement alors qu'elle entre en contact avec la cuisse de mon géant. J'ai presque le sentiment qu'elle répond à l'assaut de sa consœur sur mon ventre. Qu'elle tente d'attirer son attention.

Les grandes mains viennent se poser sur mes hanches, et je me sens soulevé sans même que je n'y fasse attention. Comme si elles avaient fait ça toute leur vie, mes jambes s'enroulent d'elles-mêmes autour du bassin de Lloyd, tandis qu'il me cale à la bonne hauteur pour que nos membres se rencontrent.

Nous poussons tous les deux un râle sourd de pure extase lorsque nos verges entrent en collision, et je m'agrippe durement à lui.

Sa bouche s'écarte de mes lèvres, et je peux enfin reprendre mon souffle à peu près correctement. Je n'étais pas très loin de l'asphyxie. Pourtant, sa bouche ne quitte pas mon corps, descendant le long de ma mâchoire, mordillant mon lobe pour me faire gémir, avant de descendre lentement le long de mon cou, grignotant la peau fine, et s'arrêtant dans le creux que forme ma clavicule. Je penche la tête sur le côté pour lui laisser plus de place, et je crie de plaisir lorsqu'il se met à donner des coups de reins.

Putain ! Je vais de nouveau éjaculer dans mon pantalon s'il continue comme ça !

Mes doigts se perdent dans ses cheveux, les malaxant, le forçant presque à ne pas bouger sa bouche de là où elle se trouve pour le moment. Ce qu'il est en train de me faire est trop bon pour qu'il arrête.

Un courant d'air froid sur mon membre me fait crisper les mâchoires, avant qu'une chaleur ne vienne rapidement l'entourer. Je baisse doucement les yeux et vois la grosse main de Lloyd aller et venir doucement sur ma verge tendue, lubrifiée par mon orgasme précédent. Je me mords la lèvre inférieure en sentant ses doigts se resserrer autour de ma chair durcie, et je geins doucement.

Un cri puissant sort de ma gorge alors qu'il sort son propre membre pour les masturber ensemble, les coinçant tous les deux dans sa main immense, augmentant mon plaisir de façon exponentielle.

— Putain ! J'arrive pas à y croire !

Il sort ces mots les mâchoires crispées par l'effort et le plaisir combinés, avant que sa bouche ne s'écrase violemment contre la mienne, me coupant littéralement le souffle. Sa main bouge de plus en plus vite sur nos membres et je ne mets guère de temps à me laisser tomber dans l'orgasme le plus époustouflant qu'il m'ait été donné de vivre. Des étoiles explosent derrière mes paupières closes et un cri d'agonie sort de mes lèvres. J'ai l'impression de me perdre en un million de morceaux, avant qu'ils ne se reconstruisent lentement pour me ramener sur terre.

La main de Lloyd s'arrête soudain, et un nouveau cri de jouissance, accompagné d'une salve de sperme, sort de ma bouche en un cri puissant lorsqu'il plante ses crocs dans mon épaule, me mordant jusqu'au sang. Une vague d'énergie pure me parcourt tout entier, et je me mets à convulser brutalement avant de perdre connaissance.

On m'avait parlé de ce que l'on appelle la petite mort, mais je ne pensais pas la vivre un jour ! C'est absolument génial, et terrifiant à la fois.

CHAPITRE 6

─────

J e reprends peu à peu conscience, un énorme sourire béat sur les lèvres. Je viens de faire un de mes meilleurs rêves érotiques de toute ma vie. À tel point que j'ai encore l'impression de sentir la chaleur se dégageant du corps du géant collé au mien.

Malgré tout, je me demande où j'ai bien pu aller pêcher ce prénom. Je ne l'ai encore jamais entendu. Même dans la ferme, je ne me souviens pas d'un Lloyd. Cela doit provenir de très loin. Ma mémoire photographique doit encore faire des siennes. J'ai dû le lire dans un des innombrables livres qui me sont passés entre les mains dernièrement.

Je rouvre brusquement les yeux en sentant une chaleur irradier de mon côté gauche, et un bras passer en travers de mon ventre. Je tombe sur la plus belle vision qu'il m'ait été donné de voir ces dernières années. Même Artémus ne m'a jamais paru aussi beau.

Je ne réalise alors pleinement qu'à cet instant que ce n'était absolument pas un rêve de ma part. J'ai bien laissé cet homme que je ne connais absolument pas m'embrasser et me masturber en plein milieu de la forêt.

Je rougis fortement, en réalisant que quelqu'un aurait pu

passer à ce moment-là et nous voir dans un moment des plus intimes.

Je repense subitement à tous ces loups qui se sont donnés en spectacle lorsqu'ils ont rencontré leurs Âmes Jumelles et ouvre de grands yeux.

Serait-il possible que le Destin ait réfléchi à mon association avec Raphaël et ait décidé de me changer d'Âme Jumelle ?

Un sourire idiot fleurit sur mes lèvres tandis que je regarde le géant dormir à mes côtés. Avant que mon ventre ne se contracte durement en voyant la nuit qui commence à gagner du terrain dehors. J'ignore combien de temps je suis resté dans les vapes après notre petit corps à corps, mais les loups de la meute risquent de me chercher si je ne rentre pas bientôt.

De plus, s'ils viennent me chercher jusqu'ici, ils pourraient bêtement croire qu'on me retient contre mon gré. Ce qui n'est pas du tout le cas.

Je me faufile le plus doucement possible hors des bras de Lloyd, m'arrêtant net dans mon élan lorsqu'il renifle doucement, avant que ses doigts ne se referment plus fortement contre ma hanche, me ramenant plus près de lui.

— Tuneparspastoutdesuite...

Je fronce les sourcils, ne comprenant pas vraiment les marmonnements qu'il vient d'émettre. La seule chose que je sais, c'est que visiblement, partir sans qu'il ne le sache est fichu. Alors foutu pour foutu, je repousse son bras et sors du lit, rougissant à nouveau en me rendant compte que je suis en boxer.

Mes yeux farfouillent partout dans la chambre pour retrouver mes vêtements, et j'en profite pour observer un peu la décoration. La chambre ressemble en tout point à ce que je m'attendais à trouver chez un célibataire. Du bois brut, des meubles sombres, et le minimum syndical. Un lit, une armoire, une commode, et deux chevets. Rien de plus, rien de moins.

Cependant, j'ai beau regarder partout, je ne vois absolument pas de trace de mes vêtements. Où a bien pu les mettre, Lloyd ?

— Reviens te coucher ! On mangera plus tard !

Je fronce les sourcils et me tourne vers lui, ne voyant pas du tout de quoi il veut me parler, avant que mon estomac n'émette un son un peu disgracieux. Un léger rire sort de ses lèvres, et je suis mortifié. Mes joues se colorent brusquement de rouge et je me détourne pour qu'il ne me voie pas.

— Je dois rentrer chez moi. Où as-tu mis mes fringues ?

Il se redresse d'un bond, les sourcils froncés, et je me sens d'un seul coup tout petit. Il est vraiment immense. Même allongé de cette façon, il a cette aura qui le rend incroyablement grand.

— Comment ça, rentrer chez toi ? Il me semblait que c'était clair que tu étais à présent chez toi !

Je me fige d'un coup lorsqu'il me dit ça, ne comprenant pas un traître mot. Je ne vois absolument pas de quoi il peut bien me parler. Ce n'est pas parce que nous nous sommes paluchés contre un arbre que je lui appartiens.

Je me remémore alors toute la scène, et ouvre de grands yeux, avant que ma main ne vole jusqu'à mon épaule pour toucher les petites boursouflures qui se sont créées après sa morsure. Il m'a revendiqué. Il a planté ses crocs dans ma peau pour faire de moi son Âme Jumelle.

Mais je ne sais même pas ce qu'il est. Étant donné la réaction de mon loup à son approche, je ne pense pas qu'il soit un loup. Et puis, cela paraîtrait étonnant que deux meutes différentes vivent l'une à côté de l'autre.

Lorsque j'ai posé les yeux sur lui la toute première fois, je l'ai comparé à un ours. Et il y a de fortes probabilités que ce soit ça vu sa carrure et la réaction de mon loup.

Je plonge alors en moi, cherchant mon animal. Cela fait un petit moment que je ne l'ai pas vu. Je le retrouve caché au fin fond de mon esprit, le museau caché entre ses pattes avant. Lorsqu'il me sent arriver, il se redresse d'un coup, et me montre les dents. Visiblement, il n'est pas très content de moi.

Je regarde de nouveau Lloyd qui se lève pour venir me rejoindre. Il m'attrape par les biceps et plonge son étrange regard dans le mien.

— Il est hors de question que tu partes, Cal !

Ses doigts passent tendrement sur la morsure qu'il m'a faite, et je suis obligé de me mordre la langue pour retenir le gémissement que ce simple geste a déclenché chez moi. Son sourire arrogant m'apprend qu'il sait très exactement l'effet qu'il a sur moi.

— Nous sommes liés tous les deux. Pas totalement parce que tu ne dois pas être encore tout à fait majeur, mais tu m'appartiens.

Étrangement, ce mot me hérisse le poil. Durant toute ma vie, j'ai été la propriété d'un vampire qui comptait me vendre pour faire prospérer son business. Je n'étais alors qu'un simple bien avec une énorme valeur marchande. Puis, on m'a sorti de cet endroit, me disant que je serais dorénavant libre de faire ce que je veux de ma vie. Avant que je ne me retrouve coincé avec un homme qui ne veut pas de moi. Même si Raphaël n'a pas utilisé ses mots à mon propos, la façon dont il m'exhibe à chaque nouvelle réunion de la meute montre bien ce qu'il éprouve à mon encontre. Je suis devenu sa « chose ». Le bibelot qu'il vient d'acquérir et qu'il s'amuse à exhiber à toute la meute pour son bon plaisir.

Alors, que Lloyd utilise ces mots pour me désigner, me met dans une colère noire. J'en ai assez de n'être considéré que comme une chose que l'on peut posséder. S'il a pu me toucher de cette manière, c'est bien parce que j'en avais envie, et que je l'ai laissé faire.

Je le foudroie du regard et me secoue vivement pour le faire lâcher prise, avant de me reculer d'un pas. Mon index part se planter dans son torse, où malgré ma colère, je relève rapidement la dureté du muscle, et me mets à vociférer.

— Je ne suis pas ta chose, Lloyd ! Je ne t'appartiens pas ! Je suis Calvin. Loup Oméga de la meute de la Lune Rousse, et je fais ce que je veux de ma vie. Je me suis bien fait comprendre ?

Le géant se recule d'un pas à son tour, et croise brutalement les bras sur sa poitrine, faisant remonter ses pectoraux. Il penche doucement la tête sur le côté, m'observant de cette manière. Et cela me frappe. Je suis bel et bien en présence d'un ours. J'ai presque l'impression de voir l'animal passer furtivement derrière ses pupilles.

— Pour te répondre, je suis Lloyd Heyes, futur Alpha du clan des Cascades, mécanicien de génie, et hétérosexuel jusqu'à cet après-midi.

Je sursaute brutalement en entendant ses mots. C'est une blague ? Il ne peut pas m'avoir dit une telle chose ? Pas après ce que nous avons fait dans la forêt ?

Je recule à nouveau d'un pas, secouant doucement la tête en signe de négation, n'arrivant pas à savoir s'il se moque de moi ou pas. Lloyd avance à son tour, se collant à moi. Presque immédiatement, une chaleur insidieuse s'empare de tout mon corps, et je me remémore ce que nous avons fait dans la forêt. Je rêverais de pouvoir le revivre, et même plus.

Si je ferme les yeux, je suis presque capable de sentir son membre s'insinuer dans mon canal étroit, me dilatant comme je n'ai encore jamais été dilaté, me pénétrer avec force, frottant encore et encore ma glande de plaisir.

J'exhale un souffle saccadé, auquel Lloyd me répond pas un grognement sourd. Je rouvre les paupières, et penche la tête en arrière afin de pouvoir le regarder dans les yeux. Ses pupilles dilatées, et la faim que je vois dans son regard m'apprennent qu'il est dans le même état d'esprit que moi.

J'avale la boule de désir qui vient de se loger dans ma gorge, avant qu'il ne me colle contre lui pour venir piller ma bouche de sa langue. Comme tout à l'heure dans la forêt, tout mon corps s'embrase à ce simple contact, et je suis à deux doigts de défaillir.

Je geins de mécontentement lorsqu'il s'écarte de moi à bout de souffle, et qu'il pose son front contre le mien. Son haleine douce vient caresser tendrement ma joue, et un sourire idiot se dessine sur mes lèvres.

— Je ne comprends pas ce que tu m'as fait, Cal. Jusqu'à tout à l'heure, je n'avais encore jamais maté un mec comme je le fais avec toi. C'est comme si en apparaissant, tu avais appuyé sur un bouton qui m'avait totalement changé.

Je réalise alors qu'il ne se moquait pas de moi tout à l'heure. Je suis réellement le premier homme qu'il embrasse. Et très certainement, le premier homme qu'il masturbe également, en dehors de lui-même.

Je lève le bras, et pose ma main sur sa joue, appréciant le râpeux de sa barbe naissante sous mes doigts. Je me hausse sur la pointe des pieds, et dépose un baiser léger sur ses lèvres.

— Je ne sais pas non plus ce que tu m'as fait, mais je n'ai jamais été excité aussi vite par un mec.

Son sourire se fait égrillard, et je me sens rougir, alors qu'il baisse les yeux et tombe sur mon érection coincée dans mon boxer. Ma verge est dure et tressaute vivement depuis plusieurs minutes, réclamant de l'attention. Je suis son regard, et découvre qu'il est dans le même état que moi. Sauf que c'est beaucoup plus voyant chez lui.

J'ouvre des yeux exorbités en voyant la taille de son membre. Il est vraiment énorme. Artémus était déjà gâté par la nature niveau taille, mais ce n'était rien comparé à celle de Lloyd. Il fait bien vingt centimètres de longueur, et à une circonférence d'à peu près dix centimètres. Jamais je ne pourrais prendre un tel monstre en moi.

Pourtant, je m'aperçois que je suis en train de saliver en la regardant. Ne réfléchissant pas plus loin que le désir enfoui tout au fond de moi, je tombe à genoux et baisse son sous-vêtement dans le même mouvement, faisant rebondir le monstre contre ses abdominaux musclés.

Je me lèche les lèvres, et sors la langue pour la passer sur la veine qui pulse à l'arrière de sa verge, lui arrachant un cri surpris. Une goutte de liquide séminal perle au bout, et je me redresse pour plonger ma bouche dessus, afin de la récupérer. Le goût qui explose sur ma langue me fait gémir de bonheur, et ma verge tressaute violemment dans mon boxer.

Je baisse le tissu sur mes cuisses, pour libérer mon érection douloureuse et avale ce que je peux du membre de Lloyd. Je souris doucement en entendant le couinement qu'il laisse échapper. Je ne pensais pas qu'il était le genre d'homme à pousser ce genre de cri. Mais c'est très intéressant à savoir.

Je remonte le long de sa verge, enroulant ma langue sur la peau fine, avant de la faufiler dans le prépuce et de la glisser dans la fente en haut du gland. Au-dessus de moi, Lloyd halète durement et ses doigts plongent dans mes cheveux. Je ne sais pas si c'est pour me maintenir ou pour me repousser, mais en tout cas ses ongles s'enfoncent dans mon cuir chevelu, amenant une petite douleur qui n'est pas totalement désagréable.

J'enroule ma main gauche autour de sa tige de chair pour mieux la guider dans ma bouche. Je ne pense pas que je serais un jour capable de la prendre tout entière dans ma bouche. Artémus m'a expliqué comment détendre les muscles de ma gorge pour prendre de plus long calibre, mais il ne m'avait pas expliqué comment faire pour en prendre des plus larges. Je commence déjà à avoir mal à la mâchoire.

Je m'active donc sur son pénis, montant et descendant rapidement, accompagnant mes succions de ma main sur son membre. Je l'entends gémir, jurer, soupirer, avant que ses doigts ne se resserrent convulsivement dans mes cheveux, et que je sente le membre sous ma langue vibrer légèrement. Je reconnais les signes avant coureur d'un orgasme, et redouble d'efforts.

— Cal ! Arrête ! Je vais venir !

Je fredonne mon assentiment autour de sa queue, et je pense que c'est ce qui déclenche son orgasme. Je reçois soudain un jet de sperme qui vient frapper le fond de ma gorge. J'avale tout ce que je peux, mais le fluide sort encore et encore, et je suis incapable de tout avaler. Des filets de sperme s'écoulent lentement aux commissures de mes lèvres. Je sors la langue pour les récupérer, levant les yeux pour voir Lloyd défiguré par l'orgasme. Il est absolument magnifique.

L'ours baisse les yeux vers moi, et son regard vitreux me rend heureux. Cela prouve que j'ai bien fait mon boulot. Artémus serait fier de moi.

Son pouce passe sur ma mâchoire, et je le sens effacer une trace de sperme qui restait. J'ouvre de grands yeux étonnés en le voyant porter le bout de son doigt dans sa bouche et avaler sa semence. Sachant qu'il était hétéro il y a encore quelques heures, je ne m'attendais pas à ce qu'il fasse une telle chose. Je sens qu'il n'a pas fini de m'étonner.

Lloyd enroule ses bras autour de moi et me force à me relever. Il baisse les yeux alors que mon membre, toujours aussi dur et réclamant toujours de l'attention, vient buter contre sa cuisse. Il esquisse un sourire coquin et me tire avec lui sur le lit. D'un mouvement fluide, mais non brutal, il pose ses mains sur mes épaules, et me pousse sur le lit. Je tombe sur le dos, poussant un petit cri très peu masculin, me relevant sur mes avant-bras pour savoir ce qu'il compte faire.

J'ouvre de grands yeux étonnés en le voyant tendre le bras pour ouvrir le tiroir de sa table de chevet et en sortir une bouteille de lubrifiant à moitié pleine. Pourquoi aurait-il une bouteille de lubrifiant s'il n'était pas homosexuel ? À quoi ça pourrait bien lui servir ?

Sa bouche s'abat sur la mienne sans que je n'ai le temps de lui poser la question et je perds toute notion de réalité lorsque sa main s'enroule autour de mon membre douloureux. Mon cerveau migre brusquement vers la partie basse de mon corps, s'installant temporairement dans ma queue.

Lloyd me masse lentement, faisant monter et descendre sa main au même rythme que sa langue dans ma bouche. Je me tortille sur les draps, recherchant encore plus de frictions. Je râle, je gémis, je marmonne. Je ne sais même plus ce que je fais réellement en réalité.

J'exhale un cri rauque lorsqu'un doigt froid, mais lubrifié s'introduit en moi, et j'écarte impudiquement les jambes pour lui laisser plus de place. Lloyd fait plusieurs aller et retour, avant d'en ajouter un deuxième, et qu'un troisième ne vienne rejoindre ses deux frères.

En revanche, je grimace durement lorsqu'il tente d'en rajouter un quatrième, mes ongles s'enfonçant durement dans la peau tendre de ses épaules.

– Désolé, Loupiot, mais je suis obligé de bien te préparer. Je ne veux pas te faire mal.

Je repense à la taille de son monstre, et commence doucement à paniquer, jusqu'à ce que Lloyd glisse le long de mon corps, déposant une myriade de baisers sur ma peau sur-chauffée, m'enflammant tout entier, me faisant oublier qu'il m'a presque entièrement rempli avec sa main. Les quatre doigts font des va-et-vient dans mon corps, m'arrachant main-tenant des gémissements de pur plaisir. Mes parois sont to-talement ouvertes et dilatées.

Je pleure presque lorsqu'il les retire, avant de prendre une grande inspiration lorsque mon géant se dresse de toute sa taille entre mes jambes grandes ouvertes. Je relâche lentement mon souffle, au même rythme qu'il pénètre mon corps.

Je grimace légèrement tandis que sa queue entre en moi, m'écartelant durement. Je ne me suis jamais senti aussi rempli qu'à cet instant. Et je doute qu'un autre homme arrive jamais à me faire ressentir ça de nouveau.

Je lève les yeux pour tomber sur son visage crispé par

l'effort qu'il doit faire pour aller le plus lentement possible, et un drôle de sentiment que je n'ai encore jamais ressenti éclot en moi comme une fleur en plein soleil.

Je décrispe mes doigts pour poser ma main sur sa joue, lui faisant ouvrir les yeux. Je plonge dans ses pupilles translucides et esquisse un sourire tendre avant de me redresser pour aller poser mes lèvres sur les siennes.

Lloyd doit prendre ça comme un signal, car il ressort lentement de moi, me faisant gémir de bonheur.

Putain ! De ! Merde ! Que c'est bon !

Je me cambre brusquement, mon dos quittant totalement le lit, alors que ma semence sort d'un coup. C'est la première fois de ma vie que je jouis sans qu'on ait besoin de toucher à ma queue. Un hurlement sort de mes lèvres, et une explosion fait rage dans ma tête.

Au-dessus de moi, Lloyd s'est arrêté d'un coup, me laissant le temps de me remettre. Je redescends après plusieurs secondes de ma jouissance incroyable qui m'a envoyé sur orbite et il m'adresse un sourire supérieur avant de m'embrasser voracement.

Ses reins entament alors la danse millénaire connue de tous les amants. Je viens à sa rencontre pour l'aider à atteindre sa jouissance, maintenant que j'ai eu la mienne, mais contre toute attente, à chaque balancement de ses hanches, ma queue reprend du poil de la bête, et le plaisir enfle à nouveau dans mon ventre.

Ma verge de nouveau dure, se retrouve coincée contre ses abdominaux, et je suis presque à pleurer de plaisir tellement la double sensation d'être totalement rempli et de la masturbation de mon membre sont intenses. Lloyd ne cesse de venir frapper ma boule de plaisir logée au fond de mon ventre encore et encore.

Je ne sais pas s'il est possible de mourir de plaisir, mais si c'est le cas, ça ne devrait pas tarder à m'arriver !

J'explose à nouveau lorsque Lloyd enfonce brutalement ses crocs dans mon épaule, et que je sens son sperme inonder mon ventre. Il continue ses va-et-vient en moi, diffusant une sensation de plénitude absolue.

Je halète durement, la tête me tourne, et je ne sais plus comment on fait pour réfléchir. La seule chose que je sais réellement à cet instant, c'est que je viens à nouveau d'avoir le plus bel orgasme de ma vie, et que je suis capable de prendre une grosse queue.

Lloyd roule soudain sur le côté, sans doute pour ne pas m'écraser de son poids, et m'entraîne avec lui dans la manœuvre, gardant son membre enfoncé au plus profond de mon être, provoquant des répliques de mon orgasme, me faisant à nouveau gémir de plaisir.

Je sens sa semence couler le long de ma cuisse, et un sourire niais étire mes lèvres. J'ai toujours adoré lorsque l'homme avec qui j'étais laissait une trace de son passage.

Je sursaute brusquement lorsque l'image de mon loup apparaît devant mes yeux. Il n'est vraiment pas content. Les oreilles aplaties à l'arrière de sa tête, la queue rentrée entre ses pattes, il est en train de me montrer les dents. Il ne semble pas avoir apprécié notre petit corps à corps.

Je hausse mentalement les épaules pour lui montrer que je me fous de ce qu'il en pense. Il force alors une image de Raphaël à s'imprimer dans ma tête, et un léger sentiment de honte s'infiltre en moi.

Encore ce matin, j'étais en train d'apprendre à lui faire à manger avec Carole, et je me retrouve quelques heures plus tard dans le lit d'un autre homme, à me faire sauvagement baiser. Je suis vraiment une pute.

Poussé par mon animal, je me recule de Lloyd, les larmes aux yeux de devoir le quitter, et remets rapidement mon boxer, avant de chercher à nouveau mes vêtements. Je me souviens que c'était exactement ce que j'étais en train de faire tout à l'heure lorsque nous en sommes arrivés à ce stade.

— Que fais-tu Cal ?

Je renifle piteusement, avant de me tourner vers lui, lui piquant le drap au passage pour m'enrouler dedans, et en faire une sorte de toge à la romaine.

— Je rentre chez moi, Lloyd. On m'attend à la meute. On risque de s'inquiéter si on ne me voit pas revenir. Je dois y aller.

Il sort du lit d'un mouvement souple, et je ne peux empêcher mes yeux de se poser sur son membre qui se balance entre ses jambes. Même au repos, il est impressionnant.

— Laisse-moi t'accompagner. Je leur expliquerais, et tu pourras prendre tes affaires avant qu'on ne rentre.

Je secoue la tête en signe de négation. Il ne veut pas comprendre que j'ai déjà une Âme Jumelle qui m'attend à la meute. Si Raphaël me voit arriver avec Lloyd, il va me défoncer la tête. Il a déjà perdu Basile, je ne pense pas qu'il supporterait de me perdre moi aussi. Même s'il ne m'aime pas.

Un bruit au rez-de-chaussé attire soudain notre attention, avant qu'une voix masculine ne monte jusqu'à nous.

— Lloyd ! Aby te cherche partout. Tu es là mon pote ?

Aby ? Ça doit être la copine de Lloyd. Je profite de l'inattention de l'ours pour lui passer devant et fuir à toutes jambes. Il faut que j'oublie ce qu'il vient de se passer. Même s'il m'a offert les plus beaux orgasmes de ma vie, je ne dois plus jamais penser à cette journée. J'ai déjà une Âme Jumelle, et je dois lui rester fidèle.

Putain ! Je suis foutu !

CHAPITRE 7

─────

Totalement stressé, j'attache le drap autour de mon corps rapidement et descend les escaliers quatre à quatre, faisant attention à ne pas me prendre les pieds dedans. Je crois que ce serait la cerise sur le gâteau.

Arrivé en bas des marches, je me retrouve face à un homme tout aussi grand que Lloyd, qui me regarde avec des yeux ronds, qui ne cessent de s'élargir alors qu'il détaille ma tenue. Ou plus précisément, mon absence, de tenue. Je me sens rougir comme jamais il ne m'est arrivé de rougir, et me faufile à ses côtés pour me diriger à toute allure vers la porte.

La voix du géant résonne de l'étage que je viens de quitter, m'enjoignant de revenir immédiatement. Mais je ne peux pas faire une telle chose. Tout d'abord, j'ai déjà une âme jumelle qui m'attend sur le territoire de la meute. Même si je l'ai oublié ses dernières heures, Basile m'a affirmé que Raphaël était mon Âme Jumelle. Et la façon dont il a réagit la première fois à ma présence n'a fait que le confirmer.

Ensuite, parce qu'il semblerait que l'homme à qui je viens de me donner était déjà en couple, et que j'ai potentiellement foutu le bordel dans sa vie sans même l'avoir cherché.

Je ne m'arrête donc pas dans mon élan, et passe à toute

allure la porte d'entrée. À peine ai-je franchi le seuil, que j'appelle mon loup pour lui laisser la place. J'arrive de mieux en mieux à me transformer maintenant. C'est devenu beaucoup plus naturel, et nettement moins douloureux.

En à peine quelques secondes, mes bras et mes jambes sont remplacés par des pattes à la fourrure rousse. Mon nez s'allonge pour former un museau, et mes sens deviennent plus fin.

Je cours à grandes foulées vers le territoire de la meute, ne faisant pas attention à ce qu'il se passe derrière moi, laissant son libre arbitre à mon animal. Mais lorsque mon poil se hérisse sur mon échine, je jette un coup d'œil à l'arrière et frémis de partout en voyant l'immense ours me courser.

Putain ! Pourquoi ne peut-il pas simplement abandonner et me laisser rentrer chez moi ?

J'accélère l'allure, certain de pouvoir distancer un animal de cette taille. De toute façon, il ne me reste guère plus de choix. Soit je le distance, soit il s'invite sur le territoire et il fout le bordel avec les autres loups.

Car je suis persuadé qu'en me voyant arriver à toute vitesse, poursuivi par un ours immense, les lieutenants de la meute se dresseront face à l'animal étranger pour me défendre. Il ne faut absolument pas qu'une telle chose se produise.

J'ai du mal à trouver mon souffle, mes poumons me brûlent. Je n'ai pas l'habitude de courir de cette façon. Jusqu'à ce jour, le seul sport que j'ai jamais fait, c'est celui en chambre. Autant dire que je n'ai aucune endurance.

Mais il faut croire que la chance est de mon côté, car au moment où l'ours s'apprête à me tomber dessus, un autre ours immense croise sa route sur le côté pour arrêter sa course. Ils roulent loin tous les deux. Je jette un rapide coup d'œil et en profite pour m'enfuir loin pendant qu'ils sont en train de se battre tous les deux à coups de griffes et de crocs.

Assez rapidement, je retrouve les limites du village, et me glisse le long du périmètre extérieur, pour qu'on ne me voie pas, avant d'entrer chez Raphaël le plus discrètement possible.

Malgré l'heure tardive, le Delta n'est toujours pas rentré chez lui. Je me suis souvent demandé où il pouvait aller tous les soirs pour passer le temps. Parce que je ne suis pas totalement stupide. J'ai très bien compris qu'il s'empêchait de rentrer chez lui pour ne pas me croiser, et être obligé de discuter avec moi.

Je monte jusqu'à l'étage où je me dirige directement dans la douche. J'ouvre les robinets en grand et me jette dessous, me récurant de la tête aux pieds. Lloyd a dû laisser son odeur partout sur moi. Il ne faudrait pas que Raphaël ou un autre membre ne le sente.

Lorsque ma peau est rouge foncée et pleine de griffure à force d'avoir été frottée, j'estime être assez propre, et ressors de la salle de bains, nu comme un ver. De toute façon, je m'en fous, je vis seul dans cette maison. Je ne risque donc pas de croiser qui que ce soit.

Arrivé dans ma chambre, j'enfile un tee-shirt noir sur un jogging gris un peu lâche, et souffle enfin de soulagement. Je crois que je suis sauvé. Maintenant que je suis rentré chez moi, je ne risque plus rien.

Mon estomac se fait alors entendre à cet instant, et je me rends compte que je n'ai rien avalé depuis ce matin et que je crève de faim. Je descends dans la cuisine et m'arrête net en voyant le faitout à l'origine rouge, devenu noir d'être resté trop longtemps sur le feu, jeté dans l'évier. Mais ce qui me fait le plus peur, c'est tout de même Raphaël qui est assis à la table de la cuisine, un verre de whisky dans une main, l'autre tenant la bouteille à moitié vide.

J'étais pourtant sûr d'être seul à la maison. Pourquoi ne m'a-t-il pas dit qu'il était là ? Pourquoi ne m'a-t-il pas prévenu de sa présence lorsque je suis rentré ?

Il lève lentement la tête et plonge son regard rendu flou par l'alcool dans le mien, et je frémis de peur. Je vois les jointures de ses doigts blanchir autour du verre, tandis que ses narines s'évasent pour humer l'air ambiant.

J'avale la boule de stress qui vient de se former dans ma gorge. Je sursaute comme un débile en poussant un cri très peu masculin lorsque je vois sa main se tendre pour aller jeter son verre contre le mur de la cuisine, pas très loin de ma tête. J'étais pourtant persuadé que j'avais totalement retiré l'odeur de Lloyd. Visiblement, ce n'est pas le cas.

— Pourquoi portes-tu l'odeur d'un autre mâle ?

Je m'humecte rapidement les lèvres, cherchant une réponse qui pourrait le satisfaire. Mais j'ai beau chercher, je sais très bien que je pourrais lui donner n'importe quelle réponse, aucune ne lui ira. Lui, ce qu'il veut, c'est la vérité.

Je baisse la tête, vaincu, et laisse les larmes glisser le long de mes joues. Je ne sais pas ce qu'il compte faire de moi si je lui dis ce qu'il s'est passé cet après-midi. Je ne le connais pas assez bien pour ça.

Je relève brusquement la tête en comprenant que rien de ce qui est arrivé aujourd'hui n'est de ma faute. Après tout, c'est à cause de lui si je suis sorti me balader en forêt. J'avais besoin de faire baisser la pression dans mon corps. Toutes ces semaines sans pouvoir me relâcher ont été une torture. Alors s'il s'était occupé de moi comme il le devait, rien de tout cela ne serait arrivé.

Mais en voyant son air énervé, je rebaisse tout de suite les yeux, mon estomac se tordant dans tous les sens dans mon ventre. Je tressaille durement lorsqu'il fait un pas vers moi, et que sa main s'enroule autour de ma gorge pour me plaquer contre le mur. Je me plonge dans son regard, et la haine que j'y vois me brise de l'intérieur.

Après les merveilleux moments passés cet après-midi entre les bras de Lloyd, me retrouver de nouveau face à Raphaël n'est pas la meilleure manière de finir cette journée.

Le Delta renifle plus largement, avant de pencher la tête vers moi et de s'approcher de mon épaule. Je ferme les yeux en me souvenant de la morsure de l'ours. Lloyd m'a revendiqué. Je n'y ai même pas vraiment fait attention sur le moment. Et je réalise à quel point j'ai été stupide.

J'aurais pu prendre toutes les douches que je voulais, jamais je n'aurais pu retirer l'odeur de l'ours. Les larmes face à l'énormité de mon geste coulent à flot sur mes joues. J'ai laissé un autre homme que mon Âme Jumelle me marquer pour la vie. Raphaël serait en droit de me foutre dehors.

Mais dans ce cas, j'ignore totalement où je pourrais aller. De ce que j'ai compris, mon amant d'un jour est déjà pris, je ne peux donc pas aller lui demander asile. En plus, je me vois mal m'incruster dans une meute d'ours alors que je suis un loup.

Dit-on une meute d'ailleurs pour un ours ? Ou existe-t-il un autre terme pour désigner l'ensemble du village ?

J'aurais peut-être dû discuter avec Lloyd avant de sauter

dans son lit. Ça m'aurait évité toutes ses emmerdes.

Je crie tout bas lorsque je sens les griffes de Raphaël me rentrer dans la peau, et je rouvre les yeux que j'avais fermés, pour plonger dans son regard. Je sursaute en voyant les pupilles du loup totalement dilatées en face de moi. À tel point que le marron clair a totalement disparu pour ne laisser place qu'à un noir d'encre absolument terrifiant.

En plus des griffes, des crocs poussent doucement dans la mâchoire du Delta, me faisant trembler de peur. S'il n'arrive même plus à contrôler son loup, ce n'est vraiment pas bon pour moi. Je suis à deux doigts de me faire dessus de peur, lorsqu'il se frotte soudain contre moi. Aussitôt, mon loup prend le contrôle de mon corps, et répond à son geste.

Je rechigne dans mon coin. Je ne veux pas lui donner de faux espoirs. Raphaël ne m'intéresse pas. Pourquoi mon loup réagit-il de cette façon ? Surtout que d'après les évènements de la journée, le Destin a décidé de m'accorder une nouvelle Âme Jumelle. Pourquoi mon animal ne laisse-t-il pas Raphaël tranquille ?

Je sens alors le membre dur du Delta venir se frotter au mien, et je gémis sourdement. J'ai beau avoir eu mon quota d'orgasmes aujourd'hui, je suis toujours capable de ressentir du plaisir. Le loup accélère ses rotations du bassin, et je m'agrippe à lui, mes jambes ne me tenant plus vraiment.

L'orgasme est tout proche, lorsque Raphaël se recule soudain pour me regarder droit dans les yeux. Je frissonne en comprenant que depuis tout à l'heure, ce n'est pas l'homme qui est aux commandes, mais bien le loup. Tout comme mon propre animal a pris le contrôle de mon corps.

Raphaël donne un coup de reins plus fort que les autres et je laisse ma jouissance sortir de mon corps dans un râle de plaisir. Qui se transforme rapidement en cri lorsque le Delta plante ses crocs dans mon épaule saine, me donnant un nouvel orgasme.

Je halète durement tandis que je retombe lentement de mon nuage de félicité, rougissant en me rendant compte de ce que l'on vient de faire.

Raphaël revient à son tour, et je sais exactement à quel moment son animal lui rend sa place. Il s'écarte brutalement de moi, les yeux rivés sur son entre-jambe humide, sa langue passant encore et encore sur sa lèvre inférieure où quelques gouttes de mon sang persistent.

Il lève la tête, et plonge ses yeux exorbités dans les miens. Il ne semble pas vraiment comprendre ce qu'il vient de se passer.

— Est-ce que mon loup vient de te revendiquer ?

Je hoche doucement la tête, pas vraiment sûr moi non plus de ce qu'il vient de se passer. Le Delta se tourne d'un bond, glissant ses doigts dans ses cheveux, tirant dessus, marmonnant dans sa barbe. Je le regarde commencer à faire des allers et retours dans la cuisine. Il semble vraiment mal d'avoir fait une telle chose.

Comme je l'avais soupçonné il y a quelques semaines, le loup de Raphaël me veut. Même après l'après-midi que j'ai passé dans les bras d'un autre homme, il me veut toujours. En revanche, Raphaël ne veut pas de moi. Il reste bloqué dans son amour à sens unique pour Basile. Et ce double besoin entraîne des complications chez lui. À tel point que son loup a pris le dessus sur lui.

Mais je peux dire exactement la même chose. Dès que j'ai posé les yeux sur Lloyd, j'ai été attiré par lui. Mon côté humain a été attiré par lui tandis que mon loup voulait faire demi-tour et me forcer à retourner auprès de Raphaël. Je pense qu'il y a une véritable dichotomie en moi. L'homme veut Lloyd, tandis que l'animal veut Raphaël. Ça va être difficile à concilier tout ça.

Surtout que l'un est un loup, et l'autre un ours !

J'aurais tendance à croire que Raphaël est ma véritable âme jumelle étant donné que nous sommes tous les deux des loups. De ce que m'a expliqué Basile, le lien d'Âme Jumelle ne peut se faire que sous les deux formes. Les hommes et les animaux doivent se revendiquer chacun leur tour. Mais je vois mal mon loup s'associer à un ours. Ce serait beaucoup trop douloureux pour lui.

L'image d'un ours tentant de prendre un loup traverse ma tête, et je grimace de douleur. Tout comme mon animal qui geint dans ma tête.

Je me tends soudain, en entendant un brouhaha monter de l'extérieur. Je tends l'oreille pour essayer de comprendre ce qu'il se passe, avant qu'un coup bref, mais brutal, ne soit donné contre la porte d'entrée. En face de moi, Raphaël se fige en fusillant la porte du regard, avant de baisser la tête en soufflant de découragement.

J'ignore qui peut venir nous voir en faisant tout ce bruit à une telle heure. La voix grave et rauque qui me parvient alors me fait ouvrir de grands yeux apeurés. Que vient-il foutre ici ? Pourquoi s'est-il aventuré sur le territoire des loups ? Ce n'est pas pour me récupérer tout de même ? Je ne pense pas avoir assez d'importance pour lui pour qu'il vienne me chercher de cette façon ?

— Raf ? Calvin ? Vous pouvez sortir s'il vous plaît. Nous avons instamment besoin de vous voir.

La voix sereine mais un peu tendue de Ryan me donne la chair de poule. À mon avis, il n'est pas forcément heureux d'avoir dû accepter un ours chez lui. Surtout en ayant son petit pas très loin. Les loups sont connus pour être très protecteurs envers leurs louveteaux.

— Prêt à assumer tes conneries ?

Raphaël me fusille du regard avant d'agripper mon bras et de me tirer brutalement vers la porte d'entrée. Lorsqu'il ouvre le battant, mon estomac tombe dans mes talons en me rendant compte que toute la meute a fait le déplacement. C'est donc de là que venait le brouhaha. Ces loups sont pires que des commères !

— Pouvons-nous entrer ?

Mon regard passe de Raphaël à mon Alpha, en passant rapidement sur Lloyd. Je grince des dents en le voyant en compagnie de l'homme qui est venu nous déranger tout à l'heure, et d'une jeune femme, très certainement la fameuse Aby. Elle se tient un pas derrière le géant, et garde la tête baissée, cachant son visage derrière un rideau de cheveux noirs corbeau. J'aurais bien aimé savoir à quoi ressemblait la femme qui avait la chance de passer toutes ses nuits dans le lit de l'ours.

Je suis brusquement tiré en arrière à nouveau, et Raphaël me pousse à entrer dans la maison. Le grognement de Lloyd fait réagir tout le monde, et je suis mortifié. Il n'a absolument aucun droit de se comporter de cette manière. Seuls les compagnons et les Âmes Jumelles peuvent se permettre de se montrer jaloux. Je ne suis qu'un amant de passage pour lui.

Je n'arrive vraiment pas à comprendre ce qu'il vient faire là. Je lui ai laissé la porte de sortie qu'il voulait. En partant comme je l'ai fait, sa compagne n'était même pas sensée être au courant de ce qu'il s'était passé entre nous. Je m'étonne qu'il n'ait pas pris cette porte de sortie.

Raphaël me pousse vers le canapé, me forçant à m'asseoir contre l'accoudoir, et prend place à ma gauche, pour être sûr que personne ne puisse être à mes côtés. Je m'étonne tout de même de son côté jaloux et protecteur qu'il montre à cet instant. C'est la première fois qu'il se montre sous ce jour. Et c'est tout bonnement stupéfiant. Je ne le pensais pas capable de tels sentiments. En tout cas, pas à mon égard.

Les lieutenants de la meute entrent chacun leur tour, et je suis surpris de voir entrer Basile avec son énorme ventre. C'est étonnant qu'Andrew l'ait laissé participer à cette réunion alors que des ours sont présents. Pour une étrange raison, j'étais persuadé que l'Alpha serait plus du genre à le cloîtrer chez eux et à s'excuser ensuite, que de lui faire courir le moindre risque alors qu'il porte leurs enfants à Gabriel et lui.

Mais à voir le regard qu'il lance aux ours lorsqu'ils pénètrent dans la maison, et qu'ils s'approchent d'un peu trop près à son goût, je pense que son compagnon ne lui a pas laissé trop de choix. Et vu le visage figé de colère de Gabriel, je suis quasiment certain d'avoir raison.

Basile peut être très têtu lorsqu'il s'y met !

Je me sens écrasé par le poids du regard de Lloyd alors qu'il s'arrête juste en face de moi, les bras croisés sur sa poitrine large, les pieds légèrement écartés pour être bien stable, le regard braqué dans le mien. Il n'a vraiment pas l'air content. Et un ours en colère, ça fait peur.

Je baisse les yeux de honte, mordillant ma lèvre inférieure. Deux grognements distincts se font entendre, et je ne peux retenir le petit ricanement qui sort de ma gorge.

— Bien ! Maintenant que tout le monde est là, peut-on enfin savoir ce qu'un ours veut à un de nos Oméga ?

Je fronce les sourcils en regardant Ryan. Alors Lloyd est bien venu pour moi. Je m'en doutais fortement, mais je me disais qu'il voulait peut-être obtenir réparation pour mon comportement un peu léger de ses dernières heures.

L'ours garde les yeux braqués dans les miens pendant qu'il répond à notre Alpha et je me retrouve une fois de plus prisonnier de leur couleur si particulière.

— Je suis juste venu récupérer mon compagnon.

J'entends l'ensemble de l'assemblée retenir son souffle, alors que Raphaël à côté de moi grogne. Je tourne la tête vers lui, et hausse les sourcils en voyant ses crocs s'allonger. Son loup n'est vraiment pas heureux de voir le géant ici. Il se montre face à son rival.

Lloyd ne s'en laisse pas compter, et montre à son tour les crocs au loup. Et contrairement à ce que j'aurais pensé, le Delta ne fait pas marche arrière face à l'animal plus gros et plus puissant. Bien au contraire. Il se lève d'un bond pour se placer face à Lloyd, les poings serrés contre ses hanches.

Chaque camp bondit pour venir donner un coup de main à son condisciple, et ce n'est qu'à cet instant que je croise le regard de la fameuse Aby. Ou devrais-je plutôt dire « le fameux ». Parce qu'il ne fait aucun doute à cet instant que la personne que j'ai en face de moi est un homme. Un homme au style androgyne, mais un homme tout de même.

Il fait beaucoup plus petit que les deux autres ours qui l'accompagnent, pourtant, on doit faire la même taille tous les deux. Ce qui veut dire qu'il doit lui manquer une vingtaine de centimètres pour être au même niveau que Lloyd.

Son corps est tout en finesse, et longiligne. Et les traits de son visage sont incontestablement masculins, mais avec cette touche féminine si particulière.

Il est plutôt pas mal dans son genre si on aime les hommes aux longs cheveux noirs, et aux yeux noirs sombres. En revanche, le regard triste qu'il arbore me noue le cœur. Je lui ai peut-être réellement piqué son mec.

Pourtant, il me semblait que Lloyd m'avait dit être hétéro avant de me rencontrer. Que j'étais le premier mec qui l'avait fait se retourner. C'est a n'y plus rien comprendre !

— On se calme messieurs, je vous prie. Je n'ai pas envie qu'une guerre se déclenche entre nos deux groupes pour une simple histoire de cul.

Je sens mes joues me cuire douloureusement aux paroles de Ryan et me recroqueville dans mon coin du canapé, le visage caché dans mes mains. Elles sont soudain abaissées et je me plonge de nouveau dans le vert si spécial des yeux de Lloyd. Son petit sourire met du baume sur mon cœur malmené depuis plusieurs heures, tout autant que sa main posée sur ma joue.

En revanche, je me sens mal dès que j'entends le grognement de Raphaël. Ni une, ni deux, l'ours se remet debout et fait à nouveau face au loup.

— Je ne sais pas vraiment pourquoi tu me grognes dessus de cette façon depuis tout à l'heure, mais tu n'as aucun droit sur lui. Il est mon compagnon, je l'ai revendiqué.

Un grand bruit de respiration se fait entendre, et les rougeurs sur mes joues s'accentuent. À mon avis, le reste de la meute n'était pas au courant de ce tout petit détail.

— Moi aussi ! Il me semble donc que nous sommes devant

une impasse.

Quelques raclements de gorge se font entendre, et je relève les yeux pour voir Basile et ses deux compagnons avec un immense sourire aux lèvres, quasiment sur le point d'exploser de rire.

Je fronce les sourcils ne voyant pas vraiment ce qu'ils trouvent drôle, avant que je ne comprenne. Je me lève d'un bond, la peur me tenaillant le ventre.

C'est impossible que je sois associé à deux hommes comme mon père. Ce serait pousser un peu loin la ressemblance entre nous. Et puis de toute façon, c'est totalement impossible. Lloyd est toujours un ours aux dernières nouvelles. Les images de l'animal puissant et immense qui me poursuivait dans la forêt sont toujours bien présentes dans ma tête.

De ce que j'en sais, lorsque les Âmes Jumelles se trouvent et qu'elles ne sont pas de la même espèce, l'une d'entre elles se transforme pour pouvoir s'associer à son autre moitié. Mais pour l'instant, aucun de nous n'a muté. Nous sommes tous restés avec nos animaux d'origine. Il est donc improbable que nous soyons liés tous les trois.

— Je pense effectivement que nous avons un léger problème.

Ryan se tourne vers moi, un sourire crispé aux lèvres. Il y a de fortes chances pour qu'il en vienne à regretter d'être venu me chercher à la ferme. Je n'arrête pas de lui créer des emmerdes depuis que je suis arrivé.

— Tu as vraiment été revendiqué par les deux hommes ?

Je hoche la tête en signe d'assentiment. Notre Alpha fronce les sourcils, avant de s'approcher de moi et de m'arracher mon tee-shirt. Je pousse un léger cri de surprise, qui est tout de suite recouvert par deux grognements distincts. Mais cela ne dérange absolument pas Ryan qui observe les traces laissées sur mes épaules.

Celle bien nette de Lloyd montre la taille impressionnante de sa mâchoire, tandis que celle plus petite de Raphaël montre la pression qu'il a mise dedans pour asseoir notre lien.

Je le regarde froncer les sourcils et se mordiller la lèvre inférieure avant de se tourner vers le fond du salon.

— Vous avez déjà entendu parler d'un tel phénomène ? Pour moi, il me semblait impossible que deux espèces cohabitent dans un couple. Que l'un des deux protagonistes devait fatalement muter.

Je regarde Tyler et Gidéon avancer jusqu'à nous, et regarder mes morsures à leur tour, la mine fermée. Je vois leurs yeux cligner rapidement et je suis presque certain qu'ils sont en train de discuter tous les deux sans que nous ne puissions les entendre.

Le regard bleu du grand Alpha se plonge dans le mien, et je me sens happer par leur profondeur. Je ressens un courant de magie me parcourir tout entier, incapable de détourner le regard. Je suis certain qu'il me sonde pour savoir ce qui cloche chez moi.

Le pas qu'il fait en arrière avec son air choqué me donne froid dans le dos. Je dois vraiment être détraqué pour l'avoir outré de cette façon. Et bizarrement, je me sens mal à l'aise. J'ai presque envie de pleurer.

— Comme Basile, il me semblait que ce n'était qu'une légende.

Sa voix tremble légèrement et ça me déstabilise. Mais vu les visages figés des lieutenants, je ne suis pas le seul dans ce cas-là. Ils semblent tous ébranler par la réaction de l'Ancien.

Tyler s'approche alors de son compagnon et pose une main sur son épaule. Gidéon tourne le visage vers son homme, et une fois de plus s'engage une de leur discussion secrète. Jusqu'à ce que Tyler se tourne vers moi avec des yeux exorbités. Cependant, lui arbore également un petit sourire qu'il adresse à Ryan.

— Décidément, tu as une sacrée meute, Ryan. Des Omégas à foison, des Renifleurs qui en plus sont unis à deux hommes, et maintenant un Changeforme. Il doit y avoir quelque chose dans l'air ! Ce n'est pas possible autrement !

Presque toutes les personnes présentes exhalent un souffle tremblant à l'annonce de l'Ancien, sauf les derniers arrivés dans la meute. C'est Nathan qui se permet de demander ce que peut bien être un « Changeforme ». C'est clair que la réponse m'intéresse grandement. C'est Gidéon qui s'occupe de nous donner les explications.

— Un Changeforme est censé pouvoir se transformer en l'animal qu'il veut. Comme je le disais tout l'heure, je ne peux rien affirmer, car tout comme Basile, il me semblait que les Changeformes n'étaient qu'une légende. Mais une fois de plus, cette meute met à mal mes convictions.

Quelques rires se font entendre, mais ce n'est pas mon cas. Car je ne peux absolument pas me changer en n'importe quel animal. Il n'y a toujours que mon loup dans ma tête. J'en fais donc part à l'Ancien qui hoche doucement la tête.

— Comme je le disais, il n'y pas vraiment de certitudes concernant les Changeformes. Les Anciens métamorphes ne nous ont pas laissé une grande quantité d'informations. Nous avons dû les engranger nous même et les écrire. Ça a été un travail long et fastidieux et nous n'avons pas encore tout transcrit clairement. La plupart de nos informations sont encore sur des manuscrits vieux comme le Monde et sur le point de se désagréger. Mais je crois que le pire de tout, c'est que ce savoir est en train de se perdre auprès de la jeune génération.

D'un mouvement de la main, il m'invite à m'asseoir et l'ensemble des personnes présentes en font de même lorsqu'il me voit prendre place. Mais cette fois-ci, je suis bien entouré. Un ours à ma droite, un loup à ma gauche.

— Je pense que tant que tu n'auras pas dépassé ta maturité sexuelle, tu garderas ta forme animale première. Celle transmise par ton patrimoine génétique.

Tous les regards se tournent vers Basile et je grimace légèrement. C'est vraiment flagrant que Basile est mon père ? Il faut croire que oui !

— Une fois que tu auras passé ce cap, il est possible que tu puisses prendre la forme que tu désires. En tout cas, si tu es bien associé à ses deux hommes, il y a de fortes chances pour que tu mutes au moins en ours.

À nouveau, je maudis mon teint de roux au moment où une chaleur intense parcourt mes joues. Tout le monde ici sait pourquoi je dois me transformer en ours. Il n'y a plus qu'à croiser les doigts pour que ça ne se fasse pas devant tout le monde. Ma meute et la sienne réunie.

Avec le bol que j'ai, il y aura tout le monde, mais il y aura également quelqu'un avec une caméra pour garder un souvenir de ce moment incroyable.

Je suis baisé !

CHAPITRE 8

J'ai encore du mal à comprendre tout ce qu'il vient de se passer. Ce matin encore, je n'étais qu'un jeune loup qui faisait tout pour plaire à sa future Âme Jumelle. Et ce soir, j'ai été revendiqué, non pas par un, mais bien deux hommes. Deux hommes qui visiblement ne sont absolument pas prêts à s'entendre.

Il suffit que l'un d'eux me touche pour que l'autre se mette à grogner durement. Et ils ne cessent l'un et l'autre de me ramener contre eux. Je commence à en avoir ras-le-bol d'être ballotté de bras en bras.

À nouveau, une main puissante se glisse dans ma nuque, et enserre mon cou à la base de mes cheveux. Je n'ai pas besoin de me retourner pour découvrir qu'il s'agit de Lloyd, et je prends la mouche. Je la repousse violemment avant de me lever d'un bond pour m'éloigner d'eux.

Durant quelques heures merveilleuses, je me suis voilé la face en me disant que ce qui s'était passé entre Lloyd et moi n'était qu'un superbe rêve. Que rien n'en découlerait. Que ces moments resteraient à tout jamais des souvenirs merveilleux. Jusqu'à ce qu'il débarque dans la meute, amenant tout un tas d'emmerdes derrière lui.

Malgré tout, ce qui m'a le plus surpris, est tout de même

la réaction disproportionnée de Raphaël. Lorsque je suis rentré après ma petite virée entre les draps de l'ours. Il était assis dans la cuisine, déjà à moitié beurré, attendant sagement que je le rejoigne. Et bien que j'ai pris une douche et que je me sois récuré en profondeur, il a tout de suite repéré l'odeur de Lloyd qui s'attardait sur ma peau, et s'est jeté sur moi pour me marquer comme l'avait fait l'ours.

Je me demande encore ce qui lui a pris pour me marquer de la sorte. Durant des mois, il m'a évité. Faisant bien attention tous les jours à ne pas me croiser. Et dès l'instant où l'odeur d'un autre s'est retrouvé collée à la mienne, il ne l'a pas supporté et à dû rajouter la sienne.

Je sais que le loup de Raphaël me veut. Il me l'a bien fait comprendre dès le départ. Mais j'étais quasiment certain que l'homme en Raphaël ne voulait pas entendre parler de moi. Lui est toujours persuadé qu'il a une chance avec Basile.

Je me demande bien comment il peut encore croire une telle chose maintenant qu'il porte deux bébés sur le point de venir au monde, et qu'il est entouré et choyé comme la plus belle des merveilles par ses deux compagnons.

Quoi qu'il en soit, maintenant, je suis dans une belle merde. Parce que je me retrouve coincé avec deux mecs qui sont totalement différents l'un de l'autre. À peine étaient-ils dans la même pièce tous les deux, qu'ils commençaient à se battre pour savoir à qui j'appartenais. Comme si j'étais un os que deux chiens se disputaient.

Je sens une main se poser sur mon épaule, et me tourne d'un bond pour savoir à qui elle appartient, prêt à mordre s'il le faut. Il faut qu'ils comprennent tous les deux que je ne suis pas leur chose. Je suis un être humain qui pense par lui-même, et qui a le droit de vivre la vie que je me suis choisie.

Je souffle de soulagement en voyant le sourire contrit de Kit, et me laisse tomber contre lui. Je le sens se crisper contre moi, avant que son bras ne s'enroule autour de mon ventre pour me serrer contre son corps. Un petit sourire éclot sur mes lèvres en le sentant faire un tel geste.

Durant des mois, je n'ai pas cessé de lui vanter les plaisirs d'une relation entre hommes, et je crois qu'il commence enfin à prendre en compte ce que je dis. Tant mieux, parce qu'à mon avis, je risque de faire une boulette un de ces jours en lui révélant qui est son Âme Jumelle.

Je crois bien que toute la meute est au courant pour lui, sauf lui. Je pense qu'il se doute de quelque chose, car plus d'une fois, je l'ai surpris en train de me regarder bizarrement. Kit peut se montrer naïf, mais il n'est pas complètement stupide.

Les grognements jumelés des deux hommes me font sourire. Enfin une chose sur laquelle ils sont d'accord tous les deux.

— On se calme, je vous prie, Messieurs. Si nous pouvions éviter les effusions de sang, ça m'arrangerait !

J'esquisse un léger sourire aux mots de Basile, et me cale plus confortablement dans les bras de mon ami. Kit ne me repousse pas, contrairement à ce qu'il aurait fait il y a quelques mois, et va même jusqu'à enrouler son deuxième bras autour de moi, me gardant prisonnier contre son corps.

Je panique un peu en voyant l'ours faire un pas dans notre direction, avant d'être stoppé net par Ryan et Andrew. Les deux Alphas se positionnent face à lui, les pieds bien ancrés au sol, les bras croisés sur leur poitrine. Je ne vois pas leur regard, mais je les imagine très bien. Ils ne doivent pas être plaisants à regarder en cet instant.

Lloyd gronde doucement, et la vibration de son cri semble parcourir la salle toute entière. Je vois mes camarades de meute courber l'échine l'un après l'autre, et sens même Kit faire de même derrière moi.

Je me décale de lui pour le regarder faire, et fronce les sourcils en parcourant la pièce du regard. Nous ne sommes que quatre encore debout.

Autant, voir Andrew et Ryan faire face à Lloyd ne m'étonne absolument pas. En revanche, que Raphaël garde la tête haute face à lui, c'est un peu plus surprenant. Je sais qu'il n'est qu'un Delta, il ne fait donc pas le poids face à l'Alpha.

Mais de toute évidence, le lien que j'entretiens avec les deux hommes, les mettent sur un pied d'égalité. Je jette un coup d'œil à mon géniteur, et le vois recroquevillé contre Gabriel, les bras difficilement enroulés autour de l'homme. Je me demande s'il en va de même pour lui. Réagit-il à la voix d'Alpha d'Andrew ? Ou comme Raphaël et moi, ne la ressent-il pas ?

Il faudrait que je pense à lui poser la question !

— Kit ? Pourrais-tu éviter d'énerver l'ours, je te prie !

Mon ami adresse un sourire ironique à Ryan en se redressant, et enroule à nouveau ses bras autour de moi dans un geste de défi. Je sais qu'il le fait uniquement pour me venir en aide, et qu'il n'est pas du tout à l'aise avec cette position. Pour le remercier, je pose mes mains sur les siennes, et souris à mon tour en le sentant se crisper sous moi.

Il a encore pas mal de chemin à parcourir avant de totalement accepter qu'un homme le touche. Mais il est sur la bonne voie.

J'en viens à me demander s'il a suivi mes conseils. Il y a quelque temps, il me posait beaucoup de question sur les relations entre hommes, et bien qu'il existe des vidéos sur le sujet, je ne suis pas certain que ce soit la bonne chose à faire lorsqu'on est pas du tout attiré par les hommes. Selon moi, il vaut mieux expérimenter par soi-même.

Je lui ai donc conseillé de se toucher et de voir les sensations qu'il ressentait. S'il aimait ou pas. S'il était prêt à aller éventuellement plus loin. S'il serait capable d'accepter d'avoir le sexe d'un autre homme en lui.

Parce qu'il ne faut pas qu'il se fasse d'illusions. En tant qu'Oméga, notre place est forcément en dessous.

Personnellement, ça m'arrange. C'est la place que je préfère. Il m'est déjà arrivé de me retrouver à devoir pénétrer mon partenaire, et bien que j'ai grandement apprécié ce moment, mes orgasmes ont toujours été meilleurs lorsque je recevais le membre dur d'un autre homme dans mon intimité. Mais connaissant mon ami, il y a de fortes chances pour qu'il crise lorsque Vincent voudra aller plus loin avec lui.

Un nouveau grondement retenti dans l'air ambiant, et je me focalise sur l'ours en face de moi. Je vois dans le regard de Lloyd qu'il est vraiment à deux doigts de perdre son sang-froid, tout comme Raphaël derrière lui, et décide de me séparer de mon ami. Malgré tout, je garde mes distances avec eux.

— Tout ça commence à sérieusement me gonfler ! Donc, tu files dans ta chambre et tu me prépares ton sac Loupiot. On rentre à la maison.

Le grognement mécontent de Raphaël retentit à nouveau dans la pièce, et Lloyd le regarde de travers, le fusillant du regard. Une fois de plus, ils s'affrontent tous les deux pour savoir qui a le droit de me garder près de lui.

Je tape du pied pour attirer leur attention, comme un gamin énervé. Je sais que c'est l'image que je donne, mais je m'en moque royalement. Je veux juste qu'ils prennent mes considérations en compte. Et pour le moment, je ne sais pas où je veux vivre, ni avec qui.

— Tout d'abord, je suis là !

Je lève les deux mains en l'air pour appuyer mon point de vue. Ils doivent prendre conscience que j'ai le droit de choisir ma vie.

— Vous n'avez pas à décider pour moi. Ni l'un, ni l'autre.

Les deux hommes se regardent rapidement avant de revenir sur moi, le visage un peu penaud. Raphaël se rapproche doucement de l'endroit où je me trouve, s'arrêtant juste à côté de Lloyd. Ça me fait bizarre de les voir à côté l'un de l'autre, et une drôle de sensation envahi lentement mon corps.

Mon regard ne cesse de passer de l'un à l'autre, et je ne vois que les différences entre les deux hommes. Ils sont tous les deux grands, mais l'ours est vraiment immense. Même les Alphas de la Lune Rousse sont plus petits que lui. Bien que Raphaël soit musclé, la musculature de Lloyd la dépasse totalement. Quant au caractère, je dirais qu'il n'y a pas photos. Si je devais réellement choisir entre les deux, l'ours aurait sans conteste ma préférence.

Une décharge vient soudain me picoter le dos, et je serre brusquement les dents pour ne pas crier. Je fige tous les muscles de mon visage, mais je ne pense pas avoir réussi, car les deux hommes se précipitent vers moi, les bras tendus.

Une nouvelle décharge se propage, causant une douleur comme je n'en ai encore jamais ressentie. Même le jour où je me suis transformé en loup pour la toute première fois, je n'ai pas eu aussi mal. C'était douloureux bien sûr, mais pas à ce point. Et puis, ça c'est énormément amélioré depuis ce jour. À présent, je suis capable de passer d'un état à un autre sans presque rien ressentir que le courant de la magie passant en moi.

Je tombe à genoux alors qu'une nouvelle salve de douleur parcourt l'entièreté de mon corps, et un cri m'échappe bien malgré moi. Quatre mains viennent se poser sur moi, me soutenant tendrement. J'ai du mal à croire que ce soit ses deux brutes qui soient aussi tendres avec moi. Mais je perds toute notion de réalité, lorsque la douleur s'accroît davantage, me brouillant la vue.

J'ai l'impression de me retrouver devant une lumière blanche qui m'éblouit brutalement, et je cligne plusieurs fois des yeux pour la faire partir, mais rien à faire. Je crois bien que je viens de tomber dans les vapes. Je n'ai pas vraiment d'autre explication.

Pourtant, je sens mon corps se tendre encore et encore, alors que mes os se cassent pour se reformer, mes muscles se tendent, avant de tout lâcher, et que ma peau se transforme en fourrure.

Une secousse étrange dans mon bas-ventre me fait brutalement ouvrir les yeux, et ce n'est qu'à cet instant que je m'aperçois que je les avais fermés. Je vois alors toute la meute, ou presque se tenir face à moi, les yeux écarquillés par la surprise. À bout de souffle, enseveli sous une douleur insupportable, je baisse la tête, et crie comme une fille. Enfin, c'est très certainement ce que j'aurais fait, si je n'avais pas été un ours.

Devant moi se tiennent deux pattes énormes, d'un brun roux magnifique, qui n'appartiennent absolument pas un loup. Et le cri qui est sorti de ma gorge, ressemblait plus au grognement d'un ours qu'au hurlement d'un loup.

Je tourne ma tête, qui me semble peser une tonne vers Lloyd, et sursaute à nouveau en voyant l'énorme ours au pelage sombre se dresser à mes côtés. Le tiraillement ressenti un peu plus tôt dans mon bas-ventre fait son grand retour, et mon membre se tend d'un coup. Je serais encore humain, j'aurais rougi comme une tomate.

Je comprends soudain ce qu'il m'arrive. Je n'avais même pas fait attention que c'était bientôt mon anniversaire. Avec tout ce qu'il s'est passé ces derniers mois tout autour de moi, la date de mon anniversaire m'est passée loin au-dessus de la tête. Ce qui veut dire que je dois très certainement avoir enfin atteint ma maturité sexuelle.

Et visiblement, le Destin a finalement décidé de me lier à Lloyd plutôt que Raphaël, puisque je viens de me transformer en ours.

Des crocs se plantent légèrement dans ma nuque et je m'abaisse jusqu'à ce que mon visage touche presque le sol, alors qu'un grand corps chaud se place au-dessus du mien. C'est étrange comme la douleur est toujours présente en moi, mais qu'elle n'a plus aucune importance à ce moment bien précis. Je viens de comprendre que je vais faire exactement comme mon père, et me lier avec mon compagnon devant toute la meute.

Je suis en train de vivre mon pire cauchemar !

En sachant que mon jumelage avec mon compagnon ne pourrait se faire que lorsque j'aurais atteint ma maturité sexuelle, je prévoyais d'être seul avec Raphaël à ce moment-là. Je n'avais absolument pas prévu que ça se ferait avec un ours et non pas un loup.

Le souffle chaud de Lloyd vient chatouiller le creux de mon cou, et je grogne tout bas, attendant la suite. Sa langue passe délicatement sur la marque qu'il m'a faite plus tôt dans la journée, et je me mets à trembler de tous mes membres.

C'est étonnant ce que le Destin peut nous faire faire. Il y a quelques minutes à peine, j'étais remonté contre les deux hommes. Jamais je n'aurais accepté que l'un ou l'autre s'approche de moi de cette façon. Et à présent, je sais déjà que je vais le laisser me prendre. Parce que la nature est ainsi faite, et que je suis faible face à lui.

Le membre dur de Lloyd s'insinue en moi, et je me cambre contre lui, levant mon museau en l'air pour grogner plus fort. Que ce soit sous forme humaine, ou sous forme animale, son membre est impressionnant, et me fait un bien fou.

Il se met à onduler en moi, me faisant feuler de plaisir. Je sens son membre venir taper ma prostate à chaque mouvement, et je sais que je ne vais pas pouvoir durer très longtemps. Sa verge semble se durcir en moi, et je hurle doucement, jusqu'à ce que ça se transforme en un cri de plaisir incroyable, lorsque Lloyd plante ses crocs dans les marques qu'il m'a déjà faite. C'est tout bonnement incroyable qu'il ait réussi à retrouver les traces exactes qu'il m'avait faites la première fois, malgré la fourrure.

Je me vide sur le tapis du salon sous moi par jets successifs. Je crois bien que c'est la première fois que je ressens un plaisir aussi parfait. Tout l'univers semble s'être mis au diapason de notre extase, et j'ai l'impression que mon orgasme ne finira jamais.

Je retombe lourdement sur le tapis, mon souffle sortant de façon erratique de ma gorge, un contentement sans nom me parcourant tout entier. Tout mon corps frissonne du plaisir ressenti alors que je sens mon corps se transformer à nouveau.

Je ferme les yeux pour tenter de retrouver un souffle normal, sentant un sourire étirer mes lèvres au bonheur que je ressens.

Durant des mois, j'ai été persuadé de devoir m'accoupler avec Raphaël, et devoir vivre une vie triste et sans amour. Alors que finalement, je me retrouve à devoir vivre avec un ours qui, certes était hétéro jusqu'à ce matin, mais qui au moins me désire assez pour me baiser. J'ignore comment Lloyd peut se comporter tous les jours, ses petites manies, ou ses tics, mais je suis quasiment certain que ce sera toujours mieux que le loup.

Je rouvre brusquement les yeux en sentant un souffle s'abattre de nouveau contre ma nuque, et me mets à paniquer doucement. Pourquoi mes yeux tombent-ils sur des pattes de loup ? Comment est-il possible que je sois à présent un loup alors que j'étais un ours il n'y a même pas deux minutes ? Si c'est une blague, elle n'est vraiment pas drôle !

Je redresse un peu la tête pour tomber dans le regard caramel du loup de Raphaël et le petit sourire que je crois discerner sur ses babines me crispe le ventre. Il veut toujours me revendiquer. Il n'a pas compris que j'avais déjà été revendiqué par un autre homme.

Je jette alors un coup d'œil dans la pièce, cherchant mon compagnon du regard, et le découvre juste à côté de moi, sous sa forme humaine, un sourire crispé aux lèvres. Le jeune homme légèrement androgyne avec qui il est arrivé tout à l'heure, s'approche lentement de lui avec des yeux écarquillés. Je grogne doucement en le voyant poser une main sur son épaule, avant qu'il ne glisse ses doigts dans ses cheveux hirsutes. Je tente de me redresser, mais les crocs de Raphaël se plantent plus profondément dans mon épaule, me maintenant sur place.

Je tente de me dégager, mais le Delta ne me laisse pas

faire. Un cri de détresse passe mes babines en voyant mon compagnon se fondre dans les bras de l'androgyne. Il n'a pas le droit de se laisser faire de la sorte après m'avoir revendiqué. Il est mon compagnon, pas celui de cette tapette.

Je feule doucement en sentant le membre de Raphaël s'insinuer en moi, et m'aperçois seulement à cet instant, que je suis toujours autant excité. C'est tout bonnement impossible. Avec tout ce que nous avons déjà fait aujourd'hui, je n'aurais pas dû pouvoir remonter aussi rapidement.

Le loup se met à faire des allers et retours dans mon antre, et je perds toute notion de ce qui n'est pas lui. Comme tout à l'heure avec Lloyd, le plaisir enfle dans mes veines, me faisant voir des étoiles, et je feule doucement, prenant mon plaisir.

Les crocs du Delta se plantent dans mon épaule, et je hurle une nouvelle fois alors que mon sperme part inonder le tapis sous moi. Je décharge encore et encore, sentant la semence de Raphaël se mélanger à celle de Lloyd au fond de moi.

Lorsque mon orgasme est enfin passé, je m'écroule sur le tapis, à bout de souffle. Un courant magique me parcourt et j'ouvre les yeux, paniqué par ce que je vais y voir. Je souffle de soulagement en voyant mes bras, ma peau pâle, et mes mains. Je ne me suis pas transformé en un autre animal. Il ne va pas y avoir un troisième homme pour venir me prendre devant tout le monde.

Des bras forts s'enroulent doucement autour de moi et me soulèvent de terre. Je ferme les yeux, incapable de faire face au reste de la meute.

En passant devant Kit, je vois ses yeux exorbités, et la peur enfouie tout au fond de lui, remontée à la surface comme une bouée en pleine mer. Il est totalement terrorisé. J'espère que ça ne se passera pas ainsi pour lui. Qu'il pourra avoir un peu d'intimité.

Je n'avais pas vraiment compris la force du Destin. Il ne vous laisse aucun choix. Il choisit vos compagnons pour vous, et vous force à vous unir à eux envers et contre tout. Et peu importe l'endroit où vous vous trouvez.

Qu'aurait-il fait si nous avions été en train de visiter la toute nouvelle crèche de la meute ? Il nous aurait forcé à nous jumeler devant les enfants ?

Je ferme les yeux plus forts pour éviter de penser à une telle chose, avant de sentir le moelleux d'un lit sous moi. J'ouvre les paupières et découvre qu'on vient de me transporter dans ma chambre. Face à moi, Raphaël semble mal à l'aise. Comme la première fois où il s'est un peu emporté contre moi, et où j'ai compris que son loup me voulait. Je crois qu'il n'a pas totalement intégré le fait que nous étions liés tous les deux maintenant.

Enfin, je devrais peut-être dire tous les trois. Parce que si je me souviens bien, tout a commencé avec Lloyd. Il est tout de même le premier à m'être passé dessus ce soir. Je suis une vraie salope en fait.

Je referme les yeux, mortifié qu'une telle chose me soit arrivé à moi. C'est vraiment à croire que la génétique à quelque chose à voir avec le déroulement de la vie, parce que j'ai fait exactement comme mon géniteur. Tout comme Basile, je me suis fait prendre par mes deux compagnons devant la meute presque au complet.

Le matelas se creuse à mes côtés et je rouvre brusquement les yeux. Lloyd me sourit tendrement, et me passe une main dans les cheveux. Je frissonne de la tête aux pieds et me coule sous sa main pour profiter de la caresse. Comme un chien avec son maître.

Non loin du lit, Raphaël est adossé au mur, nous regardant tous les deux, les mains coincées dans les poches, un pied posé contre le mur derrière lui. Il se tient éloigné de nous, mais garde tout de même les yeux braqués sur nous. Comme s'il ne voulait pas nous perdre de vue.

— Je n'ai pas compris tout ce qu'il vient de se passer, mais il semblerait bien que nous soyons liés tous les deux.

À nouveau, mes yeux naviguent vers Raphaël, avant de revenir vers Lloyd. Je pense que ce n'est vraiment qu'à cet instant qu'il prend conscience de la présence du Delta dans la chambre. L'ours se retourne d'un bond pour fusiller le loup du regard, avant de souffler lourdement.

Il plante son regard sur moi, et je frissonne face à l'intensité contenue dans les prunelles claires. Cet homme risque d'être dangereux pour mon rythme cardiaque.

— Écoute Loupiot, je ne sais pas trop ce qu'il va se passer maintenant, mais il va falloir que tu fasses un sac. Je dois rentrer chez moi. Je suis le futur Alpha de mon clan, et j'ai des responsabilités. Et puis, il va bien falloir que je te présente à ma famille.

Je le vois esquisser une grimace à ces mots, avant de se forcer à me sourire. Je sens bien qu'il n'est pas encore tout à fait à l'aise avec notre jumelage. J'ai toujours tendance à oublier que jusqu'à ce matin, il ne s'était jamais approché d'un homme à ce point.

Un raclement de gorge nous fait sursauter tous les deux, et mon regard se porte sur Raphaël. Il est toujours aussi mal à l'aise face à nous, mais semble tout de même prêt à assumer les besoins de son corps.

– Tu dois peut-être rentrer chez toi, mais Calvin est chez lui, ici. Je ne vois pas pourquoi il devrait déménager uniquement pour t'arranger toi.

Face à moi, je vois le corps de Lloyd se tendre d'un coup, avant qu'il ne se déplie lentement, se tournant dans le même mouvement pour faire face au loup. Raphaël se décolle doucement du mur, s'approchant du loup.

À cet instant, je l'admire, car il ne semble pas avoir peur de l'animal plus fort et plus imposant que lui. Bien au contraire, il semble prêt à se battre contre lui. Un courant électrique me parcourt tout entier en les voyant s'affronter de cette façon.

Je me racle la gorge pour attirer leur attention, rigolant doucement en les regardant se montrer les dents. Ils se tournent vers moi, les yeux écarquillés.

— Excusez-moi les gars, mais vous êtes ridicules. Nous sommes tous les trois coincés dans cette histoire, alors vos conneries d'égo, vous pouvez vous les mettre où je pense.

Je me redresse et plante mon regard dans les yeux clairs de Lloyd, et lui souris tendrement.

— Après ce qu'il s'est passé ce soir, je suis crevé. Je pense que je vais rester dormir ici, et on en reparlera tous les trois demain.

Le doute passe dans les prunelles claires, avant qu'il n'esquisse un léger sourire. C'est avec soulagement que je le regarde s'approcher de moi, puis se pencher pour m'embrasser à perdre haleine. Un peu comme s'il voulait se rassasier avant de pouvoir me revoir.

Je suis essoufflé lorsqu'il se redresse, et son petit sourire supérieur m'énerve légèrement, pourtant, je sens que je ne vais avoir aucun problèmes pour tomber amoureux de lui. Je commence déjà à ressentir quelque chose de fort pour lui.

Il se tourne alors vers Raphaël, et le loup se tend de nouveau pour lui faire face. Il va vraiment falloir qu'ils mettent de l'eau dans leur vin si nous devons passer le reste de nos vies ensembles.

— Tu as plutôt intérêt à prendre soin de lui, sinon, je ne donne pas cher de ta peau.

Le rire amusé de Raphaël me surprend un peu, mais pas autant que son geste. Le Delta s'approche du lit pour s'asseoir à côté de moi, et prendre une pose fixe, les jambes étendues devant lui, les bras croisés sur sa poitrine.

— Tu peux compter sur moi, il ne lui arrivera rien tant que je serais là.

Une grimace se dessine sur le visage de l'ours, et il regarde le loup durant plusieurs secondes. Puis, finalement, il acquiesce d'un léger mouvement du menton, tendant sa main droite, attendant que Raphaël la lui serre.

Le Delta regarde la main tendue, puis le visage de l'ours, avant de tendre le bras à son tour pour accepter le gage de paix que lui offre Lloyd.

Après un dernier baiser pour moi, l'Alpha me sourit puis sort de la chambre. Ce n'est qu'à cet instant que je réalise qu'il n'y a plus un bruit au rez-de-chaussée. Toute la meute doit être rentrée chez elle.

Mes yeux se ferment tous seuls en entendant la porte d'entrée se refermer derrière Lloyd, et je crois bien que je dors avant même qu'il n'ait quitté la meute. Toute cette journée m'a épuisé.

CHAPITRE 9

—————

Mon corps se cambre d'un coup sur le lit, alors qu'une douleur comme je n'en ai encore jamais ressentie ne me sorte de mon sommeil. À côté de moi, Raphaël fait un bond dans le lit. Malgré ma vision étrécie par la douleur, j'arrive à voir qu'il a manqué de tomber du lit à cause de la surprise.

Mais je ne vois rien de plus, me recroquevillant sur le lit tant la douleur est intense. Je serre les dents pour m'empêcher de crier, malgré tout, plusieurs plaintes arrivent à passer mes lèvres.

Une main douce se pose au milieu de mon dos, me calmant très légèrement, mais je dois reconnaître que la présence de Raphaël atténue un peu ma douleur.

— Que t'arrive-t-il Calvin ? Dis-moi ce qu'il se passe !

Je secoue la tête, ne sachant pas pourquoi j'ai aussi mal. J'essaye de le lui dire, mais les seuls sons qui sortent de ma bouche lorsque j'entrouvre les lèvres, son des cris de douleur.

Le Delta saute soudain du lit, et je tente de tendre le bras pour le retenir. J'ai besoin de lui à mes côtés pour le moment. Avant de soupirer de soulagement lorsque ses bras se glissent sous mon corps et me serrent contre le torse dur du loup.

Je soupire de soulagement, et glisse mes bras autour du coup de Raphaël, tentant de le rapprocher encore plus de moi. Ses bras se resserrent fortement autour de moi, et je crispe les mâchoires, la douleur refluant lentement.

Tout se met alors à tanguer autour de moi, et j'ouvre un œil pour savoir ce qu'il se passe. Je réalise que Raphaël m'entraîne ailleurs. La douleur associée au mouvement de la marche, me soulève le cœur, je décide donc de refermer les yeux pour éviter de lui vomir dessus.

Je le sens se mettre à courir, et je serre les dents pour retenir la nausée que je sens inexorablement monter en moi. Pourtant, je me demande où il m'emmène. Je me demande bien ce qui lui a pris pour sortir de la chambre, et de la maison.

Mon esprit s'égare totalement lorsque une nouvelle pointe de douleur me transperce de part en part. Mes ongles se plantent dans le tee-shirt de Raphaël, et je le sens sursauter sous moi. Je me décrispe en tentant de m'excuser, mais il dépose un baiser sur ma tempe.

J'ai l'impression de l'entendre me parler, mais la douleur est trop intense pour que j'en comprenne le sens. Je cale mon visage dans son cou, aspirant son parfum à plein poumon. Et un sentiment de bien-être m'envahit tout entier. C'est la première fois que je me sens aussi serein à ses côtés. Et ça me fait un bien fou.

La douleur est toujours présente, pourtant, elle semble moins intense maintenant que cette odeur m'entoure tout entier.

Tous mes muscles sont tendus sur mes os tellement je me retiens de crier, jusqu'à ce qu'un sentiment de plénitude absolu ne se pose comme une seconde peau sur tout mon corps. Je prends une grande inspiration, emplissant mes poumons d'air pour ce qu'il me semble être la première fois de la journée.

Je redresse la tête, continuant à respirer calmement, laissant la douleur s'évacuer progressivement de mon corps. Je regarde le paysage autour de moi afin de savoir où je me trouve, et un hoquet de surprise m'échappe en remarquant que nous venons de passer la frontière de la meute, pour entrer chez les ours.

Un peu ce que j'ai fait hier lorsque j'ai rencontré Lloyd. Je comprends enfin pourquoi Raphaël m'a emmené ici. Il a dû penser, et à juste titre visiblement, que c'était l'absence de l'ours qui avait déclenché ma crise.

Sa cadence se fait moins rapide, tandis que nous approchons du village du clan. Comme s'il voulait que ce moment dure le plus longtemps possible.

Enfin, les premières maisons se font voir au loin, et mon cœur s'emballe dans ma poitrine. Ce n'est qu'à cet instant que je me demande comment Lloyd va prendre notre apparition surprise ? Va-t-il être en colère que nous débarquions de cette façon ? Ou au contraire être heureux de nous revoir si vite ?

— Ne bougez plus !

Raphaël se fige en entendant la voix autoritaire, et je crispe les doigts sur son tee-shirt, plongeant mon visage dans son cou. Son odeur me calme à nouveau, et mon cœur ralenti, pour enfin retrouver un rythme normal.

— Nous avons besoin de voir Lloyd.

Un rire méprisant nous répond, et ce simple son me hérisse le poil. C'est sûr que ça doit lui paraître étonnant que deux loups veuillent parler à leur futur Alpha en plein milieu de la nuit, mais il n'est pas obligé de nous prendre de haut de cette façon.

Pour une raison que je ne m'explique pas, je lève la tête et dépose un baiser sur la mâchoire de Raphaël, avant de m'arracher à ses bras et de me poster droit comme un « i », face à l'ours de garde.

— Je suis le compagnon de votre futur Alpha. Veuillez me conduire jusqu'à lui je vous prie.

L'ours explose de rire, et ça me hérisse le poil comme jamais autre chose avant. Même les réflexions de Raphaël sur la façon dont j'ai été élevé ne m'ont pas autant énervé. Mais l'entendre rire de cette façon à propos de ma relation avec Lloyd m'énerve au plus haut point.

— J'exige que vous alliez chercher Lloyd tout de suite. Je peux vous assurer qu'il sera hors de lui s'il apprend que vous m'avez empêché de le voir.

Il rigole encore plus fort, avant de s'arrêter progressivement. Il penche légèrement la tête en voyant que pour ma part, je ne rigole pas du tout. Ça ne me fait absolument pas rire.

Il avale douloureusement sa salive, et regarde tout autour de lui, certainement pour voir si quelqu'un peut prendre la décision à sa place, ou pour l'aider. Mais il est vraiment tout seul.

Je le regarde plonger sa main dans sa poche pour aller chercher son téléphone portable et composer un numéro rapide.

— J'ai besoin de Lloyd.

Quelques mots, qui me soulagent au possible. Je retourne près de Raphaël, et avant même que mon cerveau n'a décidé quoi que ce soit, mon corps se glisse tout contre le sien, et je pose ma tête sur son épaule, plongeant mon nez dans son cou.

L'ours reste devant nous, les bras croisés, nous regardant les sourcils froncés. C'est sûr qu'il doit se poser énormément de question en voyant mon petit manège après ce que je viens de lui dire. Mais c'est plus fort que moi. Maintenant que je suis uni à ses deux hommes, j'ai le sentiment que je dois être le plus proche possible des deux en même temps.

Des bruits se font entendre un peu plus loin, et je relève la tête pour voir de quoi il s'agit, mais en restant proche du loup. Mon cœur bondit dans ma poitrine, entraîné par une joie immense de revoir Lloyd.

Je me sépare brutalement de Raphaël pour me ruer dans les bras de l'Alpha, ma bouche se collant presque tout de suite sur celle de l'ours. La langue de Lloyd caresse doucement mes lèvres et je gémis doucement avant de le laisser entrer pour venir taquiner la mienne.

Mes jambes s'enroulent d'elles-mêmes autour de ses hanches tandis que mes doigts se glissent dans les mèches soyeuses de ses cheveux. Je le sens ronronner tout contre moi, et je me serre davantage à lui.

Après ce qu'il me semble durer des heures, Lloyd met fin au baiser. Ses doigts se posent tout en douceur sur ma pommette, et ils la caressent doucement. Un frisson parcourt mon échine à son geste tendre, et je souris doucement.

Ce n'est qu'à ce moment-là que je remarque les autres ours présents. À croire que cet homme est incapable de se déplacer tout seul. Qu'il a systématiquement besoin d'avoir une garde rapprochée.

Je réalise alors que c'est très certainement le cas. Après

tout, j'ignore totalement comment fonctionne un clan d'ours. Peut-être que le futur Alpha est surprotégé jusqu'à son accession au pouvoir. Ou alors, c'est juste que Lloyd était avec eux lorsqu'il a reçu l'appel du garde. Ce qui est le plus probable, étant donné que je reconnais précisément les ours qui l'ont accompagné tout à l'heure.

Je hausse les épaules, avant de sourire doucement en voyant les mines stupéfaites des autres ours présents. Je réalise que ça doit être la première fois qu'ils voient leur futur Alpha avec un homme dans les bras, en train de l'embrasser. J'ai toujours tendance à oublier que jusqu'à ce matin, Lloyd n'avait jamais été attiré par un autre homme.

Un hurlement sort soudain de ma gorge, et je m'agrippe au tee-shirt de Lloyd tandis que la même douleur que tout à l'heure me transperce de part en part. Je ne comprends pas, maintenant que je suis dans les bras de Lloyd, je ne devrais plus avoir mal.

Des larmes de douleur glissent le long de mes joues, et je serre les dents pour empêcher un autre cri de passer mes lèvres, m'accrochant de toutes mes forces au corps solide face à moi. Tétanisé, Lloyd prend mon visage à deux mains pour planter son regard dans le mien, et ce n'est qu'en entrapercevant le mouvement sur ma gauche que je comprends ce qu'il se passe.

Malgré la fatigue qui m'envahit tout entier à cause de la douleur, je me dégage des mains de l'ours, pour me tourner vers le loup, et tends le bras, les muscles tremblant.

— Raf !

Ma voix est faiblarde, et j'ai du mal à la reconnaître, mais heureusement, elle a porté assez loin pour que le Delta l'entende. Raphaël s'est arrêté alors qu'il n'avait fait que quelques pas, et je le regarde se tourner vers nous, les sourcils froncés.

Durant un quart de seconde, j'ai peur qu'il ne m'abandonne à mon sort en voyant ses yeux devenir flous. Mais avant même que cette pensée n'affleure, il s'est déjà précipité vers nous.

À peine a-t-il passé la barrière magique qui sépare nos deux clans, que la douleur reflue d'un coup, me laissant sans force entre les bras de l'Alpha. Je m'affale contre lui comme une poupée de chiffon, fermant les yeux de soulagement.

Lloyd referme ses bras autour de moi, et me soulève de terre pour me soutenir. Je ronronne presque en sentant des doigts glisser affectueusement dans mes cheveux, et je suis surpris de trouver le loup en ouvrant les yeux.

Mon regard passe de Lloyd à mon autre compagnon, et bien que cela se voit comme le nez au milieu de la figure qu'ils ne peuvent pas se supporter, j'ai l'impression de voir une compréhension passer entre eux. Et cela me fait chaud au cœur. Parce que c'est pour moi. C'est uniquement pour mon bien-être qu'ils vont essayer de s'entendre.

L'Alpha donne un coup de menton vers le village, et toute la petite troupe réunie se remet en marche, Raphaël nous suivant silencieusement. J'essaye de garder les yeux ouverts pour pouvoir m'orienter au matin, mais la fatigue de la journée me tombe dessus, et je m'endors sans vraiment m'en rendre compte.

Le soleil navigue haut dans le ciel lorsque je rouvre les yeux sous les cris qui me parviennent. Mes paupières s'ouvrent d'un seul coup et je me redresse dans le lit, clignant plusieurs fois des yeux pour me remettre les idées en place.

La chambre où je me trouve ne m'est pas totalement inconnue, malgré tout, ce n'est pas la mienne. Je fouille au fin fond de ma mémoire pour me souvenir d'où je la connais, avant qu'une lumière de compréhension vienne tout illuminer.

Je suis dans la chambre de Lloyd. Je me suis déjà réveillé au même endroit la veille. Ou bien était-ce l'avant-veille ? Je ne sais plus vraiment ! Tout va tellement vite dans ma vie en ce moment, que j'ai du mal à maintenir une chronologie cohérente.

La journée intense de la veille me revient également en mémoire, et mes joues rougissent violemment en me souvenant du spectacle que nous avons donné tous les trois à ma meute. Je suis vraiment comme mon père !

Les cris reprennent au rez-de-chaussée, et je tends l'oreille pour savoir à qui appartiennent les voix. Mon cœur accélère sa course dans ma poitrine lorsque je reconnais celle de Lloyd, mais la peur s'insinue en moi en ne reconnaissant pas celle qui lui répond.

Je me passe une main nerveuse dans les cheveux, et repousse les couvertures pour me lever. Ma vessie commence à se rappeler à mon bon souvenir, et je me demande bien où peut se trouver la salle de bains.

— Comment te sens-tu ?

Je sursaute en poussant un cri strident, avant de me tourner d'un bond pour faire face à Raphaël. Je n'avais pas fait attention qu'il était là. Il faut dire aussi qu'il a dû choisir le coin le plus sombre et le plus reculé de toute la chambre. Il n'aurait pas parlé, je ne suis pas certain que je l'aurais vu.

Je me passe à nouveau la main dans les cheveux, et je remarque qu'elle tremble légèrement. Je me morigène pour me calmer, avant de regarder à nouveau le Delta.

Je ne sais pas trop pourquoi, mais j'ai le sentiment qu'il y a quelque chose de changé chez le loup. Les réactions qu'il a eu hier soir m'étonnent encore. La jalousie dont il a fait preuve lorsque je suis rentré de chez les ours en portant l'odeur de Lloyd m'a semblé disproportionnée par rapport à tout ce qu'il avait pu me montrer avant. Sa sollicitude après notre jumelage était également étonnante. Mais ce qui m'a le plus surpris est tout de même la rapidité avec laquelle il s'est précipité vers nous lorsque mes douleurs sont revenues.

Et encore maintenant, le regard qu'il pose sur moi me déstabilise légèrement. Je ne le connaîtrais pas mieux, je penserais qu'il est sincèrement inquiet pour moi. Comme s'il voulait réellement connaître mon sentiment par rapport à notre situation.

Tentant une fois de plus de ne pas le contrarier, je me contente de lui sourire avant de baisser les yeux. Depuis tous ces mois où Basile nous a indiqué qu'il était mon Âme Jumelle, j'ai appris à faire profil bas.

Pourtant, je relève vivement les yeux en entendant le léger soupir qu'il laisse échapper. L'ennui dans son regard me tord les boyaux et je me mordille la lèvre inférieure, pas sûr de ce que j'ai le droit de faire. Ou ce que je dois faire.

Raphaël s'approche lentement de moi, et mon cœur se met à tambouriner à tout rompre dans ma poitrine alors que je regarde ses hanches se balancer d'un côté à l'autre d'une manière aussi sensuelle. A-t-il toujours eu cette démarche si sexy ? Et si c'est le cas, pourquoi n'y ai-je jamais fait attention avant ?

Ses grandes mains encadrent soudain mon visage, et je

prends une courte inspiration avant de retenir l'air dans mes poumons en voyant ses yeux caramels luire intensément. Une foule d'émotions est en train de les traverser, et je suis incapable d'en comprendre la moitié. Mais il me semble bien y avoir vu quelque chose s'apparentant à de l'inquiétude, et autre chose de plus fort à laquelle je n'arrive pas à donner un nom.

— Tu es sûr que tout va bien ? Ce n'est pas une soirée normale que nous avons vécue hier soir. Pas de douleurs résiduelles ?

Mes joues se mettent de nouveau à rougir en entendant ses mots. C'est sûr que se faire prendre deux fois d'affilées par deux hommes plutôt bien membrés aurait pu m'amener quelques douleurs ce matin. Mais heureusement pour moi, j'avais plus ou moins préparé le terrain durant la journée avec Lloyd pour être assez dilaté afin de les accueillir tous les deux. Même si effectivement, je me sens un peu endolori à certains endroits que je ne nommerais pas.

Je relève brusquement les yeux en entendant le petit rire discret de Raphaël. Et je rougis encore plus en voyant le petit sourire qui se dessine sur ses lèvres. Ce n'est qu'à cet instant que je comprends qu'il faisait allusion aux douleurs que j'ai ressenti au départ de Lloyd, et non pas lorsqu'ils m'ont réclamé l'un après l'autre.

Je baisse à nouveau la tête, mal à l'aise face à lui. La première chose à laquelle j'ai pensé lorsqu'il m'a parlé de douleur, c'est la façon dont les deux hommes ce sont occupés de moi.

Une fois de plus, ses pouces se posent sous ma mâchoire pour me relever la tête, et les étoiles que je vois briller dans ses yeux me déstabilisent totalement. Mes genoux se mettent à trembler violemment, et je dois m'agripper à son tee-shirt pour ne pas m'effondrer.

Le cœur battant à tout rompre dans ma poitrine, je vois son visage se rapprocher de moi, mon sang bouillonnant dans mes veines. Mes doigts se crispent sur le tissu, tout comme mes intestins qui semblent vouloir faire des nœuds. Son souffle vient se fracasser contre mon visage, et je bois son haleine qui s'infiltre en moi, me faisant trembler de tout mon être.

Je n'arrive pas à comprendre pourquoi je réagis de cette façon face à lui. Depuis des mois, il fait comme si je n'existais pas. Et d'un seul coup, tout simplement parce qu'un ours s'intéresse à moi, il me veut ?

La porte s'ouvrant avec fracas nous décolle l'un de l'autre, et je cligne plusieurs fois des yeux pour revenir à l'instant présent et sortir de ma transe. Je tourne lentement la tête, les lèvres entrouvertes, me figeant en voyant l'homme immense qui se tient dans l'embrasure de la porte.

Son visage exprime clairement sa rage, et mon geste de recul ne passe pas inaperçu. Raphaël enroule son bras autour de mes hanches pour me passer dans son dos, et faire barrage de son corps. L'homme gigantesque esquisse un sourire mauvais qui me donne la chair de poule, et fait un pas dans la chambre.

La pièce a beau être grande, sa stature semble tout rétrécir, et je me sens encore plus petit que d'habitude. Les doigts du Delta se resserrent sur ma hanche, et je sens son stress se transmettre à moi. L'ours, parce qu'il ne peut s'agir que de ça, fait un pas de plus, mais s'arrête brusquement en entendant le grognement qui roule dans la gorge de Raphaël.

Le sourire du géant s'agrandit, et je sais qu'il se moque du loup. C'est vrai que si je devais parier sur le gagnant du combat entre les deux, je ne miserais pas sur Raphaël.

L'ours émet un grognement à son tour, et malgré la peur que je ressens face à cet homme, les crocs acérés du loup me rassurent. Nous avons beau être en plein milieu d'un clan d'ours, et donc en infériorité numérique, je sais que Raphaël fera tout pour me défendre.

Mais c'est surtout le grognement qui retentit derrière l'homme immense qui me fait dire que je ne risque strictement rien.

Lloyd pousse l'homme pour venir s'enrouler autour de nous, prenant même le Delta dans ses bras. Ce geste me surprend, mais je ne dis rien, préférant garder mes réflexions pour moi pour le moment.

— Reprends-toi, Lloyd ! Tu ne peux décemment pas croire être associé à ces deux hommes. Dois-je te rappeler qu'il s'agit de deux loups, et que tu es un ours ?

Lloyd esquisse un sourire mauvais, avant de se pencher sur moi et de m'embrasser comme si c'était la première fois. Tout s'efface autour de moi, mon esprit ne se focalisant que sur les sensations qu'il fait naître en moi.

Des papillons s'envolent dans mon ventre, mon sang se met à bouillir dans mes veines, et mon souffle se bloque dans ma gorge, aspirer par le futur Alpha. Ma main monte à son cou pour aller se perdre dans les petits cheveux sur sa nuque, faisant naître une chair de poule.

Un grognement énervé nous parvient malgré tout, et Lloyd se redresse, m'adressant un sourire et dépose un baiser sur le bout de mon nez, avant de se tourner vers son père. Parce qu'il ne fait aucun doute que l'autre géant de la pièce n'est autre que le paternel de Lloyd.

Rien que la ressemblance physique entre les deux

hommes nous dit tout ce qu'on a besoin de savoir. En regardant l'Alpha actuel, je sais à quoi va ressembler mon compagnon d'ici quelques années. Et je dois avouer que c'est alléchant pour le futur.

Mais c'est surtout l'aura qui émane du géant qui nous renseigne plus que tout. On sent le pouvoir de l'Alpha déferler partout autour de nous et j'en tremble de la tête aux pieds.

Lloyd passe un doigt tendre sur ma joue, avant de regarder son père, les sourcils froncés, un rictus ornant ses lèvres pulpeuses.

Il se tourne à nouveau vers moi, mais cette fois-ci, son regard se plante dans celui de Raphaël. Je frissonne sous l'intensité de cet échange. J'ai vraiment le sentiment qu'ils sont en train de parler tous les deux, et ça me donne des frissons partout.

Le Delta cligne des yeux, avant que je ne voie sa tête hocher doucement. Je fronce les sourcils me demandant ce qu'ils peuvent bien se dire, lorsque je comprends soudain en voyant la main libre de Lloyd s'enrouler autour de la nuque de Raphaël, et rapprocher leurs visages l'un de l'autre.

Mon cœur tambourine à tout rompre dans ma poitrine, et ma chaleur grimpe en flèche dans tout mon corps. Mon membre qui s'était un peu calmé redresse vivement la tête en voyant la bouche des deux hommes s'écraser l'une sur l'autre sans aucune douceur.

De la place où je me trouve, je vois sans aucun problème le combat entre les deux hommes pour savoir qui va diriger. Les langues se touchent, se repoussent, s'attardent, mais aucune des deux ne semblent vouloir laisser l'autre gagner.

Les grognements et soupirs qu'ils laissent passer ne font

que faire grimper ma température, et mon désir. Leurs souffles sont rapides, mais ce n'est rien à côté de mes halètements.

Enfin, les deux hommes se séparent, et je ne peux retenir le gémissement qui passe mes lèvres en voyant le désir luire dans les prunelles de mes deux compagnons.

Putain ! Ils sont l'un et l'autre désirables, mais ensemble, cela donne une bombe sexy qui me donne des idées licencieuses.

Lloyd finit par baisser son regard vers moi, et le sourire qu'il m'adresse accompagné d'un clin d'œil me fait de nouveau gémir. Il se penche sur moi, dépose un baiser rapide sur mes lèvres avant de se tourner vers son père, dont j'ai légèrement oublié la présence jusqu'à cet instant.

— Donc, comme je te le disais avant que tu ne te mettes à hurler, le Destin m'a jumelé avec deux hommes. Papa, laisse-moi te présenter, Raphaël, Delta de la meute de la Lune Rousse.

Raphaël fait un mouvement du menton pour saluer l'Alpha du clan des ours, et j'esquisse un sourire en voyant sa main libre enroulée autour des hanches de Lloyd trembler légèrement. J'ai le sentiment que le baiser de l'ours ne l'a pas laissé aussi indifférent qu'il aimerait nous le faire croire.

— Et voici Calvin, Oméga de la Lune Rousse, et également un Changeforme.

La mâchoire de l'Alpha jusque-là crispée par la fureur, tombe en avant, faisant béer furieusement le grand ours.

— C'est impossible, Lloyd. Les Omégas ont disparu de la surface de la terre, et les Changeformes ne sont qu'une légende.

Je jette un coup d'œil à mon compagnon, fronçant les sourcils, avant de regarder Raphaël et de revenir sur l'Alpha.

— Et pourtant, je t'assure que Calvin est un Oméga, et qu'il est un Changeforme. Hier soir, je l'ai vu se transformer en ours, avant de prendre sa forme de loup.

Lloyd dépose un baiser sur ma tempe et adresse un regard lourd de sens au Delta, avant de se détacher de nous pour se rapprocher de son père. Je le regarde prendre une courte inspiration, avant de poser ses mains sur les épaules de l'autre homme.

Je réalise qu'en réalité, ils sont de la même taille tous les deux. J'avais l'impression que l'Alpha était plus grand que son fils, mais ce n'est pas le cas. Ça devait être à cause de son aura puissante que j'avais cette impression.

— Durant cette nuit, j'ai d'ailleurs compris autre chose. N'as-tu pas fait attention à l'odeur de Calvin ?

Je fronce les sourcils, et me rencogne dans les bras de Raphaël lorsque l'Alpha s'approche de moi et me renifle sous toutes les coutures. Il se recule soudain, l'air horrifié. Je m'accroche davantage au Delta alors que l'ours part buter contre le mur derrière lui, me demandant ce que j'ai encore bien pu faire pour le faire réagir de cette façon.

– Pourquoi a-t-il la même odeur qu'Aby ?

Mon visage se fige davantage en entendant le nom de cet homme. Depuis la veille où le Bêta de Lloyd est venu dire qu'il y a avait un souci avec Aby, j'ai du mal à accepter son existence. Dans un coin de ma tête, j'ai l'impression qu'il risque de prendre ma place auprès de Lloyd.

— Parce qu'Aby est un Oméga, papa.

L'Alpha semble s'affaisser sur lui-même à ces mots, et j'ai du mal à en comprendre le sens. Pourquoi est-ce que cet homme immense semble autant affecté par le fait que Aby soit lui aussi un Oméga ?

Il se redresse soudain, me semblant encore plus grand que tout à l'heure, et surtout beaucoup plus féroce. Je me mordille la lèvre inférieure, me serrant contre Raphaël, le stress grimpant en moi.

— C'est impossible, Lloyd. Mon fils ne peut pas être un Oméga. Le fils d'un Alpha ne peut pas être un Oméga.

Et sur ces derniers mots, le géant ouvre la porte à la volée et sort en coup de vent de la chambre. Ce n'est qu'à cet instant que je réalise ce qu'il vient de dire, et je me tourne vers Lloyd, les yeux grands ouverts.

La petite chose fluette et androgyne qui l'accompagnait hier est son frère ? Ils ne se ressemblent absolument pas tous les deux. Jamais je n'aurais fait le rapprochement.

J'ai été jaloux de son frère ! Mais quelle quiche !

CHAPITRE 10

——————

Assis dans une cuisine que je ne connais pas, j'avale mon café à petites gorgées, regardant tout autour de moi, mes yeux furetant partout avec curiosité. Je ne sais pas encore où nous allons nous installer tous les trois, alors je préfère m'habituer à ce nouvel environnement. Qui sait ?

Parce ce qu'il y a une chose que la nuit précédente m'a apprise, c'est que je dois rester aux côtés de ces deux hommes. Vu les douleurs qui m'ont parcouru lorsque l'un ou l'autre faisait mine de s'éloigner de moi, je suis obligé d'être proche d'eux si je ne veux pas souffrir de nouveau. Ce qui veut donc dire que nous ne pouvons pas nous séparer pour le moment.

Une assiette glisse soudain devant moi, et je tourne mon regard vers la personne qui vient de me l'envoyer. Mon ventre se crispe en voyant le grand sourire de Lloyd, le désir grimpant en flèche en moi.

J'ai du mal à m'y faire. À chaque fois que je pose les yeux sur lui, le désir enfle dans mon bas-ventre, le faisant presque devenir douloureux. Même avec Artémus, je n'ai jamais été aussi excité. Lloyd doit avoir quelque chose de particulier pour me faire réagir de la sorte.

— Désolé pour ce qu'il s'est passé ce matin. Je pensais

pouvoir préparer mon père à l'idée avant qu'il ne te découvre.

Un grognement se fait entendre derrière nous, et je me tourne sur ma chaise pour tomber dans les yeux clairs de Raphaël. J'esquisse un léger sourire. Il ne veut pas qu'on l'oublie.

Mon ventre se tord de désir au souvenir de la scène de ce matin où les deux hommes se sont embrassés à pleine bouche sans aucune retenue. C'était d'un sexy ! Et j'aimerais pouvoir un jour revoir une telle chose. Mais j'ai bien peur que Lloyd n'ait fait ça dans le seul but de clouer le bec à son père. Après le départ de ce dernier, il n'a plus adressé le moindre regard au Delta, ou adresser le moindre mot.

Je regarde à nouveau Lloyd, qui tout comme moi est en train d'examiner le Delta. Ses sourcils sont froncés, et son visage est totalement fermé. Il ne m'a encore jamais regardé de cette façon, et des frissons désagréables dégringolent le long de mon dos.

Pour éviter de me retrouver pris entre leurs tirs nourris, je préfère plonger le nez dans mon assiette de toasts tout chaud et mes œufs brouillés à point. Je me fais un devoir de manger lentement afin de leur laisser tout le temps nécessaire de régler leurs différends.

– Nous sommes bien d'accord que ce baiser n'avait pour but que d'énerver mon père et qu'il ne se reproduira absolument pas ?

Le grognement de Raphaël m'indique qu'il est entièrement d'accord avec ce que vient de dire l'ours. Je lève les yeux au ciel autant que ma position tête baissée sur mon assiette me le permet en esquissant un petit sourire. J'aurais pu mettre ma main à couper qu'ils se comporteraient de cette manière tous les deux.

Malgré tout, mon ventre se tord en entendant ces paroles. Et moi qui espérais pouvoir vivre la même chose que mon père, je crois bien que je me peux me mettre le doigt de l'œil.

Totalement écœuré, je repousse brutalement mon assiette et m'adosse à ma chaise, les bras croisés sur mon torse. Étrangement, je n'ai plus faim.

Mon assiette heurtant le broc de jus d'orange semble les alerter tous les deux sur ma nouvelle humeur, car ils se tournent brusquement vers moi.

— Un problème Loupiot ?

Je me passe une main dans les cheveux, les ébouriffant légèrement, avant de poser mes bras croisés sur la table, faisant aller et venir mon regard dans ceux de mes deux compagnons.

Je crois que je suis le seul de cette pièce a avoir compris toute l'implication de ce qu'il s'est passé hier soir.

Non seulement nous nous sommes revendiqués les uns les autres, mais en plus, nous ne pouvons pas nous éloigner tant qu'ils ne se seront pas jumelé l'un et l'autre. Sauf que de toute évidence, ils ne sont absolument pas prêts à une telle chose pour le moment.

— Vous avez conscience qu'on est coincé tous les trois maintenant ?

Les deux hommes face à moi froncent les sourcils de concert, et je me mords brutalement la lèvre pour retenir l'éclat de rire qui veut sortir. Ils sont tellement obnubilés par leur rancune l'un envers l'autre pour m'avoir revendiqué sans même que l'autre soit au courant, qu'ils ne se rendent pas compte à quel point ils sont semblables.

Bien que Lloyd soit un Alpha et Raphaël un Delta, ils ont beaucoup en commun l'un et l'autre. Ils sont tous les deux avides de pouvoir, ou en tout cas d'en avoir sur moi. Ils sont tous les deux baraqués, avec des muscles qui me donnent juste l'eau à la bouche. Et ils sont d'une beauté à couper le souffle.

— De quoi tu parles, Loupiot ?

Je me frappe brutalement le visage de la main en poussant un soupir frustré et énervé. Suis-je vraiment le seul à réfléchir dans cette histoire ? Ils n'ont vraiment pas pensé plus loin que le bout de leur queue ou quoi ?

— Il veut juste te faire comprendre que vous êtes un trouple, frangin !

Je retire brusquement la main de mes yeux en entendant cette voix guillerette et en plongeant dans des yeux aussi noirs que ceux de Lloyd sont verts. J'examine l'androgyne, comprenant enfin ce qui les relie tous les deux. Jusqu'à ce que le père de Lloyd débarque dans la chambre pour s'en prendre à Raphaël et moi, j'ignorais totalement ce qui pouvait les relier tous les deux. Durant un temps, j'ai même cru qu'ils étaient amants.

Et encore maintenant que je les regarde sous toutes les coutures, je ne vois absolument aucunes ressemblances avec le géant qui est maintenant mon compagnon.

Comment ce gamin à peine plus grand que moi, tout aussi musclé, et avec un visage aussi féminin, peut-il être le frère de cette montagne de testostérone qu'est Lloyd ? Je crois que c'est une des énigmes de la science actuelle.

— Mais de quoi tu te mêles, Aby ? Et puis c'est quoi ça comme mot « trouple » ?

Le jeune homme rigole et donne une tape dans le dos de son frère.

— Vous ne pouvez pas être un couple étant donné que vous êtes trois. Je me disais que trouple vous allait bien. Mais après c'est vous qui voyez !

Puis il s'approche de moi et me regarde de haut en bas, et de bas en haut, m'examinant entièrement comme je l'ai fait la veille lorsqu'il est arrivé aux côtés de mon homme. Je ne m'offusque pas, après tout, ce n'est qu'un juste retour des choses.

— Tu vas arrêter de le regarder comme ça !

Aby se détourne de moi, ne bougeant que son visage, pour poser son regard sur son frère, un énorme sourire aux lèvres

— Désolé frangin ! J'ai juste envie de faire connaissance avec mon nouveau beau-frère !

Il dit ça avec un sourire tellement grand en direction de Lloyd que je ne peux m'empêcher de pouffer. Le géant me fusille du regard, avant de lever les yeux au ciel en grognant dans sa barbe. Aby se tourne à nouveau vers moi, un grand sourire aux lèvres, et me tend la main.

— Enchanté ! Je suis Abraham Heyes, petit frère du grand dadais qui est là, et accessoirement, Oméga. Enfin, ça, c'est grâce à toi que je l'ai découvert. Jusqu'à ce jour, je n'étais que l'abomination du clan.

Il dit ça en se tournant vers son frère qui semble mal à l'aise et préfère détourner les yeux. Je me mordille la lèvre inférieure, mal à l'aise pour les deux hommes. De toute évidence, c'est une discussion qu'ils ont déjà eu par le passé, et qui ne s'est pas bien terminé.

Me sentant des tas de points communs avec ce garçon, je tends le bras pour serrer sa main. Je fais fis des grognements qui proviennent des deux hommes à côté de moi, et me focalise sur Aby. Je sens qu'il a besoin qu'on discute. Il doit avoir tout un tas de question trottant dans sa tête quant à la découverte de son nouveau statut.

Je me tourne sur ma chaise pour lui faire face, et prendre ses deux mains dans les miennes. Je lève les yeux au ciel avec un sourire tendre en entendant les deux hommes grogner encore plus fort.

— Tu n'as pas à avoir honte de ce que tu es, Aby. Il n'y a encore pas si longtemps, nous ignorions également tout à propos des Omégas. Ce n'est que depuis l'arrivée de Nathan dans la meute de la Lune Rousse que nous en avons découvert autant.

Mon sourire s'accentue sur mes lèvres en voyant l'intérêt du jeune homme. Visiblement, il est avide d'en découvrir plus sur lui. Je lui explique donc tout ce que je sais sur notre condition. Et je crois bien que ce qui le soulage le plus, c'est lorsque je lui explique que les Omégas ont été créés par le Destin dans le seul but d'assurer la descendance d'une espèce lorsque un Métamorphe de haut rang était attiré par un autre métamorphe du même sexe.

Abraham se tourne d'un bond vers son frère, un grand sourire aux lèvres. Je serre ses doigts dans les miens, heureux de le voir aussi rayonnant.

Ses cheveux noirs et ses yeux tout aussi sombres ont tendances à lui donner un air un peu triste. Mais à cet instant bien précis, je vois à quel point il semble heureux.

— Alors c'est normal si je suis attiré par les hommes !

C'est pour ça que je suis comme ça !

Il explose de rire, et le son qu'il produit est tellement clair et heureux, que je ne peux faire autrement que de le suivre. Nous rions tous les deux, nos mains enlacées. Je crois que je viens de me faire un nouvel ami dans cette meute.

Ou devrais-je plutôt dire clan ? De ce que j'ai pu entendre depuis hier soir ou encore ce matin, nous ne sommes pas dans une meute, mais dans un clan. Et, bien qu'il semble y avoir la même hiérarchie que dans la meute, les rapports de force entre les différentes têtes pensantes du clan des ours sont totalement différents de ceux de la meute de loups. Il y a de sacrées différences entre les deux races.

Et cela me frappe soudain. Normalement, pour clore un lien d'âme jumelle, il faut que les protagonistes se donnent l'un à l'autre aussi bien sous leur forme humaine, que sous leur forme animale. J'ai du mal à m'imaginer Lloyd prendre Raphaël sous leur forme animale. Ou même l'inverse. Un ours et un loup ne peuvent pas s'envoyer en l'air. C'est tout simplement impossible.

Hier, le Destin m'a permis de me transformer en ours pour me jumeler avec Lloyd. Mais j'ignore totalement si j'en serais encore capable aujourd'hui. D'après ce que semblait dire Gidéon, je serais capable de prendre la forme que je désire à volonté. Je pense qu'il va falloir tester sa théorie.

En attendant, je sais de source sûre que Lloyd ne peut se transformer qu'en ours, et que Raphaël n'a qu'une forme de loup. Ça veut donc dire que nous allons devoir passer les prochains siècles collés les uns aux autres sans pouvoir nous éloigner.

Je me tourne vers les deux hommes, les yeux grands ouverts sous l'horreur de ce dont je viens de prendre conscience. Comme à chaque fois, Lloyd semble comprendre que quelque chose ne va pas, car il s'élance vers moi pour me serrer contre lui.

C'est tout de même incroyable que ce soit lui qui me connaisse aussi bien, alors que c'est avec Raphaël que je vis depuis des mois. Je ferme les yeux et m'accroche désespérément au tee-shirt de mon Géant, me demandant comment on va bien pouvoir s'en sortir.

— À quoi as-tu encore pensé Loupiot ?

J'esquisse un léger sourire à l'entente du surnom qu'il m'a donné dès le tout premier instant, et me serre encore plus fort contre lui. Ça fait enfantin, et je suis sûr que venant d'un autre que lui, j'aurais détesté, mais lorsqu'il m'appelle de cette façon, j'ai l'impression de compter enfin pour quelqu'un.

— Hey ! Calvin ! Dis-moi à quoi tu as pensé !

Je plonge dans ses yeux d'une couleur incroyable, et me laisse emporter par leur profondeur. Il suffit qu'il me regarde comme il le fait en cet instant pour me croire la chose la plus importante au monde.

Mon cœur accélère sa course dans ma poitrine en le voyant esquisser un sourire sexy, avant qu'il ne se penche doucement sur moi. Son haleine vient se mélanger à la mienne, envoyant des frissons parcourir mon échine. Ma langue sort de ma bouche pour passer sur mes lèvres en un mouvement furieux.

Depuis qu'il m'a embrassé aussi intensément ce matin face à son père, je rêve qu'il recommence. Mon bas-ventre se contracte douloureusement en voyant son sourire si sexy s'accentuer, tout comme mes doigts qui se resserrent sur son tee-shirt.

J'ai encore du mal à comprendre pourquoi je réagis au quart de tour lorsqu'il est dans les parages, mais à cet instant bien précis, je m'en moque comme de ma première chemise.

Ses lèvres se posent enfin sur les miennes, et je ne peux m'empêcher de gémir doucement lorsque leur douceur vient me caresser lentement. Je profite de ce moment de pur bonheur, avant que sa langue ne vienne se poser sur le dessin de ma bouche pour en redessiner le contour, m'arrachant un grognement de pur plaisir, le laissant pénétrer mon antre.

Nos muscles se mettent alors en mouvement, s'épousant, se repoussant, se battant, mélangeant nos salives. Mes doigts glissent de sa chemise pour parcourir son torse de bas en haut, me délectant de ses pectoraux fermes sous la pulpe, avant que mes bras ne s'enroulent autour de son cou pour le rapprocher encore plus de moi.

J'émets un son rauque en sentant ses mains se poser sous mes fesses, avant qu'un petit cri surpris ne m'échappe lorsqu'il les presse fermement, me faisant grimper sur son corps. Mes jambes s'enroulent autour de ses hanches, tandis que ses mains trouvent la place qui est devenue la leur sur mes fesses pour me maintenir le plus proche de lui.

— Oh ! Putain ! Ce que vous êtes chauds tous les deux !

L'exclamation d'Aby a le mérite de me faire retomber sur terre. Dans tous les sens du terme d'ailleurs, car Lloyd me laisse littéralement tomber en entendant les mots de son frère. Un rire se fait entendre de la porte de la cuisine, et je me tourne vers lui pour reprendre un peu mes esprits.

J'esquisse un léger sourire en voyant l'homme qui s'y présente. Il était avec Lloyd hier soir lorsqu'il est venu me chercher au village. Il doit être un proche de mon homme.

Mon sourire s'accentue sur mes lèvres alors que ce mot s'imprime dans ma tête. En quelques heures à peine, cet homme est devenu Mon homme. Et c'est exactement ce que je veux qu'il soit.

— Ah ! Jasper ! Je crois que je n'ai pas eu le temps de faire les présentations comme il fallait hier soir. Alors laisse-moi te présenter Calvin, mon Âme Jumelle.

Je tends la main au jeune homme avec un grand sourire. Il ne semble absolument pas dégoûté de voir son ami, ou peu importe ce que Lloyd est pour lui, avec un autre homme. Et c'est tout à son honneur. J'ai bien remarqué que c'était une denrée rare dans ce village.

Un grognement résonne derrière nous, et je plonge dans le regard de braise de Raphaël. Je frissonne de désir contenu en voyant la lueur briller dans les prunelles caramel. Je me serre contre Lloyd pour tenter d'apaiser le feu qui me consume face à cet homme, mais ma langue va humidifier mes lèvres sans même que je m'en rende compte.

Le Delta se décolle du mur d'où il était adossé depuis tout à l'heure, pour s'approcher de nous, son regard ne me quittant pas une seule seconde. Le désir qui inonde mes veines me surprend. Car jusqu'à la veille, je n'avais jamais été attiré de la sorte par lui.

Je le trouvais mignon, et super sexy, mais mon corps n'avait pas ressenti une telle chose face au Delta. Est-ce dû au fait qu'il m'ait revendiqué ? Est-ce à cause de ça que maintenant je ne peux plus faire autrement que de désirer ces deux hommes ?

Raphaël s'arrête juste à côté de nous, ses yeux toujours braqués dans les miens. Je tremble de partout, des images de lui m'embrassant comme si j'étais la dernière source d'eau sur terre remontent en moi. Tout comme les sensations ressenties alors qu'il s'enfonçait loin en moi pour me faire sien.

Mon entrée intime palpite furieusement et je laisse un gémissement s'échapper de mes lèvres. Les prunelles caramel semblent soudain envahies par une passion sans borne, et je m'accroche encore plus à Lloyd pour éviter de m'effondrer.

Je sursaute violemment lorsque Raphaël tend le bras pour le tendre à Jasper, sans jamais me quitter une seule fois du regard.

— Raphaël Taylor. Delta de la meute de la Lune Rousse, et accessoirement, Âme Jumelle de Calvin.

— J'avais cru comprendre hier soir.

Le rire d'Abraham résonne une nouvelle fois dans la pièce et il arrive à me faire tourner la tête. Je le regarde rire à gorge déployée, avant que mon attention ne soit reportée sur l'homme à côté de nous.

Jasper est comme hypnotisé par le rire du jeune homme et ses yeux pétillent de mille étoiles. Je me retrouve à contempler la voie lactée dans ses grands yeux. Je ne peux m'empêcher de sourire tendrement en le voyant faire. J'ai comme dans l'idée que cet homme est très attiré par notre petit Oméga. Peut-être pourrais-je faire quelque chose pour les aider ? J'adore voir les gens heureux.

Ce n'est pas pour rien que je n'arrête pas de suggérer à Kit d'essayer de le faire avec un homme. Ou au moins d'essayer de se faire plaisir tout seul. Depuis tous ces mois où je n'arrête pas de le lui marteler, il ne l'a toujours pas fait, et ça commence à m'énerver au plus haut point. Parce que je pense que Vincent ne va pas tarder à rentrer. Il ne peut pas rester loin de la meute aussi longtemps.

Je crois que ce qui m'étonne le plus, c'est que Kit n'ait toujours pas compris qui était Vincent pour lui. Il n'a pas trouvé ça étrange que le Delta parte juste au moment où lui est arrivé dans la meute. Ça me serait arrivé à moi, j'aurais posé des questions. Mais Kit semble juste vouloir profiter de la vie au maximum avant de se retrouver enchaîné à un homme dont il ne veut pas. C'est ce qu'il ne cesse de marteler.

La main de Raphaël se posant sur ma joue me ramène à l'instant présent et je tourne mon regard vers lui, fronçant les sourcils.

— Je vais devoir retourner dans la meute. Est-ce que tu penses que ça va aller ?

J'ouvre de grands yeux horrifiés. Il n'a pas compris avec les évènements de cette nuit que je ne peux pas m'éloigner d'eux ?

Et c'est alors que ça me frappe. Comment se fait-il qu'il n'y a que moi qui souffre alors que ce sont eux qui ne se sont pas jumelé ? Personnellement, je suis associé avec les deux hommes. Ils m'ont tous les deux pris hier soir et revendiqué par leur morsure. Je ne devrais donc pas être celui qui a mal.

Et puis, si mes souvenirs de cette nuit sont exacts, ils n'étaient même pas au courant que j'étais au plus mal lorsque cela m'arrivait. Les douleurs ont cessé la première fois lorsque Raphaël m'a fait traverser la barrière magique de la meute pour atterrir chez les ours. Et la deuxième fois, lorsque le Delta est revenu chez les ours. Je suis donc sûr et certain que je dois me trouver sur le même territoire que les deux hommes. Ce qui veut donc dire que si Raphaël doit aller chez les loups, nous devons y aller tous les trois.

Je regarde Lloyd doit dans les yeux, et mes lèvres se courbent en un sourire amusé. Je sens que ça ne va vraiment pas être facile tous les jours.

— Ça te va de passer ta journée chez les loups ?

Les deux hommes froncent les sourcils de concert, et je lève les yeux au ciel en les voyant faire. Ils sont vraiment les deux mêmes.

— J'ai des choses à faire ici, Loupiot. Les voitures qui se trouvent dans mon garage ne vont pas se réparer toutes seules, et il va tout de même falloir que j'aille voir mon père pour qu'on discute un peu plus calmement tous les deux. Je n'ai absolument pas le temps de me rendre chez les loups.

Mon sourire se fait plus crispé sur mes lèvres. Je me doutais de sa réponse, mais je voulais l'entendre de sa bouche. Je regarde donc Raphaël à nouveau et pose les mains sur sa poitrine.

— Tu as entendu, Lloyd a énormément de choses à faire ici. Nous ne pouvons donc pas nous rendre au village. Peut-être demain.

Le Delta se recule d'un pas, ses sourcils encore plus froncés que tout à l'heure, laissant mes mains retomber le long de mon corps. Ses bras se plient sur son torse, et il prend une posture d'attaque qui me met mal à l'aise. Comme si, malgré la lueur de désir que j'ai vu briller tout à l'heure dans ses yeux, il ne supportait pas que je le touche.

— Je ne vois pas le rapport entre ce qu'il doit faire, et les responsabilités que j'ai.

Je rigole, et pourtant ses mots ne me font pas rire. Mon rire sort de façon sarcastique de mes lèvres. Je m'éloigne des deux hommes pour leur faire face.

— Vous n'avez pas compris ce qu'il s'est passé cette nuit ?

Est-ce que le Destin m'a associé avec deux gros débiles ? C'est moi le rapport !

Je vois la colère embraser les yeux des deux hommes, mais je m'en moque. Il faut qu'ils comprennent que je ne suis pas qu'un réceptacle à sperme. Je suis un être humain qui a le droit à un peu de considération.

Même si j'adore qu'ils s'occupent de moi de cette façon !

— Il semblerait que nous ne puissions pas nous séparer les uns des autres. Si nous ne sommes pas dans le même territoire, je souffre le martyre. Est-ce ce que vous voulez ?

Lloyd semble comprendre immédiatement mes paroles, contrairement à Raphaël qui a toujours sa posture d'attaque. L'ours se précipite vers moi pour me serrer contre lui et déposer un baiser sur le haut de ma tête.

— Je suis désolé, Loupiot. Je n'avais pas compris ça. Je croyais juste qu'étant donné notre toute nouvelle connexion, nous devions rester ensemble hier soir, mais que ça serait passé maintenant.

Il se tourne vers le Delta, me tenant toujours contre lui.

— Je crois que la seule solution, est de nous entendre tous les deux !

Je souffle de découragement face à la grimace qui déforme les traits du Delta aux mots de Lloyd. On est vraiment mal barrés.

— Pourquoi vous ne demanderiez pas aux anciens ce que vous devez faire ?

Nous nous tournons tous les trois vers Aby, les yeux exorbités. Pourquoi n'y avons-nous pas pensé plus tôt ? Tyler et Gidéon devraient être en mesure de nous donner quelques réponses.

Je fais un grand sourire à mon tout nouveau beau-frère pour le remercier, et me serre contre l'Alpha. Pour le moment, je peux encore le garder près de moi, et je compte bien en profiter.

CHAPITRE 11

_____

Assis entre mes deux compagnons dans la maison de l'Alpha, je suis extrêmement mal à l'aise. Lorsque nous sommes arrivés tous les trois, le terme débarqué serait d'ailleurs beaucoup plus approprié, j'ai dû faire face à une mini bagarre entre mes deux compagnons.

Lloyd a voulu m'asseoir de force sur ses genoux, dans un fauteuil, tandis que Raphaël me tirait vers lui pour qu'on prenne place dans le canapé à côté, tout en me forçant à m'asseoir près de l'accoudoir.

Je pense que c'est le rire de Gabriel à les voir faire qui les a arrêtés et les a plus ou moins forcés à s'asseoir sur le canapé en me mettant au milieu. Cela fait cinq minutes que nous sommes assis, et mes deux mains sont déjà occupées par mes deux compagnons. Chacun voulant absolument m'en tenir une.

Pour le moment, je ne dis trop rien. Notre jumelage ne date que de la veille au soir. Comme l'a dit Lloyd ce matin, nous allons devoir faire face à quelques ajustements tous les trois. Nous ne nous connaissons pas du tout. Ça ne fait que quelques mois que je sais être un métamorphe, et le même temps que je vis avec Raphaël. Je n'ai rencontré Lloyd que la veille. Tout est allé très vite dans ma vie, et je dois m'adapter.

Malgré tout, ils vont devoir comprendre assez rapidement que je ne suis pas une chose qu'ils peuvent se disputer. Je suis un être humain. Leur compagnon, même. Je suis doué de raison, et j'ai mon caractère. Pour le moment, je les laisse se défouler, mais lorsque j'aurais atteint le point de non-retour, ils auront plutôt intérêt à prendre en compte mes considérations.

Je fais quelques exercices de respiration pour tenter de me calmer, mais je ne dois pas avoir la bonne technique, parce que plus je souffle, plus les deux hommes resserrent leurs mains sur les miennes.

Ouvrant brusquement les yeux, je tombe sur le visage amusé de mon tout nouveau beau-frère, et son amusement fait immédiatement retomber mon énervement. Je pouffe à mon tour, me rendant compte du stupide de la situation.

Lloyd et Raphaël sont en train de se battre tous les deux pour savoir à qui j'appartiens. Alors que je ne suis à personne. Je rêverais de pouvoir me lever et les abandonner pour partir loin de leur connerie. Malheureusement, si je fais une telle chose, je vais souffrir le martyr.

Je fronce alors les sourcils, me demandant si je vais réellement souffrir si je sors de la meute sans eux. Après tout, ce sont eux qui ne sont pas jumelés. Personnellement, les deux hommes m'ont revendiqué, je devrais donc être capable de me tenir éloigné d'eux.

Et si je n'étais que le catalyseur dans l'histoire ? Je suis celui qui est capable de changer de forme. Peut-être que je suis celui qui doit les prévenir de ne pas s'éloigner.

Voyant que les deux anciens ne semblent pas presser de descendre, je me lève brusquement du canapé, voulant tester ma théorie. Mais bien évidemment, ça ne se passe absolument pas comme je l'avais prévu.

Je serre les poings et lève les yeux au ciel, cherchant la force de ne pas m'énerver après eux. Je préfère ne rien leur dire de mon idée, et aimerais pouvoir m'éloigner d'eux un court instant.

Aby se lève alors à son tour, et s'approche de moi à pas prudents, avant de plonger ses yeux superbes dans ceux de son frère.

— Je pense que ton Oméga a besoin de prendre un peu l'air. Vous allez finir par l'étouffer tous les deux.

Presque aussitôt, les deux hommes se tournent l'un vers l'autre pour se fusiller du regard. Je ne suis pas capable de lire dans leur tête, mais je suis quasiment sûr que j'y trouverais la même chose. Une espèce de phrase qui ressemblerait à « c'est ta faute ! ».

Abraham glisse son bras sous le mien, et me dirige vers la porte d'entrée. Les deux grognements distincts qui me parviennent me font m'arrêter sur le pas. Je me tourne vers mes deux compagnons, et esquisse un sourire crispé.

— Comme l'a dit Aby, je vais juste prendre l'air. Vous n'aurez qu'à venir me chercher lorsque les anciens auront fini de s'envoyer en l'air.

Les bruits qui nous parviennent de l'étage sont plus que significatifs. C'est vrai que j'ignore s'il s'agit de l'Alpha et de son compagnon, ou des deux anciens, mais les cris poussés par un nouveau-né m'indiquent clairement qu'il doit s'agir de Tyler et Gidéon. L'arrivée en courant de Ryan se ruant vers la cuisine, ne fait que confirmer ma pensée.

Lloyd et Raphaël opinent lentement du menton, acceptant par ce geste que je sorte. Je m'en moque un peu. Même s'ils n'avaient pas été d'accord, je serais tout de même sorti.

Abraham glisse son bras sous le mien, et m'entraîne à sa suite hors de la maison. Je lui adresse un léger sourire, et prends la direction du centre du village, essayant de le voir comme peut le faire mon beau-frère. Je n'ai pas vu grand-chose de leur clan, j'ignore donc totalement s'il est plus grand ou plus petit que la meute de la Lune Rousse.

Je m'amuse à jouer au guide touristique avec l'androgyne, lui donnant les meilleures adresses. Nous passons bien évidemment devant le restaurant de Basile, et Abraham s'extasie devant le menu accroché à la porte.

— Tu crois qu'on pourrait venir manger ici ? Ça a l'air super bon !

À peine a-t-il fini de parler, que mon géniteur sort justement de son restaurant, son ventre énorme le précédent, les mâchoires crispées. Il s'arrête net en nous voyant tous les deux bras dessus, bras dessous, passant de l'un à l'autre, ses sourcils se fronçant au fur et à mesure de ses allers et retours.

Mais ça ne dure pas très longtemps. Il grogne dans sa barbe imaginaire, en se tordant en deux en grimaçant, avant de se diriger vers la maison de l'Alpha en marmonnant tout bas. J'arrive à comprendre qu'il voue ses compagnons à toutes les hégémonies, tandis qu'il se masse le bas du ventre. Aby et moi le regardons avancer, avant de nous regarder de nouveau et de hausser les épaules de concert.

De ce que je sais, il lui reste encore plusieurs semaines à tenir avant de pouvoir refiler ses bébés à ses deux autres pères. Il n'a pas fini de gueuler selon moi.

Kit sort à son tour du restaurant, et un grand sourire vient se dessiner sur mes lèvres. J'ouvre grand mes bras pour le serrer contre moi, avant de me tourner vers mon nouvel ami pour le lui présenter.

Je trouve alors Abraham tout timide, les yeux baissés, ses dents mordillant nerveusement sa lèvre inférieure. Depuis le matin que je me suis levé, c'est bien la première fois qu'il semble aussi timide face à quelqu'un.

Je regarde Kit pour lui demander de ne pas le juger. Je connais mon ami, et je sais qu'il n'est pas à l'aise avec ce qui se rapproche de près ou de loin à l'homosexualité. Et Abraham est la personnification vivante de l'homosexualité. Cependant, j'ouvre de grands yeux étonnés en tombant sur une scène à laquelle je ne me serais jamais attendu.

Mon meilleur ami depuis des années, est très clairement en train d'évaluer mon tout nouveau beau-frère. Et lorsque je parle d'évaluer, je parle bien de son corps. Kit regarde Aby comme un homme regarde une femme qui pourrait lui plaire, ou un homme agréable à regarder. Je ne serais pas absolument certain que Kit est strictement hétérosexuel, je me poserais des questions.

Soudain, je me dis que ça peut être une bonne idée. Abraham est très féminin dans sa manière de s'habiller et de se comporter. Il peut être un bon compromis pour Kit avant que Vincent ne revienne. À mon avis, ce serait une excellente idée de les faire se fréquenter régulièrement tous les deux.

Bien qu'Aby semble être très intéressé par le meilleur ami de Lloyd, ils ne semblent pas être des Âmes Jumelles tous les deux, puisqu'ils ne sont pas accouplés. De ce que j'ai compris, Abraham a déjà dépassé sa maturité sexuelle il y a quelques années, alors s'il avait dû se passer quoi que ce soit entre les deux hommes, ce serait déjà arrivé.

Nous discutons quelques minutes tous les trois, avant

que les deux autres hommes ne m'éjectent totalement de leur conversation. Je vois bien qu'ils ne l'ont pas cherché du tout. C'est juste qu'ils sont tellement absorbés l'un pas l'autre, qu'ils ne font même plus attention à moi. Et cela me va très bien. C'est même une excellente nouvelle, car comme ça, je n'ai pas à blesser Aby en lui demandant de me laisser un peu seul.

J'aimerais bien pouvoir tester ma théorie, et avoir le frère de Lloyd près de moi, risque de compromettre mes projets. Il ne voudra pas que je parte trop loin de mes compagnons.

Je fais donc plusieurs pas en arrière, gardant mes yeux braqués sur les deux hommes, avant de carrément faire demi-tour en voyant qu'ils n'en ont strictement rien à faire de moi. Je cours vers la frontière de la meute aussi vite que je le peux.

J'explose d'un rire heureux lorsque je sens le voile magique me glisser dessus, et qu'aucune douleur ne vient envahir mon corps. Ma réflexion était donc la bonne. Je suis juste le catalyseur. C'est bien lorsqu'ils ne sont pas sur le même territoire que la douleur me prend.

En réalité, ce n'est pas près de moi qu'ils doivent être, mais bien ensemble. À partir du moment où ils restent tous les deux, je ne risque absolument rien.

Sauf que c'est une chose totalement impossible !

D'un côté, on a Raphaël qui est le Delta de la meute de la Lune Rousse. Son poste l'oblige à aller voir l'Alpha tous les jours afin de connaître son affectation pour la journée. Et il doit être sur le territoire de la meute afin de pouvoir la protéger. D'autant plus depuis le départ de son frère. La disparition de Vincent a eu de sacrées conséquences sur toute la meute. Ce qui fait que les Deltas ont plus de boulot.

Et de l'autre côté, nous avons le fils de l'Alpha du clan des sources, qui doit prendre la place de son père lorsque son heure sera venue. Ce qui risque d'arriver plus tôt que prévu, étant donné que l'Alpha actuel est totalement contre les relations homosexuelles. Sauf que deux de ses fils le sont.

Là où nous avons un problème, c'est aussi parce que nous avons un loup et un ours qui doivent s'accoupler. Chose impossible.

Les larmes remplacent rapidement mon rire, et je tombe à genoux, me prenant la tête entre les mains. Je trouvais que j'étais mal barré avec Raphaël, mais je me dis que j'aurais tout de même moins souffert que maintenant.

Aujourd'hui, je sais ce que ça fait d'être désiré pour celui qu'on est, et pas celui à qui on pourrait ressembler. En trouvant Lloyd, j'ai trouvé quelque chose de précieux. Il est réellement le tout premier homme à s'être intéressé à moi avant toute chose.

Si je reprends le fil de ma vie, Artémus m'a uniquement vu comme une marchandise à transformer pour pouvoir la vendre. Je n'étais qu'une chose pour lui, et le comprendre m'a fait très mal. Le jour où il est venu dans ma chambre pour me dire au-revoir en m'informant que j'avais été vendu m'a brisé le cœur. Étrangement, je m'étais persuadé qu'il tenait à moi et qu'il allait faire en sorte de pouvoir m'acheter lorsque mon éducation serait finie.

Heureusement pour moi, l'insurrection de quelques humains m'a sauvé de ce destin. Sans leur prise de pouvoir ratée, je serais aujourd'hui entre les mains d'un vampire à jouer les outres à sang.

Quant à Raphaël, je n'ai toujours été qu'une pâle copie de mon géniteur. Dès le tout premier jour, j'ai compris que je n'aurais jamais le droit à son cœur. Le Delta l'a déjà donné à Basile, et je pense que je lui ressemble trop pour que son amour se transfère sur moi. J'en avais pris mon parti, et j'étais prêt à vivre avec.

Jusqu'à ce que je rencontre Lloyd et qu'il me montre ce qu'on pouvait ressentir en étant désiré pour soi-même. Avant qu'il ne me fasse découvrir le plaisir suprême d'âtre apprécier pour celui qu'on est et pas celui qu'on pourrait être.

J'essuie rageusement mes larmes, donnant des coups de poing dans le sol pour évacuer ma colère et ma frustration, avant de me relever, et de me diriger à nouveau vers la meute.

Le voile magique passe à sur moi, et je baisse la tête, vaincu d'avance. Je ne sais vraiment pas comment nous allons pouvoir faire. Le Destin peut être un petit rigolo parfois.

Je me souviens de ce que m'a raconté Tyler. D'après ce que lui avait dit Basile, mon géniteur était persuadé que le Destin s'était foutu de sa gueule en le jumelant avec Andrew et Gabriel. Selon lui, ils n'avaient absolument rien en commun.

Pourtant, à l'écouter parler aujourd'hui, il est le plus heureux des hommes. Je dois juste me persuader que le Destin sait ce qu'il fait, et que Lloyd et Raphaël sont bien mes deux Âmes Jumelles et qu'à un moment donné, on va trouver la solution.

J'accélère le pas tandis que mon nom résonne dans toute la forêt. Je pense que je suis parti depuis trop longtemps. Les deux anciens ont dû finir leurs petites affaires et descendre au salon.

J'arrive à bout de souffle sur la place du village, et me plie en deux, les mains sur les genoux, tentant de retrouver une respiration normale. Je suis presque aussitôt serré dans des bras forts, écrasé même contre un torse dur.

L'odeur unique de citron et d'orange me frappe d'un coup, et un sourire étire mes lèvres en comprenant qu'il s'agit de mon compagnon, avant de grimacer durement lorsque Lloyd me repousse brutalement. La colère qui empli son visage me donne juste envie de baisser la tête pour me soumettre devant lui.

— C'est à peine croyable ! Je te laisse sortir prendre l'air avec mon frère, et je te retrouve seul à l'autre bout du village. Où est cet abruti que je lui remonte les bretelles. Il était censé veiller sur toi, tout de même.

À ces mots, je me hérisse totalement. Je suis encore capable de prendre soin de moi-même tout seul. Je n'ai absolument pas besoin qu'Abraham me surveille. Surtout que sans vouloir être méchant, il me semble tout de même nettement moins mature que moi. Il a beau être plus vieux, il raisonne plus comme un adolescent.

Abraham a un petit côté enfantin qui est très attendrissant, mais qui ne correspond pas toujours avec son corps. Malgré sa manière de s'habiller très féminine, il garde une sensualité qui détonne avec ses paroles.

Je repousse brutalement le corps de l'Alpha et le fusille du regard, avant de tourner les talons pour retourner vers la maison de Ryan et Nathan. Lloyd n'a aucune autorité sur moi. Il est juste mon compagnon. Il n'a pas à me donner des ordres, ou à me faire surveiller de la sorte.

À peine suis-je entré dans la maison, que Tyler m'adresse un clin d'œil amusé, et je me laisse aller à lui sourire, avant de tomber sur le canapé à côté de lui. J'ai fait exprès de prendre la dernière place près des deux anciens pour que mes compagnons ne puissent pas me tirer vers eux. Ils doivent tous les deux comprendre que je suis doué de raison, et que je réfléchis par moi-même.

— On peut savoir où tu étais ?

Lloyd vient de se poser devant moi de toute sa hauteur, ce qui est très impressionnant lorsque vous êtes vous-même de taille moyenne, et qu'en plus vous êtes assis. Vu de cette façon, il me semble mesurer au moins trois mètres.

Cette idée me fait pouffer de rire, et je vois que mon rire n'amuse absolument pas mon compagnon. Totalement hors de lui, Lloyd me sort violemment du canapé en agrippant mon bras et me tirant vers lui. Je couine de douleur, avant d'être brusquement séparé de l'homme.

Une odeur de guimauve et de violette s'enroule autour de moi, et je fronce les sourcils. Pourquoi Raphaël m'a-t-il sorti des bras de Lloyd ?

Depuis que j'ai été revendiqué par les deux hommes, j'ai l'impression que le Delta laisse l'ours faire un peu ce qu'il veut. Comme s'il estimait qu'il n'avait pas son mot à dire dans notre jumelage, ou que sa parole n'avait pas vraiment d'importance.

Alors pourquoi serait-il venu m'aider ?

Je relève les yeux pour plonger dans le caramel fondu, et fronce les sourcils en voyant l'air méchant qu'il arbore. Je détourne le regard, et remarque que c'est l'Alpha qu'il défie de cette façon.

Ne sachant pas trop pourquoi je réagis de cette façon, je pose mes deux mains bien à plat sur le torse du loup, et le caresse par petites touches subtiles. Raphaël ne semble pas sensible au départ, jusqu'à ce que j'appuie un peu plus fort et qu'il ne baisse les yeux sur moi.

La lueur de désir que je vois luire dans le brun chaud entraîne un violent frisson le long de mon échine, et je halète légèrement. Le Delta penche doucement la tête, et vient lentement effleurer mes lèvres des siennes, coinçant ma respiration. Mes yeux se ferment d'eux-mêmes, et mes doigts se recroquevillent contre le tissu de son tee-shirt.

Incroyable les sensations qui me parcourent depuis ce matin en sa présence. Durant plusieurs semaines, nous avons vécu sous le même toit sans que sa présence ne m'affecte plus que ça. Et à peine m'a-t-il mordu, que je démarre au quart de tour.

J'en viens à me demander ce qu'il peut bien donner au lit. J'ai déjà pu tester l'ours, et il est très doué ! Plus que ça même. Mais je n'ai pas encore eu l'occasion de savoir à quoi peut bien ressembler une étreinte avec Raphaël.

Je me secoue violemment pour me sortir ses idées stupides de la tête, et me recule d'un pas, avalant la salive qui s'est agglutinée dans ma bouche.

Le Delta esquisse un sourire amusé et ça me hérisse le poil. Je ne sais pas pourquoi, mais je suis quasiment sûr qu'il sait ce qui m'est passé par la tête. Et maintenant qu'il sait que je me demande comment il peut être dans un lit, il va très certainement chercher à se faufiler dans le mien. Mais ce qui m'énerve le plus, c'est de savoir que ça ne me dérangera pas le moins du monde. Je serais même le premier à ouvrir mes draps pour lui.

J'ai le sentiment que mon lit va être envahi durant ces prochains jours ! Pour mon plus grand plaisir !

— Alors, Calvin, où étais-tu allé ?

Je me tourne vers Tyler qui m'adresse un grand sourire et

je le lui rends, me rasseyant à côté de lui, croisant les bras sur ma poitrine. S'ils n'ont pas compris tous les deux que j'étais énervé contre eux, alors tant pis.

— J'ai réfléchi à notre situation, et je voulais tester quelque chose.

Tyler hausse les sourcils, un léger sourire aux coins des lèvres. J'ai comme dans l'idée qu'il sait déjà ce que je vais dire. Et j'en viens à me demander si ce n'est pas chiant d'être des anciens. De déjà tout savoir sur tout. D'être ceux qui doivent transmettre leur savoir.

— Et, est-ce que tu es satisfait du résultat ?

Je fais une moue, pas vraiment sûr de la réponse. Parce qu'en réalité, je ne suis pas du tout content du résultat. Cela a juste permis de vérifier qu'effectivement, Lloyd et Raphaël doivent rester ensemble tant qu'ils ne se seront pas revendiqués. Mais une telle chose n'est pas possible parce que je suis persuadé qu'ils ne feront pas l'effort de s'entendre suffisamment pour m'aider. Nous sommes donc dans la merde !

— Pas vraiment ! En tout cas, ça ne risque pas de résoudre nos problèmes.

— Et quels sont-ils ces problèmes ?

Je lève la tête pour regarder les deux hommes qui doivent maintenant partager le reste de ma vie, et je me mordille les lèvres pour ne pas exploser de rire. Ils sont tous les deux assis sur le canapé en face du mien, les pieds bien à plat au sol, les jambes très légèrement écartées, les bras croisés, et une moue énervée sur le visage.

Ils ne se ressemblent absolument pas physiquement, pourtant, on dirait les deux même à cet instant bien précis. Je me concentre donc sur Tyler pour répondre à sa question.

— Hé bien ! Nous sommes jumelés tous les trois. Un ours, un loup, et un Changeforme. J'ai été revendiqué par les deux animaux, mais eux ne se sont pas revendiqués entre eux.

— Ce qui veut donc dire que lorsque l'un d'entre vous sort du territoire, vous souffrez le martyr !

Tyler dit ça comme si c'était normal, et je secoue la tête en signe de négation. C'est ce que j'aurais eu tendance à penser avant de souffrir comme un damné hier lorsque l'un ou l'autre de mes compagnons s'éloignaient de moi.

— Alors quel est le problème si vous n'avez pas mal.

— Eux n'ont pas mal. Moi oui !

Je tends le bras vers mes deux compagnons pour accentuer mon air outré.

Tyler se tourne vers son homme, les sourcils froncés, et mon ventre se tord d'appréhension. De toute évidence, c'est la première fois qu'il entend parler de ce genre de chose. Et il a fallu que ça tombe sur moi.

C'est alors Gidéon qui s'adresse à moi, et je crois que c'est ce qui me fait le plus flipper à cet instant. Que Tyler repasse la main à son Alpha de compagnon.

— Si nous avons bien compris, lorsque l'un d'entre vous sort du territoire, tu as mal ?

À nouveau, je secoue la tête en signe de négation, un petit sourire aux lèvres. Mes deux hommes se lèvent d'un seul mouvement, et une fois de plus, je dois me retenir pour ne pas rigoler. Ils sont tellement semblables tous les deux que ça en devient risible.

— Tu as pourtant hurlé à la mort hier soir lorsque je vous

ai laissé tous les deux après notre union. Et la même chose lorsque Raphaël a voulu rentrer chez lui après t'avoir déposé chez les ours.

Je souffle doucement, regardant mes deux compagnons l'un après l'autre, un léger sourire aux lèvres.

— C'est vrai, mais je n'ai absolument rien ressenti lorsque je suis sorti du territoire tout à l'heure. Et j'en ai déduit qu'en réalité, c'est vous deux qui ne pouvez pas vous éloigner l'un de l'autre.

Les deux hommes se tournent dans un bel ensemble vers l'autre, les sourcils froncés, avant de me regarder à nouveau, toujours aussi étonné de mes mots.

— Donc, tu peux t'éloigner de nous, mais si nous nous éloignons l'un de l'autre, tu souffres ?

Je hoche la tête en signe d'assentiment, et me prends la tête à deux mains. La vie est vraiment mal faite. Pourquoi serait-ce à moi de souffrir ? Ce n'est pas juste.

Une main douce se pose sur mes cheveux, et je redresse la tête pour plonger dans un regard vert clair tout à fait hypnotique. Lloyd s'agenouille devant moi, et me caresse tendrement la joue.

— Je ne sais pas pourquoi c'est toi qui as mal, Loupiot, mais on va trouver une solution. Je te le promets.

Je ricane doucement avant de repousser sa main et de me lever prestement. J'arpente rapidement le salon, me mettant à faire les cents pas.

— Ce que tu n'as pas compris Lloyd, c'est que tant que vous ne vous serez pas jumelé avec Raphaël, je subirais toujours ses douleurs.

L'ours soupire lourdement et je comprends ce qu'il ressent. Il n'a pas signé pour ça. Au départ, il pensait juste avoir un petit compagnon, et se retrouve avec deux hommes. Il n'est même pas gay à la base !

— Alors nous le ferons !

On peut entendre toute la misère du monde résonner dans sa voix, et je ne peux empêcher un rire jaune de m'échapper. Une fois de plus, il n'a pas pris en considération toutes les parties du problème.

— Et qui prendra l'autre ? C'est le loup qui prendra l'ours, ou l'inverse ?

Et c'est à cet instant que je vois que je suis le seul qui a réfléchi à ça. Même les deux anciens ne semblent pas y avoir pensé.

Je laisse les larmes couler sur mes joues, sachant au fond de moi que je ne pourrais jamais m'éloigner de l'un ou l'autre de ses hommes sans souffrir atrocement.

Ma vie est une belle merde !

CHAPITRE 12

‒‒‒‒‒

J e regarde la maison décrépie qui me fait face, et je soupire de découragement. Comment avons-nous pu en arriver à ce stade ?

Les images des dernières minutes me reviennent alors en mémoire, et je sens l'abattement qui m'envahit tout entier. Pour les anciens, ce n'était pas logique que je sois le seul affecté lorsque l'un ou l'autre de notre association sorte du territoire de la meute. Ils ont donc promis de se renseigner autour d'eux pour savoir si quelqu'un avait déjà eu connaissance d'un tel problème.

Mais je crois que ce qui bloque le tout, c'est le fait que je sois un Changeforme. Selon eux, mon pouvoir annihilerait tout le reste et ferait que je suis le point central de notre union. En gros, tout passerait pas moi.

Il a donc fallu trouver une solution pour que les deux hommes puissent travailler. Étant donné que pour le moment je me contente de découvrir ce que je pourrais éventuellement faire de ma vie, il a été décidé que je serais celui qui serait sacrifié pour le moment.

Heureusement pour moi, ma vie n'est pas en danger, malgré tout, je risque de la trouver très longue à partir de ce jour.

Car après plusieurs heures de réflexion pour savoir comment nous allions pouvoir nous arranger, c'est Andrew qui nous a trouvé la solution.

Une chose à laquelle les deux Alphas n'avaient pas réfléchis lorsqu'ils ont décidé de s'associer pour diriger la meute, c'est que le territoire de la meute de la Lune Rousse s'était considérablement agrandi. D'ailleurs, peu de temps après cette association, les ours étaient venus nous voir pour savoir comment cela se faisait que leur territoire avait perdu de la superficie.

Finalement, un consensus a été trouvé et nous avons échappé à un règlement de compte entre les deux espèces. Malgré tout, il reste un endroit que l'on pourrait appeler neutre. Une zone assez grande qui se trouve simultanément sur le territoire de la meute, et sur celui des ours.

Et c'est très exactement où nous nous trouvons actuellement. Devant une maison qui n'a pas dû servir depuis des années, et qui a bien besoin d'un bon coup de rafraîchissement avant que nous puissions nous y installer.

Je regarde Kit qui nous a accompagné, lui demandant d'un regard de bien vouloir faire quelque chose pour m'aider, mais je vois bien dans ses yeux et dans sa posture abattue qu'il n'y a rien à faire. C'est vrai que nous y avons réfléchi durant des heures, mais aucun des deux autres hommes n'a voulu abandonner ses positions.

C'est vrai qu'ils ont tous les deux leur boulot, et qu'ils ne peuvent pas s'absenter à tout bout de champ. Raphaël est le Delta de la meute de la Lune Rousse. Il a sous ses ordres des dizaines de Gammas, et il a un poste à responsabilités. Mais Lloyd également. Il est amené à être le futur Alpha de la meute des Ours. Enfin, en théorie.

Jusqu'à ce matin, en tout cas, c'est ce qui était prévu. Mais vu la manière dont son père a réagi à notre union, je crois qu'il peut faire une croix dessus. À moins de défier l'Alpha en place, il y a peu de chance que mon beau-père m'accueille à bras ouverts.

De toute façon, il n'y a pas que cette histoire d'Alpha qui entre en ligne de compte. Lloyd est également le propriétaire d'un garage qui répare les voitures de toute la région. Il ne peut pas s'absenter trop longtemps. Il doit être là pour gérer tout son personnel, et vérifier que le travail est bien fait.

Quoi qu'il en soit, si on regarde l'équation dans tous les sens, je suis bien celui qui doit lâcher du lest. C'est malheureux à dire, mais je suis le moins important à ce niveau.

Gabriel nous a alors parlé d'une maison qui pourrait se situer sur la zone neutre entre les deux territoires, et effectivement, nous avons fait des tests. Pendant que je restais bien sagement près de la maison, les deux autres hommes sont chacun allés sur leur territoire et je n'ai ressenti aucunes douleurs. De toute évidence, nous avons réussi à tromper le destin pour le moment.

Mais cela veut également dire que je ne peux pas bouger de ce tout petit lopin de terre tant que les deux hommes ne sont pas ensemble au même endroit. Car dans ce cas, je vais souffrir le martyr pendant qu'ils vont continuer à vivre leurs vies normalement.

Un grincement sinistre me parvient, et je me tourne en grimaçant vers la maison, dont Gabriel vient d'ouvrir la porte.

Est-ce que toute la chaîne de commandement de la meute et du clan des ours était obligée de venir avec nous voir notre nouveau taudis ? J'ai honte de l'admettre, mais j'ai une furieuse envie de m'enfouir dans un trou de souris pour ne jamais plus en sortir.

Et dire que si je n'étais pas allé me balader ce jour-là, je n'en serais pas à ce stade. Si je n'avais jamais rencontré Lloyd, je me serais uni à Raphaël et tout aurait été normal.

Une main douce glisse le long de mon dos pour venir s'enrouler autour de mes hanches et me coller contre un grand corps chaud et tout en muscles, et je lève les yeux pour tomber dans deux orbes vertes saisissantes. Et je comprends que jamais je ne pourrais regretter de l'avoir rencontré. Sans lui, ma vie aurait été d'une tristesse incommensurable. Je n'aurais jamais su ce que ça aurait fait d'être désiré pour celui que je suis. Peut-être que je n'aurais jamais su ce qu'est l'amour. Au moins, je me dis que j'ai une petite chance de connaître une telle chose avec lui.

— Et si on allait voir ce que ça donne à l'intérieur. C'est peut-être plus accueillant que l'extérieur.

Son petit sourire me fait du bien, malgré tout, j'ai du mal à croire à ses paroles. Cela me paraît hautement improbable que cette bicoque soit plus fraîche que ce qu'elle nous montre actuellement.

Le crépi s'effrite de partout, tombant sur l'herbe sèche et jaune en dessous, alors que les fenêtres pendouillent lamentablement sur leurs charnières. Enfin, lorsqu'il y en a. Parce que de là où je suis, je distingue parfaitement qu'au premier étage, il n'y a plus rien pour retenir la pluie ou le vent de s'engouffrer à l'intérieur.

J'avale difficilement ma salive, et fait un énorme effort sur moi-même pour ne pas laisser les larmes qui montent en moi couler. Je ne veux pas que mes deux compagnons voient à quel point je suis faible. Il faut que je leur montre que je ne suis pas la dernière roue du carrosse. Ils doivent prendre mes considérations en compte.

J'inspire un grand coup avant de faire un pas vers ce qui va être ma nouvelle maison. Le bras de Lloyd autour de mes hanches ne se relâche pas, et cela m'apaise. Avant que tout espoir ne s'effondre totalement en voyant l'intérieur.

Comme je m'en doutais, c'est encore pire que l'extérieur. Les murs qui devaient être blancs à l'origine sont tous d'une couleur douteuse. À mon avis, il y a dû y avoir des coulées de boue qui sont passées par là. Une forte odeur de putréfaction empli l'air, et cela me soulève l'estomac.

Je cache mon nez dans le tee-shirt de Lloyd, et lève les yeux pour le supplier de faire demi-tour. L'Alpha semble comprendre ce qui m'anime, mais son regard se fait triste, avant qu'il ne s'avance davantage. Il compte bien me faire vivre dans cet enfer.

— Je pense qu'il suffira de bien aérer et de remettre un coup de peinture pour que ça devienne agréable.

Je me tourne d'un bond pour fusiller Basile du regard. Évidemment que ça ne le dérange pas plus que ça. Ce n'est pas lui qui va devoir vivre dans cette horreur.

— Je disais ça pour plaisanter, Calvin. Je pense que la meilleure chose à faire, c'est de tout détruire pour reconstruire.

Je baisse les yeux, un peu mal à l'aise d'avoir pensé du mal de lui de cette façon. C'est vrai que depuis que j'ai découvert que l'homme choisi par le Destin pour être mon Âme Jumelle était amoureux de lui, Basile me reste un peu en travers de la gorge.

Je me doute que ça doit être un homme bien, un homme gentil, mais je n'arrive pas à passer au-dessus de la jalousie que je ressens. Je n'ai pas honte d'admettre que c'est de la jalousie que j'éprouve pour lui.

Sans rien faire de particulier, il a réussi à s'attacher un homme magnifique comme Raphaël. Je suis assez honnête pour reconnaître que le Destin a été assez généreux avec moi. Entre l'Alpha des ours, et le Delta de la Lune Rousse, j'ai été gâté par la nature. Les deux hommes sont absolument magnifiques.

— Nous n'avons malheureusement pas le temps pour une telle chose, Chaton. Ils sont dans le besoin actuellement. Si on les laisse vivre chez les ours, Raphaël ne peut pas faire son travail. En revanche, s'ils gardent la maison du Delta, c'est Lloyd qui ne pourra pas aller chez lui pour travailler. Ils sont malheureusement obligés de vivre dans cette maison. Elle est la seule située entre les deux meutes.

Basile lève les yeux au ciel en entendant les mots de son homme, avant de se blottir contre lui. Je l'envie. J'aimerais pouvoir faire une telle chose avec Raphaël, mais je sais que si je m'approche trop près de lui, il va m'envoyer balader.

Mes yeux se posent d'ailleurs sur lui, et mon cœur se serre dans ma poitrine en voyant ses magnifiques yeux caramels posés sur le couple formé par l'Alpha et mon géniteur. La douleur que j'y vois me fait un mal de chien, et j'ai juste envie de lui hurler dessus pour y croire encore de cette façon. De ne pas comprendre que Basile ne sera jamais à lui.

Je me cache dans le torse de Lloyd pour que personne ne voit les larmes qui enflent dans mes yeux. J'ai la sensation que plus les heures avancent, et plus ma vie devient un enfer.

— Je sais, Andy. Ne me prends pas pour un débile non plus. Ce que je veux dire, c'est que ce serait horrible de notre part de les laisser s'installer dans ce taudis. On ne peut pas faire une telle chose. Je ne voudrais même pas laisser mon pire ennemi vivre dans cette baraque.

J'envoie un léger sourire à mon géniteur pour le remercier. C'est bien le seul qui semble s'occuper de notre confort. Tous les autres présents ne font que regarder autour d'eux, sans rien dire. Comme si la puanteur et la crasse étaient des choses normales.

— C'est vrai que je n'étais pas venu là depuis des années. La maison s'est nettement dégradée. Il va falloir qu'on trouve autre chose. En attendant, l'un de vous deux va devoir mettre sa vie entre parenthèse.

Je laisse un énorme soupir de soulagement m'échapper, ce qui fait rire tout le monde, et je me cache à nouveau dans le tee-shirt de mon compagnon pour me cacher.

— Il est hors de question que je sois suspendu de mon boulot à cause d'un petit con qui n'a pas su garder son cul pour lui.

J'entends les exclamations outrées qui fusent dans la pièce et je ricane. Je crois qu'ils découvrent seulement maintenant, quel connard peut être Raphaël. Basile me l'a toujours décrit comme un mec super sympa, et super gentil. Pour le moment, je n'ai vu de lui que de la méchanceté et de la haine, le tout saupoudré d'un peu de jalousie pour lui avoir piqué son jouet.

Bien que durant ces dernières heures, il semblait s'être légèrement amélioré, j'ai peur que de voir Basile de nouveau entouré de ses deux hommes ne l'ait fait retomber dans ses mauvais travers.

— Peux-tu préciser ta pensée, Raphaël ? Nous ne sommes pas sûrs d'avoir bien compris.

Le ton froid de Gabriel me surprend énormément. Nous ne sommes pas vraiment proches tous les deux. En réalité, je ne le connais absolument pas. Alors qu'il me défende face à son propre frère de cette manière m'étonne beaucoup.

Le Delta renifle dédaigneusement, avant de sortir de la maison d'un pas rageur. Pour une fois, nous sommes tous les trois sur la même longueur d'onde. Nous retrouver coincés dans ce taudis n'est pas ce qu'on aurait choisi si le Destin nous avait laissé le choix.

Gabriel suit son frère, et rapidement, des éclats de voix se font entendre. Quelques mots nous parviennent, et je comprends que Gabriel est en train de sérieusement remonter les bretelles de son frère. Le pauvre Raphaël s'en prend plein les oreilles. Cela me fait légèrement rire d'ailleurs et me rends euphorique. Enfin quelqu'un prend ma défense face à ce connard.

Basile s'approche alors de moi, les gestes incertains, les yeux interrogatifs. Il semble un peu perdu, et je réalise qu'il a du mal à croire à ce qu'il vient d'entendre. Il vient de découvrir une nouvelle facette de son ami.

— Ce comportement est-il nouveau ?

Je prends une courte inspiration pour me donner du courage, heureux de pouvoir enfin avouer à quelqu'un que le Delta a commencé par me maltraiter, avant de totalement faire comme si je n'existais pas. Je secoue donc la tête en signe de négation, et déballe tout ce qu'il m'est arrivé depuis que je me suis présenté à lui dans la maison des jeunes.

La façon dont il a voulu me forcer à lui faire une fellation mais qu'il n'a pas réussi à bander. Sa manière de me parler lorsque nous étions seuls tous les deux. Enfin, tout ce qu'il m'a fait et dont je n'ai rien dit croyant que ça allait s'arranger.

Tout contre moi, je sens la colère de Lloyd monter petit à petit, avant qu'il ne dépose un baiser sur le haut de ma tête et ne sorte en furie de la maison en ruine. Je me contracte brutalement, ne comprenant pas vraiment ce qui lui prend, avant que des cris ne se fassent entendre de l'extérieur et que je reconnaisse les voix.

En compagnie de presque toute la meute, je sors sur le perron de la maison pour tomber sur un combat sanglant. En face de moi, un loup blond est en train de se battre contre un ours noir immense. Je dois bien lui reconnaître ça, Raphaël n'a pas froid aux yeux. Et il se défend plutôt bien.

Une peur immense enfle en moi en voyant les deux animaux se battant l'un contre l'autre, le sang commençant à couler le long de leur fourrure. Sans réfléchir davantage, je me jette entre les deux belligérants, les bras en croix, hurlant à plein poumons.

Presque aussitôt, les deux animaux s'arrêtent net, le souffle court, la langue pendant hors de leur gueule, leurs yeux fixés sur moi. Ils sont tous les deux épuisés. Je le vois dans leurs prunelles, pourtant, je suis quasiment certain qu'ils ne se seraient pas arrêtés si je ne m'étais pas mis entre eux.

Un frétillement d'air me fait tourner la tête vers Lloyd, et je vois le géant reprendre sa forme humaine. La colère habite toujours ses étranges yeux verts, et je frissonne face à eux.

— Pourquoi t'être interposé, Calvin ? Il mérite de mourir.

J'avale durement ma salive. C'est vrai que j'en veux à Raphaël de la manière dont il m'a traité depuis que nous savons qu'il est mon Âme Jumelle. Malgré tout, je n'irais pas jusqu'à vouloir le tuer. Bien au contraire, le loup dans ma tête rue sauvagement à cette idée.

Si je devais l'écouter, c'est l'ours qui devrait sortir de l'équation, et non pas le loup. Mon animal intérieur veut Raphaël, tandis que l'homme en moi est plutôt pour l'ours. Je pense que je vais avoir du mal à concilier les deux parties de mon être.

C'est vrai que depuis que je suis devenu un loup, j'ai vraiment une deuxième entité dans mon corps. Et je le laisserais sortir, il se ruerait sur Raphaël.

Un grognement violent me sort de ma rêverie, et je me tourne d'un bond pour tomber dans des prunelles caramel. Le loup s'approche doucement de moi, calant sa grosse tête sous ma main pour venir se caresser à mes doigts.

L'animal en moi ronronne doucement et je plonge mes ongles dans la fourrure douce, fermant les yeux pour apprécier le moment. Jusqu'à les rouvrir brusquement lorsque je suis brutalement poussé de côté.

Les deux hommes sont de nouveau en train de se battre, et le sang coule lentement de leurs blessures. Les grognements répondent aux feulements, les coups de griffes parent les coups de crocs. C'est ultra violent, et je suis totalement choqué.

C'est la toute première fois de ma vie que j'assiste à ce genre de choses. J'ai passé les premières années de ma vie enfermé dans un camp d'humains, où les bagarres étaient interdites. La moindre petite anicroche était aussitôt sanctionnée.

Je ferme les yeux, ne voulant pas voir les deux hommes s'entre-tuer, et je vais même jusqu'à me boucher les oreilles. Je m'installe en position fœtale, sentant les larmes couler doucement sur mes joues.

Et dire que tout ça est à cause de moi. Je n'existerais pas, les deux hommes ne seraient pas en train de se battre. Ils ne se connaîtraient même pas. J'en viens une fois de plus à me dire que je n'aurais peut-être jamais dû venir au monde.

Une puissante vague de magie me parcourt de la tête aux pieds, et je me redresse brutalement pour voir les deux Alphas de la Lune Rousse faire face aux deux combattants. Mes deux compagnons sont encore plus amochés que tout à l'heure.

Raphaël se recule lentement, sa patte arrière gauche semble être en mauvais point, car à chaque pas qu'il fait, elle le lâche. Le loup jette un coup d'œil circulaire rapide, avant de tourner sur lui-même, et de détaler brusquement. La bouche béante, je le regarde fuir la scène.

Lloyd s'approche doucement de moi, de nouveau sous sa forme humaine, un tout petit sourire sur les lèvres. À mon avis, il doit s'en vouloir d'avoir réagi de la sorte. Surtout, que je ne vois pas vraiment pourquoi il a fait une telle chose.

Le géant prend mon visage en coupe, et mon souffle s'accélère dans ma poitrine tandis qu'il se penche doucement vers moi pour venir effleurer mes lèvres des siennes. Il me fait vraiment un effet de dingue.

Ses bras viennent s'enrouler autour de moi pour me coller à son corps, et j'inspire son odeur si parfaite à plein poumons, me délectant de l'avoir si proche. Pourtant, je me demande les raisons qui l'ont poussé à agir de la sorte. J'ose donc le lui demander.

— Il s'est servi de toi, Loupiot. Il n'avait aucun droit de te traiter comme il l'a fait.

Je redresse la tête pour le regarder dans les yeux, les sourcils froncés. Ça me paraît tellement étrange qu'une personne se batte pour moi, que j'ai du mal à réaliser. Lloyd s'est donc confronté à Raphaël pour me défendre ? Cet homme est vraiment incroyable.

Je me hisse sur la pointe des pieds et vient l'embrasser à pleine bouche, ma langue forçant le passage pour venir trouver sa jumelle et danser avec elle. Ses mains se posent sur mes hanches, me tirant vers le haut, pour que je vienne m'enrouler autour de lui comme une liane.

— Merci, Lloyd. Tu es le premier à te soucier de moi de cette façon.

L'ours se recule légèrement, de la pitié au fond des yeux, et ça fait mal. Ce n'est pas le sentiment que je veux faire naître chez les autres, mais je sais que ma vie n'a pas toujours été toute rose. Peut-être qu'il pourra la rendre meilleure.

— Je suis désolé pour ce que t'as fait Raf. Je ne le pensais pas comme ça.

Je tourne uniquement le visage pour regarder mon géniteur, fouillant dans ses prunelles vertes dont j'ai hérité pour y voir le mensonge, mais n'y trouve absolument rien de comparable. Visiblement, Basile ne connaissait pas ce côté méchant et mesquin de son ami.

— J'ai bien vu que ça n'allait pas entre vous, mais il m'a laissé entendre que tu avais du mal à t'adapter, et j'ai à présent honte de dire que je trouvais ça plausible.

Une unique larme glisse sur la joue de Basile, me coupant le souffle. Il pleure à cause de ce que Raphaël m'a fait ? Ou pour ne pas avoir vu qu'il me maltraitait ?

— Je suis vraiment désolé Calvin pour l'avoir cru sans même te demander ton point de vue. J'aurais au moins dû aller te voir et te demander comment ça allait entre vous.

Je prends une grande inspiration, et déroule mes jambes des hanches de mon géant, pour me tenir face à l'homme qui m'a donné la vie. Lloyd passe ses bras sur mon ventre, et colle mon dos à son torse. Sa force tranquille me fait me sentir mieux, et me permet de me tenir face à Basile.

— Si tu veux tout savoir, Raphaël n'arrive pas à avaler ton accouplement avec Andrew et Gabriel. Il est persuadé que tu vas revenir vers lui. C'est pour ça qu'il ne veut pas de moi près de lui. Pour le jour où tu te jetteras à nouveau dans ses bras.

L'amertume dans mon ton me surprend, et je comprends que ça doit être mon loup qui parle. Lui en veut toujours à Basile pour ce qu'il a fait à Raphaël. Personnellement, je m'en moque un peu. Maintenant, j'ai un ours pour veiller sur moi.

Les deux grognements qui retentissent à mes mots me font glousser, car de toute évidence les compagnons de mon géniteur ne sont pas d'accord avec l'idée de Raphaël. Ce que je peux comprendre. Mon propre loup n'est pas d'accord avec son idée.

Basile détourne le regard durant quelques secondes, et je pense que notre discussion va s'arrêter là, mais il me regarde à nouveau, et la détresse que je vois dans ses grands yeux verts me surprend. Instinctivement, je me jette sur lui pour le serrer contre moi.

Au fond de moi, je sais que ce n'est pas de sa faute. Il a fait une toute petite erreur au tout début de son accouplement avec ses deux Âmes Jumelles, qu'il a tenté ensuite de réparer en lui indiquant qui était son Âme Jumelle. Je sais que Basile n'est aucunement responsable des dérives de Raphaël.

Pourtant, mon loup n'arrive pas à lui pardonner. C'est comme s'il lui en voulait d'avoir blessé notre compagnon de cette façon.

— Je te dirais bien que je vais aller lui parler, mais je pense que ça ferait plus de mal que de bien. Après, il faudrait voir avec les anciens s'il y a quelque chose à faire pour annuler votre jumelage. Il me semblait que oui, mais j'ignore si c'est encore possible s'il t'a revendiqué.

J'interroge Lloyd du regard, mais il hausse les épaules en faisant une petite moue, m'indiquant par ce geste qu'il n'en sait strictement rien. Je regarde donc à nouveau Basile et lui adresse un petit sourire.

J'aurais peut-être une chance de devenir ami avec mon géniteur. Peut-être qu'un jour, je pourrais même l'appeler mon père. En tout cas, j'aimerais bien que l'on soit plus proches tous les deux.

— C'est pas tout ça, mais que faisons-nous à propos de ce petit problème ?

Je suis la direction de la main de Lloyd qui montre la maison en ruines, et je me souviens qu'à l'origine nous étions là pour nous installer dans le taudis. Je réalise alors que cette zone neutre fonctionne super bien, puisque Raphaël a quitté l'espace où nous nous trouvons, et que je n'ai ressenti aucune douleur.

Je regarde donc la maison plus en avant, et me dit qu'avec de l'huile de coude et une quantité non négligeable de bonne volonté, elle pourrait être habitable.

D'ici quinze siècles !

Je me laisse aller contre le torse de mon compagnon avec un gémissement de frustration. Pourquoi faut-il que de telles choses m'arrivent à moi ?

— On va tous s'y mettre, loups et ours, et ça ira super

vite ! Ne désespère pas Calvin. On va réussir à trouver une solution à votre problème.

J'esquisse une grimace à l'intention de Basile, avant de souffler et d'avancer vers la maison. Autant s'y mettre tout de suite avec tout le boulot qu'il y a à faire !

CHAPITRE 13

J'essuie la sueur qui coule le long de mon front d'un mouvement du bras, avant de cambrer mon dos pour détendre les muscles. Mes vertèbres craquent de partout, et je grimace durement, me massant le bas du dos. Mes yeux s'égarent sur mon environnement, et un petit sourire vient étirer mes lèvres.

Nous avons fait un sacré boulot durant ses trois semaines. On aurait du mal à reconnaître la maison en ruines dans la demeure où nous nous trouvons. Tous les murs ont été lessivés, avant d'être poncés puis repeint dans des tons neutres, mais assez clairs.

Les sols également ont subi une assez grosse transformation. La plupart des parquets ont été retirés pour être totalement remplacés. Les lames qui restaient étaient soit pourries, soient mangées par les mites. Tout était à refaire.

Durant ces trois semaines, j'ai d'ailleurs pu découvrir que la plupart des ours étaient des forces de la nature. Tous ceux qui sont venus nous donner un coup de main étaient immenses et possédaient des muscles impressionnants. Il m'est arrivé plus d'une fois de me mettre à baver devant tant de testostérone.

Un bras puissant s'enroule autour de mes hanches, et je

frissonne alors que le parfum d'agrume me frappe de plein fouet. Je me retourne dans les bras puissants, et esquisse un sourire avant de me hausser sur la pointe des pieds pour venir poser mes lèvres sur les siennes. Je sens la bouche de Lloyd s'arrondir sous son sourire alors qu'il me rend mon baiser. Mes bras se lèvent pour se poser tout en douceur autour de son cou et je me laisse porter par lui.

J'ai encore du mal à croire qu'un homme tel que Lloyd, aussi masculin, aussi fort, soit attiré par moi. Je sais qu'avant que je n'apparaisse dans son champ de vision seules les femmes avaient son attention. Mais dès l'instant où il m'a vu, plus personne ne pouvait trouver grâce à ses yeux.

— Qu'en penses-tu Loupiot ? Ça te plaît ?

Lloyd tourne sur lui-même pour que je puisse voir toutes les pièces, et je rigole légèrement. Je n'ai jamais eu de complexes concernant mon poids, mais je sais que je dois bien peser mes quatre-vingts kilos. J'aime le fait qu'il soit assez fort pour me porter de cette façon.

Mes yeux se posent sur les murs tout autour de nous, et mon sourire s'élargit. On a vraiment bien bossé. Là où auparavant les murs étaient noirs de moisissures et encombraient l'espace, nous nous retrouvons aujourd'hui avec un espace ouvert et accueillant. Faisant mon petit chef, j'ai demandé à ce que la cuisine soit ouverte sur la salle à manger afin que je puisse voir ce qu'il se passe chez moi lorsque je serais aux fourneaux. Même si j'ai déjà prévenu Lloyd que je ne serais pas le seul à faire à manger à la maison.

Ce n'est pas parce que je suis l'Oméga, et donc le moins « important » de nous deux, que je dois être celui qui fait tout à la maison. Mon géant a d'ailleurs accepté d'être mon égal. Au moins à la maison.

En revanche, il m'a bien spécifié que devant le reste de son clan, je devais lui montrer obéissance. Étant donné qu'il est amené à devenir le prochain Alpha du clan des Ours, il préfère que ses futurs administrés ne voient pas un faible en lui.

Il a beau me dire à longueur de journée qu'il ne regrette absolument pas que le Destin nous ait associés, je suis persuadé qu'au fond de lui, il a peur que ses futurs ours ne le voient que comme un faible. Dans l'imaginaire masculin, être accouplé à un autre homme est un signe de faiblesse. Ce qui est tout à fait faux. Ce n'est pas parce que nous sommes deux hommes, qu'il faut absolument que l'un de nous fasse la femme. Ça ne marche pas de cette façon.

Lloyd et moi sommes deux hommes, et nous sommes sur un pied d'égalité. Même si nous savons tous les deux que le jour viendra où je devrais porter ses enfants.

Je me tourne à nouveau vers mon homme, lui adresse un grand sourire et l'embrasse à pleine bouche.

—C'est superbe, mon Chéri. Tout est absolument comme je le voulais.

Il me rend mon sourire et me repose à terre avant de reprendre le rouleau de peinture qu'il tenait à la main, et de se remettre à peindre. Du bruit dans l'entrée me fait tourner la tête, et je pense que je vais avoir mal aux zygomatiques à la fin de la journée, car je ne cesse de sourire tout ce que je sais.

De façon tout à fait impensable il y a encore quelques semaines de ça, les loups et les ours se sont associés, et sont en train d'emménager les meubles appartenant à Lloyd. Ils sont actuellement à essayer de faire entrer une armoire gigantesque par la porte d'entrée. Mais ça ne semble pas gagné.

Je ricane doucement, avant qu'un coup n'arrive dans mon épaule. Je me tourne pour tomber dans les yeux amusés de Kit. Mon ami a énormément évolué ces dernières semaines. À tel point qu'il est devenu extrêmement proche de mon tout nouveau beau-frère.

Aby et lui sont devenus quasiment inséparables. On voit rarement l'un sans l'autre. J'ai un peu peur de ce que ça peut donner, parce qu'il ne faut pas oublier qu'Aby n'est pas l'Âme Jumelle de Kit, tout comme Kit n'est pas l'Âme Jumelle d'Abraham.

Et puis, il y a Jasper. Le pauvre ours arrive systématiquement chez nous en tirant une tronche de dix pieds de long en suivant Aby. Je crois que ce qu'il se passe entre mon meilleur ami et mon beau-frère est en train de le ronger à petit feu.

J'avais bien remarqué que l'ami de Lloyd tenait à Abraham d'une façon assez particulière, mais étant donné que ni l'un ni l'autre ne semblait avoir été frappé par le Destin, je me disais qu'ils ne devaient pas être des Âmes Jumelles.

C'est dommage pour eux, parce que je suis persuadé que Jasper est exactement l'homme qu'il faut à mon beau-frère. Il faut voir comment il le défend face aux autres. Que ce soit les loups ou les ours, Abraham est souvent la cible des moqueries, et Jasper est toujours là pour prendre sa défense.

Mais ce qu'il ne faut surtout pas oublier, c'est que Kit et Aby sont tous les deux des Omégas. Et que jamais le Destin ne les associerait. Ils n'ont donc aucune chances de finir leurs vies ensembles.

Les hommes ont enfin réussi à faire passer l'armoire dans le chambranle de la porte d'entrée, en la sortant de ses gonds, et s'occupent maintenant de la monter dans les escaliers. Je ricane de nouveau en entendant les jurons et les cris poussés.

— Tu ne devrais pas te moquer d'eux comme ça, sinon je vais aller le leur dire, et ils vont sans doute te pousser à le faire à leur place.

Je tire la langue à mon meilleur ami, et me dirige vers la cuisine pour vérifier l'état des lieux. Elle a été totalement finie la veille, et Basile devait me ramener des instruments et autres produits pour pouvoir l'utiliser.

Lorsque j'y arrive, mon père est justement en train de ranger les casseroles dans un placard. Je le regarde faire, avant que mon ventre ne se torde douloureusement en voyant le blond se coller dans son dos, passer ses mains sur son ventre redevenu plat après la naissance des jumeaux, et venir butiner son cou de baisers ardents. Les soupirs de bien-être et les gémissements de Basile ne laissent aucun doute sur ce qu'il ressent à ces baisers.

Gabriel ressemble trop à son frère. Tout comme je ressemble trop à mon père. À les regarder tous les deux, je m'imagine ce que ça aurait pu être avec Raphaël, et ce que je ne connaîtrais jamais.

Depuis sa fuite trois semaines plus tôt après s'être battu avec mon Géant, Lloyd et moi ne l'avons pas revu. Grâce au reste des loups, nous savons qu'il est toujours chez lui et qu'il continue de travailler comme si rien n'avait changé. Mais il n'est jamais venu voir comment avançaient les travaux. Nous n'avons eu aucunes nouvelles de sa part. Il pourrait être mort que ça n'aurait rien changé pour nous. Je ne suis même pas certain que Lloyd ou moi serions au courant.

Malgré tout, c'est bien à cause de lui que nous sommes obligés de vivre dans ce tout petit bout de terrain. Coincés dans cette maison. Même si elle ne ressemble absolument plus à la ruine qu'elle était il y a encore trois semaines, j'aurais préféré m'installer ailleurs.

Quoi qu'il en soit, voir Gabriel et mon père se câliner de cette façon, me fait penser à ce que je n'aurais jamais. Bien qu'il m'ait revendiqué comme étant son Âme Jumelle, Raphaël ne veut rien avoir à faire avec moi. Il s'est donc condamné tout seul à une vie de célibat.

Des lèvres douces se posent à la base de ma nuque, et j'incline la tête par habitude pour laisser plus de place. Le sourire de Lloyd sur ma peau me fait frissonner, avant que ses bras ne s'enroulent autour de mon ventre et que ses mains ne se posent bien à plat sur mon ventre.

— Tu ne peux rien y changer, Loupiot. Il ne veut pas de nous, nous n'allons pas le forcer. Nous sommes heureux tous les deux, c'est le plus important.

Je souffle en levant les yeux au ciel. Bien sûr que ça ne le dérange pas. Ce n'est pas lui qui est obligé de rester confiné dans sa maison tant que les deux hommes ne sont pas du même côté de la barrière magique. Je suis celui qui souffre si une telle chose doit arriver.

Ce n'est pas Raphaël qui me manque, mais bien ma liberté. Tant qu'ils ne se seront pas revendiqués l'un l'autre, je serais prisonnier de cette maison.

Des cris presque inhumains se font soudain entendre, avant qu'Andrew ne débarque, échevelé comme je ne l'ai encore jamais vu. Des cernes noirs comme la nuit lui tombent sous les yeux, ses cheveux sont droits sur sa tête très certainement à force de passer les doigts dedans, ou de les tirer pour se les arracher. Et sa peau est pâle comme s'il était de nouveau un vampire. Il fait peur à voir.

Dans chaque bras, un bébé hurlant, versant toutes les larmes de son corps. Gabriel et Basile se ruent vers lui, prenant chacun un des bébés, et je rigole doucement en les voyant faire. Deux bébés pour trois hommes, c'est peut-être de trop.

— Rigole pas trop Loupiot. Ce sera peut-être bientôt nous.

Je me fige dans ses bras, pas trop sûr de ce que je ressens à ses mots. Est-ce que je suis prêt à avoir des enfants ? Ne suis-je pas trop jeune pour m'occuper d'un bébé ? Mais pouvons-nous seulement en avoir ?

Si je me souviens de ce que m'a raconté mon père, il faut que les Âmes Jumelles aient fusionné au plus haut pour que l'Oméga puisse remplir son rôle qui est de pérenniser la race. Mais une telle chose n'est pas prête d'arriver étant donné que Lloyd et Raphaël ne se sont toujours pas revendiqués.

Je regarde alors les trois hommes tenter de calmer les deux bébés, et cela m'exaspère. Je ne connais pas grand-chose aux bébés, mais de toute évidence plus qu'eux vu la manière dont ils s'y prennent tous les trois.

Je ne me souviens que des bébés que j'ai connus dans le camp avant de devenir un apprenti esclave de sang. C'est vrai que les mères du camp disaient souvent que j'avais un don avec eux, et que j'aurais fait une bonne mère si j'avais été une femme. Je manque d'exploser de rire à ce souvenir. Si seulement elles savaient aujourd'hui quelle est ma destinée, elles aussi rigoleraient.

Je m'approche donc de mon père, et tend les bras pour prendre le petit garçon des bras de Basile et le poser en travers de mon bras, pour le bercer doucement. Une chanson que chantonnait ma mère lorsque j'étais plus jeune me remonte à la mémoire, et je la fredonne doucement, faisant quelques pas dans la cuisine alors que ma main posée sur l'estomac du bébé le masse doucement. En à peine quelques secondes, le petit Louis se calme sur mon bras, et par bonheur, sa sœur semble le suivre.

Comme je m'en doutais, le petit garçon avait des coliques et sa sœur était juste énervée de l'entendre pleurer. Ou alors, elle pleurait en signe de soutien à son frère. Quoi qu'il en soit, maintenant que l'un est calmé, l'autre se calme à son tour. Cela arrive régulièrement lorsque vous mettez plusieurs enfants ensembles.

Le plus important, c'est que les deux bébés ont enfin cessé de brailler. Basile, Gabriel et Andrew s'écroulent en synchronisation sur les tabourets hauts en poussant un soupir de soulagement.

Je remonte Louis le long de mon épaule, et passe une main le long de son dos, appuyant très légèrement, et j'obtiens la réponse que j'attendais. Un rot sonore se fait entendre, alors que le son distinct d'une couche qui se remplit arrive jusqu'à nous.

Je fronce le nez tandis qu'une odeur nauséabonde envahit toute la pièce, mais je continue de balader l'enfant pour être sûr qu'il a totalement fini. Les trois hommes me regardent totalement ébahis, les yeux pratiquement sortis de leurs orbites.

— Ça fait trois jours qu'ils pleurent presque sans discontinuer. Comment as-tu réussi un tel miracle ?

Je décale le bébé pour le regarder, et souris tendrement en voyant ses paupières papillonner avant de se fermer totalement. J'ai enfin réussi à faire passer les coliques, il peut donc dormir tranquille.

Pourtant, je tends le bras vers Andrew et lui demande d'un mouvement de la main de me donner le sac qu'il porte sur son épaule. De l'intérieur, je retire tout ce dont j'ai besoin, et change rapidement la couche pleine, avant de tendre le bébé à l'un de ses pères.

— C'est juste que j'ai reconnu les pleurs. Il faut savoir qu'un bébé ne pleure absolument pas de la même manière en fonction de ce qu'il veut. Il va falloir que vous appreniez à les décrypter tous les deux.

Les trois hommes posent leurs regards vers les deux bébés qui à présent dorment calmement dans leurs bras et soupirent de soulagement. Je me lève et me pose entre mon père et Andrew qui tiennent chacun un nourrisson, et leur souris à mon tour.

— Maintenant, je pense que le plus intelligent serait de rentrer chez vous pour que tout le monde puisse dormir. Vous êtes tous les trois épuisés.

Mon père se redresse brusquement en regardant l'état de ma cuisine, et je le rassure en deux mots en lui disant que justement, c'est MA cuisine, et que je vais très bien m'en sortir. Gabriel secoue la tête en signe de négation, m'indiquant par ce geste que malheureusement, le manque d'effectif ne lui permet pas d'aller se reposer.

Comme toutes les personnes présentes dans la pièce, j'évite de braquer mes yeux sur Kit. Car on sait tous que c'est à cause de lui que la meute manque d'un Delta. Et Andrew n'a pas encore eu le temps de faire ses propres effectifs encore. Il est toujours en train de réfléchir à qui serait son Bêta. Alors de là à choisir les Deltas, il en est très loin.

La porte d'entrée est remise sur ses gonds par deux ours baraqués au moment même où les deux anciens arrivent. Tyler regarde d'un œil appréciateur les deux ours, avant qu'un grognement mécontent de son Alpha ne le fasse doucement sursauter. Il explose de rire, et enlace le grand homme avant de l'embrasser tendrement. Je n'arrive pas à entendre ce qu'il lui dit de là où je me trouve, mais le sourire qui apparaît sur l'Alpha me renseigne plus qu'autre chose.

Ils s'avancent tous les deux jusqu'à nous, et prennent à leur tour place autour de notre table de cuisine. Ça me paraît tellement étrange de voir toutes ses personnes venant de différents milieux au même endroit sans même qu'ils n'essayent de s'entre-tuer. Ça paraît tout bonnement impossible, pourtant, nous avons la preuve sous les yeux.

Nous avons trois Alphas, dont un ours, en compagnie de divers administrés des deux groupes tous réunis autour d'une table à discuter gentiment. Je crois que c'est grâce à la magie de la meute de la Lune Rousse. Cette meute rassemble beaucoup de pouvoir. C'est d'ailleurs pour cette raison que les deux anciens sont présents.

Quoi qu'il en soit, malgré le fait que j'étais très intimidé par eux au départ, Tyler est devenu un de mes meilleurs amis. Peut-être même plus que Kit. Nous discutons souvent tous les deux. Il est celui qui m'a tendu la main en tout premier lieu, et celui qui a tout de suite compris ce qu'il se passait entre Raphaël et moi. Et je suis heureux qu'il soit là pour découvrir ma maison.

Sans même lui demander son avis, je prends sa main et l'entraîne à ma suite pour lui faire visiter mon nouveau chez moi. Je lui montre les nouveautés d'une voix excitée, lui expliquant les raisons qui m'ont poussé à faire comme ça, n'arrêtant jamais de parler.

Une fois revenus au point de départ, Tyler a un sourire énorme sur les lèvres et serre ma main toujours sur la sienne.

— Je suis content pour toi, Calvin. Tu le mérites. Es-tu heureux ?

Je hoche la tête, fronçant les sourcils, ne comprenant pas pourquoi il me pose une telle question. Bien-sûr que je suis heureux. Je vais enfin pouvoir quitter la caravane installée sur le terrain pour intégrer une maison avec tout le confort dont j'ai besoin. Pourquoi ne serais-je pas heureux ?

— J'ai vu Raphaël en venant ici. Il ne va pas bien.

Mon ventre se tord douloureusement en entendant ses paroles, pourtant, je fais comme si cela m'importait peu. Comme l'a dit Lloyd tout à l'heure, c'est tant pis pour lui. En me traitant de la façon dont il l'a fait à notre rencontre, il a choisi sa vie. Il doit maintenant assumer ses erreurs.

— Et je vois bien que tu ne vas pas aussi bien que tu veux bien me le dire, Cal. Je finis par bien te connaître. Les cernes sous tes yeux ne sont pas uniquement dus à ta vie dans cette caravane. Je suis persuadé que tu ne dors pas correctement. Tu sais que tu peux me parler Cal.

Je détourne le regard, extrêmement mal à l'aise. C'est vrai que je dors excessivement mal en ce moment, mais ce n'est absolument pas à cause de Raphaël. Plutôt à cause de mon autre Âme Jumelle. Lloyd est insatiable en ce moment. Il ne s'est pas passé une seule nuit sans qu'il ne me saute dessus. Il a de la chance que j'en ai envie moi aussi, mais je ne suis pas certain que mon corps puisse survivre à tant de sexe en si peu de temps.

En même temps, je n'ai encore jamais entendu parler de quelqu'un étant mort de plaisir. D'épuisement peut-être, mais certainement pas à cause d'un orgasme fulgurant.

La main de Tyler se pose sur ma joue pour tourner mon visage vers lui, et je croise son regard marron chaleureux qui m'apaise à chaque fois. Il semble arriver à lire en moi si facilement, que parfois ça me fait peur. Il me connaît tellement bien.

— Enfin, tu sais où je suis si tu veux m'en parler.

Je hoche doucement la tête en signe d'assentiment, un sentiment de soulagement intense enflant en moi. J'ai beau adorer l'autre Oméga, je me vois mal lui parler de ma vie sexuelle débridée.

Tyler glisse son bras sous le mien et me dirige vers le jardin, me faisant asseoir sur la balancelle que Lloyd m'a installée il y a deux semaines. J'adore m'y installer lorsqu'il fait beau et pas trop chaud pour lire ou simplement regarder le paysage.

— En fait, si nous sommes venus avec Gidéon, c'est pour te proposer un truc. Tu m'a dit la dernière fois que tu ne savais pas encore quoi faire de ta vie.

Je hoche à nouveau la tête, mes pommettes se colorant d'un rose foncé. Ça fait des mois maintenant que je suis dans la meute, et je ne sais toujours pas ce qui m'intéresse assez pour en faire un métier. C'est un peu pathétique.

Mais ces mots me remontent un peu le moral. Qui mieux que Tyler pourrait me proposer le boulot qui me ferait rêver. Il est celui qui sait ce que j'aime.

— Et tu m'as dit également un jour à quel point c'était dommage pour toutes les meutes d'ignorer totalement nos rites et nos légendes. Toi par exemple, tu es l'exemple typique d'une légende, mais rare sont les métamorphes qui connaissent ton existence.

Je fronce les sourcils, un peu déstabilisé par ses paroles. Je ne vois absolument pas où il veut en venir. Oui, je suis une légende vivante, mais je ne vois pas le rapport avec mon futur travail.

— Nos deux fils vont venir nous rendre visite. Joseph pour se proposer en tant que Bêta. Nous en avons discuté avec Andrew, et de ce qu'on lui en a dit, l'Alpha semble intéressé. Unir nos deux meutes de cette façon ne pourrait être que bénéfique.

À nouveau, je me contente d'opiner d'un mouvement du menton. Je ne vois pas vraiment ce que je pourrais rajouter d'autre. C'est vrai qu'aller piocher dans une autre meute pour trouver une des têtes dirigeantes peut être une bonne idée. J'espère juste que le reste de la meute sera d'accord.

— Notre autre fils, le petit dernier Alexandre, lui veut venir pour voir toutes ces légendes et pouvoir retranscrire ce qu'il se passe dans cette meute incroyable. C'est là où tu interviens, Cal. Je pense que tu pourrais donner un coup de main à Alex pour tout mettre en forme. Tu as beau n'avoir appris à lire que très récemment, tu as une facilité d'écriture et de formulation qui donne envie de te lire. Ce qui n'est pas vraiment le cas avec mon fils.

Je tente de ne pas rire, mais étant donné que Tyler s'y met le premier, je ne peux pas faire autrement.

— C'est mon fils, et il est vraiment parfait, mais son écriture n'est pas géniale. Et puis, je pense que vous pourriez créer un site internet permettant à toutes les meutes de se renseigner lorsque quelque chose sort de l'ordinaire chez eux. Ou de nous informer nous. Qu'en penses-tu Calvin ? Te crois-tu capable de faire une telle chose ?

Mon cœur bat à tout rompre dans ma poitrine alors que les implications de ses mots s'insinuent en moi lentement, me montrant un avenir qui pourrait être super.

Au départ, je n'étais qu'un petit esclave de sang, obligé de vendre mon cul afin de pouvoir survivre. Et je suis devenu un loup Oméga qui sait lire et écrire, et qui peut transcrire notre mode de vie au monde entier.

Sans réfléchir davantage, je saute au cou de l'ancien en le remerciant encore et encore. Rien n'est encore fait. Ses fils ne sont pas encore arrivés, et je n'ai pas encore écrit un seul mot. Pourtant, je sais que c'est ma vie. Tyler m'a offert mon rêve.

CHAPITRE 14

————

Allongé sur ma chaise longue, je profite du soleil qui brille haut dans le ciel et tente de me reposer. Ça fait deux semaines déjà que nous nous sommes réellement installée Lloyd et moi dans notre nouvelle maison, et je dois bien admettre que j'en viens à me demander pourquoi nous avons été obligés de nous installer dans cette maison étant donné qu'il est presque toujours collé à moi.

Il doit théoriquement partir le matin pour aller travailler dans son garage et s'occuper en parallèle des problèmes de la meute, mais en réalité, nous passons la plus grande partie de la matinée à nous envoyer en l'air. Et lorsqu'il est l'heure de manger, nous prenons rapidement une petite collation avant qu'il ne me prenne à nouveau contre la première surface plane qu'il peut trouver. Après cette nouvelle débauche, il me laisse me reposer quelques heures. Et c'est justement ce que je suis en train de faire.

Je me suis installé sur ma chaise il y a environ une demi-heure, ce qui veut dire qu'il risque de revenir dans deux heures grand maximum. J'ai plutôt intérêt à bien me reposer, parce que Lloyd m'impose un rythme infernal.

À tel point que ça commence à me faire peur. Ma peau est devenue toute pâle, et pend sur mes os tellement j'ai perdu du poids. Et je suis fatigué à longueur de journée. Mais il n'est pas forcément mieux que moi. Loin de là ! Il fait peur à voir. Même Jasper lui a fait une réflexion hier par rapport à son aspect. Son Bêta commence à prendre peur lui aussi à le voir aussi décharné.

Je me rappelle l'époque où je n'étais encore qu'un simple esclave de sang. À cette époque, je pensais déjà que mon Maître était vorace. Artémus ne manquait pas un jour sans me sauter dessus, en dehors de ceux où il n'était pas au camp bien sûr. Mais dans ces cas-là, dès qu'il rentrait, il me prenait plusieurs fois d'affilées.

Mon vampire m'avait plus d'une fois dit que mon corps était un appel au péché et qu'il ne pouvait pas s'empêcher de m'honorer dès qu'il me voyait.

Je crois bien que mon géant serait entièrement d'accord avec lui, parce que depuis qu'il m'a revendiqué, pas une seule journée n'est passée sans qu'il ne me monte dessus. Que ce soit sous notre forme animale, ou humaine. Les deux semblent avoir besoin de moi.

Mais je ne suis pas en reste. Lloyd est celui qui initie le plus souvent nos rapprochements sensuels, mais je ne le repousse pas pour autant. Bien au contraire. Même maintenant alors que je sais qu'il est à plusieurs kilomètres de moi, je sens le feu parcourir mes veines au souvenir de son membre s'enfonçant brutalement dans mon antre pour venir buter contre ma boule de plaisir. Mais je le revois également avec sa langue parcourant l'entièreté de mon corps, n'omettant aucunes parties. Et que dire du nombre de fois où sa semence est venue m'inonder comme s'il voulait que l'on crée notre propre famille.

Je souffle douloureusement alors que mon membre se dresse dans mon pantalon, pointant droit vers le soleil. Mes muscles anaux se contractent soudain, m'arrachant une grimace de douleur. Je sais que je ne pourrais rien faire de plus aujourd'hui. Je le sais, et pourtant, je suis persuadé qu'il suffirait que Lloyd se pointe et me revendique pour que je lui ouvre les cuisses.

Mais parfois, je dois bien avouer que je regrette un peu le temps où j'étais avec Artémus. Je ne parle bien évidemment pas du fait que je n'étais qu'un simple esclave tout juste bon à le recevoir en moi et à donner mon sang comme le premier bœuf venu.

Non je parle de cette préparation lente et minutieuse que le vampire me faisait subir. Artémus prenait tout son temps pour les préliminaires, m'étirant lentement, dilatant tout doucement mon entrée pour faciliter son passage. Il était passé maître dans l'art de jouer de ses doigts en moi. Il m'a d'ailleurs plus d'une fois conduit à l'orgasme rien qu'avec ses doigts de fée.

En revanche, Lloyd fonce droit au but. Le plus souvent, lorsque j'ouvre les yeux le matin, sa bouche se trouve déjà sur ma verge droite et un de ses doigts est enfoncé loin en moi. Et dès qu'il se rend compte que je suis réveillé, il se redresse pour venir remplacer son doigt par son membre énorme.

J'ai beau adorer la sensation de tiraillement qui m'assaille lorsqu'il me pénètre, couplée à la légère douleur, j'aime également lorsque l'on prend son temps et qu'on laisse le désir enfler doucement dans son ventre.

Je grogne soudain en sentant des lèvres chaudes se poser sur ma tempe avant de descendre lentement le long de mon visage pour venir se poser dans le creux de mon cou. Je n'ai pas besoin d'ouvrir les yeux pour savoir qu'il s'agit de mon compagnon. Son odeur forte d'agrume me prend au nez.

Il ne m'aura même pas laissé me reposer assez pour recharger mes batteries. C'est même étonnant qu'il soit encore capable de la lever avec tout ce que nous avons fait ces dernières semaines. Elle devrait être toute desséchée à l'heure actuelle.

Je tente de me dérober, mais Lloyd ne me laisse pas faire. Il s'installe à califourchon sur mes cuisses, ses mains passant lentement sur mon torse, montant et descendant doucement, réveillant le désir qui n'avait pas vraiment eu le temps de s'éteindre.

Je grogne un peu alors que ses doigts frôlent « accidentellement » la bosse formée par mon membre, et je ne sais pas si c'est de désir ou de découragement. Je ne crois pas que j'y arriverais encore une fois.

J'ouvre alors les yeux pour le lui dire, et sursaute brutalement en voyant à quoi ressemble mon amant. Lloyd n'est plus que l'ombre de lui-même. Des cernes noirs immenses lui mangent le visage. Malgré sa barbe de plusieurs jours, je peux voir ses joues creusées par la perte de poids. Je suis d'ailleurs certain qu'il s'est laissé pousser la barbe pour cacher cet état de fait.

Il faut vraiment qu'on arrête. Mais il suffit qu'on soit dans le même périmètre pour se sauter dessus. Je suis persuadé que la magie est à l'œuvre dans cette histoire.

Pour preuve, au départ, il partait normalement le matin après une rapide partie de jambes en l'air, avant de rentrer le soir et de me sauter dessus. Puis, après seulement quelques jours, trois peut-être, il a commencé à rentrer le midi pour manger avec moi soi-disant. Mais nous ne faisions en réalité que baiser, avant qu'il ne reparte travailler, jusqu'au soir.

Jusqu'à ce qu'on arrive à aujourd'hui, où passer plus de

quelques minutes loin l'un de l'autre est devenu un véritable enfer, et tout à fait impossible à faire. Nous ne pouvons plus nous séparer. Nous ne pouvons plus faire autre chose que nous aimer encore et encore.

La main de l'Alpha se faufile dans mon pantalon pour venir prendre mon membre en coupe et je me cambre sous lui en poussant un petit cri de plaisir étranglé. Lloyd se penche sur moi pour venir m'embrasser, sa langue entrant furieusement dans ma bouche pour venir danser avec la mienne. Il accélère ses mouvements sur ma verge et je me recule brutalement, une douleur comme je n'en ai encore jamais ressentie parcourant tous mes muscles.

Au-dessus de moi, Lloyd ne semble pas s'en rendre compte et continue encore et encore à tirer sur mon membre. Je gémis, je me tortille sous lui, l'implorant d'arrêter. Ma verge n'en peut plus. Elle est trop sensible.

Je finis par hurler de douleur en le martelant de coup sur la poitrine pour le faire arrêter, mes larmes coulant abondement sur mes joues. L'Alpha comprend enfin qu'il y a quelque chose qui ne va pas et s'arrête brutalement, se relevant d'un bond avec un air horrifié sur le visage.

Je tends la main pour le ramener vers moi, un sourire tremblant sur les lèvres.

—Viens mon Chéri. Je sais que ce n'est pas de ta faute.

Il se recule en secouant la tête en signe de négation, ses mains tremblant sur ses côtés. Je ferme les yeux, tentant de reprendre mon souffle, et finis par me lever à mon tour, et de m'approcher de mon homme. Je pose mes deux mains sur son torse et le caresse du bout des doigts. Je remonte sur ses épaules avant de descendre le long de ses bras pour venir nouer mes doigts aux siens.

— Je ressens la même chose que toi. Mon non plus je ne peux pas m'empêcher de te désirer, de vouloir te toucher sans arrêt. Mais mon corps n'en peut plus. Et puis, ce n'est pas normal qu'on soit affamé à ce point.

Lloyd hoche lentement la tête, ses lèvres se posant tout en douceur sur mon front, avant qu'un de ses bras ne s'enroule autour de mes épaules et qu'il m'entraîne vers la maison. Il me fait asseoir quasiment de force sur un des tabourets et pose devant moi un verre de jus d'orange.

Il en avale un lui-même et prépare des sandwichs pour nous deux, rempli de viande et de gras, avant de m'en tendre un. Il attend que j'ai croqué dans le mien avant d'engloutir le sien et de s'en préparer un autre. Tout se passe en silence, en dehors des bruits de mastication, et ça m'angoisse un peu. Lloyd doit le ressentir, car il pose une main sur la mienne et me sourit doucement.

— On va s'en sortir Loupiot. On est fort tous les deux. On va réussir à passer au-dessus de ça. OK ?

Je hoche la tête en signe d'assentiment et me lève pour déposer un tendre, mais rapide baiser sur ses lèvres.

— Tu ferais mieux de retourner bosser. Et je vais appeler Jasper pour lui demander de te remettre les idées en place si jamais te viens l'idée de venir me rejoindre encore une fois avant ce soir. On est d'accord ?

C'est à son tour de hocher la tête et il m'embrasse rapidement avant de disparaître de ma vue. Je finis lentement mon sandwich et avale le jus d'orange qu'il m'a servi. Je dois avouer que manger gras et boire sucré me fait un bien fou. Je plonge donc dans le placard à sucreries et en sors les bonbons dont je me gave.

— Hé bien ! Je vois qu'on se fait plaisir !

Je me retourne brutalement, un rouge sombre ornant mes joues gonflées par les bonbons dont je m'empiffre depuis tout à l'heure, pour plonger dans le regard amusé de mon ami. Kit explose de rire en me voyant pris la main dans le sac, ou plutôt dans le bol de sucreries, avant de s'arrêter brutalement.

— Putain, Cal ! Tu as une tête à faire peur ! Tu sais que la nuit est faite pour dormir ?

J'avale ma bouchée, et détourne la tête pour qu'il ne me voie pas faire. J'ai honte de m'être fait attraper la main dans le sac de cette façon.

— Je le sais très bien Kit. C'est juste que Lloyd et moi avons quelques soucis en ce moment. Je ne sais pas trop ce qu'il se passe, mais nous sommes soumis à des flux de magie que nous avons du mal à contrôler. Mais t'inquiète, on va gérer !

Je souris doucement en secouant la tête pour me retirer tout ça de l'esprit, et observe mon ami plus en détail. Et je remarque tout de suite que quelque chose a changé. Je ne sais pas dire quoi exactement, mais Kit n'est plus tout à fait le même.

— Que t'arrive-t-il ?

Mon ami se tourne vers moi, les sourcils hauts sur son front, la bouche légèrement entrouverte. Je rigole doucement avant de lui indiquer la table de la cuisine d'un mouvement du menton pour qu'il s'assoie avec moi afin que je puisse continuer à m'empiffrer.

— Je vois pas … Enfin, rien. Tout va bien ! Je sais pas de quoi tu parles !

Je fronce les sourcils, soudain devenu suspicieux. Sa

façon de bégayer légèrement et de ne pas vraiment me répondre est étrange. Ça ne lui ressemble absolument pas. Je me redresse lentement, gardant mes yeux braqués dans les siens, mon sourire s'élargissant sur mes lèvres en voyant ses joues se mettre à rougir brutalement.

Ma main part taper à plat sur la table, faisant un boucan de tous les diables, faisant sursauter Kit. Il rougit encore plus, m'indiquant clairement ce qu'il se passe dans sa tête.

— Tu as couché avec un mec !

La façon dont il détourne les yeux ne fait que confirmer mes doutes et je me lève d'un bond, sautillant sur place en chantonnant, avant de brutalement m'arrêter. Le seul mec avec qui je l'ai vu traîner dernièrement et qui n'était pas en couple, était mon beau-frère. Et je suis plus que sûr qu'il n'est absolument pas actif dans ses rapports. Ce qui veut dire qu'en réalité, Kit n'a pas réellement fait ce que je lui demandais.

— Tu as couché avec Aby ? Tu l'as sauté ?

Mon ami se passe une main nerveuse dans les cheveux, fuyant mon regard inquisiteur. Lorsque je l'ai poussé à se rapprocher des hommes, je pensais qu'il comprendrait implicitement ce qu'il devait faire. Vincent est un des Deltas de la meute. Il est donc haut dans la hiérarchie et je pense que naturellement, il sera au-dessus dans leurs rapports.

Un peu comme Lloyd est toujours celui qui me prend !

Mais dans le même temps, je me vois mal prendre un autre homme. Ce n'est pas mon rôle. Peut-être ai-je été conditionné par mon statut d'esclave de sang, quoi qu'il en soit, me retrouver plongé entre les cuisses d'un autre homme ne m'a jamais réellement attiré. J'ai toujours rêvé d'un gros membre me perforant brutalement avant de faire des allers et retours dans mon conduit étroit, butant sur ma boule de plaisir encore et encore jusqu'à l'orgasme.

Je laisse échapper un grognement, et secoue la tête pour me sortir ses images torrides de la tête. Ce n'est vraiment pas le moment de replonger dans la luxure. Surtout que mon Géant n'est pas dans le coin pour m'aider à assouvir mes pulsions.

Je regarde mon ami qui semble exulter d'avoir d'avoir couché avec l'Oméga, et je me dis que ce n'est pas vraiment de bon augure. Je pense plutôt qu'il avance droit vers les emmerdes. Son accouplement avec le Delta risque d'être assez épique.

De toute façon, cela semble être la norme dans cette famille. On ne peut pas dire que le jumelage de Gabriel ce soit super bien passé. Et je ne parle pas de celui de Raphaël bien sûr.

Déjà, leur existence à tous les trois est incroyable. De ce que m'a expliqué Basile, les louves ont toutes les difficultés du monde à tomber enceinte, mais en plus à suivre la grossesse jusqu'au bout. Alors que leur mère humaine soit tombée enceinte de triplés est déjà exceptionnel, mais que la grossesse soit allée à son terme est encore plus incroyable. Comme si le Destin avait décidé de mettre son grain de sel, et qu'il voulait absolument voir naître ces hommes.

Ce qui me fait me demander la raison de leur venue au monde. Il est vrai que Gabriel a contribué à agrandir la meute puisque Basile a donné naissance à deux enfants magnifiques et que visiblement l'un d'eux est du Delta, tandis que l'autre semble être du fait de l'Alpha.

Mais concernant Raphaël, je me dis qu'il aurait pu s'abstenir. Je n'aurais été jumelé qu'avec mon Géant, ça m'aurait été largement.

Un raclement de gorge me fait revenir à l'instant présent, et je me tourne vivement vers mon ami, un léger sourire d'excuses aux lèvres. Je peux voir au fond de ses yeux qu'il meurt d'envie de tout me raconter, et je m'installe plus confortablement pour l'entendre me parler de sa petite entrevue avec mon beau-frère.

Je m'étonne de voir mon ami aussi nerveux, mais également, encore très excité. J'ai comme dans l'idée qu'il a apprécié plus que de raison.

— Depuis que tu t'es jumelé avec Lloyd, Aby passe quasiment toutes ses soirées au restaurant. Le plus souvent, je n'ai pas vraiment le temps de parler avec lui parce que la salle est bondée et que je n'arrête pas une seule seconde.

Un sourire tendre étire mes lèvres tandis qu'il parle de son travail. Ça se voit qu'il apprécie énormément ce qu'il fait. Ses yeux pétillent lorsqu'il en parle, mais le plus important à mes yeux, c'est le sourire qu'il arbore en permanence lorsqu'il est au travail.

— Mais hier soir, Gabe s'est amusé à tester de nouveaux cocktails, et Aby les a bus les uns après les autres. Sauf qu'il n'y avait pas que du sans-alcool. Loin de là !

L'Oméga se passe une main dans les cheveux, et je peux voir qu'elle tremble durement. Je fronce les sourcils, me demandant pourquoi il me parle de ça. L'alcool n'a pas beaucoup d'effet sur nous autres métamorphes. Lorsque j'étais humain, il ne me fallait pas grand-chose pour tomber ivre mort. Mais depuis que l'animal cohabite dans mon corps, il me faut deux fois plus de quantité pour ressentir les effets de l'alcool. Un peu comme si on devait saouler l'homme et le loup avant que ça ne fasse quoi que ce soit.

— Je ne m'inquiétais pas plus que ça. Surtout qu'Aby est

un ours. Je me suis dit qu'il serait plus résistant encore que nous. Mais après seulement quelques verres, je l'ai vu devenir très gai, rigolant pour un oui ou pour un non. Mais j'ai vraiment pris peur lorsqu'un homme assez costaud s'est approché de lui. Je pense qu'il s'agissait d'un ours, et vu comment a réagi Aby, il semblait le connaître. J'ai bien vu dans son regard qu'il attendait quelque chose de bien particulier de lui. Et j'ai eu peur. J'ai donc demandé à Basile si je pouvais le ramener chez lui, ce qu'il a tout de suite accepté en voyant l'état de l'ours, mais sur le chemin, Aby m'est tombé dans les bras, et j'ai été incapable de faire un pas de plus.

Il rougit davantage, et ce n'est qu'à cet instant que je remarque à quel point il est magnifique. Bizarrement, jusqu'à ce moment, je n'avais pas vraiment fait attention à la beauté sauvage de mon meilleur ami. Il a un petit quelque chose de bestial qui me donne des frissons dans le dos.

— Je me suis donc dit que dans l'état dans lequel il était, je pouvais tout aussi bien le ramener dans la maison de l'Alpha. Mon lit est assez grand pour nos deux petits gabarits. Je n'avais réellement aucune arrière-pensée en faisant ça. Je voulais juste m'éviter de devoir le traîner jusqu'à chez lui. Et comme tu peux l'imaginer, ça a un peu dérapé. C'est lorsque j'ai commencé à le déshabiller que c'est parti en vrille. Pour la première fois de ma vie, j'ai été excité par le corps d'un homme, et ça m'a déstabilisé.

Je me recule d'un coup alors qu'une odeur aigre arrive jusqu'à mes narines. Depuis tous ses mois où je suis devenu un loup, j'ai appris à faire la différence entre les différentes fragrances qui arrivent jusqu'à moi, et j'ai découvert qu'on pouvait apprendre beaucoup de choses en reniflant l'air.

À cet instant, Kit est en train de me mentir. Je redresse la tête et plonge dans son regard, cherchant sur quoi il pourrait être en train de me mentir, et le rougissement de ses joues me renseignent plus qu'autre chose.

— C'est faux ! Tu as déjà été excité par un homme !

Kit détourne le regard, la rougeur sur ses joues s'accentuant et je réfléchis intensément pour savoir qui en dehors d'Aby pourrait le faire réagir de la sorte. La solution m'apparaît brutalement, et je manque de dire une connerie en voulant aller trop vite.

Je garde ma langue dans ma bouche, la mordillant plusieurs fois en réalisant que mon meilleur ami doit être attiré par Gabriel ou Raphaël. Ou même les deux. Ils sont trop semblables à Vincent pour que Kit ne soit pas attirés par eux en attendant son Âme Jumelle.

Je reviens à notre conversation alors qu'un mot en particulier attire mon attention. Pourquoi faut-il que ce soit parce qu'il parle de sous-vêtement que je réagis ?

— Lorsqu'il a été en caleçon, je l'ai glissé dans mon lit, et je me suis déshabillé à mon tour avant de m'allonger à ses côtés. Je te jure que je voulais juste dormir au départ. En plus, j'étais persuadé qu'il était trop parti pour qu'il se passe quoi que ce soit.

Je me tais, attendant impatiemment la suite. Je me dis que si je ne l'interromps pas, il continuera sur sa lancée et j'aurais le droit à tous les moments croustillants.

— Mais en réalité, il était encore bien alerte. J'ai à peine eu le temps de m'allonger qu'il s'est directement allongé sur moi me bloquant totalement. Et tu peux imaginer aisément ce que cette position a fait à mon membre déjà dressé.

Il a marmonné ses derniers mots, et je ne peux m'empêcher de glousser comme une adolescente boutonneuse. On a vraiment le sentiment qu'il est mal à l'aise d'en parler. C'est pourtant lui qui n'hésitait pas à me donner par le menu tout ce qu'il faisait avec les filles de la meute. Ce n'est plus du tout le même Kit.

Mon ami se lève d'un coup comme s'il ne comprenait réellement que maintenant ce qu'il avait fait la nuit précédente. J'ai le sentiment qu'il n'a pas vraiment réfléchi sur le moment. Aby et lui ont dû se chauffer, et ça a fini par déraper.

Je le regarde se passer nerveusement la main dans les cheveux, se grignoter les ongles, avant de me lever pour le rejoindre et le stopper en l'attrapant par ses biceps. Je suis content qu'on soit à peu près du même gabarit tous les deux. Ça aurait été Lloyd, je n'aurais jamais réussi à l'arrêter de cette façon.

— Arrête de stresser, Kit. Je pense qu'en réalité, ça a toujours été en toi. Malheureusement, notre vie dans le camp ne nous a pas appris à voir cette chose au fond de nous. Je ne l'ai réellement découverte que grâce à Artémus, et mon affectation chez les esclaves de sang. Mais tu n'as pas eu le temps de découvrir une telle chose. Et si tu étais allé jusqu'à la répartition, rien ne dit que tu aurais fini en esclave. Avec ton caractère de cochon, tu serais plutôt allé chez les ouvriers.

Il me fait une grimace disgracieuse, et je ne peux m'empêcher d'exploser de rire. Je le sens plus détendu, et j'en suis heureux, c'est exactement ce que je voulais faire avec mon petit laïus. Kit a besoin de prendre du recul par rapport à ce qu'il s'est passé cette nuit, mais pas trop non plus si on ne veut pas qu'il fasse quinze pas en arrière.

Je l'entraîne donc à ma suite jusqu'à la table pour qu'il se rassoie, et qu'on puisse reprendre calmement notre conversation. Je sens que je vais être obligé de lui tirer les vers du nez, j'avale donc mon jus d'orange d'une traite, avant de m'en servir un autre.

— Alors, raconte-moi tout. Tu n'es pas obligé de me donner tous les détails, mais en gros. Que s'est-il passé cette nuit ? Par exemple, avez-vous été jusqu'au bout ?

Kit fronce un peu les sourcils, ne comprenant visiblement pas où je veux en venir avec ma question. Je comprends qu'il va falloir que je sois direct, même si je vais être mal à l'aise, je dois le faire pour mon ami.

— Y a-t-il eu pénétration ?

Kit plonge la tête entre ses bras, mais avant ça, j'ai tout de même le temps de voir ses joues rougir violemment. Je pose donc ma main sur sa tête, pour lui montrer mon soutien, et je sens le mouvement de négation sous mes doigts. Je souris tendrement. C'est au moins ça.

— Alors ? Vous êtes allez jusqu'où ?

Un marmonnement indistinct m'arrive et je glousse. Comment veut-il que je comprenne quoi que ce soit s'il ne se décolle pas de la table ?

— Tu vas devoir me parler en face, Kit. Je n'ai strictement rien compris.

Il relève à peine la tête, posant son menton sur ses bras croisés, ses yeux luisant de peur.

— Il m'a juste sucé, et je l'ai branlé. Après, il s'est écroulé, ivre mort. Je me demande même comment il a réussi à me sucer jusqu'au bout.

Je pouffe doucement, et passe une main douce sur son épaule pour lui montrer mon soutien. Il faut que Kit découvre les relations qui existent entre les hommes. Et sa première expérience est plutôt intéressante.

C'est vrai que mon cas est un peu particulier. Mon « instructeur » m'a tout appris dès le premier jour, mais uniquement parce que ça devait devenir mon futur. Concernant mon ami, je pense qu'il a eu raison de commencer petit. Il faudrait qu'il découvre au fur et à mesure ce qu'il existe dans l'amour entre homme. Que la pénétration n'est pas la seule option.

Même si je dois bien reconnaître que j'adore ressentir le plaisir extrême qui me traverse lorsque mon homme s'enfonce en moi. Que ce soit rapide, violent, doux, ou même très lent, peu importe, ça me coupe systématiquement le souffle. J'aime avoir un homme entre mes cuisses, et je ne m'en cache pas.

Mais pour le moment, il faut déjà savoir comment il a apprécié la chose. Peut-être qu'il a détesté tout du long, et qu'il n'envisage plus une seule seconde de se frotter de nouveau à un homme. J'espère juste qu'Aby ne lui a pas coupé toute envie.

Je lui pose donc la question, une fois de plus en étant direct, en ne mettant pas plus de formes que ça. Mon ami rougit de nouveau, mais se redresse lentement, retrouvant une position assise.

— Je dois avouer que j'ai adoré. Voir son visage monter et descendre entre mes jambes alors que sa langue me faisait des trucs de dingue, m'a rendu plus dur que jamais. Et je crois que je n'avais jamais autant joui de toute ma vie.

Je lui souris doucement, heureux de constater qu'il semble avoir apprécié sa première fois avec un homme. Cela est prometteur pour Vincent et le futur. Il reste une énorme barrière à dépasser, mais je suis quasiment persuadé qu'il va la passer haut la main. Je lui fais entièrement confiance.

CHAPITRE 15

Nous passons une grande partie de l'après-midi à discuter de tout et de rien, et je m'apprête à me lever pour resservir mon ami, lorsque deux bras forts s'enroulent autour de moi, m'incluant dans un cocon de chaleur que je connais bien. En face de moi, Kit sourit largement, et je soupire de découragement. C'est déjà la fin de la journée, et Lloyd est déjà de retour.

À peine ses mots sont-ils passés dans ma tête, que mon corps au calme depuis plusieurs heures à discuter avec mon ami se remet à bouillir. L'odeur d'agrume dégagée par mon compagnon n'y est pas étrangère non plus.

Je gémis doucement tandis que les grandes mains s'étalent sur mon ventre, propageant leur chaleur à ma peau. Kit se lève d'un bond, les joues rouges et recule rapidement vers la porte d'entrée.

— Merci pour ton aide Viny. Ça m'a fait du bien de discuter avec toi.

Kit me fait un clin d'œil, avant de filer comme un voleur. Je ferme les yeux en poussant un soupir tandis que les bras de mon homme se resserrent davantage autour de moi. S'il continue de cette manière, je risque de me fondre totalement dans son corps, et nous allons de nouveau nous retrouver à jouer la bête à deux dos très rapidement.

Je sens le bout de son nez se poser dans le creux de mon cou, et je frissonne de la tête aux pieds. Soudain un grognement mécontent me parvient, et je fronce les sourcils.

— Tu as son odeur.

Je réfléchis aux dernières heures, et il est possible que j'ai pris Kit dans mes bras à un moment donné dans la journée. Mais pas au point d'énerver mon compagnon de cette façon.

Lloyd se met à lécher mon cou, me faisant trembler, et me pousse contre la table, son corps se collant au mien. Je sens son bas-ventre se coller contre mes fesses, et son membre déjà durci venir s'insinuer entre mes deux globes au travers de mon pantalon.

Je serre les dents pour ne pas me mettre à gémir violemment en le sentant déjà prêt pour moi. Ce qui est toujours le cas ces dernières semaines.

Je tente maladroitement de le repousser pour essayer d'avoir une discussion avec lui, mais il ne me laisse aucune chance. Un minuscule loup ne fait pas le poids face un ours gigantesque. Et je crois qu'il est déjà trop tard.

Sans que je n'ai eu le temps de comprendre réellement ce qu'il se passe, mon visage est poussé contre la table, mes bras retenus captifs dans mon dos par une poigne puissante, tandis que Lloyd déchire mes vêtements de sa main libre.

Du coin de l'œil, je vois son bras se tendre pour attraper une bouteille, et ce n'est qu'en sentant le liquide froid et gluant couler le long de ma raie, que je comprends qu'il s'agit d'huile. Je me crispe légèrement lorsque ses doigts s'insinuent en moi brusquement pour m'étirer largement. Et me détends tout à fait au moment où il trouve ma boule de plaisir.

Je me cambre contre la table, poussant un feulement rauque et Lloyd lèche la colonne de mon cou, m'électrisant de tout mon être. Ses canines égratignent légèrement la peau tendre sous mon oreille, et je penche la tête pour lui permettre une plus grande amplitude pour atteindre cet endroit qui me donne des frissons à chaque fois qu'il s'y attarde.

Mon compagnon ne se fait pas prier, et pose presque immédiatement sa bouche brûlante sur ma peau surchauffée à l'endroit de sa marque, me faisant crier de plaisir.

— Tu es à moi ! Je suis le seul qui a le droit de poser mon odeur sur toi !

Je tremble à présent d'impatience, tandis que ses doigts continuent de me fouiller de plus en plus sauvagement et que je sens son membre se frotter contre moi de plus en plus intensément. Enfin, je sens son gland se présenter à mon entrée, et un soupir d'extase passe mes lèvres, avant qu'un cri de surprise ne m'échappe.

Contrairement à d'habitude, Lloyd ne s'est pas enfoncé d'un mouvement lent et fluide, mais d'un geste rapide et puissant. Je peux prendre pleinement conscience de sa taille et de son enthousiasme. J'arrive même à percevoir les veines qui marbrent son membre dur.

Lloyd instaure un rythme soutenu, et brutal, me plaquant à la table à chaque coup de reins. Le plaisir se mélange agréablement à la douleur dans mon corps, et je n'arrive pas à retenir la litanie de jurons qui sortent de mes lèvres.

J'ahane durement, cherchant à prendre mon souffle, l'orgasme montant inexorablement en moi. Ma verge tape contre le bord de la table, amenant une friction délicieuse, mais il me manque toujours un petit quelque chose pour basculer.

Je hurle mon plaisir lorsque les crocs de Lloyd se plantent dans mon cou à l'endroit même où il m'a marqué la toute première fois, et je décharge sur le sol sous la table en jets puissants. Mon canal se resserre sur son membre inséré loin en moi, et je l'entends gémir sourdement, avant que son sperme ne me macule de l'intérieur, me faisant venir à nouveau sur le sol dans un cri rauque.

Lloyd reste enfoncé au plus profond de moi, tandis que nous cherchons tous les deux notre souffle. Ça a été une étreinte rapide et brutale. Absolument pas le genre de chose à laquelle il m'a habitué jusque-là.

Les mots qu'il a prononcés dans le feu de l'action remontent à ma mémoire, et je frissonne d'appréhension. Je soupçonne l'abandon par notre troisième âme d'être à l'origine de notre sur-excitation. J'ai peur que son absence ne joue énormément sur la libido de Lloyd. Un peu comme s'il cherchait à compenser avec moi.

Lloyd finit par se redresser et relâcher sa prise sur mes bras. Je grimace légèrement en sentant le sang circuler à nouveau librement dans mes membres engourdis, avant de pousser un cri de douleur lorsqu'il sort de mon corps.

Aussitôt, il me tourne face à lui pour me serrer tout contre son corps, et je soupire de bonheur. Incroyable comme cet homme immense peut se transformer en un gros nounours lorsqu'il s'agit de moi. J'ai déjà pu remarquer à quel point je le mène à la baguette.

Il suffit que je dise un truc pour qu'il m'obéisse au doigt et à l'œil. Il ne faut pas croire que c'est parce que je suis l'Oméga dans notre couple, que je suis celui qui se soumet. Bien au contraire. Il n'y a que dans la chambre où il a le dessus sur moi.

— Désolé, Loupiot. Je me suis montré un peu brusque.

Je souris doucement, avant de grimacer en sentant le sperme froid sortir de moi pour venir glisser le long de mes cuisses. J'adore lorsqu'il se libère en moi, mais l'après est un peu plus gênant.

Je relève la tête pour venir plonger mon regard dans ses yeux magnifiques, et lui souris tendrement. Il n'a pas à s'excuser pour un truc que j'ai adoré de A à Z. Je me hausse donc sur la pointe des pieds pour l'embrasser tout en douceur.

— M'as-tu entendu me plaindre ? Je ne pense pas. J'aime lorsque tu te montres un peu plus dominant avec moi.

Il grogne doucement d'appréciation et j'explose de rire. À mon avis, je risque de me retrouver très bientôt placarder à un mur, sa verge dure me pénétrant sans que je ne puisse rien faire pour m'en défaire.

Rien qu'à cette idée, mon corps frémit d'impatience, et je frissonne tout contre lui.

Avant cet instant, j'ignorais totalement que j'aimerais être maintenu de force ainsi. De ne pas avoir le choix, mais tout en gardant tout de même une sécurité. Car je suis sûr et certain que si je lui avais demandé de s'arrêter, Lloyd l'aurait fait immédiatement.

L'image de Raphaël s'imprime alors dans mon cerveau, et je me vois encerclé par les deux hommes, qui me maintiennent entre eux, alors qu'ils se partagent successivement mon corps. Je halète durement à cette image, et cache mon visage rouge de honte de penser une telle chose dans le tee-shirt de mon géant.

— Tout va bien, Loupiot ?

Je hoche la tête en signe d'assentiment, et prends une

grande inspiration avant de relever les yeux, espérant que mes rougeurs ont disparu. Lloyd pousse un doigt tendre sur ma pommette, souriant largement.

Je lui tire la langue en voyant qu'il se moque de moi, avant d'exploser de rire lorsqu'il m'attrape les hanches pour me soulever et me basculer sur son épaule. Je le tape dans le dos sans grande conviction, perdant mon souffle à cause du rire et de ma position.

Je me calme lorsqu'il me dépose sur le seuil de la salle de bains que nous partageons, et que mes yeux se posent sur le reflet que me renvoie le miroir. Je n'avais pas réalisé qu'il avait réduit mes vêtements en miettes de cette façon.

Loin de m'énerver, un frisson de désir descend le long de mon échine, pour échoir dans mon bas-ventre de nouveau tendu. Savoir que j'ai été soumis à un homme comme lui me donne juste envie de recommencer.

— Ouais ! Désolé pour ça Loupiot ! Je te rachèterais des fringues.

Je me tourne vers lui et hausse les bras pour venir les lover autour de son cou énorme, avant de prendre une petite impulsion, et d'enrouler mes jambes autour de ses hanches. Comme un réflexe, les mains de Lloyd se posent tout en douceur sur mes fesses toujours aussi nues, pour me maintenir tout contre son corps.

Ma bouche se pose sans aucune douceur sur la sienne, et je me tortille contre lui pour réveiller son désir. Rapidement, les lambeaux de vêtements qu'il me reste se retrouvent à terre, et je m'attaque brutalement aux siens pour pouvoir coller ma peau déjà surchauffée contre la sienne.

Le râle sourd qui sort de ses lèvres lorsque ma bouche se

pose sur un téton déjà durci fait sursauter mon membre dur contre les abdominaux de mon homme, et je gémis doucement. Mes dents s'amusent avec la pointe toute dure, et je souris largement en entendant les petits cris de plaisir que peut pousser un grand homme comme Lloyd.

Certainement à bout de patience, mon géant me fait brusquement entrer dans la salle de bains, pour me plaquer violemment contre le mur de la douche. Je m'imagine déjà hurlant son nom alors qu'il me pénètre à nouveau, lorsqu'un jet d'eau froide s'abat sur nous, me faisant couiner lorsqu'il entre en contact avec ma peau bouillante de désir.

— Il faut qu'on se calme, Loupiot. Ça ne peut pas durer. Notre santé est en train de décliner. Mon ours est épuisé.

Je laisse ma tête tomber violemment contre le carrelage derrière moi en poussant un soupir de découragement. Au fond de moi, je sais qu'il a entièrement raison. Nous ne nous arrêtons que rarement de nous sauter dessus. Il suffit que l'on soit dans la même pièce pour que nos corps s'échauffent, et que nous nous retrouvions dans des positions plus que compromettantes.

Je fouille tout au fond de moi, et effectivement, je trouve mon loup recroquevillé sur lui-même, la peau sur les os, le pelage roux flamboyant qui le caractérise d'habitude, tout terne et miteux. Je réalise alors que ça fait des jours que nous n'avons plus été sous notre forme animale. Que ce soit Lloyd ou moi, nous n'avons pas ressenti le besoin de nous transformer.

Il y a pourtant eu une pleine lune il n'y a pas si longtemps que ça. Nos animaux auraient dû nous pousser à leur laisser la place durant cette nuit si particulière pour eux. Mais ils devaient être trop épuisés pour réussir un tel exploit.

J'ai de plus en plus l'impression que nous tentons vainement de compenser quelque chose !

Une main douce et réconfortante se pose tout en légèreté sur ma joue, pour venir me caresser tendrement. Je rouvre les yeux pour plonger dans le lagon de Lloyd. Un sourire se dessine sur mes lèvres avant de me redresser pour l'embrasser amoureusement.

Je n'ai plus peur aujourd'hui de m'avouer que cet homme m'a volé mon cœur. En quelques jours à peine, je lui suis tout acquis. Je réalise que le Destin ne s'est absolument pas trompé le concernant.

Et c'est alors que je me souviens des paroles de Tyler plusieurs semaines auparavant. Il m'a affirmé que le Destin se trompait rarement. Que la plupart du temps, les personnes étaient liées avec leurs véritables Âmes Jumelles.

Et je réalise que notre frénésie découle très certainement du manque de notre troisième compagnon. Je laisse de nouveau ma tête tomber contre le carrelage derrière moi, maugréant à voix basse contre le Destin qui se joue de nous. Je sais pertinemment que si j'en parle à Lloyd, il va m'envoyer me faire voir ailleurs s'il y est.

Depuis ce fameux jour où il a découvert la manière dont m'avait traité le Delta, voulant faire de moi son esclave sexuel, il ne veut plus que l'on prononce son nom. Raphaël est devenu persona non gratta chez nous.

— Il va falloir qu'on découvre ce qu'il nous arrive pour remédier à ça. Tu penses que tes anciens pourraient nous y aider ?

J'esquisse un léger sourire en l'entendant parler de cette façon. C'est vrai que Tyler et Gidéon sont des loups tous les deux, et qu'ils ont du mal avec les ours. À vrai dire, toute la meute ou presque a du mal avec mon compagnon. Ça leur fait extrêmement bizarre de voir des ours se balader tranquillement dans leur village. Surtout que la réciproque n'est pas forcément vraie.

En effet, les ours se baladent allègrement en territoire loup depuis notre union, mais je crois bien qu'en dehors de Raphaël ou moi, aucun autre loup n'a passé la barrière du clan des ours. Ce que je trouve dommage.

Nos deux races méritent d'apprendre à se connaître. Les loups et les ours ne sont pas si différents que ça. Ils vivent tous les deux en groupes et semblent s'accoupler pour la vie.

— Je pense déjà savoir, Chéri.

Lloyd me regarde avec les sourcils haussés, et je ne peux m'empêcher d'exploser de rire. Il est trop tordant comme ça.

Ses doigts s'enfoncent brutalement dans mes cheveux pour me maintenir la tête collée au mur, et je ne peux retenir le gémissement qui sort de mes lèvres. J'adore lorsqu'il me malmène de cette façon.

— Serais-tu en train de te moquer de moi ?

Je minaude légèrement, avançant ma bouche en une invite à laquelle il ne peut résister. Ses lèvres s'écrasent brutalement sur les miennes, sa langue forçant la barrière fermée, pour venir s'enrouler à la mienne comme un raz-de-marée. Je me cambre contre son corps dur, et me rends compte que nous sommes toujours nus, et que nos membres sont de nouveaux durs et prêts à servir.

Je me tortille de nouveau contre lui, lui indiquant par ce geste que ce n'est plus le moment de parler. Mais une fois de plus, Lloyd me repousse, sa main se posant sur mon cou pour me maintenir loin de lui.

Il souffle comme un bœuf, ayant de toute évidence du mal à reprendre son souffle, et je ne peux m'empêcher de lui sourire narquoisement. Il me fusille du regard en grognant et j'explose de rire. Un mouvement de ses hanches me coupe soudain le souffle, et je gémis sourdement, fermant les yeux sous le plaisir ressenti.

— Dis-moi pourquoi selon toi nous sommes des nymphomanes tous les deux, et peut-être que je m'occuperais de toi.

— Mais, c'est du chantage !

Il joue avec ses sourcils alors que je m'exclame bruyamment, et j'ai beau vouloir paraître énervé, le petit sourire en coin que j'arbore ne trompe personne, et surtout pas mon compagnon.

— Tu adores le chantage !

Je me sens rougir en me souvenant de notre petit échange musclé de la veille. Après le repas que j'avais concocté avec tout mon amour, j'avais juste envie de monter me coucher en laissant tout en plan dans la cuisine. Mais mieux que ça, je me suis agenouillé devant mon homme, et j'ai commencé à lui donner une petite gâterie. Le sentant sur le point de rupture, je l'ai alors soumis à un chantage vieux comme le monde.

Il s'occupait de ranger la cuisine, et je le laissais se répandre dans ma bouche et me faire ma fête par la suite. Amusé, il m'a rétorqué qu'il pouvait faire tout ça sans être obligé de faire la vaisselle.

Finalement, il a accepté mon marché, et a rangé la cuisine après que je l'ai sucé jusqu'à en avaler son cerveau par sa verge.

— Allez, dis-moi Loupiot. À quoi as-tu pensé ?

Je soupire doucement et me lance. Je sais qu'il ne va pas aimer.

— Je pense que c'est dû à l'absence de Raphaël. On doit être en train de dépérir à cause de lui. J'ai entendu Basile en discuter avec Gabriel. Visiblement, il ne va pas bien non plus.

Lloyd grogne bruyamment, me montrant les crocs, et je soupire de nouveau. Je m'attendais à cette réaction.

— C'est lui qui a joué au con. Il se démerde maintenant.

Je souffle largement, fermant les yeux pour tenter de calmer l'exaspération qui monte doucement en moi. Dès le tout premier instant, ses deux hommes se sont détestés. Et les agissements de Raphaël à mon égard n'ont malheureusement rien fait pour arranger les choses. Bien au contraire.

— Je suis bien d'accord, Chéri. Mais nous sommes tous en train de dépérir lentement. Je pense que nous devrions tous mettre nos problèmes de côté et tenter de trouver une solution.

Je vois la colère briller dans ses yeux, et je prends soudain peur. C'est la première fois qu'il me regarde de cette façon, et je n'ai pas vraiment envie d'être celui contre qui il est en colère. Un ours de sa taille, ne ferait qu'une bouchée du petit loup que je suis.

Sa bouche s'abat soudain sur la mienne, sa langue s'enfonçant loin entre mes lèvres, me réclamant comme sien. Trop ébahi pour réagir, je grogne sourdement lorsque deux doigts se présentent à mon entrée pour venir étirer mes muscles malmenés.

Mais grâce, ou a cause, tout dépend d'où on se place, de

tous les exercices physiques que nous avons fait ses dernières semaines, mon anus n'a absolument besoin d'aucune préparation. Je suis tout à fait prêt pour lui.

Son membre s'enfonce d'un coup puissant en moi, et je me cambre contre lui en poussant un cri puissant de plaisir. Je ne sais pas comment il s'est débrouillé, mais il a réussi à choper le lubrifiant et à s'en enduire sans que je ne me rende compte de rien.

Son membre sort lentement de mon corps, entraînant un frisson de plaisir d'une rare intensité, avant de rentrer avec force pour me pilonner sauvagement. J'en perds le souffle, et ma vision se fait floue tandis que le plaisir afflue dans tout mon corps.

Il recommence son mouvement, l'accentuant par une rotation de ses hanches qui frotte ma boule de plaisir. Je geins doucement, mes ongles s'enfonçant brutalement dans ses épaules. Je le sens se raidir tout contre moi, et j'ai l'impression que son membre enfle davantage dans mon antre secret, me faisant pleurer.

Je sens que l'orgasme se prépare dans mon corps, il n'est plus très loin. Ma peau me semble trop petite pour me contenir, mes couilles se serrent durement, mes reins me brûlent.

Lloyd accélère son mouvement, et je couine comme une souris alors que le plaisir éclot dans mon ventre comme un tournesol au soleil, et que je me répands sur le ventre de mon compagnon. Je tremble de tous mes membres tandis qu'il continue de marteler au plus profond de moi, avant de se pencher sur mon cou, et me revendiquer à nouveau.

Mon membre tressaute contre mon ventre, et un très léger filet de sperme s'en écoule, malgré le plaisir qui explose dans tout mon corps. Il est tellement intense que j'en pleure et que j'ai du mal à faire la différence entre le plaisir et la douleur.

Mon souffle est altéré alors que Lloyd s'appuie violemment contre moi, ses jambes ne semblant plus vraiment le porter. Je glisse mes mains dans ses cheveux et dépose mes lèvres contre sa tempe tout en douceur, tentant de reprendre contenance.

Je trouve ça tout de même incroyable qu'à chaque fois que nous faisons l'amour, le plaisir soit toujours aussi fort. Les souvenirs que je garde d'Artémus sont bons, mais il me semble me souvenir de plusieurs fois où j'ai juste jouis sans vraiment ressentir plus.

Un coup à la porte nous fait sortir de notre transe, et je sursaute brusquement, me cognant la tête au carrelage de la douche. Je grogne doucement et me passe une main dans les cheveux pour tâter la bosse qui risque de se former. Mon géant sort alors de mon corps, et je grimace en sentant le liquide couler le long de mes cuisses.

Un nouveau coup se fait entendre accompagné de voix, et d'un regard, je demande à mon homme d'aller voir ce qu'il se passe pendant que je me tourne vers le jet d'eau et me lave les cuisses.

Lloyd comprend mon dilemme et acquiesce d'un mouvement sec de la tête, puis se penche pour prendre mon visage en coupe entre ses grandes mains et m'embrasser comme si c'était la dernière fois qu'il pouvait le faire.

Lorsqu'il se sépare de moi, j'ai la tête qui tourne à cause du manque d'air, et j'ai l'esprit totalement ailleurs. Il me faut plusieurs secondes avant de m'apercevoir que mon géant est sorti de la salle de bains et qu'il est déjà rendu au rez-de-chaussé.

Je me secoue rapidement, et finis de me laver. En quelques minutes à peine, je suis de nouveau présentable, et je me rue jusqu'au rez-de-chaussé pour voir qui est venu nous rendre visite. Je reste bloqué dans les marches, la bouche grande ouverte, le cœur battant à cent-mille, en voyant le loup décharné qui me fait face.

Je manque de louper la dernière marche en me ruant sur lui, me jetant contre son corps malingre pour le serrer contre moi. Les larmes se mettent à couler sur ses joues et je referme mes bras autour de son corps amaigri à l'extrême.

Même dans mes pires cauchemars, je n'aurais jamais cru qu'une telle chose était possible. J'entendais les loups autour de moi parler de l'état de délabrement du Delta, mais jamais je n'aurais pensé que ça irait jusqu'à ce stade.

— Excuse-moi !

Sa voix est tout aussi faible que le reste de son corps, et il s'effondre contre moi à peine ses mots ont-ils franchi ses lèvres. Il a beau avoir perdu la moitié de son poids, il pèse tout de même une tonne. Surtout que c'est un poids mort.

Lloyd nous rattrape tous les deux et je le remercie d'une toute petite voix, avant de plonger des yeux effrayés dans son regard. Nous restons plusieurs secondes ainsi, avant que mon géant ne prenne le loup décharné dans ses bras.

Comment en est-on arrivé là ?

CHAPITRE 16

———

C'est le cœur lourd que je suis mon géant dans les escaliers, le regardant porter un Raphaël aux portes de la mort.

Arrivés sur le palier, je lui indique notre chambre, mais il grogne durement, et je le laisse emmener Raphaël dans la chambre à côté de la nôtre. Il est toujours en colère contre lui, et je ne suis pas étonné. Surtout après sa réaction dans la douche tout à l'heure. Malgré tout, un léger sourire étire mes lèvres en voyant la délicatesse dont il fait preuve en allongeant le loup sur le lit.

Je m'assois avec précautions à côté de Raphaël, et passe une main douce dans ses cheveux pour repousser les mèches qui lui tombent sur le front. Je recule d'un geste brusque en les sentant durs et rêches sous mes doigts. Je n'ai pas beaucoup eu l'occasion de plonger les mains dedans, mais il me semblait que ses cheveux étaient beaucoup plus souples et doux que ça.

Je le regarde alors plus en détail, et remarque qu'en plus des kilos perdus, sa peau est devenue beaucoup plus pâle, à la limite du cadavérique. J'ai peur qu'elle ne tombe en poussière si je viens à poser les mains sur lui. Des cernes grands comme le grand canyon lui descendent presque jusqu'aux genoux, et lui donne un air de cadavre ambulant. Quant à ses lèvres, elles sont tellement desséchées que des crevasses les parsème totalement. Il fait réellement peur à voir.

Je relève les yeux pour tomber sur le regard troublé de Lloyd, et je me demande à quoi il peut bien penser à cet instant, avant d'oublier, lorsque Raphaël se recroqueville brusquement sur le lit en position fœtale, sa bouche ouverte sur un cri muet.

Je ne sais pas comment je le sais, mais je suis certain que ça fait des jours qu'il ressent des douleurs dans tout le corps et qu'il serre les dents pour que personne ne soit au courant. Je glisse mes doigts dans ses cheveux, et repousse sa tête contre l'oreiller, plongeant dans son regard caramel devenu terne.

— Je suis tellement désolé ! Tout est de ma faute !

Je prends une courte inspiration alors qu'il me livre enfin les excuses que j'attends depuis tant de temps. J'esquisse un sourire et me penche sur lui pour déposer un baiser sur sa tempe et j'approche ma bouche de son oreille pour lui murmurer :

— Tu vas devoir ramer dur pour te faire pardonner mon Salaud !

Je me lève ensuite sans lui accorder un regard de plus, et en passant à côté de Lloyd, lui demande de garder un œil sur lui, même si je me doute qu'il ne va pas pouvoir aller bien loin dans l'état déplorable dans lequel il se trouve. Je descends les escaliers à vitesse d'escargot, obligé de me tenir à la main-courante tellement mes jambes tremblent.

Je ne pensais pas que je serais aussi remué de voir Raphaël dans cet état. Et je ne pensais pas non plus que je lui avais gardé une petite place dans mon cœur. Parce que je suis bel et bien en train de souffrir pour lui en cet instant.

Je m'arrête net en bas des marches en voyant le monde qui s'est installé dans notre salon. Il faut dire aussi que mon attention était toute entière tournée vers le Delta lorsque je suis descendu tout à l'heure. Je n'ai vu que lui.

Gabriel se lève du canapé, aidé d'Andrew et Basile, et s'approche de moi, pas trop sûr sur ses jambes. Je fais la moitié du chemin pour l'aider, éberlué par son air défait. Il me serre brutalement contre lui, versant ce qu'il me semble être toutes les larmes de son corps. J'entends des bruits sortir de sa bouche, mais j'ignore s'il s'agit de mots ou juste de lamentations.

Je lève donc les yeux vers ses deux compagnons afin qu'ils me viennent en aide. Andrew semble le comprendre assez rapidement et relève son homme pour le serrer contre lui. C'est incroyable la douceur dont peut faire preuve l'ancien vampire lorsqu'il s'agit de ses Âmes Jumelles. L'ayant connu comme chef du camp d'esclave, je sais à quel point il peut être terrifiant.

— Ça fait plusieurs jours qu'on ne l'avait plus vu. Gaby est allé frapper chez lui lundi, mais il lui a dit d'aller se faire mettre ailleurs. Il est repassé tous les jours uniquement pour être sûr qu'il était toujours vivant, et ce matin, Raf n'a pas répondu. Andy a défoncé la porte et voilà sur quoi nous sommes tombés. Tu penses qu'il va s'en sortir ?

Je fronce les sourcils face à la question de mon père, pas trop certain de ce qu'il me demande. Je ne sais pas vraiment ce qu'il veut entendre. Espère-t-il que Raphaël se remette ? Ou au contraire, qu'il y passe pour en être débarrassé ?

Je me secoue alors que ses mots passent dans ma tête. Il y a une foultitude de raisons qui font que Basile voudrait voir Raphaël rester en vie. À commencer par le bien-être de son Âme Jumelle. Et puis, malgré ce qu'il m'a fait, le Delta reste le meilleur ami de mon père.

Ils ont eu une période tous les deux, où ils ne se parlaient plus, mais je crois que ses derniers temps, Basile tentait d'inciter Raphaël à revenir vers nous. Très certainement parce qu'il avait compris qu'il était en train de péricliter lentement.

Je plonge dans le regard si semblable au mien, avant de hausser les épaules pour bien lui faire comprendre que je l'ignore. Je ne sais pas s'il va s'en sortir. Il est vraiment aux portes de la mort.

— Je vais aller chercher Nathan. Il pourra peut-être faire quelque chose pour lui.

Je hoche la tête en direction d'Andrew, avant de m'excuser pour me rendre dans la cuisine. Je crois que la toute première chose à faire avec le Delta, c'est de lui donner à boire et à manger. Mais quelque chose de léger. Il n'est pas question de lui apporter un steak bien saignant avec des frites.

Je tartine donc deux tranches de pain d'un peu de confiture, et rempli un grand broc d'eau fraîche. J'entasse également des biscuits secs sur le plateau avant de remonter à l'étage.

Mon poids plume me permet de me déplacer sans faire de bruits, et c'est sans voix que je regarde mon géant assis sur le bord du lit, le bout de son index repoussant une mèche de cheveux de Raphaël. Il a beau faire son gros dur, me rabâcher les oreilles qu'il ne veut rien avoir à faire avec cet homme, le sort de Raphaël ne lui est pas totalement étranger. Sinon, il ne serait pas assis de cette manière sur le bord du lit à lui caresser tendrement les cheveux.

Je pense que je vais avoir du mal à lui faire entendre raison. Lloyd est très têtu, et lorsqu'il a décidé quelque chose, il n'en démord pas. Je ne le connais pas depuis très longtemps, mais je m'en suis bien rendu compte ses dernières semaines.

Le baiser qu'ils ont échangé lorsque nous avons rencontré le père de Lloyd me revient en mémoire, et la chaleur remonte dans mon corps de la même intensité que ce jour-là. Ils étaient chauds bouillants tous les deux ensembles. Et bien qu'ils ne veuillent pas en entendre parler ni l'un, ni l'autre, je suis de plus en plus persuadé que le Destin savait exactement ce qu'il faisait en nous jumelant tous les trois.

Je recule de quelques pas dans le couloir, et fait un peu plus de bruit en revenant vers la chambre, afin de laisser le temps à Lloyd de se recomposer. Lorsque j'approche de nouveau de la chambre, mon géant n'est plus sur le bord du lit, mais adossé au mur, les traits fermés, les bras croisés sur son torse puissant.

Je retiens le sourire que je sens monter sur mes lèvres et pose le plateau que je porte sur la commode. Lloyd me donne un coup de mains, avant de se pencher sur moi pour m'embrasser chastement. Je crois bien que depuis le tout premier jour, il ne m'a jamais embrassé de manière aussi soft. À chaque fois, ses baisers renfermaient une passion à vous faire bouillir le sang. Mais je sens bien qu'il est préoccupé.

Je prends donc son visage en coupe pour le forcer à me regarder, et vois dans son regard si extraordinaire, une peur que je n'avais encore jamais vue. Mon ventre se contracte durement, mais je fais tout pour ne pas lui montrer. Au moins l'un de nous deux doit être fort pour Raphaël. Le Delta va avoir besoin de soutien dans cette épreuve.

— Il va s'en sortir, Chéri. Nous allons tout faire pour qu'il s'en sorte.

Une unique larme se forme dans son œil droit, avant qu'il ne se penche à nouveau sur moi pour m'embrasser presque désespérément. Sa langue entre violemment dans ma bouche, et je le laisse me fouiller. Je sens qu'il a besoin de ressentir à nouveau notre connexion.

Je suis au bord de l'asphyxie lorsqu'il se redresse enfin, la peur disparue de ses prunelles.

— Je me moque de ce qu'il peut advenir de lui. Tout ce que je veux, c'est qu'il ne t'arrive rien à toi !

Mon cœur enfle d'un amour incroyable pour cet homme qui ne cesse de m'étonner jour après jour. C'est toujours à moi qu'il pense en tout premier lieu. Je me hausse donc sur la pointe des pieds pour lui donner un baiser empli de tout l'amour que je ressens pour lui.

Je n'ai pas encore trouvé le courage de lui avouer les sentiments que je lui porte. Pour une raison étrange, j'ai la sensation que ce n'est pas encore le bon moment pour lui déclamer mon amour. Une sorte de pressentiment qui m'indique que Lloyd n'est pas prêt à admettre une telle chose.

Il ne faut pas que j'oublie qu'avant de croiser ma route, Lloyd n'avait été qu'avec des femmes. Il n'a jamais été attiré par un homme avant que je ne décide d'aller me promener en forêt ce fameux jour.

Mon géant me remercie d'un sourire, avant de déposer un dernier baiser papillon sur mes lèvres et de sortir de la pièce. Je laisse un soupir de plaisir m'échapper en le regardant sortir, mes doigts caressant délicatement mes lèvres. Avec lui, le Destin a vraiment bien fait son boulot.

Je me tourne alors vers le lit, et sursaute en voyant les yeux marrons de Raphaël posés sur moi. J'avale la boule qui s'est formée dans ma gorge, et esquisse un sourire tendu avant d'approcher une chaise du lit et de prendre place dessus.

La douleur que je vois passer dans ses yeux me noue le ventre, mais il ne peut s'en prendre qu'à lui-même. C'est vrai que ça aurait été Lloyd à sa place, je me serais automatiquement assis sur le lit pour être le plus proche de lui.

— Il faut que tu manges Raphaël. Je t'ai ramené quelques petites choses.

Je tire le plateau jusqu'à moi et lui montre les tartines que j'ai faites, ainsi que les petits biscuits secs. Ses traits se crispent sous le dégoût qu'il semble ressentir, et j'en viens à me demander depuis quand exactement il n'a plus rien avalé. Parce que, pour qu'il ait une réaction aussi vive, ça doit faire un petit moment maintenant.

Je repose le plateau sur la commode et le redresse lentement dans le lit grimaçant en sentant les os poindre sous mes doigts. Je tente de faire bien attention à ne pas lui faire mal en le manipulant, malgré tout, un léger cri de douleur me parvient, et j'arrête tout mouvement pour le regarder dans les yeux.

Ses prunelles se remplissent de larmes, avant qu'une lueur de bonheur ne passe rapidement.

— Beau…

Ce simple mot, prononcé d'une voix fluette me noue le ventre, et m'amène les larmes aux yeux. Il faut qu'il soit à l'article de la mort pour m'avouer une telle chose. Jamais encore il ne m'a indiqué que je lui plaisais.

Je m'en doutais fortement, étant donné qu'il est amoureux de mon père et que je suis son portrait craché. Malgré tout, il ne m'a toujours montré que de la répulsion et du dégoût. Jamais je n'aurais imaginé qu'il puisse apprécier la moindre chose chez moi.

Je pose donc le plateau sur sa table de chevet, m'assois sur le bord du lit, et cale son dos contre mon torse, tendant le bras pour attraper le verre d'eau que j'ai rempli, et un biscuit. Je lui fais tout d'abord manger le gâteau, puis le fait descendre avec un grand verre d'eau. Raphaël mange petit à petit, avalant presque toutes les tartines, et une bonne quantité de gâteaux.

C'est même moi qui l'arrête. J'ai peur qu'il ne veuille aller trop vite, et que tout ne ressorte, ce qui serait totalement stupide. Il vaut mieux y aller petit, et recommencer plusieurs fois dans la journée. Je pense que comme pour les nourrissons, je vais devoir le nourrir plusieurs fois par jour en petites quantités au départ.

Je le maintiens dans la même position, permettant à son estomac d'assimiler la nourriture que je viens de lui donner. Je le sens somnoler tout contre moi, et un petit sourire étire mes lèvres.

Mon animal dans ma tête frétille de la queue depuis tout à l'heure d'être enfin aussi proche de son Âme Jumelle. Depuis toutes ces semaines où le Delta se tenait éloigné de nous, mon loup dépérissait tout seul dans son coin. Ça fait plaisir de le voir de nouveau sur ses pattes.

Je rigole tout seul alors qu'il court dans ma tête, tournant en rond sur lui-même pour essayer d'attraper sa queue. On dirait un chiot qui découvre la liberté.

Et sans même que je m'en rende compte, mes doigts se perdent dans les cheveux filasses de Raphaël pour les lui caresser doucement. Ce n'est qu'en entendant le ronronnement provenant de l'homme allongé contre moi que j'y fais attention.

Mes doigts s'arrêtent net, avant que je ne baisse les yeux et ne tombe sur le visage serein du Delta. Je crois bien que je ne l'ai jamais vu comme ça, et ça me perturbe un peu.

Jusqu'à cet instant, je détestais cet homme. Il m'a fait vivre un enfer lorsque je suis arrivé dans la meute, et il aurait très certainement continué si je n'avais pas rencontré Lloyd.

Pourtant, je n'arrive plus vraiment à me souvenir de la colère qu'il a fait naître en moi. Je me souviens parfaitement des paroles ou des gestes déplacés qu'il a eu envers moi. Je n'ai aucun mal à me souvenir de ce jour où il m'a mis à genoux devant lui pour me forcer à le sucer.

Pourtant, la colère que j'ai ressentie à ce moment-là à totalement disparue pour ne laisser qu'un vague souvenir derrière elle. Je sais que je ne devrais pas lui pardonner aussi facilement. Je ne devrais même pas le tenir aussi étroitement contre moi.

Mais le loup à l'intérieur de moi est plus fort que jamais. Dès l'instant où il a vu son compagnon en si triste état, je n'ai plus été capable de le retenir. Il a pris la direction des opérations, sans que je ne puisse dire grand-chose.

— Basile...

Mon sang se glace d'un coup dans mes veines, et la colère oubliée renaît lentement de ses cendres. Je ferme les yeux, mon ventre se serrant violemment. Je serre les mâchoires, mon repas de ce midi et les bonbons que je n'ai cessé d'engloutir tout au long de l'après-midi voulant ressortir par là où ils sont entrés.

Faisant tout de même preuve de délicatesse, et je me demande bien pourquoi, je repousse le Delta de mon torse et descend du lit, le cœur battant à tout rompre de douleur dans ma poitrine. Un haut le cœur me prend en voyant le sourire de bien-heureux qui déforme les traits de Raphaël.

Le fait que son bonheur soit dû au fait qu'il me prend pour une autre personne me donne juste envie de vomir tripes et boyaux. Je recule doucement, gardant des yeux hallucinés sur lui, me demandant comment il peut continuer à me faire mal de la sorte. Je sais pourtant que je ne suis pas celui qu'il voulait. Je sais qu'il ne sait me faire que du mal.

Arrivé à la porte, je sors en trombe et me rue dans les escaliers pour me rendre dans les toilettes. En bas, je me penche au-dessus de la cuvette, et rends le contenu de mon estomac. Le liquide acide mélangé aux aliments pré-digérés me brûle l'œsophage en remontant le long de ma gorge, et je me dis que c'est cette douleur qui me fait monter les larmes aux yeux. Ce n'est en aucun à cause des paroles du Delta.

Des bras forts viennent soudain s'enrouler autour de moi, et bien que je ne veuille pas augmenter la fureur de mon géant face au Delta, je lâche les vannes de ma douleur. Les larmes coulent sans discontinuer sur mes joues, gonflant rapidement mes yeux.

Je me cache dans son tee-shirt, laissant la douleur m'envahir. Je me dis qu'il vaut mieux que je me laisse aller maintenant, que lorsque Raphaël sera remis sur pied.

— Que t'a-t-il encore fait ? Je le pensais pourtant trop faible pour te faire le moindre mal.

Le grondement de fureur contenu dans la voix de mon géant me fait esquisser un sourire dans le tissu, et mes doigts se resserrent pour l'attirer davantage à moi.

Je crois que je ne le répéterais jamais assez, mais j'ai une chance folle de l'avoir dans ma vie. J'ignore ce que je serais devenu sans lui à mes côtés. Raphaël m'aurait bouffé tout cru, et le pire, c'est que je me serais laissé faire sans rien dire.

Les grandes mains de l'Alpha encadrent soudain mon visage, et il me le relève brusquement, pour plonger son regard plein de haine dans le mien, embué. Le grognement qu'il laisse sortir me fait frissonner, car je sais que ce n'est pas contre moi, mais bien pour moi.

C'est l'animal enfoui au fond de lui qui parle en cet instant. Je ne sais pas comment, une fois de plus, il a su que j'avais besoin de lui, mais je suis heureux qu'il l'ait ressenti.

— Dis-moi, Loupiot ? Dois-je le tuer moi-même ?

Mon ventre se contracte douloureusement à ces simples mots. Raphaël a beau m'avoir fait un mal incroyable depuis le tout premier instant où on s'est rencontrés, je suis incapable d'accepter sa mort. Mon loup en moi hurle et grogne contre notre compagnon d'avoir osé poser une telle question.

Il est tout à fait impensable que Raphaël sorte définitivement de nos vies. Il est indispensable à notre équilibre à tous les trois. Mon animal intérieur en est intimement convaincu.

Je souffle, un peu de découragement, un peu de fatigue, avant de me hausser sur la pointe des pieds pour aller déposer mes lèvres sur sa joue tout en douceur. Je le sens frissonner tout contre mon corps, et un sourire se dessine sur ma bouche.

— C'est juste son subconscient qui a parlé pour lui. Je ne suis même pas certain qu'il ait fait attention à ce qu'il disait, ni même à qui.

Lloyd fronce les sourcils, glissant ses mains le long de mon cou, pour venir les poser dans mon dos, et me serrer contre lui. Cette fois-ci, c'est bien un soupir de bonheur qui passe la barrière de mes lèvres.

— Il a bien dû dire ou faire quelque chose pour te mettre

dans cet état.

— Il m'a juste appelé Basile. J'ai mal réagi, c'est tout.

Lloyd grogne à nouveau et cela me fait rire. J'ai le sentiment qu'il y a une part de jalousie dans son grognement, mais c'est peut-être juste une idée de ma part. Je me projette sans doute à travers lui.

Des gémissements sourds provenant de l'étage nous parviennent, et sans même que je n'ai décidé quoi que ce soit, mes pieds se mettent en mouvement et je me retrouve à grimper les escaliers quatre à quatre. Je pénètre brutalement dans la chambre occupée par le Delta, pour le trouver affalé au sol, en position fœtale, les larmes coulant abondamment sur ses joues.

Sans réfléchir davantage, je m'agenouille devant lui pour essuyer ses larmes. Raphaël ouvre lentement les yeux, plongeant son regard hanté dans le mien.

— Cal... ?

J'inspire vivement tandis qu'il prononce mon prénom pour ce qu'il me semble être la toute première fois. Des larmes se forment dans mes yeux alors qu'un sourire sincère éclot sur mes lèvres. Peut-être arriverons-nous à nous entendre enfin, tous les deux.

— Je... Tellement... Désolé...

Sa voix est toute fluette, et ses phrases sont hachées, décousues. Je suis obligé de me pencher sur lui pour comprendre ce qu'il cherche à me dire. Mais dès que les mots ont pénétrés mon cerveau, mon sourire se fait plus grand sur mes lèvres.

Je dépose un baiser sur sa tempe, et approche ma bouche de son oreille, afin de lui parler sans que Lloyd qui m'a suivi n'entende.

— Je vais faire en sorte que tu t'en sortes, Raphaël, mais tu vas en chier. Fais-moi confiance, très cher, tu n'es pas arrivé au bout de tes peines.

Je me redresse et plonge dans son regard clair et souris en voyant l'espoir naître dans ses yeux de caramel. Mon cœur tambourine à toute allure dans ma poitrine lorsqu'il se met lentement à sourire. Mon souffle se bloque dans ma poitrine et j'inspire vivement alors qu'il me souffle :

— J'ai hâte !

Raphaël referme les yeux, un sourire éblouissant plaqué sur les lèvres. Je reste plusieurs minutes agenouillé à côté de lui, sans bouger. Je me repasse cette conversation un peu surréaliste à mon goût.

Je réagis uniquement lorsque Lloyd me pousse en prenant le corps du Delta toujours au sol, pour le poser tout en douceur sur le lit. Je me relève, et m'approche du matelas, gardant mes yeux braqués sur Raphaël.

Son éloignement a dû le rendre fou. Ce n'est pas possible autrement. Personne n'est pressé d'en baver.

Parce qu'il ne doit pas croire, qu'à cause de mon statut d'Oméga, je vais être tout doux et tout gentil avec lui. Après la manière dont il m'a traité, et tout ce qu'il m'en a fait bavé, il va morfler le pauvre.

Un sourire cynique étire mes lèvres. Moi aussi j'ai hâte de le soumettre à mes désirs !

CHAPITRE 17

─────

T enant le plateau en équilibre sur une main, je pousse doucement la porte de la chambre. Mon souffle se bloque alors que mes yeux se posent sur le corps à moitié dénudé du Delta.

Raphaël est allongé de tout son long, sur le dos, exposant à la vue de tous son corps qui est en train de reprendre des forces. Cela ne fait qu'une semaine qu'il est arrivé chez nous, mais il a déjà repris du poil de la bête.

Ses côtes qui étaient auparavant apparentes, ont à présent disparues, pour laisser place à un torse lisse et appétissant. Ses bras qui étaient devenus si minces que je pouvais en faire le tour d'une seule main, ont aujourd'hui retrouvés leur vivacité d'avant. Quant à ses cuisses, elles avaient du mal à supporter son poids lorsqu'il est arrivé, ce qui n'est absolument plus le cas maintenant.

Le drap a glissé le long de son corps, cachant juste son entre-jambe comme il faut, révélant sa physionomie retrouvée, à la première personne entrant dans la chambre. Et comme par hasard, il faut que ce soit moi. Je soupçonne Raphaël de vouloir me rendre fou. Depuis quelques jours, je tombe systématiquement sur une scène semblable, qui met mon animal en émoi.

Trois jours plus tôt, alors que j'étais en train de refaire le lit tandis que le Delta prenait sa douche et qu'il était encore faible, j'ai entendu un bruit sourd provenir de la salle de bains. N'écoutant que mon instinct qui me disait que mon compagnon avait besoin de mon aide, je me suis précipité pour me rendre dans la pièce. Raphaël sortait tout juste de la douche, une main posée sur le lavabo comme s'il voulait se retenir, et l'autre sur la paroi de douche. Devant lui, le meuble contenant toutes les serviettes, écrasé au sol.

Le Delta m'a fait un sourire contrit, avant que je ne réalise pleinement ce que j'avais en face de moi. Le corps nu et dégoulinant de mon compagnon, les muscles bandés par l'effort. Le loup dans ma tête s'est mis à hurler à la lune, alors que mon propre corps trahissait le désir qu'il ressentait pour cet homme.

Je me suis mis à rougir, avant de me baisser pour ramasser une serviette et lui donner afin qu'il cache sa nudité. Son torse portait encore les traces de sa mal-nutrition. Les côtes saillantes étaient voyantes comme le nez au milieu de la figure, tandis que son ventre était creux de n'avoir pas eu assez de nourriture ces dernières semaines.

Ce qui n'est plus le cas aujourd'hui !

Aujourd'hui, il a retrouvé tout son sex-appeal et le désir qui grimpe dans mon corps me le fait bien comprendre. Mon animal rêve de pouvoir lui sauter dessus pour lui faire subir les derniers outrages. Mais l'homme en moi se souvient du mal qu'il lui a été fait.

Je n'ai pas souffert physiquement, mais ma psyché en a pris un sacré coup. Surtout qu'il en a rajouté une couche lorsqu'il est arrivé la semaine dernière. Me confondre avec mon géniteur a été la goutte d'eau qui a fait débordé le vase.

Je pense que sans ce petit incident de parcours, mon loup aurait forcé l'humain à accepter cet homme comme notre compagnon. Et nous serions en train de batifoler tous les deux sous les draps.

Je recule doucement et baisse la tête en inspirant fortement pour reprendre mes esprits, avant d'entrer d'un pas lourd dans la chambre et poser tout aussi brutalement le plateau que je porte sur la commode. Le bruit que je fais réveille bien évidemment Raphaël, mais vu la façon dont il s'étire et fait lentement descendre sensuellement le drap le long de son corps, je me demande si en réalité, cela ne fait pas plusieurs minutes qu'il est réveillé et qu'il n'attendait que ça pour me montrer l'intégralité de son corps.

La salive me monte brusquement à la bouche en voyant son membre épais émerger de sous les draps, et grossir à vue d'œil. Je ne sais pas si c'est ma présence qui le fait réagir de la sorte, ou parce qu'il vient tout juste de se réveiller, mais il devient d'une taille absolument impressionnante.

Si j'osais, je dirais qu'il pourrait presque égaler le membre incroyable de mon Géant ! J'ai bien dit presque !

Je frissonne de partout, avant de détourner les yeux pour ne plus voir l'objet de mes désirs. Je me force à penser à tout le mal qu'il m'a fait. Je ne dois en aucun cas oublier que c'est un salaud complet, et qu'à un moment donné, il va recommencer à me faire du mal.

Je suis persuadé au fond de mon cœur, que dès l'instant où il sera remis sur pied, il retournera se prosterner devant Basile pour baiser le sol qu'il foule.

— Je t'ai amené ton petit-déjeuner.

— Merci, Cal.

Je me tourne vers lui pour le fusiller du regard. Depuis qu'il est revenu une semaine plus tôt, il a pris l'habitude de m'appeler de cette manière. Autant, cela ne me dérange absolument pas de la part de mes amis, que venant de lui, ça m'énerve.

Certainement parce que j'ai la sensation que nous ne sommes absolument pas amis, et que par conséquent il n'a absolument pas le droit d'utiliser un surnom avec moi.

— Et je veux également te dire qu'à partir de maintenant, Lloyd et moi trouvons que tu es assez en forme pour descendre et venir prendre tes repas dans la cuisine. Ce plateau est donc le dernier que je te livrerais.

Il penche la tête sur le côté, les sourcils froncés et une moue boudeuse aux lèvres. Je dois planter mes ongles dans les paumes de mes mains pour empêcher mon animal de se ruer sur lui et le serrer contre moi pour lui retirer cette grimace du visage.

— Ça veut dire que tu ne seras plus la première personne que je verrais le matin ? Ça va être triste. À moins que ...

Je me mords la lèvre pour ne pas dire la phrase qu'il attend. Je sais que Raphaël veut que je lui demande de finir sa phrase. Et je suis quasiment certain que si je le fais, je ne vais pas vraiment aimer ce qu'il va me dire.

Mais j'ai beau me mordre, intimer à mon cerveau de ne pas aller dans ce sens, je ne peux retenir les mots qui sortent de ma bouche.

— À moins que quoi ?

Le sourire supérieur qu'il affiche à ma question, me noue l'estomac. Je recule d'un pas lorsqu'il sort du lit d'un bond, son membre à présent totalement raide se dressant comme un piquet sur son ventre, atteignant presque son nombril. Il s'approche de moi à grands-pas, et ce n'est qu'au moment où son corps est totalement collé au mien, que je me rends compte qu'il est aussi près.

Son parfum merveilleux de guimauve et de violette vient me percuter de plein fouet, et mon animal gémit de désir dans mon crâne, me faisant trembler des pieds à la tête. Je ferme les yeux et inspire à pleins poumons pour essayer de me calmer, mais cela donne l'effet inverse. Son parfum s'infiltre dans tout mon corps et je ne peux retenir le petit cri de plaisir qui passe mes lèvres.

Sa main droite se pose dans mon cou, et ses doigts se glissent dans ma nuque, m'inclinant la tête en arrière pour rencontrer mes yeux plus facilement. La lueur de luxure qui passe dans le caramel de ses prunelles me donne des frissons, et j'avale la boule qui s'est formée dans ma gorge.

— À moins que tu ne dormes avec moi, Cal ! Dans ce cas-là, je suis sûr que tu seras la première personne que je verrais le matin en ouvrant les yeux.

Mon loup dans ma tête hurle son acceptation de toute la force de ses poumons. Il gratte furieusement le sol alors qu'il tente de prendre ma place. Je sens sa pression pour que je me transforme. Mais je secoue doucement la tête, rigolant ironiquement. Il n'a vraiment peur de rien, à dire ce genre de choses. Durant des mois, il s'est moqué de mon bonheur, ou de mon bien-être. Et presque du jour au lendemain, il veut me faire croire que je suis devenu important pour lui.

À mon avis, il a compris que son animal ne pouvait baiser qu'avec moi, et il doit être en plein syndrome de boules bleues. Il a juste envie de me sauter et de ne plus entendre parler de moi ensuite.

Il y a de fortes chances pour que je me retrouve une fois de plus avec le cœur brisé si je laisse mon animal décider pour moi. Je ne dois plus lui faire confiance.

Je pose mes deux mains bien à plat sur son torse, appréciant la douceur et le velouté de sa peau au passage, avant de le pousser de toutes mes forces. Cela se voit qu'il n'a pas encore totalement récupéré, sinon je n'aurais jamais réussi un tel exploit.

Je me dégage de sa prise et me rue jusqu'à la porte en ricanant, avant de presque m'étouffer avec ma salive lorsqu'il se tourne et s'adosse à la commode. Son membre pointe toujours vers moi, son gland suintant de liquide.

La salive me monte à la bouche, et je dois avaler plusieurs fois de suite pour pouvoir parler. Je rêve de savoir quel goût il peut avoir.

Je me donne alors un coup mental sur la tête pour avoir pensé une telle chose. Il ne faut tout de même pas que j'oublie qu'il y a quelques semaines, j'étais à genoux devant lui pour le sucer, et qu'il était incapable de bander pour moi. Je ne dois pas perdre pied.

— Tu es en train de penser à mon père ?

Raphaël fronce les sourcils, et secoue la tête en signe de négation. Visiblement, il ne voit pas où je veux en venir. Je me fais donc un plaisir de le lui dire.

— C'est juste que ça me semble bizarre de te voir bander ! La dernière fois, tu n'avais pas réussi ! J'avais pourtant mes mains autour de toi, et ma langue jouant avec ta verge.

Raphaël baisse la tête, comme s'il était honteux. Mais j'ignore s'il a honte parce qu'il n'a pas réussi à la lever la dernière fois. Ou tout simplement pour la manière dont il s'est comporté avec moi. Si ça ne tenait qu'à moi, je dirais la première option. Mais l'animal qui cohabite désormais avec moi n'est absolument pas d'accord.

Il faut dire aussi que si je lui demande quoi que ce soit concernant Raphaël, cette foutue bête est toujours du côté du Delta. Et ça commence à me saouler légèrement. Il en vient même à en vouloir à Lloyd de se mettre entre lui et son Âme Jumelle. L'animal n'a toujours pas compris que l'Alpha était mon compagnon.

En discutant avec les anciens de notre situation, enfin surtout avec Tyler parce que je suis plus l'aise avec lui, il m'a avoué que j'allais devoir « discuter » avec l'animal qui vivait dans ma tête. Selon lui, étant donné que je suis un change-forme, l'animal a énormément de pouvoir sur ma vie, et nous devons être en symbiose totale pour pouvoir vivre calmement.

Ce qui n'est absolument pas le cas pour le moment. J'ai le sentiment qu'il me contredit à chaque décision que je prends. Ce que je dis n'est jamais assez bien pour l'animal. Mais le pire est lorsque je repousse Raphaël. Il ne supporte pas d'être éloigné de son Âme Jumelle.

Le Delta relève la tête, et la douleur que je vois dans ses yeux me coupe le souffle durant quelques secondes, jusqu'à ce que je me souvienne du mal qu'il m'a infligé.

— Je crois que je ne te dirais jamais assez à quel point je suis désolé, Cal. Je crois que je n'étais plus moi-même à cette époque. J'ai perdu la tête.

Le loup dans ma tête trépigne d'impatience. Il me pousse à me ruer sur lui pour le serrer contre nous et enfin l'accepter totalement comme notre Âme Jumelle. Malgré le fait qu'il nous ait mordu, je ne lui ai pas rendu la pareille. Notre lien est donc encore incomplet.

À nouveau, sans même que je ne m'en aperçoive, Raphaël m'a rejoint et a enroulé ses bras autour de moi pour me serrer contre son corps. Ses lèvres se posent tout en douceur sur la marque qu'il m'a faite, et je frissonne en fermant les yeux.

Une chaleur incroyable enfle dans mon ventre, grossissant mon membre qui était jusque-là seulement à moitié intéressé, pour être au garde-à-vous. Sa bouche se déplace le long de mon cou, pour remonter sur ma joue, ma pommette, mon front et redescendre de l'autre côté, avant d'effleurer le coin de mes lèvres.

Je halète durement et ouvre brusquement les yeux pour tomber dans le regard empli de désir du Delta. Je vois qu'il se retient de toutes ses forces pour ne pas se jeter sur moi comme un vorace, et qu'il attend impatiemment que je lui donne l'autorisation de continuer.

Les sensations qui parcourent mon corps semblent ne pas vouloir s'arrêter. J'ai chaud. J'ai froid. Je tremble. Je n'arrive pas à bouger. Tout est tellement confus, que je ne fais même pas attention lorsque je me hausse sur la pointe des pieds pour déposer mes lèvres sur les siennes tout en douceur.

Le loup dans ma tête saute sur place, hurle, s'allonge sur le dos, montrant son ventre à son compagnon, alors que la langue du Delta s'infiltre en conquérante dans ma bouche. Lorsqu'elle rencontre la mienne, je gémis de pur plaisir, mon corps se collant instinctivement au sien.

J'entends Raphaël grogner tout contre ma bouche, et j'esquisse un sourire, heureux de ne plus être le seul à ressentir le courant qui passe entre nous. Aujourd'hui, son membre est bien dressé tout contre le mien.

Je pousse un cri de surprise lorsqu'il se laisse tomber à genoux et dégrafe mon pantalon pour en sortir ma verge tendue par le désir. C'est exactement la situation que nous avons vécu tous les deux il y a quelques semaines, lorsque le Delta m'avait demandé de lui montrer les enseignements que j'avais reçus dans le camp d'humains.

Sauf que ce jour-là, j'étais celui qui était agenouillé devant le grand loup, avec un membre flasque dans les mains. Ce jour-là a été le pire de toute ma vie. Le jour où j'ai vécu la honte la plus virulente de mon existence.

C'est avec une certaine appréhension que je regarde la langue du Delta sortir lentement de sa bouche, avant de gémir bruyamment lorsque le bout vient toucher mon gland pour lécher le liquide qui s'y est agglutiné.

Mes jambes manquent de me faire défaut en sentant la cavité humide de sa bouche me prendre entièrement en elle, et pose les mains bien à plat sur le mur derrière moi pour me retenir d'enfouir mes doigts dans ses cheveux. Je ne veux pas qu'il s'arrête maintenant. Ce qu'il fait avec sa langue est un véritable supplice, mais en même temps, un délice de tous les instants.

Je ne sais pas où il a appris à faire des fellations, mais je dois avouer que c'est une des meilleures que j'ai jamais reçues.

Artémus n'était pas très fan de cette pratique. Il ne m'a sucé que très peu de fois, et uniquement pour m'expliquer comment cela fonctionnait. À partir du moment où j'ai su les faire comme il les aimait, et entièrement maîtriser l'art de la fellation, il a totalement arrêté.

Quant à Lloyd, il a bien essayé, mais c'est difficile pour un homme hétéro comme lui de se retrouver avec le membre dur d'un autre homme dans sa bouche. Et dès l'instant où il sent ma semence monter, il se recule comme s'il s'était brûlé avec une grimace dégoût. Je dois bien reconnaître que ça a tendance à me faire perdre mon entrain.

Mais Raphaël est vraiment un Dieu pour ça. Sa langue s'enroule autour de mon membre, s'insinuant dans le méat, avant de redescendre vers mes boules tendues, pour ensuite lécher la veine jusqu'à la pointe de mon gland pour récupérer le liquide qui s'en écoule. Puis soudain, il réussit à me prendre en gorge profonde, me faisant haleter durement.

Sans même que je ne m'en rende compte, mes doigts se sont glissés dans ses cheveux qui sont redevenus aussi soyeux que je l'imaginais, pour m'empêcher de chuter lourdement au sol, et je donne un coup de reins pour aller encore plus loin en lui.

Le gémissement qui sort de sa gorge manque de me faire perdre totalement pied et je frissonne de partout, mes ongles s'enfonçant dans son cuir chevelu, mes hanches effectuant des allers et retours dans sa bouche tentatrice. Je ne contrôle plus mon corps.

Ses doigts se faufilent alors sous mes testicules, me faisant couiner de plaisir, avant que son index enduit de salive ne se présente à mon entrée pour venir me pénétrer lentement. Je tremble de tout mon être et explose brutalement dans sa bouche, déversant ce qu'il me semble être des litres de sperme, lorsqu'il appuie délicatement sur ma boule de plaisir.

Sa gorge se serre autour de mon membre tandis qu'il avale la quantité non négligeable que je viens de déverser dans sa bouche.

Mes doigts se desserrent de ses cheveux, et je ferme les yeux en laissant ma tête retomber contre le mur derrière moi, un léger soupir heureux s'échappant de mes lèvres. Je sens la bouche de Raphaël se poser sur la mienne tout en douceur, et frissonne de plaisir en le sentant venir déposer une partie de mon sperme sur ma langue.

La combinaison de tout ses facteurs, me donnent juste envie de l'allonger sur le lit pour m'enfouir dans son corps. Je me recule brusquement, apeuré par les pensées qui me traversent. C'est la toute première fois qu'il m'arrive de penser à ce genre de chose.

Je sais depuis le tout départ que je serais le receveur dans notre trio improbable. Je n'ai jamais voulu être autre chose. Je n'ai jamais désiré m'enfoncer dans le corps chaud et serré de mes compagnons.

Même à l'époque où j'étais encore au camp d'esclave, il ne m'est jamais arrivé de désirer une telle chose. Artémus ne m'aurait jamais laissé le prendre de cette façon, et je n'ai jamais eu l'occasion.

Je l'ai fait quelques fois avec des femmes, mon entraînement comptant obligatoirement des cessions avec des femelles, mais je n'ai pas trouvé ça exceptionnel.

Alors je ne comprends pas qu'une telle chose me passe par la tête aujourd'hui !

Pourtant, les images qui passent dans ma tête me semblent si réelles, et tellement tentatrices, que je ne retiens pas mes mains qui partent parcourir le corps du Delta que je ne connais pas encore. Je touche enfin cette peau douce et chaude. Je malaxe enfin ses muscles fins et prêts à retrouver tout leur entrain. Jusqu'à arriver à cette hampe tendue pour moi.

J'ai encore du mal à comprendre comment il peut être aussi dur aujourd'hui, et n'avoir pas réussi à bander l'autre jour. Et s'il était réellement en train de penser à mon père afin de pouvoir la lever ?

Je resserre mes doigts dans ses cheveux, et tire brutalement sa tête en arrière pour pouvoir le regarder en face. Ses yeux sont emplis d'un voile de désir qui me donne des frissons dans tout le corps. Mon bas-ventre se contracte de nouveau en le voyant aussi désirable, et je me retiens de toutes mes forces pour ne pas me ruer à nouveau sur ses lèvres.

— Pourquoi maintenant, Raphaël ?

Il cligne plusieurs fois des yeux, comme s'il avait du mal à revenir sur terre, et mon égo gonfle démesurément. Et dire que c'est à cause de moi. Ou plutôt, grâce à moi.

Il finit par se passer la langue sur les lèvres, et se reculer d'un pas, me coupant brutalement de sa chaleur. Puis, il glisse ses doigts entre les miens, et me tire avec lui jusqu'à son lit. D'un mouvement brusque, mais non brutal, il me fait asseoir sur le lit, et prend place juste à côté de moi. Sa cuisse nue touchant mon pantalon, me transmettant sa chaleur incroyable.

Il se passe une main tremblante dans les cheveux, et je me demande à quoi ce tremblement est dû. Est-ce à cause de ce que nous venons de faire ? Ou est-ce dû à la question que je viens de lui poser ?

Le Delta finit par relever la tête, et plonger son regard aux reflets de caramel dans le mien. Le doute, et la peur que j'y vois me noue le ventre, mais je reste stoïque. Je ne dois pas lui montrer qu'il me rend faible malgré le mal qu'il m'a fait.

— Je n'aurais jamais assez de toute une vie pour m'excuser, Cal. Ce que je t'ai fait subir est absolument ignoble, et tu ne peux pas imaginer à quel point je m'en veux. Je me suis montré aveugle, et stupide.

— Totalement con si tu veux mon avis !

Il ricane doucement à mes mots, mais opine d'un mouvement de la tête pour agréer à mes paroles. Il semble d'accord avec moi.

— Totalement con, si tu préfères que je dise ça. Quoi qu'il en soit, je ne sais pas trop ce qu'il m'est passé par la tête. J'ai dû péter un câble en voyant Basile avec mon frère. Durant tous ces mois où Gabriel était porté disparu, je sentais comme un lien entre ton père et moi, et j'étais persuadé que nous étions liés tous les deux, mais que pour une raison étrange, le lien d'Âme Jumelle ne se déclenchait pas.

Il souffle bruyamment et se laisse tomber en arrière, m'entraînant dans sa chute en enroulant son bras autour de ma taille. Je me retrouve soudain allongé sur lui, son odeur de guimauve et de violette encore plus prégnante provenant des draps sous nous.

— Là où tout a basculé est le jour où on a retrouvé Nathan et Gaby. Mon frère est devenu totalement fou en voyant Basile, et ne l'a plus lâché d'une semelle, dormant même avec lui. Mon côté lupin a compris que nous avions juste pris soin de l'Âme Jumelle de notre frère, mais mon côté humain n'a rien voulu entendre. Je me suis cru amoureux de Basile. Tu n'imagines même pas à quel point mon loup m'a engueulé depuis que tu es entré dans notre vie, Cal.

Il roule soudain, se retrouvant sur mon corps, me coupant brusquement le souffle. Sa main droite part se perdre dans mes cheveux, repoussant quelques mèches de mon front. Le bout de ses doigts frôle ma peau, envoyant des tonnes de frissons dans tout mon corps. Je me mets à haleter durement, le faisant sourire. Et chose étrange, je dirais qu'il me sourit tendrement. J'ai peur de trop espérer. Il m'a tellement fait souffrir, que je ne sais pas si je serais un jour capable de lui faire à nouveau confiance.

— Il m'en a fallu du temps pour comprendre, mais je suis à présent sûr d'une chose, c'est que Basile n'est absolument pas celui qu'il me faut. Il a fallu que je manque de te perdre pour comprendre qu'en réalité, je ne faisais que t'attendre. Mon loup m'a remis les pendules à l'heure. Il m'a montré que tu étais celui qui était fait pour nous, et pas ton père. Encore une fois, je te demande humblement de bien vouloir m'excuser. Je ne cesserais jamais de te le dire tout au long de notre vie si tu acceptes de me laisser une petite place à tes côtés.

J'avale la boule qui s'est formée dans ma gorge avec difficulté, et ferme les yeux pour tenter de reprendre mes esprits. Chose compliquée lorsque vous avez votre Âme Jumelle nue au-dessus de votre corps, et que son membre dur se frotte à votre cuisse, laissant une traînée humide sur son passage. Chose encore plus compliquée lorsque votre propre membre lui répond en se dressant hors de votre pantalon pour venir se frotter à son confrère. Et je gémis bruyamment en rouvrant les yeux pour plonger dans la chaleur du regard de Raphaël.

— J'ai envie de toi, Cal ! Je rêve depuis des mois de pouvoir te faire l'amour.

Ma langue passe avidement sur mes lèvres pour les humidifier. Ses paroles m'ont quelque peu asséché la bouche. Ses doigts continuent de me caresser le front et le cuir chevelu, et c'est à cet instant que je découvre que je suis hyper réceptif à cette caresse. Jamais encore, on ne m'avait fait une telle caresse, et ça me donne des papillons dans le ventre.

Je repense alors à ses paroles, et me dis que c'est le moment où jamais de le tester. Il doit me prouver qu'il tient réellement à moi et que ce n'est pas uniquement pour rester en vie. Je donne donc un coup de hanches pour le retourner sur le dos et me retrouver au-dessus de lui, coincé entre ses jambes.

Raphaël a un mouvement de hanches incontrôlable lorsque nos deux hampes entrent en contact, et je plonge mon visage dans son cou pour affaiblir le son de mon gémissement. Je redresse la tête après avoir repris mon souffle, et le regarde droit dans les yeux.

— Et si c'était moi qui te faisais l'amour, Eli ?

Le Delta ouvre de grands yeux sous moi, les pupilles totalement dilatées, et j'ignore à quoi c'est dû exactement. Est-ce à cause ma proposition un peu décadente et totalement décalée ? Ou du petit nom que je viens de lui donner, et dont je ne sais absolument pas d'où il sort ?

Il redresse alors la tête, un petit sourire égrillard sur les lèvres pour venir frôler ma bouche de la sienne, son souffle se mêlant agréablement au mien.

— Fais-toi plaisir, Cal ! Je suis tout à toi !

Mon sang rue dans mes veines à ses simples mots, et je pose brutalement mes lèvres sur les siennes pour envahir sa bouche et m'en repaître. Ma langue part à la conquête de cet endroit encore inconnu pour moi, mon membre se frottant durement contre le sien, les faisant coulisser l'un contre l'autre dans une explosion de bien-être absolu.

Je me cambre contre lui en sentant ses mains parcourir tendrement mon dos, malaxant mes fesses, passant dans ma raie pour descendre jusqu'à mes testicules qu'il caresse presque amoureusement. Je me cambre contre lui, glissant sans même le chercher, ma hampe entre ses fesses.

Raphaël lève brusquement les hanches pour venir à ma rencontre, et je grogne de plaisir dans sa bouche, sentant le liquide pré-séminal sortir lentement de mon membre.

— Vas-y doucement Cal. Je n'ai jamais fait ça encore !

Je me redresse brutalement à ses mots, fronçant les sourcils. C'est une blague ? Il ne peut pas réellement être vierge de toute pénétration anale ? Je ne peux pas être le premier homme à lui avoir demandé une telle chose ?

— Ne t'arrête pas Cal ! J'ai envie de toi, mais prépare-moi bien, s'il te plaît.

Je cligne plusieurs fois des yeux, pas trop sûr de ce que je dois faire, avant de prendre sa bouche avec avidité. Après tout, je meurs tellement d'envie de m'enfoncer dans ses chairs étroites que je ne compte pas m'arrêter maintenant.

Ma langue part de nouveau fouiller sa bouche qui a su me donner tant de plaisir tout à l'heure avant de sursauter brutalement.

— C'est quoi ce bordel ? Ça fait une demi-heure que je t'attends en bas, Loupiot, et je te retrouve en train de te vautrer sur l'autre connard ? Tu m'expliques ?

Je me redresse d'un bond, le rouge aux joues, ma verge toujours aussi tendue tressautant contre mon ventre, pour regarder Lloyd. Le géant à l'air de très méchante humeur, et je me demande à quelle sauce nous allons être mangés Raphaël et moi.

Je ferme les yeux, un peu découragé, et surtout totalement perdu. Je ne sais plus où j'en suis, et ce que je dois faire à présent.

CHAPITRE 18

————

C'est avec les mains tremblantes que je me rhabille rapidement, grimaçant légèrement de douleur lorsque je dois ranger mon engin. Les dents de la fermeture éclair pressent contre mon membre dur, et je dois serrer les mâchoires pour ne pas gémir.

Je détourne très légèrement les yeux pour savoir comment se comporte Raphaël, et un léger sourire étire mes lèvres en le voyant tirer sur la couette pour s'en revêtir. Avant de grimacer à nouveau en comprenant pourquoi.

Depuis le tout début de notre relation, j'ai bien compris que les deux hommes n'étaient pas forcément destinés à se rencontrer. Si je n'avais pas existé, il y a de fortes chances pour que le Destin ne les ait pas associés.

Selon toutes vraisemblances, mon côté humain est l'Âme Jumelle de Lloyd, alors que l'animal en moi est l'Âme Jumelle de Raphaël. Il semblerait que le Destin ait un sens de l'humour un peu déplorable, car il a décidé de m'associer a deux hommes qui ne peuvent pas se blairer l'un l'autre.

Il faut dire, jusqu'à ce matin et la pipe phénoménale qu'il m'a faite, je ne pouvais pas vraiment encadrer le Delta. C'est réellement parce qu'il semble vouloir s'amender que j'ai baissé la garde devant Raphaël. Je ne lui ai pas encore pardonné, et je ne sais pas si j'arriverais à le voir différemment, mais en tout cas, je lui ai ouvert une porte.

Je me secoue doucement et me lève du lit pour me rendre aux côtés de Lloyd. Mon cœur se serre de douleur en le voyant faire un pas en arrière à mon approche. Depuis le tout premier jour, c'est la première fois qu'il s'éloigne de moi de cette façon, et ça donne un coup à mon ego. Même lorsqu'il se pensait encore totalement hétéro, il ne s'est pas éloigné de moi ainsi.

Bien au contraire, c'est bien lui qui est venu jusqu'à moi et m'a serré tout contre lui. C'est lui qui s'est jeté sur ma bouche et le reste de ma personne.

Je me rassois sur le lit, ou plutôt me laisse brutalement tomber, avant de me retrouver collé au corps chaud derrière moi. Je jette un rapide coup d'œil, pour trouver le Delta à genoux sur le lit, ses cuisses puissantes de chaque côté de mon corps, ses bras vigoureux s'enroulant autour de moi.

Tout ça ne m'aurait pas dérangé le moins du monde, s'il n'avait pas ce sourire supérieur collé aux lèvres. Comme s'il venait de gagner le premier prix d'une super tombola. Ce qui n'est absolument pas le cas.

Ce n'est pas parce que je l'ai laissé me sucer, et que j'étais à deux doigts de le prendre, qu'il a gagné. Bien au contraire. Lloyd a droit à ce traitement de faveur depuis des jours, des semaines même. Ce n'est pas pour autant qu'il arbore un sourire aussi éblouissant.

J'ai à présent compris que je vais avoir besoin des deux hommes pour être totalement complet. Je n'ai pas à choisir entre l'un ou l'autre. C'est tout ou rien. Et il va falloir que je leur fasse comprendre. Ce qui risque d'être un peu compliqué.

Je me dégage donc de ses bras avec virulence, et me lève à nouveau du matelas pour me rendre à la porte. Je les fusille l'un et l'autre du regard et sors de la pièce en furie. Ils commencent à m'emmerder tous les deux.

Je me poste face à eux du couloir, les bras croisés sur mon torse. Je pense qu'ils doivent bien voir l'un et l'autre la colère qui fait rage en moi. Mon membre s'est totalement ramolli dans mon pantalon depuis tout ce temps, et l'énervement qui m'a envahi n'y est pas étranger non plus.

— Vous vous rendez compte tous les deux que je ne suis pas une chose que vous possédez ?

Raphaël s'enroule de nouveau dans la couette alors qu'il se rassoit, et je m'aperçois que lui aussi semble avoir perdu tout son entrain. Il n'y a aucun piquet de tente qui tend la couverture. Je me mords la lèvre pour retenir le sourire qui me monte aux lèvres.

Aucun des deux ne doit savoir ce qu'il me passe par la tête. Je prends donc une grande inspiration et pose mon regard sur Lloyd. Lui en revanche, n'a pas bougé d'un pouce. Il a gardé son air revêche et semble toujours en colère après moi. Ce dont il n'a pas le droit.

— Il faut que nous ayons une discussion tous les trois.

L'Alpha souffle bruyamment, émettant même un léger grognement, avant de tourner les talons et de sortir de la pièce à grands pas précipités. J'écoute attentivement ses pas décroître rapidement dans les escaliers, avant que la porte d'entrée ne claque fortement.

Je tressaille dans mon coin, avant de presque m'écrouler contre le mur derrière moi, les larmes aux yeux. Tout de suite, une main douce se pose contre ma joue et je soupire de bonheur.

J'ai du mal avec cette dichotomie qui habite en moi. D'un côté, je suis en train de pleurer parce que Lloyd vient plus ou moins de me quitter, et de l'autre, mon cœur tressaute de joie parce que Raphaël me tient tout contre lui.

Sa chaleur se propage à mon corps, et je souffle de bonheur en le sentant collé à moi de cette façon. Ses lèvres se baladent allègrement le long de ma joue, montant sur la tempe, avant de redescendre sur mon menton, puis courant plus bas encore. Ses dents s'accrochent dans mon cou, égratignant très légèrement la peau sensible, me faisant frissonner de partout.

— Je sais que tu ne m'appartiens pas, Cal. Ce serait plutôt l'inverse, même. Je suis tout à toi. Je te répète que tu peux faire de moi ce que tu veux.

Je rouvre brusquement les yeux pour tomber dans le caramel joyeux de Raphaël, et esquisse un léger sourire. Effectivement, avant d'être interrompu par Lloyd, nous nous apprêtions à nous donner l'un à l'autre. Enfin, j'étais surtout sur le point de découvrir ce que pénétrer un autre homme faisait comme sensations.

Je me hausse sur la pointe des pieds, un très léger sourire aux lèvres, pour venir l'embrasser tendrement. C'est tout de même incroyable à quel point il a changé depuis notre rencontre.

Il y a quelques semaines encore, il préférait se laisser mourir de faim et de douleur, plutôt que de revenir vers nous. Et aujourd'hui, il est prêt à me laisser le baiser.

— Pourquoi Eli ? Pourquoi me laisserais-tu faire une telle chose après tout ce que tu m'as fait ?

Raphaël baisse les yeux et je suis surpris en voyant le

rouge s'installer sur ses joues. Je ne pensais pas qu'il serait du genre à rougir.

— Je te l'ai déjà dit, Cal. Je me suis montré con. Et je n'aurais jamais assez de toute une vie pour m'excuser de t'avoir fait subir une telle chose. Et puis rien que de t'imaginer en train de me baiser, j'ai juste envie de t'arracher tous tes vêtements.

Il me fait un petit sourire d'excuse accompagné d'un clin d'œil, et je sais que je ne devrais pas me laisser avoir de cette façon, mais c'est plus fort que moi, je lui caresse tendrement la joue avant de l'embrasser doucement.

— Tu n'as plutôt pas intérêt à me faire de nouveau du mal, Eli. Je ne pourrais pas le supporter.

Il hoche lentement la tête, toujours son petit sourire d'excuses sur les lèvres qui le rend si sexy, avant de se pencher sur moi pour poser doucement sa bouche sur la mienne. Je tremble de partout et mes bras se lèvent pour venir s'enrouler autour de son cou.

Ses mains se posent tout en délicatesse sur mes hanches, et comme avec Lloyd, il ne lui suffit que d'un tout petit mouvement pour me soulever de terre afin que mes jambes passent autour de ses hanches.

Quelques secondes plus tard à peine, je suis allongé de tout mon long sur le moelleux du matelas, le grand corps de Raphaël sur le mien, sa chaleur se mélangeant à la mienne, me faisant frissonner des pieds à la tête.

Sans même que je ne l'ai décidé, mes hanches se soulèvent pour aller se frotter à l'aine du Delta. Le gémissement qui se réverbère dans mes oreilles me fait bouillir le sang, et je trouve la force tout au fond de mon corps de donner un coup de hanches pour retourner le grand homme sur le lit.

À califourchon sur son bassin, je frotte lascivement mes fesses contre son membre de nouveau dur sous moi. Le mien lui répond de la même manière, buttant contre la fermeture éclair de mon pantalon.

Je me mords la lèvre inférieure presque jusqu'au sang, tandis que le plaisir enfle dans mon ventre, me faisant grossir davantage. Raphaël tressaute sous moi, me faisant gémir alors que nos deux membres se rencontrent brutalement.

Je me penche sur lui, approchant ma bouche de la sienne, avant de l'effleurer lentement, mélangeant agréablement nos souffles. Le Delta se redresse d'un coup, me surprenant en m'embrassant brutalement. Sa main se glisse sans vraiment de douceur à l'arrière de ma tête pour me maintenir contre lui. Sa langue se faufile dans ma bouche, et je m'aperçois que malgré ma position dominante, c'est Raphaël qui mène la danse.

Je me relève donc brusquement pour reprendre le pouvoir. J'arrache la couette du corps nu du Delta, et me lève totalement du lit pour me déshabiller entièrement.

Le regard appréciateur que Raphaël pose sur moi alors que je dévoile peu à peu mon corps, me réchauffe de l'intérieur. Je ne pensais pas que je lui plairais autant.

Mais après tout, je suis le portrait craché de mon père. Et il est de notoriété publique que Raphaël est amoureux de Basile. Enfin, d'après ce qu'il m'a avoué, il ne le serait plus. Mais ça, je le croirais uniquement le jour où je les verrais l'un et l'autre dans la même pièce.

Je me rapproche doucement du lit, accentuant le mouvement de mes hanches, me sentant ridicule de me montrer en spectacle de cette façon devant lui. Mais malgré tout, fier du regard qu'il pose sur moi. Les pupilles caramel semblent habitées d'un éclat presque surnaturel alors qu'il me dévore littéralement des yeux.

Raphaël se relève sur son coude droit, et me fait signe d'approcher avec son index gauche, un énorme sourire aux lèvres. À peine ai-je posé un genou sur le lit, que je suis attiré brutalement contre son corps dur aux courbes droites.

Le Delta ouvre grand ses jambes, m'installant entre elles. Nos membres se frottent l'un à l'autre, nous faisant gémir de concert. Je me retrouve soudain avec une bouteille entre les mains, et j'ouvre de grands yeux en reconnaissant le lubrifiant qui se trouvait dans notre salle de bains. Ce qui veut donc dire que le Delta a préparé son coup.

Un lent sourire vient étirer ses lèvres lorsqu'il se rend compte que j'ai compris son petit jeu, et je ne peux retenir le mien. Je me suis bien fait avoir, et j'espère avoir eu raison de le laisser faire.

J'ouvre la bouteille et laisse couler le liquide froid, le réchauffant entre mes doigts, avant de les glisser le long de la raie de mon futur amant, enfonçant dans le même temps ma langue dans sa bouche grande ouverte.

Raphaël gémit sous moi, et j'en profite pour introduire mon index dans son canal intime. Le Delta se tend, et j'arrête tout mouvement, sauf mon baiser qui se fait de plus en plus audacieux. Je ne dois pas oublier qu'il n'a jamais fait une telle chose jusqu'à présent.

Il se détend enfin, et je peux commencer à le préparer lentement, étirant ses muscles internes, introduisant un autre doigt, faisant des allers et venues dans son antre secret.

Raphaël se tortille sous moi, gémit, geint, pleure presque, et je suis à deux doigts de perdre pied. Il faut absolument que je m'enfonce en lui si je ne veux pas que tout se finisse avant même d'avoir commencé.

— Viens, Cal ! Je ne peux plus me retenir !

Soulagé qu'il se sente prêt, je retire mes doigts, lui arrachant un soupir de dépit, avant d'enduire mon membre dur comme du marbre de lubrifiant, et de me présenter à son entrée.

À peine mon gland a-t-il pénétré en lui, qu'il se tend sous moi, une grimace de douleur se peignant sur son visage tendu, me faisant gémir de dépit. J'ai tellement besoin de m'enfoncer au plus profond de son être que j'en ai mal dans tous les muscles de mon corps. Je suis à deux doigts de me laisser aller en lui tellement la pression sur mon membre est énorme. Lorsque soudain, les muscles autour de ma verge tendue se relâchent brutalement, me permettant de m'enfoncer jusqu'à la garde en lui.

J'entends le soupir de plaisir du Delta tandis que mon membre l'empale totalement. Cette fois-ci, c'est moi qui me laisse quelques secondes pour m'habituer au serrement autour de ma verge, avant que le mouvement de hanches sensuel de Raphaël me rappelle où je me trouve.

Je ressors lentement d'un mouvement du bassin concentrique, et le gémissement étouffé du Delta me fait bouillir le sang. Je m'enfonce brutalement en lui, ne me contrôlant pas totalement, butant contre sa boule de plaisir. Raphaël se cambre d'un coup en poussant un cri rauque qui manque de me faire éjaculer avant l'heure.

— Encore !

Sa voix rauque et légèrement cassée me fait sourire. Il s'agrandit au maximum en sachant très bien ce qu'il est en train d'expérimenter. Cette sensation électrique qui se propage dans tout le corps. Ce sentiment que vous êtes sur le point de jouir, mais qu'il vous manque un tout petit quelque chose pour y arriver.

J'entame un va-et-vient plus rapide, changeant l'angle de mes pénétrations pour être sûr de toucher systématiquement sa boule de plaisir. Les ongles de Raphaël s'enfoncent durement dans la peau de mes biceps, me faisant légèrement mal alors que des râles sourds et vibrant de plaisir sortent par vague de ses lèvres entrouvertes.

Je me stoppe soudain brutalement en sentant une main chaude se poser sur ma fesse droite. Je tourne la tête lentement, plongeant directement dans le lagon des yeux de Lloyd.

J'esquisse un très léger sourire, un peu crispé, pas trop sûr de ce que j'ai le droit de faire, avant de le renforcer en voyant la lueur de désir qui brille dans les yeux de l'Alpha. Je tortille lentement des fesses, faisant gémir de plaisir Raphaël sous moi, et luire davantage les yeux de mon géant.

Une idée folle, et pourtant hyper bandante, me passe par la tête, et je tends le bras sur le lit pour récupérer la bouteille de lubrifiant que j'ai abandonné tout à l'heure et lui tendre d'un mouvement ample.

Lloyd écarquille les yeux quelques secondes, avant de se déshabiller rapidement, ne prenant même pas la peine de réfléchir plus longtemps à mon idée totalement loufoque. Je manque de perdre mon sang-froid en voyant ses vêtements voler au travers de la chambre à une vitesse folle, et de le voir manquer de tomber à terre en s'empêtrant dans les jambes de son pantalon.

Il se retrouve rapidement son membre dur se frottant contre la raie de mes fesses, me faisant haleter fortement, avant de grimacer en le sentant s'enfoncer d'un mouvement lent entre mes globes déjà prêts pour lui.

Avec le nombre de fois où nous l'avons fait ces derniers jours, voir ces dernières semaines, je n'ai pas besoin de beaucoup de préparation pour être étiré pour lui.

La pression sur mon membre semble s'intensifier alors que la verge dure de Lloyd me fouille de l'intérieur et bute contre ma boule d'amour. Je me mords les lèvres pour m'empêcher de gémir bruyamment, mais ne peux retenir le cri qui monte en moi et sort en un rugissement de pur plaisir.

La double sensation qui me parcourt est absolument incroyable. Jamais encore je n'avais ressenti un tel plaisir. J'ai le sentiment d'être totalement utilisé, et étrangement, je trouve ça absolument génial. J'adore me retrouver au centre de leurs attentions.

Lloyd impose rapidement son rythme, s'enfonçant brutalement en moi, me faisant plonger de la même façon en Raphaël. Nous gémissons tous les trois de concert, avant que le mouvement ne s'accélère, et que je ne sente le sperme du Delta recouvrir mon ventre, tandis que son canal ne se resserre brutalement autour de ma verge.

Sans même que je ne comprenne réellement ce que je suis en train de faire, je me penche sur l'épaule du Delta et enfonce mes dents dans l'épaule de Raphaël, aspirant son sang riche et chaud. Une vague de magie me parcourt tout entier, et je laisse l'orgasme me frapper tel la foudre.

Mon sperme sort en rafales, me faisant trembler de tous mes membres, et hurler à plein poumons tellement les sensations ressenties sont incroyables.

Et une fois de plus, je n'ai pas besoin qu'on me dise quoi faire, pour que je me penche sur le côté, et laisse un espace afin que Lloyd puisse atteindre le Delta.

C'est avec une étrange fascination que je regarde la mâchoire de l'Alpha se modifier légèrement afin de prendre la taille de celle de son ours et fondre sur l'épaule saine de Raphaël.

Le Delta sous moi se met à éjaculer de nouveau, emprisonnant mon membre dans un étau. La magie qui passe entre eux se propage à moi, et entraîne un nouvel orgasme qui me fait me cambrer et sortir ce qu'il me reste de semence.

Totalement sonné, je tombe comme une masse sur le corps chaud du Delta, qui resserre ses bras autour de moi, laissant ses mains se balader doucement le long de mon dos, me faisant agréablement frissonner.

Il dépose un baiser sur ma tempe qui m'amène des frissons le long de mon échine, et qui me fait sourire.

— Merci P'tit Loup. J'avais besoin de ça.

Je me redresse pour le regarder droit dans les yeux, un peu incertain quant à ses paroles. Je pense qu'il va me falloir pas mal de temps avant de réussir à lui faire confiance. Pourtant, il me semble bien qu'il s'agit de la vérité lorsque je plonge dans le caramel de ses yeux.

Mes lèvres se relèvent doucement pour esquisser un sourire tremblant et je me penche sur le Delta pour déposer mes lèvres sur les siennes tout en douceur. Mon sourire s'efface totalement au moment où Lloyd se décide à se retirer de mon antre, une douleur soudaine s'emparant de mon arrière-train en même temps qu'un sentiment de perte.

L'Alpha tombe à nos côtés en soufflant, son bras se posant lourdement sur ses yeux. Je sors à mon tour du corps de mon amant, le regardant grimacer également, et m'installe entre mes deux hommes.

Un petit sourire se dessine sur mes lèvres tandis que ses mots passent dans ma tête. Étrangement, j'adore ses mots.

J'ignore ce que nous réserve l'avenir, mais en tout cas, nous avons effectué un grand pas aujourd'hui. Je dirais même, un pas de géant.

CHAPITRE 19

―――――

N e vous attendez pas à ce qu'une telle chose se reproduise de si tôt !

Je tourne la tête pour regarder Lloyd qui grogne dans sa barbe, et je vois à son air qu'il ne ment pas. J'arrive même à le sentir à présent. Depuis que je suis devenu un loup, j'ai remarqué que j'arrivais à « sentir » les sentiments des autres.

Le mensonge à une odeur aigre qui reste collée au palais et qui me donne mal au cœur. La vérité, elle, a plus un goût délicat qui se pose tout en douceur sur ma langue. Les autres sentiments sont plus subtiles, mais j'apprends doucement. Je les décompose les uns après les autres.

Je sais que tout ce que j'apprends depuis ces derniers mois auraient dû m'être appris depuis des années. Mais étant donné que je ne suis pas né dans une meute de loup, je n'ai pas eu la chance d'apprendre comme les autres jeunes.

Un rire ironique me fait tourner la tête de l'autre côté du lit, et mon cœur tressaute dans ma poitrine en voyant le sourire énorme du Delta. Il a l'air d'un homme qui vient tout juste de prendre un pied d'enfer avec son air défait et ses cheveux éparpillés partout sur l'oreiller. Et savoir que c'est grâce à moi ne fait que gonfler mon ego et me donne juste envie de recommencer.

Raphaël se tourne à son tour, et son regard caramel se pose tout en douceur sur moi, avant qu'il ne se redresse sur un coude pour venir déposer ses lèvres sur les miennes. Je frissonne lentement, la chair de poule apparaissant sur mes bras. Ses doigts se glissent dans les mèches courtes de mes cheveux, ne faisant qu'accentuer le désir qu'il crée en moi. Il m'incline la tête en arrière, plongeant sa langue gourmande dans le fond de ma gorge, et je ronronne de plaisir.

Le sourire éblouissant qu'il arbore en se redressant me fait doucement gémir, et je vois la luxure briller dans ses yeux. Je me lèche les lèvres pour retenir son goût un peu plus longtemps, et son sourire se fait encore plus sexy et empli de désir.

Le grognement provenant de ma gauche fait éclater ma bulle de désir, et je rigole doucement. Il a beau dire que nous ne réitérerons jamais notre petite affaire, nous voir tous les deux ne fait que l'exciter davantage. Tout comme les voir s'embrasser ce tout premier matin m'avait amené une trique d'enfer.

Le Delta se redresse davantage et vient recouvrir mon corps du sien, se calant habilement entre mes jambes que j'ai ouvertes pour lui par réflexe, partageant sa chaleur excessive avec la mienne. Je me mords la lèvre inférieure tout en me cambrant en sentant son membre se frotter au mien.

Incroyable ! Il est de nouveau déjà dur ! Et ce n'est pas une demi-érection qu'il arbore ! Il est totalement prêt pour plus !

— Putain ! Mais vous pouvez pas vous arrêter cinq petites minutes afin que l'on puisse discuter ?

Raphaël explose de rire, et je découvre alors un tout nouvel homme. Depuis le premier jour, il ne m'a toujours montré que les traits d'un homme aigri, et jaloux de son frère. Régulièrement, je regrettais qu'il ne soit pas aussi souriant ni enjoué que Gabriel.

Mais aujourd'hui, j'ai l'impression d'avoir un tout autre homme sous les yeux. Il ne ressemble plus du tout à celui qui m'a ramené chez lui et m'y a abandonné. À présent, il ressemble vraiment à son frère, et ça fait plaisir à voir.

Même s'ils ont exactement les mêmes traits tous les deux, j'ai toujours eu du mal à me dire que Raphaël et Gabriel étaient des jumeaux. Mais aujourd'hui, j'ai l'impression d'être dans le lit de mon beau-père. Et c'est très déstabilisant. Il va falloir que je me mette dans la tête qu'ils sont deux hommes différents. Que Gabriel et Raphaël ont beau se ressembler physiquement, ils n'ont pas les mêmes vies.

— C'est dommage mon beau ! J'avais espéré échanger les rôles !

Le Delta énonce ça en faisant danser ses sourcils, tout en bougeant ses hanches qui viennent à nouveau frotter son membre dur contre le mien, et je gémis. Dans l'état dans lequel je suis actuellement, de toute façon, je ne peux faire que ça. Cela fait déjà plusieurs minutes que leurs discussions ne m'intéressent plus du tout. Je suis uniquement concentré sur le corps de Raphaël qui recouvre le mien, et de sa hampe rigide qui ondule contre la mienne et qui parfois se glisse entre mes globes, frottant doucement ma raie encore sensible. Je remue lentement mes hanches afin d'amener le membre de Raphaël au plus près de mon entrée, lubrifiée par la semence de mon Géant, et tente un peu maladroitement de le faire pénétrer mon anus ouvert et prêt. Plus rien d'autre n'existe pour moi actuellement.

— Et de quoi tu parles exactement ?

J'ai beau être légèrement déconnecté, j'ai bien entendu le ton intéressé de l'Alpha. Je me redresse un peu, sortant le bout de ma langue pour venir lécher la marque que j'ai laissée au Delta. Je lui arrache de la chair de poule, et je sourie de victoire au grondement qu'il émet. Il est aussi sensible à mon toucher que je le suis au sien.

Lloyd grogne une nouvelle fois, et mon sourire s'accentue sur mes lèvres. Je me tourne vers lui, et tends mon visage vers le sien. L'ours ne se fait pas prier, et se fait un devoir de piller ma bouche de fond en combles. Je me cambre contre le corps de Raphaël, me faisant gémir dans la bouche de l'Alpha.

Lloyd se recule soudain, et sort du lit comme un diable de sa boîte, les joues rouges, ses mains s'agrippant durement à ses cheveux courts. Il se met à déambuler autour du lit, marmonnant dans sa barbe. Je ne comprends pas la moitié des mots qu'il prononce et cela m'affecte étrangement.

Malgré tout, je comprends qu'il n'est vraiment pas à l'aise avec tout ce qu'il se passe entre nous trois. Il faut tout de même replacer les éléments à leur place. Lorsque j'ai accidentellement croisé la route de Lloyd, il n'avait jamais posé les yeux sur un homme comme il l'a fait pour moi. Il s'est toujours cru hétéro.

Et aujourd'hui on lui dit qu'il doit s'associer à deux hommes et les honorer comme il l'aurait fait avec une femme. Ça ne doit vraiment pas être facile à intégrer pour lui. Et je le plains, le pauvre.

Je réalise alors que Raphaël semble lui aussi sensible à l'humeur de notre compagnon. Il s'est redressé, s'éloignant de mon corps, me privant de sa chaleur. Je pose ma main dans le creux de son dos, le caressant doucement pour le remercier inconsciemment de prendre soin de notre deuxième compagnon.

Le Delta me regarde avec un sourire crispé et se penche sur moi pour déposer un léger baiser sur mes lèvres, avant de se lever et de sortir du lit à son tour. Un élan de bonheur pur et de possession glisse sur moi, en voyant le liquide blanc et visqueux s'écouler du derrière ferme de Raphaël, preuve de notre union récente. Cet homme a accepté de m'accueillir en lui et de me laisser le marquer de mon odeur. Il a accepté de recevoir ma semence en lui.

Il se poste devant l'Alpha, lui coupant brusquement la route. Je grimace légèrement en voyant la colère enfler sur le visage de Lloyd et me demande si je dois une fois de plus m'interposer entre eux. Mais le Delta me jette un rapide coup d'œil, secouant très légèrement la tête en signe de négation, me demandant implicitement de ne pas bouger.

Raphaël semble penser que c'est à lui d'arranger les choses sur ce coup. Et je dois bien admettre que je suis d'accord avec lui. En ce qui me concerne, tout se passe bien entre mon Géant et moi. Ce sont les deux têtes de mules qui doivent apprendre à se connaître et à communiquer.

Il prend une petite inspiration et lève la main pour la poser en travers du torse de Lloyd. Je vois les différentes émotions qui passent dans les yeux incroyables de l'Alpha. J'arrive à les différencier les unes des autres et il faut avouer que certaines m'étonnent.

Comme le désir qui brille intensément au moment où Raphaël se lèche les lèvres. La flamme qui brille brutalement dans ses prunelles d'un vert intense, me noue le ventre de désir, et je resserre les doigts sur le drap pour m'empêcher de leur sauter dessus alors que mon membre qui s'était un peu ramolli à cause du départ de Raphaël de mon corps, laisse couler un léger filet de liquide le long de mon ventre.

— Je sais que je me suis comporté comme le dernier des

idiots avec vous deux. Et en particulier avec Cal. Mais j'aimerais vraiment pouvoir faire amende honorable. Pour notre Oméga, il faut nous entendre. Et j'ai le sentiment que nous pouvons parfaitement nous entendre tous les deux. Au moins dans cette pièce.

Il joue avec ses sourcils, et je ne peux me retenir de pouffer comme un débile. Je pose ma main devant ma bouche en voyant le regard meurtrier que me lance l'Alpha. Me sentant un peu effronté, je dépose un baiser sur le bout de mes doigts avant de souffler dessus dans sa direction avec un clin d'œil aguicheur.

Lloyd grogne doucement, avant qu'un sourire ne vienne illuminer brièvement son visage. Mais rapidement, ses traits retrouvent toute leur dureté précédente, et il se concentre sur le Delta.

— Est-ce que tu sais réellement le mal que tu lui as fait à te comporter de cette façon ? Imagines-tu seulement dans quel état il était lorsque je l'ai rencontré ? Je ne pense pas. Tu as été un parfait connard avec lui et aujourd'hui, tu reviens chez nous, la bouche en cœur en disant un simple « excusez-moi ». Désolé, mais pour moi, ça ne passe pas. Si Calvin est assez bête pour croire à tes conneries, libre à lui, mais pas moi.

Je vois la douleur passer dans les yeux de Raphaël et comme un réflexe, je saute du lit pour venir nouer mes bras autour de sa taille et poser ma tête dans le creux formé par ses épaules. Il est vraiment plus grand que moi. Je profite de ma position pour déposer un baiser sur sa peau encore parsemée du sel de sa sueur. Il frissonne sous mes lèvres et je souris tendrement.

Le Delta glisse ses mains sur les miennes, croisées sur son ventre, et noue ses doigts aux miens, entraînant un envol de papillon dans mon ventre qui est très agréable.

— Comme je lui ai déjà dit, je sais que je me suis comporté comme le dernier des cons avec lui durant tous ses mois. Je n'ai pas voulu voir le cadeau formidable que me faisait le Destin, et j'ai failli le perdre. Je le remercie aujourd'hui d'accepter de me recevoir près de lui.

Le Delta détache doucement mes mains pour m'amener devant lui et plonger son regard dans le mien. La profondeur de ses prunelles me donne des frissons. Je peux voir à quel point ce qu'il va me dire est important aussi bien pour lui que pour notre futur.

— Je sais que tu ne me fais toujours pas confiance, P'tit Loup, et que ce n'est pas demain la veille qu'une telle chose va arriver. Mais je te remercie de bien vouloir me laisser une toute petite chance de te prouver que tu peux compter sur moi en toute circonstance.

Mon souffle se bloque dans ma gorge, une boule prenant naissance dans le creux de mon estomac, avant que je ne lui saute dans les bras pour l'embrasser à perdre haleine. Sa langue se glisse contre la mienne avec félicité et j'enroule mes jambes autour de ses hanches et frotte mon membre contre le sien. Ce n'est qu'à cet instant que je réalise que nous sommes tous intégralement nus et que sa hampe se glisse à la perfection contre la mienne.

Un gémissement rauque sort de ma gorge et je me recule, plongeant mon regard incandescent dans le sien. Ma langue part lécher sensuellement ma lèvre inférieure, avant que je n'aille la mordiller. Ma voix descend d'une octave pour paraître légèrement plus grave, et plus désirable que jamais.

— Montre-moi que tu veux réellement de moi, Eli !

L'étoile qui brille soudainement dans son regard me tord le ventre de désir, et il se jette sur ma bouche m'entraînant

dans le même temps vers le lit, où il me jette sans ménage-
ment. Je rebondis légèrement, un rire aérien m'échappant,
avant qu'il ne se coince dans ma gorge lorsque son grand corps
se retrouve de nouveau collé au mien. Je me cambre contre
lui, ondulant des hanches pour amener nos deux membres l'un
contre l'autre.

Raphaël grogne dans ma bouche, et je tends le bras dans
le lit, tâtonnant un peu partout pour retrouver la bouteille de
lubrifiant dont nous nous sommes servis tout à l'heure. Plus
je cherche, et plus mon compagnon se frotte sur moi. Je sens
le liquide séminal qui s'échappe de son membre dur se coller
au mien, et en viens à me dire que le lubrifiant n'est peut-être
pas nécessaire vu mon état d'excitation. Et puis, la semence
de Lloyd doit toujours se trouver enfoncée en moi. Elle peut
peut-être servir de lubrifiant.

J'ouvre grand les yeux en sentant la bouteille atterrir
brutalement dans ma main, et un violent frisson descend le
long de ma colonne en voyant les yeux translucides de Lloyd
luire de mille feux. Il ouvre la bouteille et verse une bonne
rasade du gel sur mes doigts avant de diriger ma main vers le
membre dur de Raphaël, ses doigts s'enroulant aux miens.

Gardant mes yeux braqués dans ceux de l'Alpha, j'entame
un lent mouvement de va-et-vient sur la hampe rigide dans
un ensemble parfait avec le mouvement de Lloyd. Le Delta se
cambre dans nos mains, exhalant un souffle haletant, envoyant des frissons dans tout mon corps.

Je pousse un cri en sentant des doigts froids et humides
glisser le long de ma raie, et s'amuser à titiller mon entrée
intime du bout de la pulpe, avant qu'un index lubrifié ne me
pénètre. Je soupire de bonheur et ondule des hanches, l'enfonçant davantage dans le fond de mon antre. Il est bientôt rejoint
par un autre, puis un troisième, et je ronronne de bonheur.

Au-dessus de moi, Raphaël continue ses mouvements dans le creux de nos mains liées avec Lloyd et je sens son membre grossir de seconde en seconde, et il ne doit plus être très loin. Je lance donc un regard à l'Alpha pour lui faire comprendre que nous ne devons pas attendre davantage, et il se penche sur moi pour venir m'embrasser ardemment.

Dans le même temps, je sens le gland du Delta se présenter à mon antre secret et je griffe le dos de mon compagnon sans même m'en rendre compte alors qu'il me pénètre lentement. Grâce à notre activité précédente, Raphaël n'a aucun mal à s'introduire dans mon antre secret, et d'un mouvement ample et sans a-coup, il se retrouve enfoncé jusqu'à la garde dans mon intimité.

Je halète durement alors qu'il ressort de mon corps, une vague de plaisir immense me parcourant tout entier, tandis que Lloyd continue de ravager ma bouche, enfonçant sa langue loin en moi, me donnant lui aussi diverses sensations toutes plus délicieuses les unes que les autres.

Mon géant se détache de moi, et m'adresse un clin d'œil, avant de se redresser et d'enduire ses doigts du gel visqueux, et de les poser tout en douceur sur les fesses du Delta. Raphaël se tend légèrement, le temps de quelques secondes, avant de donner un coup de hanches brutal, me pilonnant durement.

Je hurle au moment où sa verge dure tape violemment ma boule de plaisir, mes ongles courts creusant des sillons dans la peau tendre de son dos. Raphaël grogne au-dessus de moi, mais j'ignore si c'est à cause de moi, ou de ce que lui fait l'Alpha.

Mon plaisir augmente d'un coup en voyant l'homme tout à l'heure réfractaire à une union à trois, se positionner derrière le Delta et commencer à le travailler lentement. D'un sourire, je le remercie de prendre son temps avec lui de cette manière.

Vu la façon dont il lui a parlé un peu plus tôt, j'ai eu peur qu'il ne le prenne sans aucune préparation uniquement pour le punir de m'avoir fait du mal. Mais le voir enfoncer un doigt après l'autre avec autant de douceur me soulage, et ne me fait que l'aimer davantage.

Parce que je ne sais pas si Lloyd était là lorsque Raphaël m'a dit que jamais encore personne ne l'avait pénétré de cette manière. Je suis tellement fier qu'il m'ait laissé le déflorer, et encore plus qu'il accorde une telle confiance maintenant à Lloyd.

Il n'y a pas de douceur entre eux, ou même de sentiments, mais il y a tout de même un peu de respect.

Raphaël se tend d'un seul coup, ses doigts se serrant convulsivement sur mes biceps, sa mâchoire se crispant durement, alors que ses dents se mettent à grincer. Je sais ce qu'il ressent à cet instant. Je sais la douleur qu'il doit ressentir. Je connais la taille un peu démesurée du membre du géant. Tout est proportionné chez lui, et sa verge, une fois en érection, est tout aussi immense que lui.

Après quelques secondes, Lloyd doit voir son inconfort, car il lui caresse lentement les hanches, remontant ses mains sur les épaules, avant de redescendre sur ses fesses, et de refaire le chemin inverse. Le Delta finit par se détendre, et je sens mon géant s'enfoncer petit à petit jusqu'à la garde dans le corps de notre amant commun.

Raphaël gémit bruyamment. Un son que je ne l'avais encore jamais entendu faire, qui me donne le feu au sang. Le plaisir me fait onduler des hanches, lui faisant de nouveau émettre ce son de plaisir parfait. Lloyd en profite alors pour ressortir et le pénétrer à nouveau et aller s'enfoncer loin en lui dans un mouvement lent et ondulant.

Le Delta ne cesse de gémir, encore et encore tandis que l'Alpha entre et sort de son corps, entraînant le membre dur de Raphaël dans le même mouvement, me faisant grimper les marches vers le septième ciel. Ma verge tressaute de plus en plus sur mon ventre, laissant une traînée de liquide séminal sur ma peau.

L'Alpha donne soudain un coup de reins violent et la verge de Raphaël touche cet endroit en moi qui me fait voir les étoiles. Je crie le nom de mes amants l'un après l'autre, leur demandant de ne surtout pas s'arrêter. Ma vision s'obscurcit brutalement, avant qu'un flash lumineux ne m'aveugle. Ma semence sort sauvagement de mon membre, et je tressaute sous le corps de Raphaël. Des crocs de loup me transperce l'épaule, et mon orgasme s'intensifie. La bouche grande ouverte sur un cri muet, je continue de convulser de plaisir. Un nouvel éclair blanc me tétanise sur place à l'instant où les crocs de l'ours transperce mon autre épaule et je perds connaissance.

Lorsque je rouvre les yeux, je suis de nouveau coincé entre les deux hommes, et mon corps est toujours parcouru par des réminiscences du plaisir qu'ils viennent de me donner. Je garde les yeux fermés, me rendant compte qu'ils sont en train de parler de moi à voix basse.

— Ce n'est pas parce que je t'ai mordu tout à l'heure que nous formons un couple, ou un trouple comme dirait mon frère.

Un léger rire se fait entendre du côté du Delta, et je manque de me faire remarquer en pouffant à mon tour. C'est vrai que lorsque Aby avait sorti ce mot, Lloyd avait déjà grogné, alors que je l'avais trouvé approprié.

— Et ce n'est pas parce que nous venons de nous donner du plaisir, que je t'ai pardonné.

— Je sais Lloyd. Je pense que je n'aurais jamais assez de toute ma vie pour m'excuser auprès de lui. Mais te concernant, je me suis juste calé sur ton attitude. Tout comme toi, je me suis montré possessif, voulant le garder pour moi seul. J'ai eu du mal à accepter que le Destin m'avait jumelé à un autre homme. Surtout un comme toi.

Le grognement de Lloyd me fait trembler de peur. Jamais je ne l'ai senti aussi menaçant qu'à cet instant, et sans même m'en rendre compte, je me rencogne contre le corps de Raphaël, me coulant tout contre lui dans l'intention évidente de faire obstacle. Si mon Géant veut s'attaquer à Raphaël, il devra d'abord me passer sur le corps. Et je sais qu'il tient trop à moi pour faire une telle chose.

Le Delta rigole doucement, resserrant ses bras autour de moi et déposant un baiser sur le haut de mon front.

— Ce n'est pas contre toi, Lloyd. C'est juste que je ne me suis jamais senti attiré par un homme plus grand et plus costaud que moi. Calvin est plus mon style d'homme.

L'Alpha se met à rire doucement, avant de serrer ses bras autour de nous, me calant entre eux encore plus confortablement et un sentiment de plénitude intense déferle en moi, me faisant soupirer de bien-être.

— Je t'avoue que je ne me voyais pas avec un homme comme toi. Enfin, pour être plus clair, je ne me voyais pas du tout avec un homme au départ. Alors imagine avec deux.

Raphaël ricane légèrement, déposant un nouveau baiser sur mon front, et je soupire de soulagement. Mon cœur semble s'apaiser doucement, et je me sens partir vers le sommeil.

Finalement, nous avons peut-être une petite chance de pouvoir vivre quelque chose d'exceptionnel tous les trois. Je commence à croire doucement que le Destin a peut-être eu raison de nous associer tous les trois. Même si j'ignore encore comment ils vont pouvoir se revendiquer sous leur forme animale. À cet instant bien précis, je suis enfin heureux.

CHAPITRE 20

———

J e mélange les œufs dans la poêle à l'aide de ma spatule en bois, mes hanches bougeant au rythme de la musique qui passe en fond. Depuis que j'ai ouvert les yeux tout à l'heure, mon cœur ne cesse de sauter de joie. Jamais je n'aurais espéré voir les deux hommes qui doivent partager ma vie se comporter de cette façon l'un envers l'autre.

Ils n'ont pas été tendres, ou ne se sont pas comportés comme des amoureux transis, mais ils ont au moins accepté de faire des efforts pour moi. Ils ont compris que nous étions bloqués tous les trois, et que nous devions jouer avec les cartes données par le Destin.

Je me souviens sans problèmes de l'instant où Raphaël a passé le pas de notre porte tout décharné, n'ayant plus que la peau sur les os, ses magnifiques cheveux devenus filasses. Lloyd m'a tout de suite dit que ça ne changeait rien pour lui. Dans son cœur, il ne pourrait jamais pardonner au Delta le mal qu'il m'avait fait.

Je sais que ce n'est pas encore parfait, mais il y a enfin une porte qui s'est ouverte entre eux. C'est déjà ça.

Des lèvres humides et chaudes se posent à la base de ma nuque, et j'incline la tête par réflexe pour laisser plus de place, avant qu'un soupir de bonheur ne passe mes lèvres. Un petit rire retentit derrière moi, avant que la vibration ne vienne déclencher une chair de poule sur tout mon corps.

— Tu sais que j'adore te voir habillé de cette façon !

Je baisse les yeux sur ma tenue, rougissant en reconnaissant le tee-shirt que je porte. Il appartient à l'homme qui est en train de resserrer ses bras autour de moi, posant ses mains bien à plat sur mon ventre, avant qu'il n'écarte les doigts, se rapprochant dangereusement de mon pelvis.

J'inspire brusquement et une nouvelle vague de désir me balaye de la tête aux pieds, faisant revenir mon membre à la vie. Je pensais qu'à présent que nous avions retrouvé Raphaël, cette phase de notre vie serait enfin terminée. Mais il faut croire que non.

Dès l'instant où le Delta est entré chez nous, le désir s'est un peu calmé, avant qu'il ne remonte brutalement en flèche, s'abattant sur nous trois de la même façon à partir du moment où il est devenu plus costaud.

C'est à mon avis à cause de ça d'ailleurs, que l'Alpha a accepté aussi facilement de coucher avec le loup. Sans cet appel de la nature, Lloyd aurait résisté beaucoup plus longtemps.

Malgré tout, j'aurais cru qu'après nos deux premières fois, où j'ai fini par m'endormir comme une masse, le Destin nous aurait laissé nous reposer tranquillement. Mais j'ai été réveillé par deux bouches gourmandes se baladant allègrement sur mon corps, me faisant jouir rien qu'avec leurs bouches. Ils ne peuvent pas se blairer l'un l'autre, mais ils s'entendent comme larrons en foire lorsqu'il s'agit de me faire tourner en bourrique.

Tout mon corps s'échauffe à nouveau en repensant à la chaleur humide qui entourait ma verge dure lorsque j'ai repris conscience toute à l'heure. J'ai écarquillé les yeux en reconnaissant les cheveux blonds du Delta entre mes jambes, sa tête montant et descendant sur mon membre, sa langue s'arrêtant parfois pour goûter mon gland avec plus de délectation.

Pour autant, Lloyd n'est pas resté à ne rien faire. Ses dents et sa langue ne cessaient de venir exciter mes petits boutons de chair, les torturant en les mordillant, avant de tirer dessus violemment, me faisant haleter.

En voyant que j'étais réveillé, l'Alpha s'est redressé pour venir me fourrer sa verge dure dans la bouche, me tenant la tête par une poignée de cheveux.

Loin d'être effarouché par sa manière de me tenir à sa merci, ce geste m'a excité plus qu'autre chose. Le voir assit sur mon torse, mes bras coincés par ses cuisses puissantes, sans aucune possibilité de lui échapper n'a fait qu'intensifier le besoin que j'avais de lui. J'ai senti mon membre pulser plusieurs fois comme s'il cherchait à se décharger du trop plein, mais Raphaël avait déjà compris et compressait ma verge à la base pour empêcher mon éjaculation.

J'ai grogné autour du membre de Lloyd, lui faisant grincer des dents et resserrer sa poigne autour de mes cheveux. L'Alpha s'est alors mis à faire des allers et retours dans ma bouche, de plus en plus rapidement, de plus en plus puissamment. C'était un peu comme s'il forçait ma bouche à chaque poussée. Et à chaque fois qu'il me pénétrait de la sorte, Raphaël resserrait sa poigne autour de mon membre, sa langue venant jouer avec la fente en haut de mon gland.

Lloyd a éjaculé dans ma bouche en poussant un râle guttural, et j'ai eu un mal fou à tout avaler. À croire que cela faisait des mois qu'il n'avait rien fait tant sa semence est sortie en jets puissants.

Raphaël s'est alors remis à me sucer ardemment, aban-donnant la base de mon sexe pour me laisser aller à mon propre plaisir. J'ai à mon tour déchargé dans sa bouche avant qu'une rougeur malvenue s'installe sur mes joues en compren-ant que le Delta n'avait pas fini.

Je l'ai repoussé sur le dos pour lui rendre la pareille, me rendant compte qu'en réalité il s'était déjà laissé aller. Son sperme recouvrait une bonne partie de ses cuisses, et je me suis fait un devoir de le nettoyer du bout de la langue.

Je reviens à l'instant présent en sentant justement une langue venir frotter la marque blanchâtre à la base de mon cou, me faisant frémir de partout. Je laisse un son très peu mas-culin sortir de mes lèvres, mais je m'en moque. Lorsque Lloyd me fait des choses comme ça, je ne résiste pas.

— Comment se fait-il que je trouve que ce tee-shirt te va mieux qu'à moi ?

À nouveau, je baisse les yeux sur le tissu qui me couvre jusqu'aux cuisses, et dévoile mon épaule tellement il est grand pour moi. Et dire que sur l'Alpha, il est tellement tendu sur ses muscles qu'il est prêt à craquer.

J'éteins le feu sous ma poêle, et pose la spatule sur le plan de travail à côté, avant de me retourner pour venir enrouler mes bras autour de son cou et me soulever afin de ceindre sa taille de mes jambes. Lloyd ouvre de grands yeux, et je me mords la lèvre en voyant le désir luire dans ses prunelles d'un vert si extraordinaire.

— Dis-moi que tu as quelque chose d'autre que ce fichu tee-shirt sur toi, Loupiot !

J'esquisse un sourire que j'espère sexy, avant de me pencher sur lui pour venir effleurer ses lèvres des miennes.

— Et que ferais-tu si ce n'était pas le cas ?

La flamme du désir brûle dans ses yeux, et je crie de plaisir en sentant son membre s'infiltrer en moi alors qu'il écarte mes globes de ses deux mains.

— Ça !

Son gland touche ma boule de plaisir à son premier coup de reins, et je glapis dans ses bras tellement c'est bon. À croire que son membre à une tête chercheuse pour tomber systématiquement dessus.

Il sort de mon être, me faisant trembler de bien-être, avant de revenir avec une douceur qui contraste par rapport à sa première intrusion. Il se met à aller et venir en moi, m'arrachant des soupirs de plaisir alors que son membre glisse contre mes parois internes. C'est dingue, mais malgré le nombre de fois où nous l'avons fait ses dernières semaines, et également ses dernières heures, je suis capable de sentir la moindre veine ressortir sur sa verge qui me pénètre avec tant de douceur.

— Alors ! On s'amuse sans moi ?

Je relève brusquement la tête, honteux d'avoir oublié Raphaël, le regard rendu flou par le plaisir. Je me suis tellement habitué à ne vivre qu'avec Lloyd ces derniers jours, que je n'ai pas pensé au Delta.

Mais loin de s'en formaliser, la lueur que je vois luire dans les yeux caramels de Raphaël m'indique qu'il profite de la vue. Lloyd se tourne pour lui faire face, et s'appuie au plan de travail derrière lui, me haussant sur sa verge, avant de me faire descendre, lui montrant mon entrée intime qui palpite autour de son membre.

L'inspiration vive de Raphaël arrive jusqu'à moi, et mon cœur se met à palpiter durement dans ma poitrine en sentant l'odeur du désir émaner de lui. Le rouge de la honte me monte aux joues, pourtant, je ne peux empêcher mon corps de frémir de désir à savoir que le Delta me voit dans cette position.

Des images licencieuses où les deux hommes me prennent tous les deux en même temps passent dans ma tête, mais je ne suis pas certain qu'une telle chose soit réellement possible. Et puis, ça doit faire un mal de chien.

Pourtant, je me décontracte au maximum lorsqu'un doigt me pénètre tandis que Lloyd continue ses va-et-vient lents à l'intérieur de moi. Raphaël m'étire encore davantage, et je me mords la lèvre pour ne pas gémir. La douleur que ça engendre est bien vite remplacée par un plaisir comme je n'en ai encore jamais ressenti.

Mon entrée est emplie par la verge épaisse de l'Alpha, alors que Raphaël continue ses allers et retours avec son doigt, touchant le membre dur de Lloyd en même temps qui grogne d'un plaisir évident. Avec un seul doigt, il arrive à nous faire du bien à tous les deux. Il est vraiment doué !

Je me mets subitement à jouir sur le ventre de Lloyd lorsque le Delta entre un deuxième doigt en moi et touche ma prostate en même temps que le gland de l'Alpha. Des étoiles s'allument brillamment sur mes paupières closes tandis que j'ai le sentiment que mon corps vient d'exploser en un millier de morceaux pour se recomposer doucement. La douleur, le plaisir, l'extase. Tous ces sentiments se développent en moi avant qu'ils n'explosent brutalement comme une bombe.

Deux grognements distincts se font entendre, et je tressaille en sentant un liquide chaud parcourir mes entrailles en même temps qu'un autre vient tremper le dos de mon tee-shirt.

Mon souffle à peu près retrouvé, j'arrive à ouvrir les yeux et à lever la tête pour tomber dans le vert incroyable de Lloyd. Ce dernier esquisse un sourire tendre avant de m'embrasser lentement. Il s'écarte un peu et pose une main sous mon menton pour me faire tourner la tête, et les prunelles de Raphaël me fixent elles aussi avec une faim et une impatience encore jamais vues chez lui. Il s'empare brutalement de mes lèvres, sa langue fouillant ma bouche pour trouver la mienne et venir s'enrouler à ma langue.

Je gémis, remuant les hanches et me rendant compte que l'Alpha est toujours enfoui au plus profond de moi, et que son membre est toujours aussi dur.

Comment une telle-chose peut-elle être possible ? Cela fait des semaines que nous n'arrêtons pas de nous donner l'un à l'autre. Et c'est la quatrième fois depuis ce matin que nous nous faisons du bien tous les trois. Comment peut-il encore bander ?

La verge de Raphaël vient se frotter contre ma raie toujours exposée, et j'écarquille brusquement les yeux en sentant que lui aussi est prêt à remettre le couvert. L'Alpha sort doucement de mon corps, m'arrachant un cri de plaisir et de douleur mêlés, et je réalise que je suis dans le même état qu'eux.

Il doit y avoir un problème. Ça ne peut pas être possible autrement. Nous ne pouvons pas passer notre temps à nous envoyer en l'air. J'ai beau être costaud, je ne vais pas pouvoir les laisser me prendre comme ça toute la journée. À un moment donné, mon anus va voir rouge et je ne vais plus pouvoir rien faire.

Je m'aperçois rapidement que je ne dois pas être le seul à penser la même chose, car Lloyd m'écarte totalement de son corps pour aller me déposer avec douceur sur le canapé. Ce n'est qu'en sentant le tissu doux d'une serviette sous mes fesses, que je me relève d'un bond, me souvenant du sperme qui me macule de partout.

Raphaël s'approche doucement de moi, et me retire le tee-shirt que je porte pour m'en donner un autre, tout aussi grand. Je lui souris doucement pour le remercier, avant de me mettre à rougir violemment lorsqu'il se penche avec un gant pour me nettoyer entre les fesses et me pousser à m'asseoir sur le canapé.

Une grimace m'échappe lorsque mes fesses touchent le tissu posé sur l'assise et je me dis qu'une fois de plus m'aurait sans aucun doute laissé totalement éventré. Déjà que j'ai du mal à me refermer après ce qu'ils viennent de me faire subir, mais si nous avions remis ça encore une fois, je suis certain que je ne m'en serais pas remis.

— Tiens ! Mange ça ! Tu as besoin de reprendre des forces. Pendant ce temps, je vais appeler les Anciens. Ils auront peut-être une réponse par rapport à ça !

Raphaël me dit ces derniers mots en montrant son membre qui à la tête dressée vers moi et qui laisse des gouttes de liquide s'échapper. Je me lèche les lèvres, désirant ardemment me nourrir de sa semence, et pose l'assiette qu'il vient de me donner sur la table à côté de moi, regardant à peine où je la pose, avant de tomber à genoux devant lui et de tendre la main pour attraper son membre qui semble m'appeler.

Le Delta tremble doucement de désir en me regardant droit dans les yeux, malgré tout, il pose ses mains sur mes épaules pour me retenir, et les fait glisser le long de mes bras pour me rasseoir dans le fond du canapé. Sans me quitter un seul instant du regard, il tend le bras pour reprendre l'assiette et me la fourrer à nouveau entre les mains.

— Mange ! Je reviens !

Il se lève et déguerpi du salon où je me trouve comme s'il avait le feu aux fesses. Je pouffe tout seul de ma connerie, parce que c'est un peu le problème. On a tous le feu au cul depuis ce matin.

Je baisse les yeux sur l'assiette et mon ventre émet un gargouillement bruyant en voyant les œufs que j'ai préparés tout à l'heure. Je ne me souviens pas de la dernière fois où j'ai regardé mon assiette avec autant d'appétit. C'est bien une des premières fois où j'ai aussi faim. Mais nous n'avons pas arrêté depuis ce matin. Ça n'a rien d'étonnant. Je ne veux même pas compter le nombre de calories qu'on a évacué à nous sauter dessus depuis notre réveil.

J'avale le contenu de mon assiette en quatrième vitesse, malgré tout, j'ai encore faim. On dirait presque que mon estomac est devenu un puits sans fond. Je me lève d'un bond, sentant mes joues me cuire alors qu'un nouveau filet de sperme coule le long de ma cuisse. Eli m'a nettoyé succinctement, et je n'arrive pas à me souvenir du nombre de fois depuis ce matin où ils ont éjaculé en moi l'un et l'autre. Pas étonnant que ça continue de dégouliner de la sorte.

J'attrape la serviette posée sur le canapé et m'essuie rapidement, puis me dirige vers la cuisine. Mon sang se met à bouillir dans mes veines en entendant les grognements qui me proviennent. Je n'ai aucun doute à avoir quant à ce qu'il se passe là-dedans.

Mon souffle se bloque dans ma gorge lorsque je vois Lloyd maintenir le Delta sur la table. Raphaël a les bras retenus dans son dos par une poigne de fer, tandis que l'autre main de l'Alpha lui tient la hanche pour pouvoir le marteler brutalement.

Je me mords la lèvre inférieure mais ne peux retenir le gémissement de désir qui passe mes lèvres. Ils relèvent tous les deux la tête en m'entendant, et la même lueur de luxure passe dans leurs yeux.

Lloyd ralentit ses mouvements, effectuant une rotation lente de ses hanches. Sous lui, Raphaël gémit, ses yeux roulant dans leurs orbites. Il n'est pas loin de perdre connaissance.

Je m'approche doucement, ne voulant pas les interrompre, mais désirant tout de même ardemment pouvoir en profiter et pose l'assiette que je tiens toujours, à tâtons sur le plan de travail. Lloyd semble comprendre ce qui me passe par la tête, car il sort du corps du Delta, le faisant grogner de mécontentement, avant de le déplacer sur la table comme s'il ne pesait pas plus lourd qu'une plume.

Et je pense qu'à cet instant bien précis, il n'a plus aucune résistance. Lloyd pourrait lui faire n'importe quoi le Delta accepterait sans problème.

Raphaël n'a plus que son torse posé sur le bois, sa tête pend lamentablement dans le vide, alors que ses fesses sont tendues vers le membre turgescent de l'Alpha. Lloyd déplace la main qui lui tenait les hanches pour aller s'enfoncer dans ses cheveux, et lui relève brutalement la tête. Le caramel dans son regard semble avoir totalement disparu tellement ses pupilles sont dilatées par le plaisir. L'Alpha se penche sur lui, collant sa bouche à son oreille et lui dit d'une voix douce, mais assez forte pour que je l'entende :

— Tu vas ouvrir grand ta bouche et sucer notre petit Oméga. Je ne te donnerais le droit de jouir que lorsqu'il me le dira.

J'ouvre de grands yeux étonnés en voyant le Delta hocher frénétiquement la tête comme s'il était entièrement d'accord avec le marché de Lloyd. Je pense qu'il ne réfléchit plus correctement. Il doit être déjà trop parti dans le plaisir et attendre sa délivrance avec une impatience grandissante.

Lloyd me fait signe d'avancer, et je lui obéis, glissant facilement ma verge douloureuse dans la bouche grande ouverte du Delta. Eli se met à jouer avec sa langue, l'enroulant autour de mon membre, avant de glisser le bout dans la fente en haut de ma verge, s'amusant à titiller mon frein. Bordel ! Cet homme est superbement doué avec sa bouche. Je m'en étais déjà rendu compte ce matin, mais Raphaël est LE Dieu des fellations. Il va falloir qu'il montre à notre Alpha comment faire !

Lloyd lâche les cheveux du Delta pour poser sa main sur ma hanche, et m'inciter à aller et venir dans la bouche qui m'accueille. J'hésite un peu. Après tout, Raphaël est au-dessus de moi dans la hiérarchie. Mais le Delta fait jouer les muscles de sa gorge pour m'inciter à en profiter, et je ne résiste plus.

Mes doigts s'enfoncent presque violemment dans ses cheveux pour lui maintenir la tête alors que mon bassin se met à se mouvoir avec force pour me permettre de profiter de sa bouche.

Raphaël gazouille son assentiment, et je ne m'arrête plus, allant toujours plus loin dans sa bouche, touchant le fond de sa gorge. Lorsque son nez se plaque dans mes boucles pubiennes, je reste quelques secondes sans bouger, l'étouffant à moitié, jusqu'à ce qu'il suffoque lorsque Lloyd le reprend furieusement.

Je ressors de sa bouche humide, et regarde le membre dur comme de la pierre s'enfoncer entre les deux globes de chair avec une facilité déconcertante. Je sens le plaisir monter petit à petit, mais me retiens. Je veux faire durer encore plus longtemps. Je veux voir Raphaël supplier pour qu'on le laisse jouir comme je l'ai fait ce matin.

Je ralentis alors mes mouvements devenus presque

frénétiques, et relève la tête pour planter mon regard dans celui trouble de l'Alpha. Lloyd semble sur le point de craquer. Je tends ma main de libre pour lui attraper la nuque et ainsi attirer son attention, m'enfonçant sans que je le veuille loin dans la gorge du Delta. Il avale plusieurs fois, inspirant par le nez pour ne pas s'étouffer.

Je m'empare de la bouche de l'Alpha et enroule ma langue à la sienne. Je ne crois pas que je pourrais me passer de son goût un jour. Il est trop parfait pour ça.

Je finis par m'écarter de lui, mais reste mon front collé au sien. Nos yeux se rencontrent et je crois qu'il comprend où je veux en venir, car un sourire carnassier se dessine sur ses lèvres. Il m'embrasse rapidement, et se redresse, ondulant des hanches lentement, ressortant à la même vitesse, pour revenir tout aussi doucement.

Sous lui, Raphaël se tortille et tente de s'empaler de lui-même sur la verge dure de l'Alpha, mais la poigne de Lloyd sur sa hanche l'en empêche. Il grogne de mécontentement, et cela fait vibrer mon membre toujours dans sa bouche.

Sans que l'on se soit concertés, Lloyd et moi prenons le même tempo. Mon membre s'enfonce dans sa bouche, alors que celui de l'Alpha en sort. Puis il le pénètre de nouveau, tandis que le mien sort de sa cavité humide.

Je vois dans les yeux du Delta qu'il est en train de perdre la tête et je souris en me mordant les lèvres et en regardant mon géant. Lloyd me fait un clin d'œil, et lâche les bras de Raphaël ainsi que sa hanche pour ouvrir les deux globes jumeaux.

C'est avec fascination que je me penche sur le corps à notre merci pour voir le gland de l'Alpha perforer son trou pour aller s'enfoncer loin en lui. Ma verge tressaute dans la bouche du Delta et je ne peux pas quitter ce spectacle des yeux.

Je comprends à présent pourquoi Raphaël s'est mis à jouer avec mon entrée intime lorsqu'il nous a vus Lloyd et moi. À cet instant, j'ai juste envie de savoir quel son il produirait si je mettais mes doigts en même temps que la verge de Lloyd dans son trou.

— Fais-le !

Je relève vivement la tête pour plonger dans le regard halluciné de Lloyd et comprends que j'ai dû parler à voix haute, car même Raphaël a réagit en tremblant sur la table.

Je pose ma main entre les omoplates du Delta et la fait lentement descendre le long de son dos, avant de m'arrêter à la naissance de sa raie. Sous moi, Raphaël gémit bruyamment, sa langue s'enroulant avec ferveur autour de mon membre, ses mains de nouveau libres s'accrochant à mes fesses pour m'inciter à m'enfoncer en lui.

Je joue un moment avec lui, faisant glisser mon index le long de sa raie pour m'arrêter juste à l'endroit où se trouve fiché Lloyd, avant de remonter, le faisant grogner de dépit, et de redescendre. De ma main libre, j'attrape la bouteille d'huile dont ils se sont très certainement servis pour en arriver là, et laisse un long filet glisser au même endroit que mon doigt précédemment.

Le râle du Delta me donne des frissons et je ne peux pas résister davantage. Mon doigt s'enfonce lentement dans son antre alors que le membre de Lloyd en ressort et le cri étouffé de Raphaël contre ma verge me fait serrer les dents. J'ai été à deux doigts de tout lâcher.

Un sourire coquin étire mes lèvres. En réalité, ce n'était

qu'un doigt. J'insère donc mon majeur en plus et vois les yeux de Raphaël rouler dans leurs orbites tandis qu'une énorme flaque de sperme prend naissance sur le sol.

Je relève les yeux vers Lloyd, les sourcils froncés. N'avions-nous pas dit qu'il n'aurait le droit de jouir que lorsque je l'aurais dit ?

L'Alpha arbore à cet instant un sourire qui me fait froid dans le dos. C'est à ce moment bien précis que je réalise pleinement avoir à faire avec un ours, et un Alpha.

Il sort de l'antre secret du loup, pour le retourner afin qu'il lui fasse face. Le Delta n'est toujours pas redescendu de son paradis d'extase, que l'ours l'empale à nouveau sur son membre toujours dur et m'incite d'un mouvement du doigt à le rejoindre plus près.

Une excitation sans nom enfle en moi lorsque je comprends ce qu'il veut que je fasse. Mais en même temps, Raphaël n'est pas vraiment en état d'accepter, toujours perdu dans son état de béatitude, et je ne voudrais pas qu'il nous en veuille par la suite.

Malgré tout, le désir qui me brûle les reins à cet instant prend le pas sur tout le reste, et je présente mon membre dur à l'entrée déjà prise du Delta. Raphaël tourne lentement la tête vers moi, un sourire d'extase sur les lèvres.

— Fais-le ! Prends-moi, P'tit Loup !

Il a l'air totalement ivre, et je ne suis pas certain qu'il comprenne réellement toutes les implications. Malgré tout, mon désir est plus fort que tout. Je ne peux pas résister.

Je l'embrasse fiévreusement tout en poussant mon gland contre la verge de Lloyd, réussissant à passer le premier anneau de muscles.

Le Delta resserre durement ses doigts sur le tee-shirt de Lloyd en poussant un cri de douleur qui me fait m'arrêter brusquement, mais l'Alpha ne l'entend pas de cette oreille. Il empale Raphaël sur mon membre d'un coup, lui arrachant un cri d'agonie qui me déchire le cœur.

Je pose mes lèvres au milieu du dos du Delta, glissant mes mains sur son ventre, pour venir trouver son membre qui a perdu sa vigueur, et commencer à le caresser doucement. Ses muscles internes se contractent violemment autour de nos deux membres, et je ne suis vraiment pas loin de tout lâcher.

— Tiens encore un peu Loupiot. Tu vas voir comme c'est bon.

Il sort lentement du corps de notre amant, son membre glissant contre le mien, m'arrachant un cri de pur plaisir. Putain de bordel de merde ! C'est divin !

Il rentre à nouveau et j'écarquille les yeux en sentant la verge de Raphaël tressauter dans ma main lorsqu'il touche sa boule de plaisir. L'Alpha me fait alors un mouvement de la tête m'incitant à faire de même. Je sors donc à mon tour du corps du Delta, me mordillant les lèvres tellement le plaisir est immense, avant de le pénétrer à nouveau. À l'instant où je m'enfonce en lui, Lloyd ressort, alternant avec mes mouvements.

Bientôt, il n'y a plus que nos halètements et nos cris de plaisir qui résonnent dans la maison. Mais ceux de Raphaël sont les plus bruyants. À l'entendre, le plaisir est tellement intense qu'il va en mourir. Nous allons le faire mourir de plaisir.

Lloyd se met à crier et je sens le liquide chaud sortir du membre juste à côté du mien, puis les soubresauts qui le parcourent violemment alors qu'il jouit à l'intérieur de notre amant. Je me mets à pilonner le Delta de plus en plus vite, avant qu'un éclair blanc ne passe devant mes yeux, et que je crie brutalement lorsque ses muscles internes se resserrent autour de nos membres, et que sa semence ne sort en petits jets sur ma main qui le masturbe.

Mon souffle a du mal à revenir à la normale tandis que je regarde le sperme sortir du trou béant de Raphaël et couler le long de nos deux membres toujours fichés en lui.

Putain ! Jamais je n'aurais cru que ce serait lui qui se serait retrouvé dans cette position. Mais vu les cris de plaisir qu'il poussait, je me dis qu'il y a plutôt intérêt à ce que ce soit bientôt mon tour.

CHAPITRE 21

_____

J e passe une main douce dans les cheveux de Raphaël, les repoussant de son front, tandis que Lloyd s'occupe de le nettoyer légèrement. Ce ne sera parfait que lorsqu'il sera capable de tenir sur ses jambes. Ce qui n'est pas le cas pour le moment. On a déjà eu un mal fou à le faire monter à l'étage et le glisser dans le lit.

Le Delta ouvre doucement les yeux, ses pupilles toujours dilatées par le plaisir que nous venons de lui donner, et je rougis violemment alors que les images repassent brutalement dans ma tête.

C'est avec effarement que je me souviens de ma verge entrant et sortant de sa bouche humide et largement ouverte. De sa langue qui jouait habilement sur mon gland. Mais surtout, de cette félicité qui s'est insinuée en moi lorsque je me suis enfoncé dans son corps alors que Lloyd était déjà là. Le frottement délicieux de nos deux membres sur ses parois internes.

Rien que d'y repenser, mon corps tremble de partout et le désir grimpe en flèche. Ma température interne ne cesse d'augmenter, et je dois me reculer pour éviter de me jeter sur le Delta qui continue de me regarder avec des yeux vitreux.

Je me passe une main tremblante dans les cheveux, m'adossant au mur, les mains bien à plat contre le plâtre, le souffle court dans ma poitrine. On doit effectivement avoir un problème pour que nous réagissions de cette façon. Ce n'est pas normal d'être continuellement excité à ce point.

Je crispe les doigts sur le mur tandis qu'une odeur d'agrumes fraîchement pressées me parvient doucement. Je ferme les yeux pour ne pas voir le corps parfait de mon autre compagnon entrer lentement dans la chambre. Pourtant, je ne peux m'en empêcher et le regarde avancer avec des gestes saccadés. On a le sentiment qu'il se retient de faire réellement ce qu'il veut.

Avec un pincement au cœur, je regarde Lloyd passer à son tour ses doigts dans les cheveux en bataille du Delta et se pencher pour déposer un baiser sur son front.

Un léger sourire ourle mes lèvres en le voyant faire. Il m'a pourtant affirmé que jamais il ne pourrait ressentir quoi que ce soit pour le loup. D'après lui, le Destin s'était trompé en nous associant tous les trois. Selon ses dires, nous n'aurions dû rester que tous les deux.

Mais en le voyant être si tendre avec notre troisième, j'en viens à me dire que Tyler avait entièrement raison. Le Destin ne se trompe jamais.

Je dois très certainement faire du bruit, car Lloyd se redresse d'un bond et se tourne tout aussi vite vers moi, les crocs sortis, avant de se dégonfler comme une baudruche au moment où il me voit.

— Tu m'as fait peur Loupiot.

Je commence à me décoller du mur pour aller à sa rencontre, avant de me stopper net en me souvenant que nous ne pouvons pas nous trouver les uns à côté des autres sans nous sauter dessus. Je passe donc le chambranle pour me retrouver sur le palier devant la chambre, et partir à reculons.

— Écoute Mon Amour, je pense que le mieux c'est de ne pas être au même endroit tous les trois. Donc je vais aller faire un tour pour m'aérer un peu, et reprendre des forces.

Le grondement qui enfle dans le torse de mon Géant m'arrête net dans mon élan, et je crispe les doigts sur la rambarde à mes côtés.

— Il est hors de question que tu sortes tout seul de la maison.

Sa voix rauque et basse roule dans son torse, et entraîne tout un tas de petits frissons sur mon corps. Je fronce les sourcils alors qu'un énorme sourire vient étirer les lèvres de Lloyd, me demandant ce qui peut lui donner une telle pêche.

— Mon Amour ? C'est nouveau ?

Je ferme les yeux et sens le rouge monter progressivement le long de mon cou, passer sur mes joues, pour venir se terrer dans mes cheveux. Par moment, je déteste réellement être roux. Il n'y a rien de pire qu'un teint de roux pour qu'on sache ce que vous pensez. Surtout lorsque vous êtes mal à l'aise.

L'odeur d'orange et de citron se fait plus forte, juste avant que des bras vigoureux s'enroulent autour de moi, et qu'un nez ne vienne plonger dans mon cou, juste à la jonction avec mon épaule. Lloyd inspire bruyamment, me faisant trembler contre lui, avant de frotter sa joue contre la marque qu'il m'a faite.

J'ignore comment ils arrivent à s'en souvenir aussi facilement, mais systématiquement, que ce soit l'Alpha ou le Delta, ils trouvent leurs marques du premier coup. Pas une seule fois ils ne se sont trompés.

Alors, c'est vrai que celle de Lloyd est un peu plus volumineuse parce que sa mâchoire est plus grande. Mais il aurait très bien pu se tromper. Ce qui n'est pas le cas.

Je perds toute notion lorsque sa langue vient râper la peau légèrement boursouflée et me fait haleter violemment. Cette marque est très clairement un interrupteur de mon plaisir.

— J'aime que tu m'appelles ainsi. Ça me donne l'impression de t'appartenir.

Je serre les doigts sur le tissu de son tee-shirt pour le rapprocher de moi, et baisse la tête pour venir souffler dans son oreille :

— Mais tu m'appartiens, Lloyd. Tout comme je t'appartiens, ou que Raphaël est à nous.

L'Alpha se redresse brutalement pour venir poser avec force sa bouche contre la mienne et m'embrasser avec toute la passion qui l'habite. Je m'accroche désespérément à lui, nouant mes doigts derrière sa nuque, relevant les jambes pour venir les enrouler autour de ses hanches.

Lloyd me plaque brutalement au mur, me coupant littéralement le souffle, avant de s'attaquer au tee-shirt que je porte pour me le déchirer. Je gémis lorsque ses doigts se posent sans douceur sur ma peau, s'ancrant sur mes hanches.

Je risque de me trimballer avec pas mal de marques ces prochains jours !

— Arrêtez ! Vous devez résister !

La petite voix que j'entends semble être celle de la raison. C'est vrai que nous ne devrions pas nous laisser aller dans le plaisir à nouveau. Il vaudrait mieux arrêter tout de suite avant qu'il ne soit trop tard.

Mais c'est tellement bon ! Comment une chose aussi bonne pourrait-elle nous faire du mal ? Finalement, je ne crois pas que ce soit possible de mourir de plaisir !

— P'tit Loup ! Mon Grand ! Arrêtez !

La voix est vraiment toute fluette, mais elle ne ressemble pas à celle que j'entends habituellement. Elle est beaucoup plus grave que d'habitude.

Je relève brusquement la tête pour reprendre mon souffle, et c'est à cet instant que je remarque Raphaël à moitié redressé dans son lit, grimaçant alors qu'il tente de se lever. Je réalise soudain que depuis tout à l'heure, c'est sa voix que j'entends.

Je tente de repousser Lloyd, mais il ne semble pas avoir entendu notre compagnon, car il continue de vouloir me mettre nu, tirant sur mon pantalon, les griffes à moitié sorties pour le déchirer.

Je me tortille contre lui pour essayer d'échapper à sa poigne, mais il doit croire que je tente de l'exciter, car il me plaque brutalement au mur d'un coup de hanches bien placées. Je halète brusquement, mon membre totalement dur dans mon pantalon.

— S'il te plaît, Mon Amour !

Une fois de plus, je pense que Lloyd ne comprend pas ce que je lui demande, car ses griffes arrivent enfin à leur fin, et je me retrouve à nouveau nu contre mon compagnon. J'exhale un souffle haché lorsqu'un doigt vient fureter dans mon antre secret, et mes doigts de pied se recroquevillent dans le dos de l'Alpha alors qu'il touche ma boule de désir.

Il ne lui faut guère de temps pour que je sois prêt pour lui, et il s'enfonce en moi lentement, glissant le long de mes parois largement ouvertes, me faisant râler de plaisir de le sentir à nouveau en moi. Il entame un lent va-et-vient, m'amenant toujours plus haut vers le plaisir. L'orgasme enfle rapidement dans mon ventre, et je me crispe tout autour de lui, donnant des coups de bassin pour m'empaler plus rapidement sur lui.

J'ai totalement oublié Raphaël, la fatigue qui me tenaillait tout à l'heure, ou bien encore le déjeuner. Dans un coin reculé de mon cerveau, je sais que nous ne devrions pas faire une telle chose. Nous nous sommes donnés les uns aux autres depuis ce matin un nombre incalculable de fois. Nous n'avons pas cessé de nous faire du bien. Nos corps doivent être au bord de la rupture.

Malgré tout, ma verge est toute droite contre mon ventre, et pulse à chaque coup de reins de l'Alpha en moi. Le plaisir qui afflue dans tous les nerfs de mon corps n'est pas une hallucination. Et le sperme qui sort de mon membre est bien réel. Même s'il est moins conséquent qu'en début de journée, j'éjacule tout de même.

Tout comme Lloyd que je sens se raidir contre moi quelques secondes avant qu'une salve chaude ne tapisse mon entrée.

Je m'effondre, totalement épuisé contre mon compagnon, mes bras tellement flasques qu'ils retombent sans que je ne puisse rien faire pour les retenir. Un peu comme s'il n'y avait plus de muscles à l'intérieur. Il en va de même pour mes jambes, qui glissent lamentablement le long des cuisses de l'Alpha, sans que je n'arrive à stopper leur chute.

Des étoiles se mettent soudain à briller derrière mes yeux, et je fais une entière confiance à mon Alpha pour qu'il fasse ce qu'il faut de moi.

Lloyd resserre ses bras autour de mon corps amorphe et me dépose avec énormément de douceur dans le lit aux côtés de Raphaël. Le Delta repousse les cheveux collés à mon front, et dépose un baiser sur ma tempe avant de se couler contre mon corps, me serrant contre lui.

Je laisse un soupir de contentement passer mes lèvres, et je m'enfonce plus confortablement dans les bras de mon compagnon.

— Ce n'est plus possible ! Il faut que ça s'arrête !

Le matelas s'enfonce brutalement derrière moi, et une chaleur infernale m'entoure bientôt. Je voudrais redresser la tête pour voir ce qu'il se passe, mais je n'ai même plus cette possibilité. Je suis vraiment épuisé.

— Tu as raison Mon Grand ! Les Anciens ne semblaient pas avoir de solution lorsque je les ai eus au téléphone tout à l'heure. Personnellement, je trouve que pour des Anciens qui sont censés tout savoir, ils ne savent pas grand-chose en définitive.

Je pouffe légèrement, parce qu'il faut avouer qu'Eli n'a pas totalement tort. De ce qu'a pu me raconter Basile, il semblerait que notre meute soit tout à fait improbable pour eux.

Malgré tout, ce sont tout de même Gidéon et Tyler qui ont appris au reste de la meute que les Omégas hommes pouvaient tomber enceints, et que les Omégas femmes étaient capables de produire une sorte de sperme pour procréer avec leur Âme Jumelle. Ils ne nous ont pas été totalement inutiles.

Malgré tout, ils ignoraient totalement que le loup blanc était capable d'utiliser son pouvoir de guérison sur lui-même. Ou encore que les Renifleurs n'étaient pas qu'une simple légende. Tout comme les Changeformes.

Un baiser est déposé sur le haut de ma tête et un sourire étire mes lèvres. Je suis tellement bien coincé dans le cocon de leurs bras. Jusqu'à ce que Lloyd derrière moi se rapproche très légèrement et que je sente son membre s'insinuer insidieusement dans la raie de mes fesses. Je n'aurais qu'un très léger coup de reins à donner pour qu'il me pénètre. Mais mon corps ne le supporterait pas une fois de plus.

En face de moi, j'entends le soupir de Raphaël et à nouveau, j'essaye de redresser le menton pour le regarder, mais je n'ai vraiment plus aucune force en moi, et n'arrive qu'à lever les yeux.

Les deux dominants sont en train de se regarder, et semblent se dire tout un tas de choses par le regard. Je n'arrive pas à décoder ce qu'ils peuvent se dire de ma place. Alors je referme lentement les yeux. De toute façon, je n'ai jamais été un bon juge pour ce genre de choses.

— Il faudrait que je me transforme et que vous m'attachiez pour qu'on puisse finir le lien. Je suis persuadé que c'est à cause de ça.

Je fronce les sourcils, ne comprenant pas ce que veut dire Eli. Nous avons clôturé le lien. Nous n'avons pas arrêté de clôturer le lien depuis ce matin. C'est alors que je repasse sa phrase dans ma tête.

Effectivement, mon loup s'est accouplé avec le loup de Raphaël, mon ours s'est donné avec joie à l'ours de Lloyd, mais le loup du Delta et l'ours de l'Alpha ne se sont pas donné l'un à l'autre. Si nous voulons terminer notre jumelage, leurs animaux doivent se donner l'un à l'autre.

Je réalise alors ce que veut dire Raphaël, et bondit d'un coup sur le lit. Tiens ! J'ai retrouvé un semblant de force !

— Ça va pas la tête ? On ne va certainement pas attacher ton loup pour que l'ours de Lloyd puisse faire de toi ce qu'il veut !

Eli me caresse tendrement la joue, un léger sourire aux lèvres.

— J'aime quand tu te fais du souci pour moi P'tit Loup !

Et allez que je rougis de nouveau ! Maudit teint de roux !

— C'est juste que nous venons à peine de te retrouver, je ne veux pas déjà te perdre.

La bouche du Delta s'écrase violemment sur la mienne, et je gémis tout contre lui, mon membre fuyant abondamment dans les restes déchirés de mon pantalon. Sans vraiment savoir comment, je me retrouve allongé sur le lit, un grand loup étalé sur moi, son bassin ondulant contre le mien. Je me cambre contre lui, cherchant encore plus de friction, avant qu'il ne soit violemment retiré de mon corps, et un qu'un courant d'air froid ne vienne me frapper durement.

— Nous ! Devons ! Nous ! Arrêter !

La voix dure de l'Alpha nous fige l'un et l'autre, avant qu'une nouvelle chaleur ne vienne m'envahir tout entier. Mon corps tremble de partout, et je me précipite sur Lloyd pour me frotter contre lui comme une chatte en chaleur.

Le pauvre homme ne peut rien faire d'autre que d'enrouler son bras autour de moi pour me serrer contre lui, plongeant son visage dans le creux de mon cou. Sa respiration est rapide, haletante, humide contre ma peau, et je frissonne, me léchant les lèvres.

Lloyd finit par me repousser brutalement, lâchant Raphaël par la même occasion, ses pupilles tellement dilatées qu'elles sont noires, les crocs dépassant dans sa bouche.

— Transformez-vous ! Nous devons faire quelque chose !

Je me tourne vers le Delta et le supplie du regard de ne pas le faire. Son loup n'acceptera jamais une telle chose. Pourtant, Raphaël effleure mes lèvres des siennes, m'adressant un sourire avant de sortir de la chambre.

— Nous devrions faire ça dehors. J'ai peur que les meubles n'y résistent pas si nous faisons ça à l'intérieur. Mon loup n'est pas vraiment du genre docile !

Lloyd hoche la tête de façon raide, ses crocs toujours présents dans sa bouche, et suit Raphaël hors de la pièce. Personnellement, je reste tétanisé sur place, incapable de prendre la moindre décision.

Ma tête me dit de les suivre pour les empêcher de faire une telle bêtise. Quelque part au fond de moi, je sens qu'il existe une autre solution, mais je n'arrive pas à savoir quoi. Ma bête intérieure tente de me faire comprendre que nous pouvons nous y prendre autrement, mais sans me dire comment.

Mais d'un autre côté, mon corps combat ma tête, et me demande de ne pas bouger. Je suis pétrifié sur place, ne voulant pas assister au désastre qui se prépare. Je suis sûr et certain que le loup de Raphaël n'acceptera jamais de se laisser faire par un ours.

Le couinement provenant du jardin me sort de ma transe, et je dévale les escaliers pour sortir en dérapant. Je découvre alors le loup du Delta en train de se débattre face à un ours, qui tient lui-même une corde entre ses grandes pattes.

Je me précipite sur eux, m'interposant entre les deux animaux, réalisant seulement à cet instant que Raphaël à déjà une patte d'attachée. Je glisse une main dans son cou, plongeant mes doigts dans sa fourrure douce, recueillant un gémissement de contentement de sa part. J'esquisse un léger sourire avant de me figer en entendant le grognement furieux qui retentit derrière moi.

Je me tourne lentement, cherchant à ne pas exciter la bête énorme plus que de raison, et tends doucement la main pour venir le flatter à son tour. L'ours se penche sur moi, glissant sa grosse tête contre ma paume, émettant une sorte de ronronnement alors qu'il se frotte à ma main.

Un sourire niais étire mes lèvres en entendant ce son étonnant émaner d'une grosse bête comme l'Alpha. Jamais je n'aurais imaginé qu'il puisse faire ce genre de bruit.

— On ne peut pas faire ça Lloyd ! Tu vois bien qu'Eli ne le veut pas sous cette forme !

Mon Géant penche lentement la tête sur le côté pour regarder le loup qui tente encore de s'enfuir, allant même jusqu'à mâchouiller la corde qui le retient. Le Delta arrête tout mouvement lorsqu'il nous voit le regarder avec l'ours. Il rentre sa queue entre ses jambes, tentant d'aller le plus loin possible de nous, les oreilles basses.

Je m'agenouille à ses côtés, enroulant un bras autour de son cou, plongeant mon nez dans sa fourrure. Dans ma tête, mon loup sautille sur place, ne cesse de faire des allers et retours, me demandant de le laisser sortir jouer avec son copain.

C'est vrai que depuis le jour où il nous a revendiqué, mon animal n'a jamais pu jouer avec celui du Delta. Raphaël s'est tenu éloigné de nous durant des semaines, et il n'y a que mon ours que j'ai pu laisser libre. Même si je sens bien que ce n'est pas ma nature première.

J'ai du mal à expliquer lorsqu'on me demande comment fonctionne mon changement de forme, parce que pour moi, ce n'est qu'une très légère modification. En réalité, j'ai un loup dans ma tête qui communique avec moi. Mais lorsque je m'aperçois que Lloyd à besoin de moi en tant qu'ours, alors mon animal se transforme physiquement pour s'appareiller à lui, mais reste tout de même un loup dans ma tête. Un peu comme si les deux animaux étaient une seule et même entité.

Je prends une courte inspiration et ferme les yeux, tentant de savoir ce que je dois faire. Ces dernières semaines, j'ai un peu discuté avec mon géniteur, et il m'a appris que nous devions apprendre à faire confiance à notre animal intérieur. Alors je tente de l'écouter de plus en plus. Mais cette fois-ci, je ne comprends pas vraiment ce qu'il tente de me dire. Le loup dans ma tête semble vraiment très excité. Je me demande s'il ressent les mêmes effets que nous, et que c'est pour ça qu'il est aussi énervé.

Malgré tout, je décide de lui faire confiance, et le laisse prendre place au tout premier plan. La magie galope rapidement dans tout mon corps, me transformant totalement, me faisant passer de l'état d'humain à celui de loup en quelques secondes à peine.

La douleur est presque totalement absente à présent, et j'en suis heureux. Je me souviens de la toute première fois où mon corps a subi cette transformation. La douleur qui s'est répandue dans mon corps à ce moment-là restera gravée à tout jamais dans ma mémoire.

Mais depuis cet instant à la frontière de la meute, la douleur s'est faite moins présente, et je réussis désormais à me transformer sans hurler de douleur.

Je m'ébroue énergiquement lorsque ma transformation est totalement effectuée, me tournant tout de suite vers Raphaël et lui lécher le côté du museau, jappant de bonheur. Mon loup est heureux de retrouver son compagnon. Il ne cesse de se frotter contre sa fourrure, de le mordiller, de le lécher, tout en gémissant de bonheur.

Un grondement au-dessus de nous me fait me recroque-viller, la queue entre les jambes, un petit cri apeuré s'échappe de ma gueule. Le Delta se dresse d'un coup et vient se poster devant moi pour me protéger, grognant sur l'ours qui nous fait face. Je couine doucement, et me décale pour me retrouver entre les deux mâles, effectuant un aller-retour de mes yeux entre les deux pour leur demander de se calmer.

L'ours se penche sur moi, son gros museau se plantant dans les poils de mon cou, inspirant à plein poumons comme pour se gorger de mon odeur. Un déferlement de magie passe en moi à ce contact, et bientôt, tout mon corps se met à vibrer avant de prendre l'apparence de l'ours que je deviens parfois.

L'Alpha grogne de contentement, et je me tourne vers le loup pour observer sa réaction. Le pauvre s'est rabougri sur lui-même, couinant dans son coin, sa queue de nouveau ren-trée sous son ventre, ses oreilles bien à plat sur sa tête.

Je tends ma patte pour la poser sur le haut de sa tête, mais il se décale vivement, subitement arrêté par la corde qui le maintient toujours. Il gémit de peur, se remettant à ronger la corde pour tenter de s'enfuir, mais sans y arriver vraiment. Je le sens paniquer, s'énerver, avant que je ne me transforme à nouveau en loup.

Raphaël se calme d'un seul coup, gémissant en se pelo-tonnant contre moi, me léchant le museau, rassuré de me voir de nouveau en loup.

Cependant, c'est à mon tour de me mettre à paniquer, car je sens la magie parcourir mon corps à toute allure, et commence à mieux comprendre la manière de fonctionner de ma magie. J'ai le sentiment que mon animal intérieur n'arrive pas à se stabiliser sous une forme bien particulière. Être en présence de ses deux compagnons sous leurs formes animales semble forcer mon animal à satisfaire les deux en même temps. Et les transformations successives commencent à être douloureuses pour moi.

Je m'écroule à terre, retrouvant mon corps d'homme en criant tout bas. Cela faisait bien longtemps que je n'avais pas eu aussi mal. La langue râpeuse du Delta vient lécher ma joue de bas en haut, me faisant légèrement sourire, avant que je ne tende la main pour le détacher. L'animal me remercie d'un nouveau coup de langue avant de se placer devant moi, tous crocs dehors pour faire face à l'ours.

Lloyd gémit doucement, mon cœur se pinçant doucement face à la tristesse contenue dans ce son. Je me redresse, passant une main tremblante dans mes cheveux, la fatigue me tombant dessus comme une masse, avant que je ne m'écroule dos à terre en soufflant de découragement.

Nous n'allons pas y arriver. Nous allons finir par mourir de plaisir. Ou de fatigue. En tout état de cause, nous sommes foutus.

Raphaël s'allonge le long de mon flanc, positionnant sa truffe dans mon cou, sa langue léchant le bout de la marque qu'il m'a faite dépassant de mon tee-shirt, et je frissonne durement. Grognant tout seul, Lloyd finit par faire de même, s'allongeant de l'autre côté, et grignotant doucement sa marque.

Je plonge alors mes mains dans les fourrures de mes deux compagnons, un léger sourire aux lèvres. Je n'aurais jamais dit que deux fourrures pouvaient être aussi différente l'une que l'autre. Elles sont toutes les deux très douces, et très agréables sous mes doigts, mais celle de Lloyd est légèrement plus épaisse, tandis que celle de Raphaël est plus drue. Quoi qu'il en soit, je serais à présent capable de différencier les deux fourrures les yeux fermés.

Un flot de magie se met alors à naviguer de mon corps vers ceux de mes compagnons, créant des vagues d'énergie qui ondulent tout autour de nous. Des couinements apeurés me font brutalement ouvrir les yeux et je me retrouve soudain entouré par deux ours absolument magnifique. Je regarde mes mains toujours coincées dans les fourrures de mes deux compagnons, et ouvrent de grands yeux surpris.

Suis-je réellement capable d'une telle chose ? Est-ce que c'est vraiment moi qui aie fait ça ?

Sans me laisser le temps de vraiment y réfléchir, les deux ours semblent avoir compris avant moi qu'il fallait en profiter et se jettent l'un sur l'autre pour se revendiquer. C'est avec effarement et un peu de gène que je vois Lloyd prendre sauvagement le Delta, avant de planter ses crocs dans l'épaule indemne de Raphaël.

Aussitôt, le flot de magie me percute violemment, me faisant retomber à terre. Mon corps se cambre sur le sol alors que l'électricité me parcourt tout entier, faisant surchauffer mon corps. Puis un éclair de lumière blanche passe devant mes yeux, avant que tout ne devienne noir.

Finalement, je crois que j'ai fini par trouver la solution à notre problème !

CHAPITRE 22

J'ouvre lentement les yeux, m'étonnant d'être dans mon lit alors que le soleil brille à l'extérieur. Il me faut un petit moment pour me rendre compte que mon corps ne vibre plus comme avant. Il semble avoir trouvé une nouvelle harmonique sur laquelle se caler. Je ne suis plus pris par cette fièvre de luxure qui semblait vouloir m'engloutir depuis des semaines.

Je repense alors aux dernières heures, et aux nombres de fois où Lloyd, Raphaël et moi avons fait l'amour, et je sens mes joues me cuire violemment. Jamais avant ce jour, je n'aurais pensé être capable d'une telle chose. Sincèrement, je ne pensais pas qu'il était physiquement possible d'être dur aussi longtemps.

Quoi qu'il en soit, mon corps n'est plus aussi douloureux que la veille, et c'est un réel soulagement. Je me remémore alors l'instant où le Delta, qui est un loup pur, s'est transformé en ours pour que l'Alpha puisse le revendiquer comme sien.

Je me redresse brusquement dans le lit, regardant tout autour de moi, cherchant les deux hommes à mes côtés. Mais je suis bien seul dans ce lit.

Je repousse vivement les couvertures, et sors en trombe de la chambre, pour dévaler les escaliers et me retrouver dans l'entrée. Je me stoppe net en entendant les deux voix graves et sexy de mes compagnons émaner du salon.

— Ce n'est pas parce qu'il semble t'avoir pardonné que tu dois t'attendre à la même chose de moi, Raf !

Un léger rire se fait entendre, et un sourire étire mes lèvres en reconnaissant la voix du Delta. Il semble aller vraiment nettement mieux que le jour où il est arrivé chez nous. Son moral semble être remonté en flèche également.

— Essaye de t'en convaincre toi-même, Mon Grand avant d'essayer de me faire gober cette pilule !

Un silence se fait, et je tends l'oreille pour être sûr de ne rien louper de leur discussion, mais n'entendant rien, je m'avance dans l'entrée et me décale pour jeter un coup d'œil dans le salon, en croisant les doigts pour qu'ils ne me voient pas. J'ouvre de grands yeux étonnés en voyant le Delta assit à califourchon sur les cuisses de l'Alpha, ses grandes mains entourant le visage de Lloyd pour le maintenir face à lui, ses lèvres le bouffant totalement.

Mon désir qui s'était calmé depuis la revendication des deux hommes, grimpe à nouveau comme du mercure dans un thermomètre placé au four. Tout comme ma température interne qui est de nouveau en proie à une fièvre infernale.

Arrêterais-je jamais de ressentir un tel désir pour ces hommes ?

Raphaël se recule soudain, un sourire supérieur sur les lèvres en voyant le regard flou de l'Alpha. Sa bouche collée à celle de Lloyd il lui dit sensuellement :

— Je sais que tu me veux, tout comme tu veux notre Calvin. Mais, si ça peut te faire plaisir, je ferais semblant de croire que tu ne m'apprécies pas !

Il lui adresse un clin d'œil avant de déposer un baiser rapide sur ses lèvres et de descendre de ses genoux, la bosse déformant le devant de son pantalon bien visible. Le rouge me monte aux joues en la voyant et je m'adosse au mur derrière moi pour reprendre mon souffle.

C'est moi où ils se sont amusés avec le thermostat pendant ma courte sieste ?

Je finis par reprendre mes esprits, et esquisse un pas pour entrer dans le salon, lorsque des coups frappés durement contre la porte d'entrée me font sursauter. Je pousse un petit cri pas du tout masculin, en posant une main sur ma poitrine dans le vain espoir de faire ralentir les battements de mon cœur de cette façon.

Je me racle la gorge pour retrouver ma voix d'homme, avant d'indiquer à mes deux compagnons que je m'en occupe. Sachant que je suis juste devant, ce serait stupide de ne pas le faire.

Mon souffle se bloque dans ma gorge, et je me fige sur le seuil, en voyant l'homme qui me fait face. Je ne l'ai vu qu'une seule fois jusqu'à présent, mais je réalise que ça me suffisait amplement. Je n'ai toujours pas envie de lui faire face.

Je me recroqueville derrière la porte, tentant vainement de disparaître. Ce n'est qu'en voyant le sourire sardonique apparaître sur les lèvres de l'homme que je réalise ma connerie.

Je suis tout seul devant cette porte, il n'y a que moi, comment pourrais-je me fondre dans la masse ? Des fois, je me demande si j'ai bien été livré avec un cerveau à la naissance !

— Qui est-ce Loupiot ?

— Ton...

Les mots se coincent dans ma gorge dans un petit couinement de souris qui me met extrêmement mal à l'aise, et le sang
me monte aux joues. Une fois de plus, j'arrive à me ridiculiser
devant un homme important.

— Qui ?

Lloyd arrive dans l'entrée et se fige à son tour en voyant
qui vient nous rendre visite. Il se colle aussitôt à mon corps,
enroulant son bras autour de mon ventre, se montrant possessif comme jamais. Raphaël arrive à son tour, et se colle à
nous, montrant les crocs à l'homme.

Un sentiment de pouvoir gonfle en moi en voyant mes
deux compagnons réagir de cette façon. Cela ne fait que me
prouver qu'ils tiennent à moi.

— Lloyd ! Est-ce une manière d'accueillir son père ? Il ne
me semblait pas t'avoir élevé ainsi.

Mon Géant gronde un peu avant de tous nous décaler
pour laisser entrer son père et sa délégation. Entrant le dernier, Aby me fait un petit signe de la main, avec un grand sourire, et je ne peux m'empêcher de le lui rendre. J'adore ce mec.
Bien que je m'inquiète pour lui et sa relation avec Kit. À mon
avis, Aby se fait des illusions à propos de l'autre Oméga. Il ne
faut pas qu'il oublie que Kit a le même statut que lui.

Raphaël s'occupe de refermer la porte derrière le dernier
ours qui entre, et nous suit lorsque Lloyd nous entraîne dans
le salon. L'Alpha m'assoit de force dans le canapé, avant de se
caler sur ma droite, tandis que le Delta s'assoit à ma gauche.
On peut dire que je suis bien entouré.

L'Alpha des ours nous regarde tous les trois, le dégoût
présent sur ses traits, et cela me hérisse le poil. Il n'a pas le
droit de nous regarder de cette manière. C'est le Destin qui a

décidé de notre sort.

La main apaisante de Lloyd dans le bas de mon dos me calme instantanément, et je me laisse aller contre lui. Il dépose un baiser sur le haut de ma tête, avant de se tourner vers son père.

— Bien ! Maintenant, peux-tu me dire ce que toi et ta délégation êtes venus faire chez moi, Papa ?

Je sursaute légèrement au ton sarcastique qu'a utilisé Lloyd sur le dernier mot. J'ai comme dans l'idée qu'il n'apprécie pas vraiment la visite de son père. Ce qui n'est pas étonnant vu la manière dont il lui a parlé la dernière fois qu'ils se sont vus.

L'Alpha des ours se tend sur son siège, un grondement roulant dans sa poitrine. Un homme derrière lui se rapproche de son chef, montrant les crocs, et à mon avis, il doit s'agir de son Bêta. J'ai déjà vu Thomas ou Joshua réagir de cette façon avec Ryan.

Je me renfonce dans mon siège lorsque le regard noir de mon beau-père se pose sur moi. Je sursaute violemment lorsque ce mot passe dans ma tête. Je n'avais pas vraiment réalisé que l'homme imposant assit en face de moi est dorénavant mon beau-père.

Je me tourne alors vers Raphaël, et me demande soudain ce qu'il en est de sa famille. J'ignore tout de lui. Je ne sais même pas si ses parents sont toujours en vie. Je sais qu'il a deux frères, mais en dehors de ça, c'est le noir complet.

— Je suis venu te remettre les idées en place. Je trouve que la plaisanterie a assez durée.

L'arrogance contenue dans ses paroles me hérisse le poil, et je me retiens de lui sauter à la gorge. De quel droit ose-t-il venir dans notre maison pour forcer son fils à rentrer avec lui ? Lloyd se tend à mes côtés, et resserre ses doigts sur ma cuisse, m'arrachant un petit cri de douleur.

Mon Géant se tourne vers moi avec un petit sourire d'excuse, avant de m'embrasser tendrement. Le grognement de l'ours me fait doucement rire avant que je ne me laisse aller contre la poitrine de mon Alpha, plongeant mon regard dans celui de son père.

Je vois les muscles sur la mâchoire de l'ours tressauter durement, et je me crispe tout contre Mon Géant. La main de Lloyd vient se poser sur mon ventre, et je respire soudain mieux, malgré la tension palpable dans l'air.

— De cette histoire abracadabrante voyons ! Celle qui dit que tu serais jumelé à deux hommes. Déjà, un, ça aurait été extrêmement étrange, mais deux, c'est totalement impossible.

Une fois de plus, je me tends dans les bras de Mon Géant, m'éloignant même pour me caler contre le Delta. Jusque-là, Raphaël n'a pas fait de vague et est resté sagement dans son coin. Mais en me posant tout contre lui, je peux sentir à quel point il est tendu lui aussi. Tous ses muscles sont crispés et il se tient tellement droit qu'on pourrait le prendre pour une statue de cire.

— Ce n'est absolument pas impossible, papa. La preuve ! Calvin et Raphaël sont bels et biens mes Âmes Jumelles. Nous avons failli mourir tous les trois pour ne pas avoir finalisé le lien.

La peur qui passe dans les prunelles marron de l'Alpha des ours me surprend un peu, jusqu'à ce que je comprenne qu'il aime son fils. Malgré le fait qu'il ne supporte pas l'idée de le voir avec deux hommes, il garde de l'amour pour lui. Et cela le fait légèrement remonter dans mon estime. Mais très légèrement.

— Heureusement, nous avons pu trouver une solution et nous sommes à présent totalement unis tous les trois.

Entendre Lloyd dire une telle chose me réchauffe brusquement de l'intérieur, et je frétille de bonheur. Je ne résiste pas à la joie de me blottir contre lui pour l'embrasser tendrement.

— Tu te rends compte de l'image que ça donne à notre clan auprès des autres, Lloyd. Tu es censé être le futur Alpha. Qui va prendre ma suite si tu n'en es plus capable ?

Mon compagnon se tend contre moi, et je serre les dents pour m'empêcher de répondre vertement à cet homme. À l'écouter, on pourrait croire que le fait de vivre maintenant avec deux hommes l'empêche de devenir le futur Alpha du Clan des Sources.

— Que veux-tu dire, papa ? Pourquoi ne serais-je pas capable de devenir le futur Alpha du clan des Sources ? Tu m'apprends depuis mon plus jeune âge à diriger ce clan. Tu m'as élevé dans cette optique depuis toujours. Et aujourd'hui, parce que je couche avec des hommes, je n'en serais plus capable ? Tu entends à quel point tes mots sont violents ? C'est comme si tu me disais que le fait de coucher avec ses hommes m'avait retiré mon cerveau. Ou mieux encore, mon pouvoir d'Alpha.

Je n'ai aucun mal à entendre la douleur et la peine dans la voix de mon compagnon, et ça me brise le cœur pour lui. Je sais que jusqu'à mon apparition dans sa vie, Lloyd était très proche de sa famille. Un véritable défenseur pour les plus faibles. Comme son frère. Je sais que sans Lloyd, Aby se serait très certainement suicidé depuis des années.

— Ce n'est pas ce que j'ai voulu dire, Lloyd, et tu le sais. Je soulignais juste que les autres clans ne vont pas comprendre que tu ne sois plus mon successeur.

Mon compagnon se lève d'un coup, m'envoyant valser contre le Delta qui resserre ses bras autour de moi. La colère qui émane du corps de l'Alpha me fait peur pour ceux autour de nous. Je sais que Lloyd ne nous fera jamais de mal à Eli ou moi, mais je ne donne pas cher de la peau des ours présents.

— Et pourquoi ne serais-je pas ton successeur, PAPA ?

La rage contenue dans le dernier mot me glace de l'intérieur. J'ignorais que Lloyd pouvait être aussi intransigeant, ni faire aussi peur. Je suis bien heureux de ne pas être celui à l'origine de sa colère.

Et je remarque qu'il en va de même pour l'Alpha des ours. Mon beau-père s'est totalement ratatiné dans son siège face à la rage presque meurtrière de son fils. Lloyd a déployé toute sa fureur et son pouvoir d'Alpha, et de toute évidence, il est plus puissant que son père.

— Je ne peux pas te laisser commander le clan. Un chef qui est avec un homme, ça n'existe pas.

Je me racle la gorge pour attirer l'attention sur moi, avant de me figer en voyant les yeux noirs de rage de Lloyd. Je me lève à mon tour et me colle à lui, déposant un baiser sur sa joue pour l'apaiser. Raphaël fait de même et nous contourne pour aller l'embrasser sur l'autre joue. Je sens la tension quitter légèrement le corps de mon compagnon et un petit sourire étire mes lèvres.

Le Delta et moi sommes capables de le calmer. C'est bon à savoir !

— Je pense, monsieur Heyes, que vous n'êtes pas au courant que la meute de la Lune Rousse est actuellement dirigée par deux loups accouplés à des hommes, sinon vous n'oseriez pas dire une telle chose.

La légère rougeur qui apparaît sur les joues de l'Alpha des ours me surprend, mais il se reprend rapidement et se lève à son tour pour faire face à son fils et ne pas être en dessous de lui. Malgré tout, il est plus petit que Lloyd, et cela me fait sourire.

— Je ne veux manquer de respect à personne, mais tout le monde sait qu'une meute de loup n'est pas comme un clan d'ours. Nous n'acceptons pas forcément les mêmes choses.

Un ricanement amer provenant de Lloyd me fait sursauter, et je tourne vivement la tête en fronçant les sourcils. Il ne m'a pas vraiment habitué à ce genre de son, et ça m'étonne venant de lui.

— Donc, ce que tu veux dire, papa, c'est que les loups sont en dessous des ours ? Que nous sommes meilleurs que de simple cabots ?

Une fois de plus, je ne peux faire autrement que de remarquer la rougeur qui apparaît sur les joues de l'Alpha des ours, et je me mords la lèvre inférieure pour ne pas rire. Ça ne serait pas du meilleur effet.

— Tu me prêtes des mots que je n'ai pas dit, Lloyd.

— Mais tu l'as pensé tellement fort que je les aie entendus. Tu n'es pas vraiment discret papa. Depuis le tout premier instant, tu n'as pas cessé de me dire que c'était une erreur. Que l'attraction que je ressentais pour ses deux hommes n'étaient qu'une illusion créée par mon cerveau fatigué. Que jamais un Heyes ne pourrait être attiré par un homme. Cela veut-il dire qu'Aby n'est pas ton fils ? Parce qu'il me semblait que cela faisait des années que tes hommes se servaient de lui comme d'une pute.

Un cri outré se fait entendre, et je tourne la tête pour tomber dans le regard embué d'Abraham. Le pauvre garçon est vraiment choqué par la façon dont son frère le perçoit.

Pourtant, du peu que je sais sur lui, c'est exactement comme ça qu'il se voit, et également de cette façon que le reste du clan le perçoit. De ce qu'il m'a raconté, il a passé ses dernières années à ouvrir les cuisses pour des hommes qui ne le respectaient pas et qui ne voulaient que se soulager.

Le jeune homme se lève d'un bond, lançant un regard meurtrier à son frère, avant de sortir précipitamment de la maison. J'esquisse un geste avec l'intention de le suivre, mais Lloyd me retient d'un mouvement sec. La colère que je vois luire dans les yeux de mon beau-frère lorsqu'il passe devant Lloyd ne me surprend pas. Mon homme n'aurait jamais dû dire une telle chose.

Une fois cette explosion passée, je reporte mon attention sur mon beau-père, et fronce les sourcils en voyant la gêne dans ses grands yeux marrons. Visiblement, il n'avait pas vraiment pensé à son dernier né en prononçant ses paroles.

— Tu sais bien que je ne parlais pas de ton frère. Tu déformes toutes mes paroles. Aby est comme il est et on ne peut rien y faire. Crois-moi, j'ai essayé durant des années d'en faire un homme, mais rien à faire. Mais je ne pensais pas que toi aussi...

Il ne finit pas sa phrase, tordant ses mains devant lui en nous montrant tous les trois. Je pense qu'il veut essayer de nous faire comprendre quelque chose, mais je n'arrive pas vraiment à savoir quoi.

— Que moi aussi « quoi », papa ? Que moi aussi je finirais par faire la pute avec tes hommes de mains ? Je te rassure, ce n'est absolument pas au programme. En revanche, j'ai bien l'intention de faire ce pour quoi j'ai été élevé.

Lloyd resserre ses bras autour de Raphaël et moi, et avance d'un pas, surplombant son père par sa taille, mais également par son pouvoir écrasant.

— C'est-à-dire diriger ce clan qui est le mien. Très bientôt, papa, je serais l'Alpha de ce clan, que tu le veuilles ou non.

Je vois mon très cher beau-papa serrer les mâchoires et se mordiller le bout de la langue, certainement pour s'empêcher de dire des bêtises. Je pense qu'il vaut mieux. Parce que depuis tout à l'heure, j'ai l'impression qu'il s'enfonce à chaque phrase qu'il prononce.

— Aucun ours ne sera d'accord pour que tu les diriges si tu continues dans ce délire avec ces deux hommes. Je connais mon clan, et je sais comment tout ça va finir. Les ours vont se battre pour te destituer. Et lorsque je parle de se battre, je veux bien évidemment dire te tuer.

Mes doigts se crispent sur la chemise de Lloyd à ces mots. J'ai peur pour lui. Mais mon homme pose une main sur la mienne pour me rassurer et baisse les yeux sur moi avec un léger sourire.

— Rassure-toi Loupiot ! Je suis beaucoup plus fort que la plupart des ours de mon clan.

— Mais et s'ils se mettent à plusieurs ?

C'est au tour de Raphaël de serrer la main qu'il tient et je me tourne vers lui.

— Si c'est comme les loups, nous ne pouvons défier notre Alpha que un par un. Jamais en groupe. C'est un seul individu qui doit prouver qu'il est capable de diriger la meute.

Je fronce les sourcils, pas vraiment sûr de tout comprendre. Mais je dois apprendre à leur faire confiance. Ils sont mes compagnons, et je dois arriver à me reposer sur eux.

— Tu n'y arriveras pas Lloyd. Mes ours ne te laisseront pas faire.

Mon compagnon se place face à son père, le regardant droit dans les yeux, la puissance émanant de tout son corps.

— Ils n'auront pas le choix, Monsieur Heyes, parce que vous ploierez l'échine devant moi.

La grimace qui prend place sur le visage de mon beau-père m'indique qu'il est plus faible que son fils, et cela me soulage légèrement. Même si ça me désole de les voir se battre tous les deux.

C'est vrai que je ne sais pas trop à quoi doit ressembler une relation entre un père et son fils. Je n'ai pas eu la chance de naître au bon endroit. Jusqu'à il y a peu, j'ignorais même qui était mon père, alors nouer une relation avec lui aurait été compliqué.

Surtout qu'en plus, il ne vivait même plus avec nous. Il avait été acheté par un vampire pour lui servir de nourriture et de jouet sexuel.

Je me laisse lourdement tomber sur le canapé lorsque le dernier des ours sort enfin de notre maison, respirant un peu mieux. C'est étrange comme je me sens nettement mieux au milieu des loups que des ours. Je suis pourtant capable de prendre les deux formes, alors je devrais pouvoir m'intégrer facilement aux ours comme je le fais avec les loups.

Mais leur manière étriquée de voir notre histoire avec Lloyd et Eli ne me donne pas forcément envie de mieux les connaître. C'est sûr qu'être dans une meute où les deux dirigeants ont les mêmes désirs que vous, cela aide. Lorsque Lloyd aura pris la tête du clan, tout ira mieux chez les ours.

— Tout va bien, Loupiot ?

Je relève la tête et fait un petit sourire à mon compagnon. Ce genre de rencontre n'est jamais très agréable, mais en vivant avec un Alpha, ça doit être la norme. Il faudrait que je demande à Ryan ou mon père. Ils sauraient me dire si c'est normal.

Je réalise alors à cet instant qu'à présent, je ne suis plus obligé de rester dans cette maison. Si le désir m'en prend, je peux tout à fait sortir et me rendre où bon me semble.

Un vent de liberté souffle sur moi, et un petit rire sort de ma gorge alors que je me lève pour enlacer mon géant, et l'embrasser sauvagement. Je fais de même avec le Delta avant de sortir de la maison et de courir vers le territoire de la meute.

J'ai besoin de voir du monde. J'ai besoin de savoir ce que ça peut faire d'être réellement libre. Depuis le jour où j'ai été sauvé de la ferme, je n'ai jamais pu être moi-même. Pratiquement dès le jour même, j'ai rencontré Raphaël et me suis retrouvé attaché à lui sans pouvoir faire ce que je voulais.

Et puis, ça a ensuite été Lloyd, et une fois de plus, j'ai été bloqué avec ses deux hommes. Je devais être là où ils se trouvaient sans espoir de voir autre chose.

Lorsque le voile de magie qui entoure la meute glisse sur mon corps alors que je sors de notre petit territoire protégé, un rire sonore sort de ma gorge, et je me mets brutalement à courir, adoptant ma forme animale.

Non seulement notre jumelage enfin terminé m'a red-
onné des forces, mais en plus je suis à présent libre d'aller où je
veux. La vie peut être merveilleuse parfois.

CHAPITRE 23

―――

Ma truffe humant l'herbe sèche tout autour de moi, mon loup ne cesse de farfouiller le sol à la recherche de nouvelles odeurs, déposant la sienne en urinant sur chaque plante ou souche d'arbre qu'il trouve. De mon point de vue, ça me fait rire, mais je sens au fond de mon animal que c'est quelque chose de très important pour lui. Il a besoin de déposer son odeur sur cette terre. De prouver au reste de la meute qu'il en fait bien partie.

Depuis tous ces mois où j'ai été parqué dans un coin en attendant mon heure, mon loup s'est montré assez compréhensif de mon point de vue. Il a sagement attendu que ses deux Âmes Jumelles finissent par comprendre leur lien, avant de pouvoir sortir librement.

Je profite de ce petit moment que nous avons tous les deux pour tenter de comprendre un peu l'animal qui vit en moi. Depuis tous ces mois où il est apparu dans ma vie, je n'ai pas vraiment cherché à comprendre ce que lui pouvait ressentir. Dès le tout premier jour, il a été attiré par Eli et m'en a voulu de m'intéresser autant au futur Alpha du clan des ours. Dès le moment où j'ai croisé la route de l'ours, il a tenté de me faire reculer. Mais le Destin avait déjà choisi pour nous. Nous ne pouvions pas faire marche arrière.

Pourtant, la nature est bien faite puisque grâce à nous, un

ours et un loup ont pu s'accoupler sans dommage pour l'un ou l'autre. J'ai d'ailleurs pu remarquer que le loup semblait moins réfractaire aux caresses de l'ours depuis que le Delta est revenu dans nos vies. Il semble s'être apaisé lui aussi.

Notre errance nous amène bientôt aux portes du village, et je suis heureux de pouvoir à nouveau me fondre parmi mes compatriotes. Mon loup se dirige d'un pas allègre aux travers des routes, avançant d'un pas guilleret. Je pense que lui aussi est très heureux de pouvoir enfin vagabonder librement.

Il s'arrête soudain devant la porte de l'Alpha de la meute de la Lune Rousse, et se hausse sur ses pattes arrières pour gratter à la porte. Lorsqu'au bout de plusieurs minutes la porte reste résolument close, il se met à couiner. Finalement, il me laisse la place, et c'est nu que je me relève et que j'ouvre la porte de la maison de l'Alpha. Aucun bruit ne se fait entendre, et je grimace doucement.

J'espérais un peu trouver les deux anciens. J'aimerais discuter avec Tyler de ce qu'il nous est arrivé, et de la façon dont j'ai réussi à transmettre mon pouvoir à Eli pour que lui aussi puisse se transformer en ours.

J'ouvre la porte du placard à côté de l'entrée et enfile un des pantalons mis à disposition par Nathan. Basile m'a raconté que le compagnon de l'Alpha avait un peu pété un câble en voyant tous ces hommes se balader nus sous les narines de son homme. On a beau être l'Âme Jumelle d'un Alpha, ça n'empêche pas de ressentir de la jalousie.

Je me dirige vers la cuisine, prêt à laisser un mot à la première personne qui le lira, afin de prévenir les anciens que j'ai besoin de leur parler assez rapidement. Je m'arrête net dans l'embrasure de la porte, subjugué par le spectacle qui s'offre à moi.

Tyler et Gidéon dans les bras l'un de l'autre, leurs bouches s'effleurant à peine, des vagues d'amour ondulant tout autour d'eux pour créer une sorte de brume d'amour. Je trouve absolument génial qu'après toutes ces années passées ensembles, ils soient toujours aussi amoureux. J'espère qu'on nous retrouvera de la même manière Lloyd, Raphaël et moi d'ici quelques siècles.

Je cligne rapidement des yeux alors qu'ils se séparent doucement et se tournent tous les deux vers moi avec un sourire amoureux aux lèvres. Ils paraissent encore tellement jeunes. Pourtant, Tyler m'a bien dit que d'ici quelques années, leurs cheveux allaient blanchir d'un seul coup, leurs peaux se parchemineraient de vieillesse, et leurs corps seraient moins forts. La déchéance du loup ne prend que peu de temps comparée aux années passées en bonne santé. Et c'est peut-être pour le mieux.

— Tu m'as l'air en pleine forme Calvin ! Tu as enfin réussi à trouver du temps pour te reposer ?

Tyler semble vraiment heureux de me voir aussi plein de vie et je secoue doucement la tête, mes joues se mettant à rougir alors que je repense à la façon dont j'ai gagné ma bonne mine. Il a tout de même fallu que Lloyd, Eli et moi nous envoyons en l'air plus d'une fois. Et qu'ils me gavent d'un monceau de nourriture grasse et calorique.

Gidéon doit comprendre ce qu'il me passe par la tête, car il émet un petit rire avant de se tourner vers son compagnon pour l'embrasser tendrement avant de prendre congé avec un léger mouvement de la tête dans ma direction. Tyler s'approche vivement de moi pour me prendre le bras et me traîner jusqu'à l'îlot central de la cuisine, et me faire asseoir sur un tabouret haut.

— Allez ! Dis-moi tout ! Je sens que tu meures d'envie de

tout me dire !

Je lui fais un grand sourire, toujours autant étonné d'être aussi à l'aise avec un homme que je ne connaissais pas il y a quelques semaines à peine. Je m'entends même mieux avec l'Ancien qu'avec mon propre géniteur.

Basile est légèrement remonté dans mon estime lorsqu'il a envoyé bouler Raphaël en apprenant ce qu'il m'avait fait. Malgré tout, j'ai encore du mal à discuter avec lui. On essaye, jour après jour de passer du temps ensemble et d'apprendre à nous connaître, mais ce n'est pas gagné.

Et étrangement, la première personne a qui j'ai voulu parler de la finalisation de notre jumelage n'est pas mon géniteur, mais le père que je me suis choisi au fond de mon cœur.

— Nous sommes jumelés tous les trois. On a réussi !

Tyler se fige brutalement de stupeur, étonné par mes paroles, et saute de son tabouret pour venir me serrer dans ses bras. Il me fait sautiller sur place en criant de joie. J'explose de rire à le voir aussi insouciant, et paraissant si jeune. J'ai toujours du mal à me rappeler qu'il a plusieurs siècles de plus que moi.

Après plusieurs minutes de ce traitement, Tyler finit par se rasseoir sur son tabouret et j'en fais de même, reprenant doucement mon souffle. Il me fait un grand sourire, puis se relève pour ouvrir le frigo et en sortir une bouteille de vin blanc. Il profite d'être debout pour prendre les verres et nous servir.

Nous trinquons avec un sourire énorme sur les lèvres, et j'avale une gorgée du délicieux breuvage, ronronnant alors que la saveur sucrée coule dans ma gorge. Tyler me fait un clin d'œil et je ne peux faire autrement que d'exploser de rire.

LA FORCE DU DESTIN

Malheureusement, après plusieurs minutes, je vois mon ami froncer brusquement les sourcils, et reposer son verre tout doucement. Je l'imite, ma main tremblant légèrement.

Depuis que je le connais, ce n'est pas la première fois que je le vois aussi sérieux. Bien au contraire. Son rôle dans nos vies à tous est extrêmement important, et on attend de lui qu'il se montre respectable et honnête. Mais je crois bien que c'est la première fois que je le vois aussi tendu.

— Donc, si j'ai compris tout ce que tu m'as dit, vous avez fusionné vos âmes ?

Je fronce les sourcils, pas vraiment sûr de ce qu'il me demande. Je suis encore assez novice dans ces histoires d'Âmes Jumelles et autres, et j'ignore ce dont il me parle.

Tyler souffle doucement, avant de se pencher sur la table et de m'adresser un petit sourire. Mes sourcils se froncent davantage en voyant que son sourire n'atteint pas ses yeux. Il est plutôt du genre solaire habituellement, alors que son sourire ne remonte pas jusqu'à son regard me montre à quel point ce qu'il veut me dire ne va pas me plaire.

— Tu sais qu'il existe différents stades dans le jumelage des Âmes Jumelles ?

Je fais un mouvement bizarre avec mes épaules, n'acquiesçant pas vraiment, mais ne niant pas non plus. Tyler grimace avant de se verser un nouveau verre de vin blanc et de me tendre la bouteille. Il avale une gorgée et souffle doucement.

— Les Âmes Jumelles comme tu le sais, sont choisies par le Destin afin de faire proliférer une meute. Elles se forment entre un mâle et une femelle, entre deux femelles, ou entre deux mâles grâce aux Omégas. Mais, il arrive parfois que le

Destin n'ait pas toutes les cartes en main, et que le couple ainsi formé ne soit pas destiné à avoir des enfants. Cela veut dire que les deux protagonistes ne ressentent pas le besoin de fusionner leurs âmes.

Je crois qu'il m'a totalement perdu. Il existe donc un degré dans le jumelage entre loups. J'ai vraiment du retard dans mon apprentissage.

— Par exemple, je peux te dire de source sûre que Ryan et Nathan ont fusionnés leurs âmes. Tout comme Andrew, Gabriel, et Basile. Le fait que plusieurs hommes aient réussi à tombés enceint le prouve.

J'ai l'impression qu'une petite ampoule s'allume brusquement au-dessus de ma tête, et un léger sourire étire mes lèvres. Si je comprends bien, la fusion des âmes sert en réalité à pouvoir avoir des enfants. Tant que nous ne serons pas passé par là avec mes deux hommes, nous ne pourrons pas nous reproduire.

Pour le moment, ça me va. Je préfère attendre avant de créer une famille avec eux. Je suis encore jeune, et nous avons toute la vie devant nous. Surtout qu'en plus, Lloyd est plus ou moins en train de sonder son clan pour destituer son père et en prendre la direction. D'après les échos que nous en avons, une guerre intestine se prépare lentement.

Comme l'a indiqué Elijah, le père de Lloyd, une majorité des ours ne serait pas prête à suivre mon compagnon s'il évinçait son père. L'homophobie est bien présente chez ces machos.

Malgré tout, une autre partie en a assez des manières dictatoriales du vieil ours, et serait prête à vivre dans une nouvelle ère, et sous un autre commandement. Mais ils ne sont pas assez nombreux à suivre Lloyd pour qu'il se lance tout de suite dans la course à la tête du clan.

De toute façon, comme je le disais, nous sommes loin de parler de créer une famille, alors je ne sais pas ce qui peut mettre mon ami dans cet état. Je tends le bras sur la table pour poser ma main sur la sienne et lui souris doucement.

— T'inquiètes Tyler ! Lloyd, Eli et moi n'en sommes pas à parler bébé.

Il esquisse un léger sourire, mais une fois de plus, il n'arrive pas jusqu'à ses yeux et ça me tord le ventre.

— Justement, c'est à ça que j'ai pensé. Déjà, lorsque Gabriel, Basile et Andrew se sont révélés êtres des Âmes Jumelles tous les trois, nous avons douté avec Gidéon qu'ils puissent avoir des enfants. La naissance de Louis et Sophie nous a énormément surpris l'un et l'autre.

Il prend une courte inspiration, un peu hachée, avant de me regarder droit dans les yeux, plus sérieux que je ne l'ai encore jamais vu. Ce n'est qu'à cet instant que je réalise pleinement qu'il est un Ancien. Je vois enfin la maturité dans ses grands yeux.

— Nous en avons discuté avec Gidéon, et il y a de fortes chances pour que vous ne puissiez jamais avoir d'enfants tous les trois. Si on y réfléchit, vous êtes tout de même un ours, un loup et un Changeforme. Il est impossible que vous puissiez fusionner vos âmes pour arriver au lien parfait qui vous permettrait d'avoir des enfants.

Je grimace durement lorsqu'il me dit ça. Je ne me sens pas encore prêt à avoir des enfants, ce n'est pas pour autant que je n'espère pas être père un jour. Apprendre qu'en plus je pourrais être celui qui les porterait avait été une immense joie. Mais que Tyler me dise de but en blanc que je n'en serais pas capable me brise à moitié le cœur.

Seulement à moitié, parce qu'après tout, il n'en est pas entièrement sûr. Comme il l'a si bien dit, les deux Anciens étaient persuadés qu'un jumelage entre trois hommes était impossible. Mon père et ses compagnons ont pourtant été jumelés tous les trois. Et ils ont également réussi à avoir des enfants. Alors je dois garder espoir et me dire que tout est possible. Je dois continuer à croire que le Destin sait ce qu'il fait.

— Tu te trompes, Tyler. C'est toi-même qui m'a dit que le Destin ne se trompait que rarement. Il ne m'aurait jamais accouplé à ces deux hommes s'il ne prévoyait pas quelque chose d'extraordinaire pour nous.

L'Ancien se lève d'un bond, un peu énervé. Une fois de plus, cela m'étonne de le voir dans cet état. Il n'a pas l'air du genre à s'énerver facilement, mais depuis le début de notre conversation, je sens bien qu'il retient sa frustration.

— Tu ne comprends pas que ça nous fait peur, Cal ?

Je sursaute brusquement à ces mots. Il paraît réellement paniqué. Pourtant, je n'en comprends pas la raison. Pourquoi une telle appréhension ? C'est totalement dérouté, les yeux grands ouverts et la bouche béante, que je lui en demande la raison.

— De quoi avez-vous peur ?

Tyler s'arrête net en face de moi, tout son corps tendu comme un arc. Ses mains sont serrées en poings, ses mâchoires sont crispées à l'extrême, et même ses yeux lancent des éclairs. Je dois bien reconnaître que c'est la première fois qu'il suscite de la frayeur en moi.

Depuis le tout premier instant, l'Ancien m'a toujours paru gentil, doux, attentionné, et surtout, très paternel. Mais à cet instant bien précis, je vois le pouvoir déferler dans tout son corps et je suis tétanisé.

— De ce que pourrait donner vos petits ! Est-ce que tu as réfléchi une seule seconde au fait que dans votre jumelage, il y avait un loup, un ours et autre chose.

Je sursaute brusquement, comme frappé par ses mots. Ils sont d'une violence incroyable. Surtout envers moi. Des larmes de douleur et de colère mêlées grimpent en moi et je fais tout mon possible pour les empêcher de couler.

— Je ne veux même pas voir ce qui pourrait sortir de ton ventre !

Je serre les poings à mon tour et me lève pour lui faire face. Il est légèrement plus grand que moi, pourtant, j'ai l'impression de le regarder de haut à cet instant.

— Je suis un Changeforme. C'est ton propre compagnon qui l'a dit, Ty ! J'ai la capacité de prendre la forme de l'animal que je veux. Et je viens de découvrir que je pouvais également transformer un autre animal dans la forme que je voulais. Le Destin a fait en sorte que notre histoire fonctionne. Cela m'étonnerait vraiment qu'elle nous laisse mettre au monde des monstres. Parce que c'est bien ce que tu as voulu dire, non !

L'Ancien relève brusquement la tête, se rendant certainement compte du ton que j'ai employé. Oui, je suis très énervé, et pas très loin de totalement perdre mon sang-froid.

Il se recule d'un pas, et les émotions défilent dans ses grands yeux expressifs. Je peux y voir l'horreur engendrée par ses propres mots, les excuses qu'il tente de me faire passer par son regard, mais également le fait qu'il est persuadé d'avoir raison. Je peux lire qu'il est sûr et certain que Lloyd, Eli et moi ne devrions surtout pas essayer d'avoir des enfants.

Et bizarrement, rien que de voir cette expression me donne juste envie de courir jusqu'à chez moi et de sauter sur mes hommes afin qu'ils me remplissent tous les deux de leurs verges palpitantes pour planter leur semence en moi.

Il y a quelques minutes seulement, j'étais en train de me dire qu'attendre pour avoir un enfant était bien. Cela nous permettrait de prendre du temps rien que pour nous trois. Et peut-être qu'une fois que nous nous serions habitués à vivre tous ensembles, nous y aurions pensé.

Nous avons déjà eu un mal fou à coexister tous les trois, alors nous pouvions sans problème prendre notre temps pour penser à des enfants. Mais à présent, je suis déterminé à l'idée de prouver à l'Ancien que nos enfants ne seront en aucun cas des monstres.

De toute façon, dès l'instant où ils ont posé le pied dans cette meute, les deux Anciens n'ont cessé d'être dépassés.

Ils ignorent totalement pourquoi les deux Alphas et leurs Omégas associés n'ont pas la bonne couleur de pelage. Pourquoi avons-nous un Alpha blanc associé à un Oméga noir, et de l'autre côté un Alpha noir associé à un Oméga blanc ? Surtout qu'en plus, Ryan semblait dire qu'il avait gagné encore plus de pouvoir depuis qu'Andrew avait accepté de prendre une partie de la meute en charge, agrandissant par la même occasion le terrain de la Lune Rousse.

De plus, ils ne semblaient pas savoir que les Renifleurs ou les Changeformes existaient réellement. Jusqu'à ce que Basile ou moi apparaissions, nous n'étions que des légendes.

Ils sont beaux les Anciens qui ne savent rien !

Je prends une grande inspiration, plantant mon regard enragé dans les yeux écarquillés de Tyler.

— Tu ne peux en aucun cas décider pour moi ou mes compagnons si nous avons le droit d'avoir des enfants. C'est notre volonté, notre désir. Tu as ton compagnon et tes enfants. Laisse-moi gérer mes compagnons et mes éventuels enfants si nous le voulons.

Tyler recule d'un pas, certainement étonné par ma virulence. C'est vrai que jusqu'à ce jour, je ne me suis jamais rebellé. On a décidé pour moi que je serais un esclave de sang pour un vampire et on m'a appris à faire plaisir à n'importe quel vampire qui voudrait de moi, faisant de moi un prostitué. Et pourtant, j'étais heureux. J'étais persuadé à ce moment-là que j'avais été créé pour ça. Pour faire du bien à Artémus. Jusqu'à ce qu'il m'indique avec un grand sourire que j'avais été vendu.

Et puis on m'a amené dans un village étrange où je me suis métamorphosé en loup pour la toute première fois, transformant totalement ma vie, la chamboulant du tout au tout. J'ai alors découvert un tout nouvel univers. Je savais bien évidemment que les métamorphes existaient. Après tout, c'est tout de même grâce à eux que les humains peuvent se nourrir.

Et alors que je retombais enfin sur mes pattes dans ce nouveau monde, le Destin m'a une fois de plus bousculé en me mettant face à mon Âme Jumelle. Je n'ai pas résisté longtemps avant de le rencontrer, et nous avons établi notre lien. Raphaël m'a traité encore plus mal qu'une merde, et à nouveau, je n'ai rien dit, je l'ai laissé faire.

Mon seul petit acte de rébellion a été le jour où je me suis aventuré dans la forêt et rencontré Lloyd. C'est à partir de ce jour que tout a commencé à partir en vrille, d'ailleurs.

Alors que j'étais déjà jumelé à Raphaël, le Destin a décidé de m'associer également à un ours. La raison, nous l'ignorons tous. À moins que ce soit justement pour que l'on découvre ma nature un peu extraordinaire.

Quoi qu'il en soit, maintenant j'ai mes deux compagnons à mes côtés, et je ne compte pas me laisser marcher sur les pieds. Je ne suis plus seul. Ce n'est pas un Ancien qui va venir me dicter ma conduite.

Je sors de la maison de l'Alpha et claque violemment la porte derrière moi, courant à toute allure vers ma maison. J'ai besoin de retrouver mes hommes. De me fondre dans leurs bras et leur amour. Eux seuls pourront m'aider à passer cette épreuve.

Je m'effondre soudain brutalement, alors qu'une douleur atroce me perfore le ventre. C'est comme si on était en train de m'arracher les organes les uns après les autres. Un cri violent sort de mes lèvres et je me roule en boule, ma bouche s'ouvrant convulsivement pour trouver l'air qui me fait défaut.

Une lame chauffée à blanc est en train de me fouiller de l'intérieur et mon champ de vision s'étrécit brusquement. J'ai le sentiment d'appeler à l'aide, mais je crois bien qu'aucun son ne sort de ma bouche en réalité.

Alors que la douleur afflue toujours plus dans mon corps, se répandant dans tout mon être, je perds peu à peu conscience de mon environnement. La dernière chose donc j'ai la perception, c'est le chant de la forêt qui enfle et s'emballe tout autour de moi, comme si une guerre était en approche. Comme si, la nature nous avertissait d'un problème proche.

CHAPITRE 24

——

— **M**on Dieu ! P'tit Loup, ouvre les yeux !

Je reprends peu à peu pied dans la réalité, alors que la voix de mon compagnon arrive jusqu'à moi. Elle me semble lointaine, presque étouffée. Ce qui est étrange, parce que j'ai la sensation de sentir ses mains sur moi, me tapotant doucement les joues, passant sur mon corps pour vérifier la moindre blessure.

Puis de nouvelles voix viennent s'ajouter à celle de mon homme, faisant un boucan de tous les diables à côté de moi. J'ouvre lentement les paupières, tombant directement dans le caramel doux de Raphaël. Un léger sourire étire mes lèvres, avant qu'il ne se fane en voyant l'air dévasté de mon compagnon.

Je tente de me redresser, mais une main posée en travers de mon torse m'en empêche. Je tourne la tête, mon sourire s'élargissant, en pensant trouver mon autre compagnon, mais il ne s'agit que de Nathan qui est en train de m'examiner, sa main posée bien à plat sur ma poitrine, sa peau luisant légèrement.

J'écarquille les yeux de stupeur en voyant le phénomène. C'est la première fois que je le vois utiliser son don, et je dois admettre que c'est quelque chose. On voit la magie tourbillonner autour de lui en volutes légères et vaporeuses. C'est magnifique !

Totalement effrayant, mais absolument superbe !

Il finit par ouvrir les yeux, et m'adresse un sourire rassurant, avant de se redresser et de se rendre auprès de son compagnon. L'Alpha m'observe attentivement et je finis par me relever, regardant autour de moi à la recherche de Mon Géant. C'est étrange qu'il ne soit pas à mes côtés. Raphaël est là, il serait logique que mon autre Âme Jumelle le soit également.

Des doigts tendres passent dans mes cheveux, et je me tourne vers le Delta, les sourcils froncés. Les larmes que je vois dans ses yeux me retournent de l'intérieur et je me mets à trembler. Je repense soudain à la douleur que j'ai ressentie et qui m'a fait m'écrouler en plein milieu de nulle part.

Je m'accroche subitement à Raphaël, lui demandant par un simple regard de me détromper. Ça ne peut pas être possible. Pas alors que nous venons à peine de nous retrouver enfin tous les trois.

Mais son visage grave et les larmes qui coulent lentement le long de ses joues me perforent de l'intérieur. Je me mets à hurler ma douleur, pleurant à torrents. Mon compagnon passe tendrement sa main dans mes cheveux, me collant à lui.

Raphaël finit par passer un bras sous mes jambes et enrouler l'autre autour de mes épaules, avant de se relever, m'emportant avec lui. La douleur qui bouillonne dans le creux de mon ventre est insoutenable, et j'ai juste envie de mourir pour ne plus avoir mal de cette façon.

Mes doigts s'accrochent dans le tee-shirt du Delta et je

pleure. Je ne peux pas faire autre chose. Les larmes qui dégringolent mes joues ne me demandent pas mon autorisation. Elles font ce qu'elles veulent.

Raphaël resserre sa prise autour de mon corps et je ferme les yeux, me cachant contre lui. Avant de relever brusquement la tête en sentant une odeur de nourriture. Mes yeux tombent sur la devanture du restaurant de mon père, et je réalise que mon homme me ramène sur le territoire de la meute.

Je me débats dans ses bras, et retombe sur mes pieds un peu brusquement, gardant tout de même mes doigts crochetés dans le tee-shirt de Raphaël pour ne pas totalement m'effondrer au sol.

— Je veux rentrer à la maison ! Ramène-moi près de lui !

Le Delta détourne le regard, une douleur comme j'en ai rarement vue chez lui passant dans ses grands yeux. Sa voix à peine audible et emplie de souffrance manque de me faire défaillir lorsqu'il me répond enfin après ce qu'il me semble être une éternité.

— Tout a disparu, P'tit Loup. Ils ont tout détruit sur leur passage.

Mon cœur déjà malmené depuis tout à l'heure se brise un peu plus. Un râle de douleur pure m'échappe, et je m'écroule contre lui. Raphaël n'étant pas vraiment plus vaillant que moi, nous chutons à terre, et je m'accroche à mon homme de toutes les forces qu'il me reste.

Pas notre maison ! Ils n'avaient pas le droit de s'en prendre à notre demeure. Nous y avons mis notre âme avec Lloyd. Nous avons passé des jours et des jours à travailler sur les sols, les murs, à choisir les couleurs, et à aménager notre petit nid douillet.

Je me souviens à la perfection des heures passées tous les deux à discuter de l'aura que l'on voulait donner à notre maison. Quel meuble nous devions acheter pour se sentir vraiment chez nous. De ceux qu'il voulait absolument récupérer chez lui pour que cette maison soit autant la sienne que la mienne.

Alors que je me suis perdu dans mes pensées, Raphaël s'est remis sur ses pieds et m'a à nouveau pris dans ses bras pour m'emmener à la suite des soldats ameutés tout autour de nous et qui doivent rentrer chez eux.

Effectivement, après quelques minutes de marche, je peux voir que Raphaël m'a entraîné chez l'Alpha. Il me monte doucement à l'étage et me dépose tout en douceur sur un lit moelleux. Il commence à se redresser, mais je l'agrippe plus fort et le force à rester à mes côtés.

Je continue d'entendre le brouhaha autour de moi, mais je n'y fais pas vraiment attention. À l'instant même où j'ai senti cette douleur m'envahir, j'ai su que quelque chose de grave s'était produit. Pourtant, je ne pensais pas que c'était aussi important.

Effectivement, j'ai cru mourir en sentant ce mal m'envahir, mais pas au point de réellement mettre fin à mes jours. Pourtant, en voyant l'air malheureux du Delta, j'ai juste eu envie d'en finir.

Je me roule en boule, me collant au torse de Raphaël, inspirant son parfum à pleins poumons. Il faut que je sache ce qu'il s'est passé. Cette journée avait pourtant tellement bien commencé.

— Je suis tellement désolé P'tit Loup. Je n'ai rien pu faire.

Je me redresse légèrement et plante mon regard dans

celui du loup. Je peux y lire la vérité. Il s'en veut, et tout comme moi, il a mal. Je pose ma main sur sa joue, et caresse tendrement sa pommette avant de me tendre vers lui pour l'embrasser légèrement.

— Raconte-moi ce qu'il s'est passé Eli.

Il avale bruyamment, sa pomme d'Adam montant et descendant brutalement avant qu'il ne dépose un baiser sur mon front et qu'il soupire douloureusement.

— Lloyd et moi sommes restés un peu abasourdi lorsque tu es parti comme une flèche, avant qu'il ne me fasse remarquer que ça faisait un petit moment que tu n'avais pas pu sortir du territoire. Nous avons donc décidé de te laisser un peu d'espace. Nous n'en étions pas heureux, ni l'un ni l'autre. Nous aurions aimé pouvoir te suivre. Mais Lloyd m'a demandé de te laisser un peu de liberté.

Je souris tendrement. Mon Géant me connaît si bien. Il sait ce dont j'ai besoin.

Savait ?

Je secoue doucement la tête, ne voulant surtout pas y croire. Mon cœur est douloureux, mais pas totalement anéanti, ce qui serait le cas si Lloyd avait totalement disparu de la surface de la Terre. N'est-ce pas ?

— Alors j'ai commencé à ranger un peu à l'étage. J'étais en train de me demander si je devais déplacer mes affaires dans la grande chambre lorsque j'ai entendu du bruit à l'extérieur. Et en quelques secondes, notre maison s'était transformé en un véritable champ de bataille. Il y avait des ours partout qui foutaient le bordel. Ils ont tout détruit. Je ne m'en suis sorti uniquement parce que Lloyd a monnayé ma liberté. Il s'est rendu afin que je sois libre.

Ses derniers mots ont été prononcés dans un sanglot étouffé qui me noue le cœur. Je lance mes bras autour de son cou et le serre contre moi, tout comme il m'a serré contre lui tout à l'heure. Je vois bien qu'il s'en veut énormément. Qu'il aurait aimé en faire plus pour notre compagnon.

Mais je ne pense pas qu'il aurait pu faire autre chose. Il ne faut tout de même pas oublier qu'il n'est qu'un loup, Delta de surcroît, et qu'il vient tout juste de sortir de maladie. Il y a quelques jours à peine, il était à l'article de la mort.

Je glisse mes doigts dans ses cheveux, posant sa tête contre mon torse, embrassant les mèches blondes pour le soulager. Raphaël doit bien comprendre que je ne lui en veux absolument pas. Il ne doit pas se sentir coupable.

— Explique-moi en détail. Que s'est-il passé exactement ? Et qui étaient-ils ?

Le Delta renifle piteusement avant de redresser la tête et de me regarder, les yeux encore embués par les larmes.

— C'était des ours. De ce que j'ai pu comprendre, Lloyd les connaissait. Il y en a d'abord eu une petite dizaine à entrer en force dans la maison. Les deux portes ont volé en éclats presque simultanément, et les ours sont entrés brutalement. Lloyd s'est défendu toutes griffes dehors, avant de réellement se transformer. C'est lui qui a défoncé la cuisine d'ailleurs. Ses grosses pattes d'ours n'étaient pas faites pour le bois du plan de travail.

Sa tentative d'humour ne m'a pas vraiment déridé, et il s'en rend compte avec une grimace.

— Hum ! Quoi qu'il en soit, j'ai voulu aller lui donner un coup de main et j'ai dégringolé les marches pour me ruer sur les ours. Mon loup a pris le dessus et je me suis fait rétamer par le premier ours à ma portée. Je crois que si je n'avais pas été là, Lloyd s'en serait nettement mieux sorti. Parce que dès l'instant où je suis apparu, il a tout fait pour me rejoindre et me garder loin des autres ours. Et nos ennemis s'en sont aperçu bien évidemment.

Raphaël se lève d'un coup, énervé contre lui. Et peut-être également un peu contre Lloyd. Il lui en veut de l'avoir fait passer avant sa propre sécurité. Le Delta se met à faire les cents pas dans la chambre, se passant une main nerveuse dans les cheveux, les ébouriffant violemment.

— Je me suis vite retrouvé coincé par deux ours, et c'est à cet instant que le père de Lloyd est entré dans la maison.

Je me redresse d'un coup à mon tour, sautant du lit pour me poster juste devant lui. J'aurais dû me douter que c'était un coup de sa part. La façon dont Lloyd lui a parlé la dernière fois qu'ils se sont vus ne lui a pas plu du tout. L'Alpha du clan des Sources était vraiment hors de lui lorsqu'il est parti de chez nous.

Et j'en viens à me dire que cette petite visite n'avait pour seul but que de découvrir un peu le terrain. De faire du repérage pour l'attaque future.

À cet instant, je regrette fortement que la barrière magique qui encercle notre meute ne stoppe que les vampires. Parce que de ce que j'en sais, ils ne sont pas réellement les plus dangereux. Si mes souvenirs sont bons, Nathan m'a dit qu'il avait été enlevé par des métamorphes. Et aujourd'hui, Lloyd est en danger à cause des autres ours.

Parce qu'on ne me retirera pas de la tête qu'il est encore vivant. En piteux état certainement, mais pas mort. Je l'aurais senti tout au fond de moi si ça avait été le cas. Et pour le moment, je ne ressens rien d'aussi fort.

— Ensuite, Lloyd s'est retrouvé à son tour encerclé par une dizaine d'ours, son père lui faisant face. Un couteau est apparu sous ma gorge, et son père lui a laissé le choix. Soit il continuait à se battre et on me tranchait la gorge sur le champ. Soit il se rendait, et on me laissait en vie.

Je ferme les yeux et remercie le Destin de m'avoir laissé au moins un compagnon à mes côtés. Je n'aurais pas survécu à cette épreuve si j'avais été totalement seul.

— Lloyd m'a lors demandé de veiller sur toi, et s'est rendu au reste de son clan. Ils l'ont embarqué, et m'ont attaché à la rambarde de l'escalier, avant de tout faire sauter.

Je sursaute brutalement en entendant ses mots. Alors lui aussi aurait pu mourir ? Raphaël remonte soudain son tee-shirt, et je peux voir la légère ligne rosâtre sur son ventre qui part de sa hanche gauche, pour lui remonter quasiment jusque sous l'aisselle droite en une diagonale presque parfaite.

Je passe lentement mon doigt dessus, réalisant qu'en quelques secondes à peine j'aurais pu dire adieu à mes deux amours. Et tout ça, sans même qu'ils ne sachent l'un ou l'autre à quel point je les aime.

Je relève brutalement la tête, oubliant subitement tout le mal que cet homme a pu me faire durant tous ces mois et l'embrasse passionnément. Ma bouche s'écrase sur la sienne sans qu'il ne puisse rien faire pour l'éviter. Raphaël semble tout d'abord surpris, avant de répondre voracement. Sa langue s'infiltre dans ma bouche allant chercher la mienne, ses doigts se plantent dans mon dos, me marquant violemment.

Je finis par me reculer, le cœur battant à tout rompre dans ma poitrine, mon souffle court et haché, mes yeux rendus vitreux par le désir.

—Je t'aime Eli !

Les mots sortent tout seuls de ma bouche sans que je n'ai rien prémédité. Ils me viennent directement du cœur. Je vois l'émotion passer dans les yeux caramel et mon ventre se tord de désir en voyant ce qu'il ressent pour moi passer dans ses prunelles.

—Moi aussi P'tit Loup ! Si tu savais à quel point je t'aime. Il y a bien longtemps que j'ai compris ce que tu représentes pour moi. J'étais malheureusement trop fier pour accepter le fait de m'être trompé. Je suis tellement désolé. Je t'aime Calvin.

Mon cœur bat à tout rompre dans ma poitrine. Il m'a déjà dit à quel point il était désolé de la façon dont il m'a traité lorsque notre lien s'est déclaré. Et encore après, lorsque Lloyd est arrivé dans ma vie.

Ma poitrine se serre douloureusement tandis que le visage de mon autre amour passe devant mes yeux, et je laisse un gémissement de peine m'échapper. Raphaël resserre ses bras autour de moi, et dépose un baiser sur le haut de ma tête. J'inspire son odeur de guimauve et de violettes à pleins poumons, son parfum me rassérénant comme aucun autre ne peut le faire en ce moment.

—Ils l'ont emmené. Je ne sais pas s'il est toujours en vie, Cal, mais déjà lorsqu'ils l'ont fait sortir de la maison, il n'était pas en très bon état.

Je secoue la tête en signe de négation. S'il était mort, je le saurais. Nous le saurions tous les deux. Nous avions terminé notre lien.

Et j'en viens à me dire que le Destin fait bien les choses. C'est bien évidemment au moment où je trouve le moyen de tous nous unir que le père de Lloyd lance son offensive. Incroyable comme il fait bien les choses. Cela ne fait que renforcer la certitude que j'ai d'avoir raison face aux paroles de l'Ancien.

Le Destin ne nous aurait jamais mis ensemble tous les trois s'il ne voulait pas nous voir nous reproduire. Je suis quasiment certain que nos enfants serviront de lien entre les meutes. En tout cas, cela créera un lien entre la meute de la Lune Rousse, et le clan des Sources.

— Il est vivant Eli. Je le sens au fond de moi, Lloyd n'est pas mort.

Raphaël acquiesce d'un mouvement du menton, mais je vois bien au fond de ses yeux qu'il ne me croie pas vraiment. Peu importe. Je sais où se trouve la vérité.

Je reprends soudain conscience avec le monde qui m'entoure, et c'est alors que je réalise le bruit qui semble provenir du couloir. Un brouhaha immense se fait entendre, et il semble même se déplacer jusqu'à nous. Je me dresse d'un bond pour me rendre à la fenêtre et voir ce qu'il se passe. Mon sang se glace soudainement dans mes veines et sans même réfléchir, je descends les marches quatre à quatre pour faire barrage aux loups haineux qui se précipitent sur mon ami.

Au milieu de la place du village, les autres loups y ont amenés un Abraham à moitié nu, frigorifié, et totalement apeuré. Je peux déjà voir des traces de coups apparaître sur sa peau pâle et une rage sans nom enfle dans mon ventre. Ils n'y ont pas été de main morte avec lui.

— Vous n'êtes pas bien ! Pourquoi vous en prendre à lui ? Que vous a-t-il fait ?

Des voix en colère s'élèvent brusquement, et pour une des premières fois de ma vie, je réalise que je vis avec des animaux. Ce ne sont plus des humains que j'ai en face de moi, mais des bêtes assoiffées de sang.

Je remercie Raphaël de venir me donner un coup de main lorsqu'il fend la foule pour venir nous rejoindre, car les loups se rapprochent de nous en un cercle de haine. Aby tremble dans mes bras, et j'ai mal au cœur pour lui.

Sa vie au sein du clan des Sources n'a déjà pas été facile de ce que j'en sais, il faut en plus que les loups lui en veuillent pour une obscure raison.

J'en viens alors à me demander où ils ont bien pu le trouver pour qu'il soit dans cette tenue. Je relève la tête pour examiner la foule plus en détail et vois soudain Kit sortir en boitillant de la maison de l'Alpha. C'est vrai que ces derniers temps, ils passaient beaucoup de temps ensembles tous les deux. Il était rare de les voir l'un sans l'autre.

Aby est d'ailleurs le premier homme avec qui s'est aventuré Kit. Je sais qu'il ne sera pas le dernier, car mon ami est jumelé avec le dernier frère d'Eli, mais en tout cas, il est celui qui lui a ouvert de nouvelles possibilités.

Je laisse Aby dans les bras de Raphaël pour me précipiter vers le jeune loup et le prendre contre moi. Kit ne fait pas que boitiller. Tout son visage est en sang. Je ne sais même pas d'où il provient. Il a dû se battre contre le reste de la meute pour les empêcher de faire du mal à l'autre Oméga.

— Mon Dieu ! Kit !

Je me relève en le tenant contre moi, appelant Nathan du plus fort que je peux pour passer au-dessus du bruit formé par la meute au complet. Il faut absolument que mon ami voit un soignant.

Un grognement résonne soudain tout autour de nous,

faisant taire toutes les voix. Je sens mon corps se courber sous la magie qui nous parcoure tous, et tremble de peur face à cette force incroyable. Après plusieurs secondes d'un silence assourdissant, je réussis à relever la tête et croise le regard énervé d'Andrew.

Le second Alpha de la meute se dresse face au reste du peuple et tout le monde se prosterne devant lui. Je me rends compte que je me sens obligé de faire de même, avant que la pression ne s'allège brutalement.

— Allez les mettre à l'abri dans la salle médicalisée. Nathan vous y rejoindra lorsqu'il le pourra.

Je hoche la tête et me redresse difficilement, aidant Raphaël à faire de même et entraînant les deux hommes à notre suite dans la maison de l'Alpha. J'allonge Kit sur la table d'auscultation, tandis que mon compagnon aide Aby à s'asseoir dans un fauteuil pas très loin.

Comment a-t-on pu en arriver là ? Je veux dire, de ce que j'en sais, il n'y a que notre maison qui a été attaquée. Seul Raphaël a failli y perdre la vie. Pourquoi la meute s'en serait-elle prise à Abraham pour ça ? Ça n'a strictement aucun sens.

Il faut attendre plusieurs longues minutes avant que Nathan ne passe la porte de la salle médicalisée et je saute sur mes pieds en le voyant entrer. Il est couvert de suie et de morceaux en tout genre des pieds à la tête. Un peu comme s'il revenait du site d'une explosion. Était-il déjà dans cet état-là tout à l'heure ?

Mon Dieu ! J'étais entièrement focalisé sur l'état de mes compagnons que je n'ai même pas pris en compte le reste de la meute. S'est-il passé autre chose que l'enlèvement de Lloyd ?

L'Oméga blanc se dirige sans attendre vers Kit et commence doucement son petit tour de passe-passe au-dessus de son corps. La lumière légèrement bleutée qui émane de ses mains revient en force et je suis une fois de plus estomaqué. Ce qu'il peut faire est vraiment incroyable. Les diverses plaies et bosses de Kit s'effacent les unes après les autres pour ne laisser que de très fines cicatrices.

En voyant leur aspect je repense à celle de Raphaël et me rapproche de lui pour passer une main sous son tee-shirt et toucher justement la cicatrice. Eli me sourit doucement et dépose un baiser sur le haut de mon front.

— Comment as-tu pu t'en sortir Mon Cœur ? Avec une cicatrice comme celle-là, tu devrais être mort.

— Et ça aurait été le cas si Gaby n'avait pas ressenti sa douleur. On peut dire merci au pouvoir des triplés sur ce coup.

Je me tourne brutalement pour faire face à mon père et ses deux compagnons. Gabriel me sourit doucement avant d'adresser un signe de tête à son frère.

— Comment ça ? Que s'est-il passé ce soir bon sang ? La seule chose que je sais c'est que je rentrais à la maison lorsque j'ai ressenti une violente douleur au ventre et je me suis écroulé au sol, évanoui. Alors pouvez-vous me dire exactement ce qu'il s'est passé, et pourquoi tout le monde semble en vouloir à Aby ?

Andrew embrasse ses deux hommes avant de se tourner vers Ryan et de hocher imperceptiblement la tête. Son regard bleu me transperce de part en part alors qu'il se focalise sur moi et une peur sans nom enfle dans mon ventre.

— Il se passe que ce soir, les ours nous ont déclarés la guerre.

J'ai un mouvement de recul involontaire à ces mots, et je

me retrouve soudain dans les bras de Raphaël. Il resserre son étreinte autour de moi et je ne sais pas trop si c'est pour me retenir, ou pour me réconforter.

— Ils ont installé des bombes dans le foyer des jeunes récupérés à la ferme. Le bâtiment s'est écroulé il y a deux heures environ, blessant gravement plusieurs louveteaux. Heureusement que les pouvoirs de Nathan ont évolués, parce que je ne suis pas certain qu'il aurait pu sauver tout le monde sinon.

Je crois que je suis à deux doigts de vomir. Les ours nous ont déclarés la guerre. Ils ont voulu tuer une partie de notre population. Et tout ça pour quoi ? Parce que leur futur Alpha a été jumelé avec deux loups.

Je pose alors mes yeux sur Abraham et comprends qu'il est mal barré. Andrew suit mon regard et grimace durement.

— Pour le moment, il est notre prisonnier. Le reste de la meute le soupçonne d'avoir donné des informations capitales à l'ennemi. Nous avons donc décidé de le garder enfermé pour éviter que la meute ne lui fasse plus de mal.

Je ne peux m'empêcher de ricaner. Jusqu'à ce matin, les ours n'étaient pas nos ennemis. Comment Abraham aurait-il pu donner des informations à notre ennemi ? Il s'est juste contenté de discuter avec sa famille et ses amis.

Je suis persuadé qu'il n'était au courant de rien le pauvre. Une fois de plus, il se retrouve au mauvais endroit, au mauvais moment.

Je tends la main pour serrer la sienne et lui adresse un petit sourire. Abraham me répond, un sourire plus franc sur les lèvres.

— Je pense que je serais mieux en prison ici, que libre chez moi. Je n'ai jamais été vraiment libre dans le clan. Je m'inquiète juste pour Jasper. J'espère qu'il ne lui est rien arrivé. Tout le monde sait qu'il est destiné à devenir le Bêta du clan. Il y a de fortes chances pour qu'il ait été le premier touché.

Je hoche lentement la tête, ne sachant pas trop quoi lui dire. Tel que c'est parti, Raphaël et moi ne sommes pas près de revoir Lloyd. Alors savoir ce qui a pu arriver à Jasper n'est pas demain la veille.

Croisons les doigts pour qu'ils soient en vie tous les deux ! Le Destin ne peut pas nous avoir fait ça. Nous venons à peine de nous retrouver tous les trois !

CHAPITRE 25

————

J'avance tout doucement dans l'herbe humide, mon cœur se glaçant face à la vue qui s'offre à moi. Une fois que Nathan eu fini de soigner Kit et Abraham, j'ai poussé Raphaël à m'emmener chez nous. J'avais besoin de voir l'état de notre maison par moi-même.

Il a beaucoup renâclé. J'ai bien compris qu'il ne voulait pas que je voie notre maison dans cet état. Mais je ressentais le besoin de voir par moi-même l'étendu des dégâts.

Et je dois bien avouer que je ne m'attendais pas du tout à ça. Le Delta m'a pourtant bien dit qu'il avait été pris dans une explosion violente et qu'il n'en avait réchappé que grâce à l'instinct de son frère et aux fumées qui ont survolé le territoire. Gabriel a ainsi prévenu les autres membres de la meute, qui ont tout de suite su vers où se diriger.

En voyant les murs totalement démolis au sol, mon ventre se tord douloureusement, en imaginant mon homme coincé sous les décombres. J'ai vraiment été à deux doigts de les perdre tous les deux en quelques secondes seulement.

Mais je garde espoir. Comme je l'ai déjà dit, je sens encore la présence de l'Alpha au loin dans ma conscience. Je sais que ça peut paraître un peu fou, mais j'ai vraiment l'impression d'avoir mon Géant pas très loin de moi. Alors, je garde à l'esprit qu'Eli et moi allons tout faire pour retrouver notre troisième sain et sauf.

Même si le reste de la meute ne nous aide pas, on s'en moque. Lloyd fait partie de notre famille. Le Delta et moi avons besoin de lui à nos côtés. De toute façon, nous n'avons pas trop le choix. Sans lui, nous serons toujours incomplets.

Des bras forts s'enroulent autour de mon ventre et me rapproche d'un grand corps musclé. Un léger soupir m'échappe et je me coule tout contre lui.

— On la reconstruira, P'tit Loup. Notre maison sera de nouveau debout lorsqu'on aura retrouvé notre Petit Ourson !

Je laisse un petit ricanement sortir de mes lèvres, et me retourne dans les bras de Raphaël pour le regarder droit dans les yeux. Je suis obligé de lever le regard pour pouvoir le faire, mais ça ne me dérange absolument pas. Bien au contraire. J'adore être la petite chose fragile dans notre ménage.

— Il ne vaudrait mieux pas qu'il t'entende dire une telle chose !

Le Delta esquisse un sourire puis dépose un baiser léger sur mes lèvres, avant de m'entraîner vers les ruines de notre maison. C'est les larmes au bord des yeux que je regarde ce qu'il reste de notre courte vie ensemble. Il ne reste vraiment plus grand-chose, et j'en ai mal au cœur. Nous ne méritions pas une telle chose. Notre meute ne méritait absolument pas ça.

Et dire que tout ça est de ma faute !

Je ne serais pas sorti du territoire de la meute ce fameux jour où j'ai rencontré Lloyd, rien de tout cela ne serait arrivé. Si j'avais accepté mon sort, cette maison serait toujours en ruine, mais bien debout. Et surtout, les louves de la meute ne seraient pas en train de chercher des maisons pour accueillir les petits loups récupérés à la ferme.

Si notre maison est en ruines, ce n'est malheureusement pas la seule. Le foyer où la meute a décidé d'accueillir les loups perdus a été totalement soufflé lui aussi. Nous avons eu de la chance de ne pas perdre de monde. Nous aurions pu avoir beaucoup plus de dégâts.

Mais comme l'a si bien dit Ryan, heureusement que Nathan est au top de ses pouvoirs. Il a réussi à soigner tout le monde en un temps record. Et nous n'avons aucunes pertes à déplorer.

Je continue mes déambulations au travers des gravats, mon cœur se serrant dès que mes yeux tombent sur un objet familier. Nous n'avons pas passé beaucoup de temps ensembles dans cette maison, pourtant, elle était déjà devenue mon foyer.

Après plusieurs minutes à errer dans les ruines, Raphaël finit par me pousser vers le territoire de la meute. Comme il me le suggère, il est dangereux de rester dans cette petite bulle entre les deux territoires.

Il ne faut tout de même pas oublier que nous nous situons dans ce tout petit trou où les zones des meutes se chevauchent. C'est très précisément pour ça d'ailleurs qu'au tout départ nous avions choisi cette maison pour nous installer avec Lloyd.

Tant que les deux hommes ne s'étaient pas entièrement jumelés, nous ne pouvions pas vivre dans l'un ou l'autre des clans. Il nous fallait un endroit neutre. Et il s'avère que ce tout petit terrain est chevauché par les magies des loups et des ours. J'étais donc protégé tant que je restais à cet endroit.

Encore une fois, je remercie le Destin de m'avoir permis de transformer Raphaël afin qu'il puisse s'associer à l'ours. Sans ça, j'aurais été à leurs côtés lors de cette attaque, et j'aurais pu y rester. Je suis nettement moins costaud que le Delta. L'explosion aurait certainement eu raison de moi.

C'est avec une boule au ventre que je pénètre dans la maison de Raphaël. La dernière fois que je me suis trouvé ici, ma vie est devenue un véritable enfer. Et je n'avais pas vraiment envie de me retrouver de nouveau à cet endroit.

Je sais que théoriquement, je ne devrais pas me retrouver dans la même situation. Le Delta a énormément évolué, et il a oublié ses amours passés. Enfin, ce qu'il prenait pour de l'amour.

Et puis, après toutes les excuses qu'il m'a seriné ces derniers jours, et sa manière de me traiter, je pense que je peux lui faire confiance.

Je me dirige vers la cuisine et ouvre la porte du frigo pour y prendre une boisson fraîche, mais reste bloqué devant le cadre totalement vide. Pas étonnant qu'il ait été à deux doigts de mourir de faim. Il n'y a plus rien dedans. En dehors du pot de mayonnaise ouvert et un tube de concentré de tomates, il n'y a plus rien à manger dans ce réfrigérateur.

Je referme la porte et me tourne vers Raphaël, fronçant les sourcils, prêt à l'engueuler. Mais son visage honteux avec ses yeux baissés m'arrête net. Il est déjà assez mal comme ça pour que j'en rajoute une couche.

Je m'arrête face à lui et enroule mes bras autour de ses hanches, posant ma tête sur son torse, écoutant le rythme régulier de son cœur. Il bat avec régularité et force, et ça me soulage. Je crois que ce n'est qu'à cet instant bien précis que je réalise à quel point nous sommes passés très près de tout perdre tous les trois.

Entre Raphaël et sa tête de mule qui ne voulait pas admettre qu'il avait besoin de nous, et l'attaque des ours sur notre maison, nous ne sommes pas près d'avoir une vie longue et heureuse.

Je glisse les mains dans les doux cheveux blonds du Delta et lui fait pencher la tête en avant, alors que je relève le menton pour l'embrasser tendrement. Raphaël se laisse faire bien gentiment et esquisse même un petit sourire.

Je me recule et prends le téléphone afin d'appeler le restaurant. Je ne sais pas s'il va être ouvert ce soir après l'attaque du foyer, mais je croise les doigts. J'ai beau ne pas avoir faim, je sais qu'il faut que nous mangions. Ce n'est pas en nous privant de nourriture que nous réussirons à retrouver notre troisième. Nous aurons besoin de toutes nos forces.

Heureusement pour moi, Gabriel répond à la deuxième sonnerie, m'assurant que Basile est là pour assurer le service. Je lui demande de nous préparer deux menus du jour, et lui indique que nous irons les chercher d'ici vingt minutes.

— Te bile pas, Cal ! Nous allons t'envoyer quelqu'un pour te les livrer.

— Tu n'es pas obligé Gabriel. Je sais qu'il vous manque un serveur. Ça doit déjà être la galère pour vous.

Il grogne légèrement, très certainement en réponse à ce qu'ont subit Kit et Aby. Les deux garçons n'avaient strictement rien demandés. Ils n'avaient rien à voir dans l'histoire. Ou si peu !

Quoi qu'il en soit, le Delta m'assure qu'il m'enverra un de ses aides et de ne pas nous en faire. Je le remercie chaudement avant de m'installer sur le canapé avec Raphaël. Le blond enroule ses bras autour de moi et m'attire tout contre lui. Son parfum si envoûtant se propage tout autour de moi, et je l'inspire à plein poumons avec délice. Il m'embrasse le dessus de la tête, et je réalise que peu importe l'endroit où je me trouve. Le plus important est d'être avec l'un ou l'autre de mes compagnons.

Parce qu'il faut reconnaître que je hais cette maison de toutes les fibres de mon corps. Pourtant, à être assis sur ce canapé, enveloppé par les bras forts et sécurisant de mon homme, je me sens à ma place. Tout comme j'étais à ma place dans notre ancienne maison en compagnie de l'ours.

En réalité, mon chez-moi est là où sont mes hommes !

Mes griffes se plantent soudain dans le ventre de Raphaël et un cri de détresse lui échappe, tandis qu'une douleur sans nom me parcourt des pieds à la tête. Je me recroqueville tout contre mon homme, lui offrant le moins de surface disponible et mords dans le tee-shirt qui se présente à moi.

Je me rends compte de la douleur que je lui occasionne, et rétracte mes griffes pour ne pas lui faire plus de mal. Mais je n'y arrive pas, et décide de les planter plutôt dans les coussins du canapé. Un nouveau cri passe mes lèvres avant qu'une douleur encore plus forte que la précédente ne me transperce de part en part. Je me cambre contre mon compagnon, la bouche grande ouverte à la recherche d'un souffle d'air.

Ça me rappelle ce que j'ai ressenti juste avant de m'évanouir il y a quelques heures. Juste au moment où les attaques avaient lieu. Dans un éclair de lucidité, je comprends que je réagis à une quelconque torture infligée à l'Alpha. Ça ne peut être que ça. Ce qui veut donc dire que Lloyd est bel et bien vivant. Les ours ne l'ont pas encore liquidé.

Mon espoir enfle dans mon ventre, en même temps que la

douleur et je la laisse s'échapper dans un long cri d'agonie. Je ne suis de nouveau pas très loin de perdre connaissance. Et Raphaël ne peut strictement rien faire pour moi.

Il ne faut pas oublier que je ne suis qu'un simple Oméga et que le Delta sort tout juste son pied de la tombe qu'il s'était creusée. Nous ne sommes pas assez fort pour subir une telle douleur.

Des mains douces et fraîches se posent soudain sur mes joues et j'ouvre des yeux fiévreux pour tomber en plein délire. On s'amuse à me mettre un miroir en face de moi alors que je souffre le martyr. Et je réalise qu'en réalité, il s'agit de Basile.

Mais il n'est pas seul. Alors que j'ai du mal à focaliser ma vue, je peux tout de même apercevoir des ombres qui se baladent derrière lui. Je ne peux pas les reconnaître, mais il y a de fortes chances pour que ce soit ses deux Âmes Jumelles.

— Que lui arrive-t-il Raf ? Dis-nous ce qu'il se passe ! On ne peut pas vous aider si on ignore l'origine !

Trop fatigué par la douleur qui ne veut pas refluer, je referme les yeux et pose mon front contre le torse du Delta, le souffle court. Je sens les muscles crispés sous ma peau, et la force qu'il doit maintenir pour me soutenir dans cette épreuve. Malgré tout, son cœur bat trop rapidement à mon goût. Le son régulier qui me calme habituellement s'est transformé en un staccato infernal. J'ai soudain peur que son cœur ne le lâche subitement.

Le Delta redresse la tête à une vitesse d'escargot, pour planter son regard dans celui de son frère, et réussi à desserrer les mâchoires pour lui murmurer :

— Lloyd ! Torture !

Je me rends compte seulement à cet instant que je ne suis

pas le seul à ressentir cette douleur dans mon corps. Visiblement, Raphaël souffre tout autant que moi.

Un silence total se fait subitement dans la pièce aux mots du Delta, avant que nous ne hurlions tous les deux exactement au même moment, alors que j'ai la désagréable impression qu'on est en train de m'enfoncer un couteau chauffé à blanc dans le bas du ventre.

À voir le geste de défense de Raphaël, je peux dire qu'il a ressenti exactement la même chose que moi. Nous sommes donc bien liés physiquement à l'ours.

— C'est impossible ! S'ils ne se sont pas jumelés jusqu'à l'âme, une telle connexion n'est pas possible.

Je grogne aussi bien à cause de la douleur qui me parcourt toujours, que pour les mots prononcés. Il me semble bien avoir reconnu la voix de Gidéon, et j'aurais juste envie de lui dire d'aller se faire voir ailleurs. Parce que jumelés jusqu'à l'âme ou pas, nous sommes tous les deux en train de souffrir le martyr. Mais je n'ai plus assez de souffle, ni même de force, pour le faire.

J'ai l'impression que ça fait des heures que nous ressentons cette douleur, pourtant, je pourrais mettre ma main au feu que ça ne fait pas plus de cinq minutes. Si les ours sont partis pour une séance de torture sur notre compagnon, nous n'avons pas fini de souffrir.

— Ce que je veux dire, c'est qu'ils ne devraient pas ressentir la douleur de cette façon. Ce n'est pas normal.

Je grogne de nouveau, mais cette fois-ci, je fais attention à bien diriger mon grognement vers l'Alpha de la Rivière Bleue.

C'est un fait avéré, c'est un incompétent. Dès qu'il se passe un truc un peu particulier dans notre meute, la seule explication qu'il a c'est que ce n'est pas possible.

Un Oméga blanc jumelé à un Alpha noir ? Impossible ! Un renifleur capable de retrouver les loups perdus ? Impossible ! Trois loups jumelés par le Destin ? Impossible ! Un Change-forme capable de prendre la forme de l'animal qu'il désire ? Impossible !

Ce qui veut donc dire que, le fait que nous soyons capables de ressentir la douleur de Lloyd alors que nous n'avons pas encore jumelé notre âme est impossible pour lui.

Malgré tout, Raphaël et moi ne sommes pas en train de simuler. Nous ressentons bien cette fameuse douleur qu'est en train d'expérimenter notre Petit Ourson !

— Excuse-moi de te dire une telle chose mon amour, mais avec cette meute, je mets des réserves sur l'utilisation du mot « impossible ». Depuis que nous sommes arrivés dans cette meute, ils n'ont cessé de nous démontrer que tout était possible. Même le jumelage de loups et d'ours est devenu possible. Alors pourquoi, à cause de cette particularité, ils ne seraient pas capables de ressentir les émotions de leur ménage. Nous ignorons totalement comment tout cela fonctionne, Gid !

Le grand Alpha surpuissant grogne après son compagnon, et je dois avouer qu'entendre Tyler parler de nous de cette façon me fait un bien fou. Je croyais qu'il était contre notre union, mais en réalité, il est surtout apeuré par ce que cela peut donner. Nous sommes les premiers à leur connaissance à expérimenter une telle chose, alors forcément, ça fait peur. La nouveauté fait souvent cet effet.

Et après avoir bien réfléchi à tout ce dont nous avions parlé avant que toute ma vie ne parte en vrille, j'ai compris sa position. Il est le gardien des règles ancestrales, et notre union étrange avec Lloyd et Raphaël bafoue toutes ces fameuses règles. Je peux voir pourquoi il est terrifié de cette façon.

Même moi après mûre réflexion, je suis terrifié par le résultat que pourrait donner notre fusion à tous les trois. Nos petits ressembleraient à qui, ou plutôt, à quoi.

Des ours ? Des loups ? Ou une moitié des deux ? Une tête de loup sur un corps d'ours ? Ou encore une tête d'ours sur un corps de loup ?

Quoi qu'il en soit, la peur de la nouveauté n'est pas récente, mais si on ne dépasse jamais les frontières prédéfinies, il n'y a jamais de renouveau. Pour le bon, comme pour le pire.

Tous mes muscles se détendent d'un coup et je peux enfin respirer normalement. J'ouvre à nouveau les yeux, pour tomber sur le visage concentré de Nathan. L'Oméga blanc a posé une main sur mon bras, et l'autre sur celui du Delta, nous retirant notre douleur grâce à la magie qui court en lui.

Je me souviens alors de ce que m'a dit Basile, et de l'aide qu'il lui a apporté au moment de mettre ses enfants au monde. Mon géniteur m'a avoué que sans Nathan et son pouvoir, il aurait été incapable de sortir les deux bébés tellement la douleur était intense.

C'est vraiment une force de l'avoir dans notre meute. Sans lui, il y a belle lurette que notre meute aurait disparue vu le nombre de loups qu'il a soigné ces derniers mois. Il est également celui qui a apporté la connaissance sur les Omégas.

En réalité, si on y réfléchit bien, tout part de Nathan. Sans le compagnon du premier Alpha, je ne serais pas à cet endroit à cet instant. Il est le tout premier Oméga à avoir refait surface depuis des années.

De ce que nous ont dit les Anciens, les Omégas étaient en

voie de disparition avant qu'on ne retrouve Nathan, et que lui-même n'amène Basile dans la meute. Ils sont tous les deux les éléments déclencheurs des derniers évènements.

— En réalité, je dirais que tout ça, c'est grâce à Drake !

Je fronce les sourcils, pas certain de voir où veut en venir Nathan. Pourquoi me parle-t-il de son père dans un tel moment ? Il est de notoriété publique que les métamorphes et les vampires ne font que se supporter parce qu'ils y sont obligés. Ils sont loin d'être les meilleurs amis du monde.

La seule raison pour laquelle notre meute est aussi proche des vampires, c'est uniquement parce que nous avons en son sein les fils du représentant du district neuf.

Et c'est alors que la réalisation se fait dans ma tête. Bien sûr que Nathan à raison. Tout découle de Drake. Pour une étrange raison, ce vampire semble toujours savoir quel enfant mettre de côté pour le garder près de lui. Parce que jusque-là, les gamins qu'il a gardés près de lui se sont transformés en Oméga.

Sauf en ce qui concerne Andrew. Étrangement, lui est carrément devenu un Alpha. Malgré tout, Drake a tout de même senti un métamorphe en lui pour l'avoir sauvé in-extremis sur le champ de bataille.

Il n'y a qu'à voir le nombre d'adolescent qui sont sortis de la ferme en même temps que moi. Et de ce que je sais, ils sont tous destinés à devenir des Omégas. Visiblement, cette ferme semble en regorger.

À moins qu'on ne prenne le problème du mauvais côté. Est-ce que ce n'est pas parce qu'il y a énormément de métamorphes gay dans le coin que la ferme produit autant d'Oméga ?

Mon cerveau déconnecte soudain alors que la douleur revient brutalement au moment où Nathan me lâche. Perdu loin dans ma conscience, je vois le premier Alpha se ruer sur son homme pour le retenir avant qu'il ne s'écroule brutalement au sol. De toute évidence, maintenir la douleur loin de nous l'a épuisé au-delà de ce qu'il ne pouvait supporter.

Je m'en veux un peu, avant de me souvenir que je ne lui ai rien demandé. Malgré tout, je dois bien reconnaître que je préférais lorsqu'il absorbait le mal qui me ronge.

Je ferme les yeux et me concentre du plus fort que je peux pour oblitérer cette douleur qui ravage tout sur son passage. Je dois penser à autre chose. Je me mets donc à m'imaginer allongé sur une plage de sable blanc comme j'en ai vu dans les livres, les vagues venant me lécher le bout des orteils, me rafraîchissant totalement, alors que le soleil me brûle délicieusement la peau.

Une ombre s'allonge soudain sur mon corps, me coupant brusquement la lumière et j'ouvre les yeux, un sourire tendre étirant mes lèvres. Lloyd me sourit doucement, et se penche sur moi pour m'embrasser, avant qu'il ne se recule brusquement, me privant de ses lèvres délicieuses.

Je rouvre les yeux, et sursaute violemment en voyant son visage totalement défiguré. Une large ouverture saigne abondement sur son front, alors que sa pommette est totalement éclatée. Pourtant, elle ne saigne plus. Ça doit donc faire un moment qu'elle a été brisée.

Je regarde le reste de son visage et découvre l'ensemble des dégâts. Son nez doit sans aucun doute être brisé vu l'angle qu'il a actuellement, et je ne parle pas des hématomes qui parsèment sa peau habituellement si belle et si douce.

Je me recule dans un sursaut d'horreur et m'aperçoit que

mon Géant est attaché pieds et poings liés sur une chaise en métal, totalement nu. Et je découvre qu'il n'y a pas que son visage qui a morflé. Tout son corps est contusionné et marbré par des éclats de sang.

Je me jette sur lui, hésitant sur l'endroit où poser ma main. Je me souviens que j'adore les plonger dans ses cheveux soyeux et que lui aime lorsque je le tiens de cette façon. Surtout lors de nos folles envolées licencieuses.

— Mon Dieu ! Mon Amour ! Que t'ont-ils fait ?

Lloyd redresse la tête, fronçant difficilement les sourcils, et se lèche plusieurs fois les lèvres comme s'il voulait parler, mais n'y arrive pas.

Je tourne sur moi-même et regarde dans la pièce à la recherche d'un gobelet, un verre ou une bouteille de liquide. Peu importe sur quoi je tombe à partir du moment où c'est comestible. Au loin, je vois une brique de lait et me précipite dessus pour l'attraper, mais ma main passe au travers.

C'est quoi ce bordel ? Mon homme à besoin de moi, ce n'est pas le moment de jouer avec mes nerfs !

Je réessaye, mais rien à faire, ma main passe systématiquement au travers. Un peu comme si je n'étais pas réellement dans cette pièce.

Je réalise alors que je dois être en train de rêver. Mais dans ce cas, ce rêve paraît excessivement réel. Je retourne auprès de mon Géant et dépose un baiser sur ses lèvres. Son goût me frappe durement alors que ma langue plonge dans sa bouche. C'est bien la preuve que ce n'est pas un rêve.

— Comment m'as-tu trouvé Cal ? T'ont-ils attrapé toi aussi ? Mon Dieu, non ! Je ne veux pas qu'ils te fassent du mal.

La voix rauque et cassée de mon Géant me brise le cœur. Je crois que je ne l'ai jamais vu aussi désemparé, ni aussi faible. Je ne pensais pas une telle chose possible d'ailleurs. Pour moi, cet homme était invincible.

Dès l'instant où j'ai posé les yeux sur lui, je l'ai vu comme un Géant indestructible. Et encore plus lorsqu'il m'a mordu et revendiqué comme étant son Âme Jumelle. Je me suis enfin réellement senti à ma place, et protégé.

Alors le voir aussi faible et impuissant me brise de l'intérieur. Je caresse sa joue du bout des doigts, faisant attention à ne pas lui faire de mal, et dépose un nouveau baiser sur ses lèvres.

— Je ne sais pas, Mon Amour. J'étais en train de souffrir le martyr et j'ai voulu m'éloigner de la douleur et te retrouver et te voilà. Mais où sommes-nous ?

Lloyd relève difficilement la tête, et observe la pièce tout autour de nous, fronçant parfois les sourcils.

— Je n'en suis pas sûr ! Je me suis réveillé attaché comme ça, et je ne crois pas être déjà venu ici. Pourtant, l'odeur me parle. Si je devais supposer, je dirais que nous sommes dans la cave de Jebediah.

Je fronce les sourcils, ne sachant pas de qui il parle. J'ouvre la bouche pour lui demander plus de renseignements lorsque des bruits de pas se font entendre de l'autre côté de la porte. Lloyd se met alors à s'énerver, me demandant de me cacher, de partir. Ils ne doivent pas me trouver. Ils ne doivent pas me faire de mal.

Mais je ne veux pas le quitter. Je ne peux pas le laisser souffrir de cette façon plus longtemps. Il faut que je fasse quelque chose pour l'aider. Les larmes montent lentement en moi, alors que mes yeux se posent partout autour de moi afin de trouver une arme qui pourrait m'aider. C'est alors que je tombe sur la table des horreurs.

Dessus se trouvent des pinces, des couteaux, des ciseaux, et toutes sortes d'instruments de tortures qui me retournent l'estomac. Je ne veux même pas imaginer à quoi tout ça peut bien servir.

Les larmes dégoulinent à toute vitesse sur mes joues lorsque je vois le sang séché dessus, m'indiquant que ces objets ont servis dernièrement. Et vu l'endroit où ils se trouvent, c'est mon Géant qui a dû en faire les frais.

Je me rue dessus afin de me saisir d'un couteau et ainsi prendre les ours qui arrivent par surprise, mais comme pour la brique de lait, ma main passe au travers. Je crie de rage, et tente encore et encore, mais sans parvenir à plus de résultats.

La porte s'ouvre brusquement et je me tourne vers la porte d'un bond, mon cœur battant à tout rompre dans ma poitrine alors que je fais face à trois hommes baraqués. Je reconnais sans peine celui qui est au premier plan, et ma colère ne fait que se décupler.

Comment un père peut-il faire subir une telle chose à son fils ?

Elijah pénètre dans la pièce et avance jusqu'à moi, mais étrangement, j'ai le sentiment qu'il ne me voit pas. Je fronce les sourcils, et me tourne vers mon homme. Lloyd a lui aussi les yeux exorbités par la surprise, avant qu'un léger sourire n'étire ses lèvres.

— Demande à Aby ! Lui saura !

Il me fait un petit sourire avant de se focaliser sur son père et je comprends ce qu'il tente de me dire. Je m'approche doucement de lui et dépose un baiser sur ses lèvres, lui insufflant tout l'amour que j'ai pour lui.

Je ferme les yeux et pense intensément à l'endroit où m'attendent mon autre compagnon et le reste de ma meute. Il faut que j'y retourne. Je rouvre brusquement les yeux, tombant sur l'assemblée médusée du commandement de la Lune Rousse. Raphaël pose une main douce sur mes joues, me faisant remarquer que je suis en train de pleurer. Je me jette dans ses bras, heureux d'être de retour, et espérant de toutes mes forces avoir réellement été avec mon Géant.

Si je me suis réellement rendu auprès de lui, cela veut dire que nous savons où chercher pour le libérer. Même si j'ignore qui est Jebediah, il y a parmi nous une personne qui pourra nous renseigner. Je vais très bientôt retrouver mon homme.

CHAPITRE 26

―――――

J e me précipite au sous-sol de la grande maison de l'Alpha, pressé de pouvoir discuter avec mon ami. Je me stoppe d'un seul coup devant la porte de la cave, impressionné par l'homme stationné devant. Il est droit comme un « I », une arme en travers de son torse, et avec une carrure très impressionnante.

Je ne suis pas bien grand déjà à la base, mais avec lui, je suis obligé de me démancher le cou pour pouvoir le regarder dans les yeux. Je me sens vraiment ridicule en face de lui. Comme une toute petite chose qui n'aurait rien à faire ici.

Nous ne serions pas en guerre contre les ours, je me serais posé des questions quant à savoir à quelle espèce il appartient. Sa taille le ferait sans problème passer pour un camarade du Clan des Sources. Et j'en viens à me demander à quoi peut bien ressembler son loup. Est-il lourd et pataud comme semble l'être l'humain ? Ou bien au contraire, est-il leste et agile ?

Je m'arrête soudain sur l'arme, et j'ai un mouvement de recul. Je n'y avais pas vraiment fait attention en arrivant dans le village, mais il me semble bien que c'est la première fois que je vois un loup avec une arme. Et ça me trouble.

Raphaël arrive alors derrière moi, posant une main sur mon épaule et tendant l'autre au loup de garde. Je sais qu'en se collant à moi de cette façon, il ne fait qu'asseoir sa propriété sur moi. Et bien que cela me dérange un peu d'être considéré comme une chose qu'il pourrait posséder, je sais que c'est uniquement dans le but de me protéger qu'il le fait.

Depuis sa naissance, Raphaël est un Delta. Il a été formé pour défendre et protéger la meute. Même si je sais très bien qu'il n'est pas né pour protéger cette meute, c'est inscrit dans ses gènes. Il ne peut pas faire autrement que de défendre les autres loups. D'autant plus s'il s'agit de son compagnon.

— Vous pensez avoir des problèmes avec le prisonnier ?

Je regarde le garde ricaner doucement, et sens la colère monter en moi. Je ne vois pas vraiment ce qu'il y a de drôle. Effectivement, Abraham est un Oméga. Et il est très efféminé. Malgré tout, il reste un ours. Il est beaucoup plus puissant que ne le serait un loup.

— C'est pas de lui dont on se méfie, mais des petits copains qui pourrait débarquer ! D'après ce que j'ai compris, on a chopé la pute de leur village ! Ils vont vouloir la récupérer !

Et il explose de rire ! Personnellement, j'ai plutôt envie de lui exploser la tronche. Je rue en avant dans l'intention évidente de lui casser la gueule, mais je suis tout de suite retenu par mon compagnon qui passe son bras en travers de mon torse. Je grogne, mon animal intérieur voulant sortir pour défendre l'honneur de notre ami. Et pour la première fois depuis que mon animal intérieur s'est réveillé, c'est l'ours qui est au premier plan.

Alors, il est vrai que mon ami m'a raconté que durant des années, il était très sollicité par les autres ours en mal de sexe. Essentiellement des mâles qui ne semblaient pas assumer leur attirance pour un autre homme. Il a été rabaissé par tous ces hommes qui se servaient de lui, afin qu'ils puissent continuer à l'utiliser. Aby en a énormément souffert. Il ne comprenait pas que son père laisse faire une telle chose. Il n'est pas totalement stupide. Il a bien compris que l'Alpha du clan des ours était parfaitement au courant de ce qu'il se passait avec lui.

Suite à ça, il a eu du mal à se reconstruire, et je ne suis pas certain qu'il y soit parvenu. Je reste persuadé qu'il se voit toujours comme le jouet favori des hommes de son clan.

Malgré tout, ce n'est pas une raison pour que les loups le traitent de la même manière. Ce n'est pas nécessaire qu'on se rabaisse au niveau des ours.

— Dois-je te rappeler Nick, que tu parles d'un être vivant qui peut parfaitement t'entendre au travers de la porte ?

Le garde ricane de nouveau, avant qu'il ne glapisse brusquement lorsque mon compagnon l'attrape par le col de son pull pour le plaquer contre la porte. Le pauvre loup ne fait pas le poids face au Delta.

— Aby est un garçon génial qui a eu le malheur de grandir dans un clan homophobe. Il a été renié par son propre père juste parce qu'il est plus petit qu'un ours normal. Qu'aurais-tu fait à sa place, si un seul homme t'avait montré de l'intérêt ? Ne l'aurais-tu pas laissé faire ?

Le garde écarquille les yeux, mais ne semble pas vouloir comprendre ce que lui dit Raphaël. Mon compagnon le secoue doucement, lui remettant les idées en place.

— Tu ignores tout de sa vie, Nick. Tu ne te fies qu'aux ouïes-dire ! Et ce ne sont pas les plus fiables. On est d'accord ?

Il finit par hocher la tête, et le Delta le relâche, avant de se tourner vers moi et de tendre son bras à mon intention. Je glisse ma main dans la sienne, et lui fais un petit sourire de remerciement pour avoir défendu mon ami de la sorte.

Comme il l'a dit, Abraham est un mec génial qui n'a pas eu de chances. Il n'est pas né dans le bon clan. Chez lui, les hommes ne doivent pas aller avec d'autres hommes. Et je pense que c'est pour cette raison que Lloyd n'a jamais été attiré par d'autres mâles. Inconsciemment, son cerveau le lui interdisait.

Son père lui a martelé durant des années qu'il devait s'accoupler avec une gentille femelle afin de pouvoir donner un héritier à la meute. Et qu'il devait faire vite.

J'ai largement eu le temps de discuter avec Lloyd avant qu'Eli ne nous rejoigne, et il m'a raconté que depuis une dizaine d'années, Elijah ne cessait de le harceler pour qu'il trouve la femelle qu'il lui fallait afin de faire grandir le clan. Il a même été jusqu'à lui présenter des femelles d'autres clans afin qu'il fasse son choix.

Mais il attendait son Âme Jumelle. Lloyd sentait au fond de lui qu'elle existait et qu'il lui suffisait d'attendre un peu avant qu'elle ne vienne à lui pour lui donner la famille qu'il désirait.

Et j'ai débarqué de nulle part, lui tombant quasiment tout cru dans les bras, chamboulant tout son monde. Je m'en suis voulu durant quelque temps, mais Lloyd n'a pas cessé de me répéter qu'il était le plus heureux des hommes et qu'il ne regrettait pas le moins du monde de m'avoir rencontré.

En d'autres termes, Lloyd est heureux de nous avoir Raphaël et moi à ses côtés, son frère va avoir besoin d'aide pour avancer dans le futur, et son père est un connard fini.

Mon Âme Jumelle ouvre soudain la porte de la cave, et je ne peux retenir mes larmes en voyant le frêle ours recroquevillé dans son coin, des traces de coups émaillant son corps, totalement nu. Je sens une rage sans nom monter dans mon corps alors que je l'examine plus en détail, et me retourne brutalement pour aller défoncer la tête du garde en voyant du sang séché sur ses jambes. Heureusement pour moi, Raphaël est là pour veiller au grain et me retient de faire une connerie.

J'ai beau être hors de moi, je ne serais jamais assez fort pour combattre un loup de cette taille. Je relève brusquement la tête, et plonge mes yeux dans le regard noir du garde. Je fais ressortir mon ours intérieur, le laissant prendre la place habituelle de mon loup, et grogne légèrement.

C'est avec un plaisir sadique que je regarde le loup trébucher contre le mur derrière lui à ce son, et je lui montre mes crocs. Je suis devenu assez fort pour choisir entre mes différents animaux.

En réalité, depuis que Tyler m'a indiqué devoir faire la paix avec mon loup intérieur, j'ai découvert que l'entité qui partage mon corps est plus souvent un loup qu'autre chose. Mais lorsque je le désire, et que tout le monde est d'accord, il peut prendre l'apparence que je désire. Je n'ai encore jamais essayé, mais je suis certain de pouvoir me transformer en l'animal que je veux.

Je dépose un baiser sur la joue de Raphaël pour le remercier d'être à mes côtés, puis me précipite vers Aby. Son mouvement de recul à mon approche me fait un mal de chien, mais je ne m'en formalise pas. Après tout, je suis majoritairement un loup, et c'est de cette façon qu'il m'a connu.

— Hey ! Abraham, c'est moi, Calvin. Tu me reconnais ?

Le jeune homme lève les yeux sur moi, et mon ventre se serre durement en voyant le vide dans ses prunelles. Ses pupilles sont totalement dilatées, leur couleur se confondant avec celles de l'iris. Je m'assois en face de lui, lui faisant un petit sourire, mais mes larmes se remettent lentement à couler. Je crois bien que nous l'avons perdu.

Il n'était déjà pas vaillant lorsque je l'ai rencontré, mais devoir subir des atrocités de la part des loups après ce qu'il a pu déjà vivre auprès des ours a dû tout détraquer dans son cerveau. Il va nous falloir des mois et beaucoup d'amour pour le ramener parmi nous.

Un peu comme lorsque le loup de Gabriel ne voulait pas le laisser revenir. Son animal a tout fait pour bloquer son côté humain. Étant donné qu'il lui avait laissé la place au premier plan pour souffrir à sa place, il n'a pas voulu la lui redonner lorsque tout c'est arrangé pour eux.

— Je te jure que je te vengerais, Aby. Même si ce sont des loups, des gens de ma famille qui t'ont fait ça, je ferais en sorte qu'ils paient pour le mal qu'ils t'ont fait. Tu fais à présent partie de ma famille. Tu es mon frère, et je te vengerais.

Je pense voir une petite étincelle luire dans ses prunelles, mais j'ai peur de prendre mes rêves pour la réalité. Je me redresse et me tourne vers mon compagnon pour le serrer contre moi, et remercier le Destin de me l'avoir donné avant que toute cette merde ne se déverse sur nous.

— Peux-tu surveiller la porte le temps que j'aille voir les Alphas s'il te plaît ?

Raphaël pose son doigt sous mon menton pour me relever la tête et plonge son extraordinaire regard caramel dans mes yeux. Je vois à son froncement de sourcils qu'il n'est pas entièrement d'accord avec moi, mais qu'il n'est pas totalement contre non plus. Je pense qu'il a compris ce que je voulais faire, et qu'il désire m'aider, mais sans avoir à me lâcher d'une seconde.

Dès l'instant où Lloyd a été enlevé, je crois bien qu'Eli ne m'a pas quitté une seule seconde. Il est resté à mes côtés tout le temps. Il doit être terrifié à l'idée de me perdre également.

Je pose ma main sur sa joue et esquisse un léger sourire.

— Tu peux me faire confiance, Eli. Je suis dans la maison du premier Alpha. Normalement, il n'y a pas plus sécuritaire. Je te jure de ne pas sortir de cette maison sans toi.

Il lève les yeux pour les poser sur le garde toujours collé au mur, et grogne à son intention, avant de reporter son attention sur moi.

— J'ai peur qu'il ne t'arrive la même chose !

Je me hausse sur la pointe des pieds et vient déposer un baiser léger tout en douceur sur ses lèvres. Puis je plonge dans son regard.

— Tu sauras tout de suite s'il m'arrive quoi que ce soit, Eli. Je te le jure.

Raphaël regarde à nouveau le garde, puis moi, et encore une fois le garde. Ses yeux ne cessent de faire la navette entre le garde et moi, se demandant sans doute s'il peut encore faire confiance à ceux qu'il appelait ses frères il n'y a pas si longtemps. Il finit par fermer les yeux, et pose son front contre le mien. Son souffle vient se fracasser contre mes lèvres, me faisant doucement frissonner.

— Je sais que je me suis comporté comme un con avec toi durant des mois, mais n'oublie surtout jamais à quel point je t'aime Calvin. Tu es toute ma vie. Mais Lloyd aussi, maintenant, et je sens au plus profond de moi que nous devons le retrouver vite. Alors bien que je sois terrifié, tu peux aller voir Ryan et Nathan.

Je lui fais un énorme sourire et lui saute au cou, pour

l'embrasser avec effusion. Ma langue percute presque violemment la sienne, lui arrachant son goût de la bouche.

— Moi aussi je t'aime Eli. N'en doute plus.

Je dépose un dernier baiser sur ses lèvres puis me détache enfin de lui pour reprendre la direction de l'escalier. Je cours dans les marches pour retrouver notre chef et son compagnon. Le mieux serait qu'un conseil de la meute ait été convoqué, mais je n'y crois pas plus que ça.

Bien qu'une partie du territoire ait été attaqué, on ne dénombre que des dégâts matériels. Le seul préjudice humain est la disparition de Lloyd. L'enlèvement d'un ours. Ce qui n'entraîne pas l'intervention du conseil de la meute.

Pourtant, de part son union avec deux loups, Lloyd fait également partie intégrante de la meute. Il est notre Alpha à Raphaël et moi.

J'arrive un peu essoufflé dans le salon, et me stoppe net en voyant tous ses Alphas réunis au même endroit sans que personne ne se tape dessus. Le pouvoir à l'œuvre entre eux tous est palpable. À tel point qu'on pourrait presque le toucher du bout des doigts. Pourtant, tout le monde est en train de parler presque normalement de l'attaque que la meute vient de subir.

Je suis rappelé à l'instant présent lorsqu'une main tremblante se pose sur mon bras. Je tourne lentement la tête et tombe dans le regard paniqué de Kit. Les deux garçons ont dû être séparés après l'intervention de Nathan dans la salle médicalisée. Et il y a de fortes chances pour que Aby ait été brutalisé dès son arrivée dans la cave.

J'ouvre grand les bras, et mon ami tombe dedans en pleurs. J'ignore s'il a vu son amant ces dernières heures, et surtout l'état dans lequel il est. Ou si ce sont juste ses nerfs qui le lâchent maintenant.

Je le serre contre moi et me dirige au centre du salon, interrompant brutalement la discussion en cours. Je m'en moque totalement. Il faut que Nathan se rende auprès d'Abraham.

J'ouvre la bouche pour parler, mais Ryan lève la main et son pouvoir m'accable soudain, me forçant à me mettre à genoux, entraînant Kit avec moi.

— Ne dit rien, je suis déjà au courant, et les fautifs ont été punis.

J'ouvre de grands yeux étonnés, passant d'un homme à un autre, captant les regards désolés qu'ils m'adressent tous.

— Étrangement, j'étais persuadé que les loups étaient beaucoup plus évolués que les ours. Je me suis trompé. Il est arrivé aux oreilles des Gammas qu'Abraham servait régulièrement de « défouloir » au clan des ours.

Une fois de plus, je tente de parler, mais la force que Ryan met à m'en empêcher est énorme. Je dois me contenter de respirer et de l'écouter.

— J'ignore si c'est vrai, et sincèrement, je m'en moque royalement. Tout ce que je sais, c'est que j'ai entendu des cris de terreur pure et que j'ai tout arrêté avant que ça n'aille trop loin. Je suis malheureusement arrivé trop tard.

Pour la première fois de ma vie, je vois mon Alpha extrêmement mal à l'aise. Il détourne brusquement le regard alors qu'il est quasiment en train de s'excuser pour une chose dont il est innocent. Ce n'est pas de sa faute si ses hommes ont abusé d'Aby. Ce n'est pas lui qui leur a donné l'autorisation. Bien au contraire. Il est totalement contre.

Les pleurs de Kit se déchaînent contre moi, et je comprends qu'il souffre pour son amant. Abraham est le tout premier homme qu'il laisse approcher de cette manière, et je trouvais ça bien qu'il tente de nouvelles choses.

Aujourd'hui, j'en viendrais presque à regretter de les avoir présentés. Ils semblaient tellement heureux tous les deux avant que le père d'Abraham ne vienne mettre son nez dans nos affaires.

J'avale la boule de haine qui me bloque la gorge, et suis légèrement surpris de sentir autant de violence parcourir mes veines. Je n'ai jamais été pour la violence, bien au contraire. Je suis un pacifiste né. Mais ce que ces animaux ont fait à mon ami est intolérable.

— Que leur est-il arrivé ? Que leur as-tu fait ?

Ryan se lève et s'approche de moi à petits pas, tendant la main devant lui comme s'il cherchait à apprivoiser un animal sauvage. Et je me rends compte alors seulement à ce moment-là que mes mains commencent doucement à se transformer, laissant des griffes d'ours apparaître.

— Ils ont été castrés, avant d'être bannis de la meute. J'ai même interdit à Nate de les soigner.

Je tourne la tête vers le compagnon de l'Alpha pour vérifier ses dires et Nathan acquiesce d'un simple mouvement du menton. Je souffle doucement, laissant l'air contenu dans mes poumons sortir en un mince filet.

Je me redresse soudain et plonge mon regard dans celui de mon Alpha, animé d'une nouvelle énergie. C'est une bonne chose de faite. J'aurais aimé pouvoir le faire moi-même, mais qu'ils aient été castrés me va totalement. Maintenant, je dois m'occuper de mon ami.

— Tu dois le laisser sortir, Ryan. Abraham n'est en aucun cas une menace pour la meute, et tu le sais. Bien sûr qu'il a parlé avec son père et les autres ours, mais jusqu'à hier, cela ne posait aucun problèmes. C'est uniquement parce que le père de Lloyd a pété un câble qu'il se retrouve dans cette situation. Prouve à ces attardés d'ours que nous leur sommes supérieurs.

Je vois son pouvoir d'Alpha passer brièvement dans ses yeux avant qu'il ne se tourne vers son compagnon. Il y a comme une communication silencieuse entre eux, et je me demande s'ils peuvent réellement discuter de cette façon.

À voir le petit sourire amusé, mais serein de l'Alpha lorsqu'il me regarde à nouveau, j'en suis persuadé. Et j'en viens à me demander comment ils ont pu réussir un tel exploit.

— Je pense que tu as raison. Si je l'avais fait enfermer en tout premier lieu, c'était pour le garder à l'abri. Mais j'ai lamentablement échoué. Tu peux le mettre dans la chambre que tu veux.

— La mienne !

Kit revient subitement à la vie, et ça m'étonne de le voir réagir de cette manière. Je sais qu'Abraham et lui sont très proches, puisqu'ils sont intimes, mais je ne pensais pas mon ami capable de prendre soin de l'ours. Ou en tout cas, de vouloir en prendre soin.

Mais j'ai à peine le temps de remercier mon Alpha qu'il a déjà descendu les marches menant à la cave pour se précipiter vers l'ours. Je le suis à mon rythme, surpris lorsque je découvre l'ours retranché dans les bras du loup.

J'ai à peine pu le toucher lorsque je suis entré tout à l'heure, mais Kit l'enveloppe totalement sans qu'il ne s'en plaigne. Je regarde le loup se redresser en portant Aby dans ses bras, et me passer devant sans faire attention à ce qui les entoure.

Je crois que j'ai loupé un truc entre eux. Ils sont beaucoup plus proches que je ne l'avais pensé au départ. Il me semblait que c'était juste un jeu pour Kit, alors que de toute évidence, il tient énormément à mon beau-frère.

Je monte les marches à sa suite, le suivant même dans les escaliers pour monter à l'étage. Raphaël est juste derrière moi, me protégeant de sa haute stature. Il n'est pas aussi grand ou large que Lloyd, mais je me sens tout de même en sécurité lorsqu'il est proche de moi comme ça.

Et dire que j'ai failli le perdre !

Arrivé dans la chambre, je me coule dans les bras de mon homme et regarde Kit allonger doucement Abraham. Le pauvre ours est totalement traumatisé. Cela se voit dans ses grands yeux noirs exorbités et dans le tremblement de tous ses membres. À cet instant, je suis heureux de les avoir présentés tous les deux.

Un bruit retentissant ce fait soudain entendre en provenance du rez-de-chaussé, et une voix qui ne m'est pas familière, et qui pourtant n'est pourtant pas inconnue s'élève jusqu'à nous.

Je sens Raphaël se tendre derrière moi, avant que ses yeux ne se focalisent sur Kit et son précieux fardeau. Il agrippe ma hanche et me traîne derrière lui. Je fronce les sourcils, ne comprenant pas ce qu'il me veut, mais je lui fais confiance et le suis hors de la chambre.

Il m'embrasse furieusement, un énorme sourire aux lèvres, et dégringole rapidement les marches. Je suis réellement perplexe, jusqu'à ce que je le suive et découvre Vincent dans l'entrée de la grande maison. Il étreint son frère comme s'il était soulagé, mais surtout surpris, de le trouver là et en bonne santé.

Et soudain, cela me frappe comme une balle meurtrière en plein front. Raphaël m'a dit que c'était grâce à Gabriel et leur lien de triplé qu'il avait été sauvé. Cela veut donc dire que là où il se trouvait, Vincent à dû ressentir la même chose et accourir pour sauver son frère.

Je tourne la tête vers la porte de la chambre que nous avons fermée en sortant, et me mordille la lèvre inférieure. L'histoire entre Kit et Aby risque de poser des problèmes. Vincent ne sera pas vraiment heureux de voir son Âme Jumelle acoquiné avec un autre homme.

Comme si nous n'avions pas déjà assez de problèmes comme ça !

Je rentre à nouveau dans la chambre, et regarde mes deux amis s'étreindre comme s'ils étaient seuls au monde. Kit doit être mis au courant. S'il ne veut pas mettre davantage de bordel dans la meute, il doit savoir que son Âme Jumelle est de retour.

— Kit, il faut qu'on parle !

L'Oméga relève le regard, les yeux rouges d'avoir trop pleuré et secoue la tête en signe de négation.

— Pas la peine ! Ça fait cinq minutes déjà que je sais que Vincent est de retour sur le territoire.

Je me fige totalement, des questions tourbillonnant brutalement dans ma tête. Déjà, comment peut-il savoir que je veux lui parler de Vincent ? Ensuite, comment peut-il savoir qu'il est là alors que son frère l'ignorait avant qu'il ne pénètre dans cette maison et se mette à hurler ? Et enfin, pourquoi est-il aussi calme ?

Kit dépose un baiser sur le front d'Aby et l'allonge tout en douceur sur le lit, remontant les couvertures sur lui. Il repousse tendrement les cheveux derrière ses oreilles lui souriant chaleureusement.

À le voir ainsi, je sais qu'il éprouve de l'amour pour mon beau-frère. Il n'a pas besoin de le dire, ou d'essayer de mentir à ce propos. Kit est tombé amoureux de l'autre Oméga. Mais leur histoire ne fonctionnera jamais. Il est impossible que deux Omégas finissent ensemble. Vincent n'acceptera jamais une telle chose.

— Vous me prenez tous pour un gros débile visiblement. Étrangement, pile au moment où j'arrive dans cette meute et que l'on découvre que je suis un Oméga censé m'accoupler avec un homme, l'un des Deltas de la meute disparaît d'un seul coup. Alors que nous sommes en train d'agrandir le territoire de la meute, et que nous avons besoin de tous les combattants possibles.

Il se tourne vers moi, et l'amour que j'ai vu briller dans ses yeux alors qu'il regardait Aby a été totalement remplacé par de la colère à mon encontre. Je sais qu'elle n'est pas uniquement dirigée contre moi, mais pour le moment, je suis le seul sur qui il peut la déverser.

— Je sais qu'il est mon Âme Jumelle, celui que le Destin m'a choisi et que je ne peux rien faire contre ça. Je l'ai compris il y a plusieurs mois déjà. Alors, je vais accomplir mon Destin et m'accoupler à cet homme, mais il ne faut pas croire que vous allez me retirer mon amour. Aby reste avec moi quoi qu'il se passe. Qu'il le veuille ou non, Vincent devra nous accepter tous les deux, ou nous perdre. Je ne suis pas encore majeur, je peux encore demander à avoir une autre Âme Jumelle.

Je me passe une main nerveuse dans les cheveux et me mordille à nouveau les lèvres. Comme je le pensais, on est pas sorti des emmerdes !

CHAPITRE 27

Assis sur le canapé en compagnie de mon père, mon regard suit le même chemin que le sien. Vers les trois hommes absolument identiques qui discutent sur le canapé en face du nôtre. Bien évidemment, j'avais déjà vu la ressemblance frappante entre Gabriel et Raphaël, mais je n'avais pas encore eu l'occasion de les voir tous les trois côte à côte. Et c'est impressionnant.

La plupart du temps, les triplés se ressemblent, bien évidemment puisqu'ils sont frères. Mais dans le cas des Deltas, ils sont vraiment identiques. À tel point que je pense avoir du mal à reconnaître mon homme. Cependant, le plus extraordinaire, c'est tout de même qu'ils existent.

Gidéon et Tyler nous l'ont déjà dit, notre meute est réellement exceptionnelle de part ses membres. Entre la direction, où deux grands Alphas se partagent le pouvoir, Nathan qui est capable de se soigner, Basile qui est un Renifleur, ou encore moi qui suis un Changeforme, la meute est bien servie question originalité. Mais avec ça, elle accueille un nombre important d'homosexuel, ce qui a attiré les triplés. Qui sont eux-mêmes extrêmement rares.

Il est déjà presque impossible pour une louve de tomber enceinte, et encore plus de mener une grossesse à terme. Mais leur histoire est encore plus extraordinaire. De ce que nous ont dit Gabriel et Raphaël, leur mère était esclave dans une maison close. Une simple humaine qui n'aurait jamais dû tomber enceinte de leur Alpha de père puisqu'elle n'était pas l'Âme Jumelle de l'Alpha.

Rien que leur conception est étrange. Mais le fait qu'elle ait réussi à mener la grossesse à terme et à mettre au monde trois enfants en parfaite santé est impensable. Elle y a même survécu. Bien sûr, à l'adolescence, ne sachant pas comment élever trois loups imposants, elle les a envoyés chez leur père. Mais, de ce que j'ai compris, ce n'était pas l'idée du siècle.

En découvrant leur penchant pour le même sexe, leur père les a bannis de sa meute et ils ont erré pendant des jours et des jours avant de trouver une meute qui veuille bien d'eux. À court de nourriture, et désireux de pouvoir s'installer durablement dans un endroit, ils ont décidé de cacher leur vraie nature, et se sont installés dans la meute de la Lune Rousse qui recrutait de nouveaux loups à cette époque. À nouveau, ils sont arrivés pile poil au bon moment. Quelques jours plus tard, et ils n'auraient peut-être pas pu s'installer dans la meute. Quelques jours plus tôt, et ils se seraient fait jeter.

Quoi qu'il en soit, pour les deux Anciens, les triplés sont à eux seuls une totale aberration. Ils ne devraient pas exister. En ce qui me concerne, je suis bien heureux qu'ils soient nés.

— J'ai fait le tour du pays. J'ai rencontré d'autres meutes, et c'était sympa. Malgré tout, j'avais hâte de pouvoir revenir. Te sentir partir de cette façon m'a convaincu qu'il était temps pour moi. J'ignore s'il est prêt, et sincèrement, je crois bien que je m'en fiche. J'ai juste besoin de me reconnecter avec ma meute, et ma famille.

Basile et moi faisons une grimace qui ne passe pas vraiment inaperçu. Mon père travaille tous les jours ou presque avec Kit, alors il sait comment se comporte mon ami. Et il sait aussi que jusqu'à très récemment, il ne voulait rien avoir à faire avec un autre homme.

Mais maintenant qu'Aby est entré dans sa vie, la donne à totalement changée. Maintenant, c'est Abraham et personne d'autre. Et j'en suis désolé pour Vincent.

Les trois frères se donnent des tapes dans le dos, et s'enlacent gentiment, et cela me fait sourire. Ils ont beau avoir plusieurs siècles, ils se comportent encore comme des gamins.

Une douleur fulgurante me fait soudain plier en deux, et je serre les mâchoires pour retenir le cri qui veut sortir. Presque aussitôt, deux bras forts s'enroulent autour de moi pour me maintenir alors que la voix douce et réconfortante de Raphaël arrive à pénétrer le brouillard de douleur.

J'ai beau essayer de ne pas hurler, c'est totalement impossible, lorsque j'ai l'impression qu'on m'arrache le bras. Je suis en train de ressentir la pire douleur existante au monde. J'ai vraiment la sensation qu'on est en train de me décortiquer de l'intérieur, tirant sur les tendons et les muscles pour détacher mon bras du reste de mon corps.

Je ferme les yeux et me retrouve à bout de souffle, à genoux, dans la même cave que précédemment. Je prends juste le temps d'inspirer un peu d'air, avant de me précipiter vers Lloyd. Il est encore plus mal en point que la dernière fois. Pas une seule parcelle de sa peau n'a été épargnée, et je ne vois que du rouge dû au sang qui a coagulé en séchant. Et je comprends tout de suite la douleur dans mon bras en regardant le trou énorme dans son épaule.

Je pose ma main dessus, essayant de retenir le flot de sang qui dégouline, mais j'ai beau appuyer de toutes mes forces, le liquide continue de s'écouler.

Lloyd redresse très légèrement la tête, son regard flou à cause de la douleur se plongeant dans le mien et je vois l'instant où il réalise que je suis avec lui. J'esquisse un léger sourire pour le rassurer, puis me penche sur lui pour lui susurrer à l'oreille :

— Qui est Jébédiah, Mon Amour ? Où se trouve sa maison ?

Il se lèche plusieurs fois les lèvres, et je remarque à quel point elles sont sèches alors que sa langue râpeuse passe dessus. Je regarde derrière moi, et trouve une bouteille remplie d'un liquide translucide. Je me précipite dessus et lance un petit cri de joie alors que ma main ne passe pas au travers cette fois-ci. Je la renifle pour vérifier qu'il s'agit bien d'eau, avant de retourner auprès de mon compagnon pour lui verser dans la bouche par petites gorgées.

J'ignore comment je suis capable d'une telle chose, mais je m'en moque. Je ne devrais pas être capable de tenir cette bouteille, et encore moins de lui verser de l'eau dans la bouche. Mais au diable ce qui est possible ou pas. Mon homme a besoin d'eau, je lui en donne.

Lloyd avale goulûment, comme s'il n'avait pas bu depuis des semaines, bien qu'il ne soit retenu que depuis quelques heures seulement. Je le laisse boire autant que possible, avant d'imbiber mon tee-shirt d'un peu d'eau et de lui nettoyer légèrement le visage, afin de pouvoir l'embrasser.

— Je t'aime, Calvin. Souviens-toi que tu as été profondément aimé. D'accord ?

Mon cœur palpite violemment dans ma poitrine tandis que je comprends qu'il est plus ou moins en train de me faire ses adieux. Et il en est hors de question. Je ne suis pas encore prêt à le laisser partir. J'ai encore besoin de lui.

— Qui est Jébédiah ?

Lloyd plonge son regard dans le mien, et doit voir la détermination qui m'habite à cet instant. Il est hors de question que je le laisse mourir tout seul dans ce sous-sol miteux. Ma main sur sa joue, je le supplie du regard.

Je pense que c'est le bruit dans le couloir qui le fait réagir, et la peur de devoir encore affronter cette douleur. Ses yeux s'ouvrent en grand et il se lèche les lèvres une dernière fois.

— Bêta. C'est le Bêta de papa.

— OK, Mon Amour. On va venir te sauver.

Les larmes se mettent à couler sur ses joues alors que je le sens lentement disparaître. Lorsque je rouvre les yeux, je tombe dans le caramel chaud de Raphaël. Dans ses prunelles, je peux voir qu'il est dans l'attente. Lui aussi aimerait savoir si notre troisième compagnon va bien.

— Il est en vie, mais nous devons faire vite. Il ne va plus tenir très longtemps maintenant.

Tout le monde se met debout, et je vois notre premier Alpha réclamer le silence. D'une voix forte, mais douce tout de même, il nous indique que le conseil de la meute a refusé qu'on laisse des loups risquer leur vie pour sauver un ours. Par contre, les deux Alphas, et leurs subalternes, sont tous d'accord pour nous aider. Nous avons donc une petite armée pour aller sauver Lloyd.

Le seul souci, c'est que personne ne sait où se trouve la maison du Bêta du Clan des Sources. Je me souviens de mon compagnon m'indiquant que l'emplacement était tenu secret, justement pour la sécurité de l'Alpha. Il doit avoir un plan de repli au cas où le clan serait attaqué. Et bien sûr, un endroit que personne ne connaît en dehors de son bras droit.

Elijah a donc choisi le meilleur endroit pour cacher son fils, et ça me met en rogne. Pourtant, je ne le comprends pas. Comment un père peut-il faire subir de telles atrocités à son propre fils ? Jamais je ne laisserais mon enfant souffrir de la sorte.

— Viny !

Je redresse la tête au cri qui résonne depuis le haut des escaliers, et tourne immédiatement la tête vers les triplés, me focalisant sur Vincent. Le Delta est figé sur son siège, les ongles de sa main droite s'enfonçant dans le cuir du sofa pour s'empêcher de se ruer à l'étage. Il n'est pas compliqué de voir à son regard fixe et sa mâchoire crispée qu'il déploie des trésors de force pour ne pas monter les escaliers en quatrième vitesse, et prendre ce qui lui revient de droit.

Je me dépêche donc de sauter de mon siège pour monter à l'étage et rejoindre mes deux amis. Kit me laisse entrer et referme tout de suite la porte derrière moi. Je reste dans l'entrée, attendant qu'ils me parlent. La voix fluette et quasiment inaudible d'Aby s'élève du lit où il est allongé.

— Je sais où se trouve la maison de Jébédiah. Il m'y emmenait régulièrement.

Je ferme les yeux et remercie mon ami du bout des lèvres. Je n'ai aucun problème pour lire entre les lignes ce qu'il ne dit pas. Visiblement, comme une grande majorité du clan, le Bêta devait se servir d'Abraham pour assouvir certains besoins.

— Super, Aby. Si tu pouvais nous dessiner le plan, ce serait génial.

Il se redresse avec lenteur, comme si tout son corps était

douloureux, et il y a de fortes chances pour que ce soit vrai vu les traces que j'ai vues sur son corps. Je prends note de demander à Nathan de bien vouloir le soigner après.

— Je ne peux pas vous dessiner de plan. Par contre, je vous y emmènerais. Je jure de ne pas me sauver.

Sa dernière phrase me brise le cœur. Il n'aurait jamais dû avoir besoin de dire une telle chose. Pour moi, il n'est pas un prisonnier. Il est un ami de la meute. Cependant, nous ne sommes pas nombreux à penser de cette façon. Aux yeux des autres loups, Abraham est un ennemi de la meute. Il fait partie du clan adverse.

— La meute t'en sera éternellement reconnaissante.

— Je me moque de ta foutue meute. Je veux juste récupérer mon frère et mettre un terme à cette guerre avant qu'elle n'aille trop loin et que tes loups ne me tuent pour des renseignements que je n'ai pas.

La rage et la hargne contenues dans la voix de mon ami me fait mal. Mes compatriotes lui ont fait plus de mal en quelques heures, que n'ont pu le faire les ours en plusieurs années. Ils ont pourtant abusé violemment de lui durant tous ces mois. Je baisse les yeux, mal à l'aise face à cet Abraham que je ne connais pas.

Il a toujours été tellement gentil, tellement doux, et compréhensif. Abraham est tout de suite devenu un ami sur lequel je pouvais compter. Et le voir me tourner le dos de cette façon me brise de l'intérieur.

Kit s'avance vers nous, et pose une main dans le creux des reins de l'ours. Abraham semble se calmer tout de suite. J'ai presque l'impression de le voir se dégonfler d'un coup devant moi. Et je vois l'amour qui les lie tous les deux. Il est tellement fort et pur que ça me fait mal pour Vincent.

Le pauvre Delta s'est exilé pour laisser du temps à son Âme Jumelle de s'habituer à l'idée qu'il devait s'accoupler avec un homme. Et lorsqu'il revient après avoir presque perdu son frère, il découvre que son destiné est amoureux d'un autre homme.

J'en veux un peu à Basile d'avoir donné cette information à son beau-frère. Sans lui, Vincent serait resté et Kit et lui seraient aujourd'hui liés. Aby ne se serait jamais immiscé entre eux, et il ne serait sans doute pas aussi mal en point.

Je me mords la lèvre, reconnaissant moi-même que mon père ne pouvait pas prévoir que tout ceci finirait de cette manière. Basile n'y est pour rien.

Le petit ours se tourne vers l'autre Oméga, puisant des forces dans cette étreinte. Ses bras s'enroulent autour du corps athlétique de Kit et son nez part se nicher dans son cou. Ils sont vraiment adorables tous les deux. Et sont tellement bien assortis, que je me demande si le Destin sait vraiment ce qu'il fait.

Kit se baisse lentement vers l'autre homme et dépose un tendre baiser sur ses lèvres avant de resserrer ses bras autour de lui pour le coller à son corps. Les lèvres dans ses cheveux, je l'entends le rassurer, lui dire qu'il ne le l'abandonnera pas. À un moment donné, je suis presque certain qu'il lui dit même qu'il serait prêt à quitter la meute pour ne pas le laisser seul.

Quelques coups frappés à la porte nous sortent de notre transe, et je vois le petit ours se recroqueviller dans les bras de son amant, se fondant en lui. Je me dirige rapidement vers la porte, soupirant de soulagement en voyant le compagnon du premier Alpha se tenir sur le seuil.

— Ryan m'a dit qu'on pourrait avoir besoin de mes services ?

Je hoche rapidement la tête et le laisse pénétrer dans la chambre, lui indiquant le couple assis sur le lit, toujours enlacé. Nathan s'approche lentement d'eux, évaluant la situation, avant que je n'entende un grognement provenant de lui. Cela m'étonne de sa part. Il n'est pas vraiment du genre à s'énerver rapidement. Surtout depuis qu'il a donné la vie.

— Qui a fait ça ?

Abraham se rencogne davantage sur les genoux de son amant, semblant vouloir totalement se fondre en lui. J'ai vraiment peur de ce que leur réserve l'avenir.

Nathan commence à soigner l'ours de loin, n'arrivant pas vraiment à s'approcher de lui. Dès qu'il esquisse un geste dans sa direction, Aby se blottit encore plus dans les bras de Kit. Pourtant, il est là pour l'aider. Et l'Oméga le sait. Mais il va certainement lui falloir un certain temps avant de réussir à faire de nouveau confiance aux autres.

Après plusieurs minutes où Nathan s'escrime sur lui, il finit par se redresser, et indiquer à Kit les soins qu'il peut lui donner pour le soulager un tant soit peu. Puis il se dirige vers moi, et m'entraîne hors de la chambre à sa suite.

— On est bien d'accord qu'on est dans la merde !

Il me dit ça d'un air presque serein, et avec un léger sourire aux lèvres. Malgré tout, j'ai du mal à savoir à quoi il fait référence.

Si c'est pour retrouver mon compagnon, effectivement, nous sommes vraiment mal barrés. Le seul à savoir où il se trouve est prostré sur un lit dans les bras d'un homme, avec la peur au ventre de se retrouver entouré de loup.

Et si Nathan fait référence à cet homme dans les bras duquel il se trouve, et qui doit lui, former un couple avec un autre homme, effectivement, nous ne sommes pas sortis de l'auberge. De ce que je sais du lien d'Âme Jumelle, il ne tolère pas les écarts, et Vincent me semble être du genre intransigeant.

Nathan glisse son bras sous le mien, et m'entraîne lentement dans le couloir, en direction de sa chambre. Il ouvre doucement la porte et pénètre à l'intérieur, et je le suis sans poser de questions.

Il se dirige directement vers le berceau près du lit où un bébé s'agite doucement, tout en mangeant sa peluche. C'est avec un pincement au cœur que je le vois se pencher sur le petit lit et prendre le petit garçon dans ses bras.

Si j'écoute les anciens, c'est une chose que je pourrais ne jamais connaître. Selon eux, Raphaël, Lloyd et moi devrions attendre pour tenter d'avoir des enfants. Voir même, oublier totalement cette idée. Ils ont peur de ce qui pourrait sortir de mon ventre si nous tentions l'expérience.

Pourtant, je reste persuadé que si le Destin nous a réuni tous les trois, ce n'est pas par hasard. Au départ, ce ne devait être que pour prouver au monde que les Changeforme existent bel et bien. Mais à présent, je pense qu'il ne nous aurait pas jumelés tous les trois sans nous donner la chance de fonder notre propre famille.

Et puis, comment les Changeforme pourraient-ils continuer à vivre si je ne peux pas transmettre mes gènes ?

— Tyler a fait une drôle de réflexion tout à l'heure qui m'a intrigué, et je voulais en discuter avec toi.

Je reviens à l'instant présent, et réalise que Nathan m'observe attentivement alors qu'il berce son fils. Le petit Matty est absolument parfait. Et je m'émerveille encore du fait qu'il soit sorti du ventre d'un homme. Tout ce que nous avons appris depuis notre plus tendre enfance n'était en réalité qu'un ramassis de connerie.

Certains hommes sont capables eux aussi de donner la vie !

— Et qu'a-t-il dit pour t'interpeller de la sorte ?

Le compagnon du premier Alpha tapote le lit sur sa droite, et je prends place à côté de lui, légèrement mal à l'aise de me retrouver dans le lit du couple dirigeant. Mais j'oublie tout lorsque Nathan me place son petit homme entre les bras pour se lever.

J'adore tenir les enfants de cette façon. Étrangement, j'ai l'impression d'avoir été créé pour ça. Et si on se réfère à mon statut d'Oméga, j'ai effectivement été créé pour enfanter.

— Il a dit qu'il trouvait drôle que Gabriel et Raphaël soient tous les deux accouplés à deux hommes. Non seulement ils étaient identiques sur le plan physique, mais en plus, leurs couple étaient similaires.

Mon cerveau turbine à toute allure alors que je tente de comprendre où il veut en venir. Et je dois avouer qu'effectivement, à regarder les deux frères, ils ont la même vie ou presque.

Gabriel, qui est un Delta est accouplé à un Oméga, mon père, et un Alpha, Andrew. Quant à Raphaël, il est lui aussi en couple avec un Oméga, moi, et un Alpha, Lloyd.

Mais je ne vois pas en quoi cette information pourrait

être importante dans l'état actuel des choses. On se moque un peu de savoir ça maintenant. Ce qui est important, c'est de savoir comment sauver mon homme.

Ou éventuellement, comment faire en sorte que Vincent accepte Abraham auprès de celui qui est destiné à être son Âme Jumelle.

Et c'est là que ça fait « tilt » !

— Attends ! Tu ne crois tout de même pas qu'Abraham est également l'Âme Jumelle de Vincent ? Ce serait un peu gros tu ne crois pas ?

Nathan esquisse un petit sourire en se tournant vers moi alors qu'il enfile un nouveau tee-shirt. Jusqu'à cet instant, je n'avais même pas fait attention qu'il avait retiré l'ancien pour en mettre un propre. Mais vu le sang sur l'autre, je comprends qu'il ait voulu se changer.

Le premier Oméga s'approche doucement de moi, et me reprends son fils des bras, gazouillant quelques secondes à son intention, avant de m'indiquer la porte d'un mouvement brusque du menton, m'invitant à sortir de la chambre.

— Je ne crois plus rien maintenant. Il y a quelques mois de ça, je n'étais qu'un simple petit humain de presque vingt-cinq ans à deux doigts de se faire transformer en vampire par son père. Lorsqu'un loup a débarqué et a chamboulé toute ma vie. Je ne regrette strictement rien, mais je sais que le Destin peut parfois prendre de drôles de chemins pour nous faire arriver là où il veut.

Je fronce les sourcils, me demandant à quel moment exactement, il s'est mis à philosopher de la sorte. C'est sûr que quand on y réfléchit plus intensément, tout s'emboîte absolument merveilleusement.

Je veux dire, Ryan rencontre Nathan, et soudain, les Omégas sortent de l'ombre, les Renifleurs et les Changeformes qui ne sont plus qu'une simple légende, deviennent réels. Leur simple rencontre a transformé un nombre incroyable de vie. Dont la mienne.

— Je me demande donc si le Destin n'a pas mis Aby sur la route de Kit pour lui faire comprendre qu'il est capable d'aimer un autre homme, et ainsi accepter Vincent comme son Âme Jumelle.

Alors que nous avançons de concert dans le couloir, je vois justement mon père sortir de la chambre occupée par les deux Omégas, le visage figé. Il semble circonspect, et je me doute que le premier Oméga lui a demandé d'aller vérifier sa théorie. Mais visiblement, il n'a pas trouvé ce qu'il y attendait.

— Alors, Basile ?

Mon père se tourne vers nous, et grimace légèrement avant de s'approcher et de se mettre à chuchoter.

— C'est super bizarre. Il n'y a rien.

Nathan fronce les sourcils, et remonte d'un mouvement qui semble être naturel son fils contre son épaule.

— Tu veux dire qu'Abraham ne dégage rien ? Mais ce n'est pas normal !

Basile secoue la tête en signe de négation, et se mordille le coin de la lèvre, ne sachant visiblement pas comment s'expliquer.

— C'est pas vraiment ça ! Enfin, si ! Mais pas que ! Argh !

Il se passe une main nerveuse dans les cheveux, avant de nous pousser vers l'endroit d'où l'on vient.

— Je préfère éviter que quiconque nous entende.

Il jette un dernier coup d'oeil en haut des escaliers avant de se concentrer sur Nathan. Il ne faut pas oublier qu'il s'agit de son ami le plus proche, et le fait qu'il soit le compagnon du premier Alpha n'y change rien pour lui.

— Je ne comprends pas. Lorsqu'il y a quelques mois, j'ai vérifié l'aura de Kit, elle s'associait à celle de Vincent, et connaissant l'aversion de l'Oméga pour l'amour entre hommes, j'ai préféré en parler. Ce qui a conduit à l'exil du Delta. Mais aujourd'hui, ni lui, ni Abraham n'a d'aura colorée. Je ne sais pas trop comment vous l'expliquer mieux que ça, mais c'est ma façon de voir les associations. Tout le monde dégage plus ou moins une aura colorée qui s'associe à la perfection à celle de son Âme Jumelle. Mais il semblerait que Kit et Aby n'ont plus cette aura.

J'agrippe le bras de Nathan, n'arrivant pas à croire à ce qu'il raconte. Kit aurait-il finalement réussi à fléchir le Destin, et à se voir approprier une autre Âme Jumelle ?

Je sais que pendant des jours et des jours, voir des semaines, il a cherché un moyen d'annuler son association avec Vincent. Il ignorait qu'il s'agissait du Delta, mais il se doutait que c'était un loup fort et surtout masculin bien sûr. Ce qui le rebutait.

Et un jour, il est arrivé un peu dépité, croyant avoir trouvé LE truc qui lui permettrait d'éviter d'avoir à se jumeler avec un homme. Mais en réalité, c'était juste un changement d'Âme Jumelle. Le Destin ne le laisserait pas se lier avec quelqu'un d'autre qu'un homme. Il est un Oméga, il restera un Oméga.

Alors comment se fait-il que cette « association » ne soit plus d'actualité ? Le Destin a-t-il accédé à sa demande et l'aurait-il jumelé avec Abraham ?

Encore un mystère de plus à résoudre. J'espère juste que Vincent ne va pas tout perdre dans l'histoire.

CHAPITRE 28

─────

Debout en plein milieu du salon, j'observe mon compagnon tenter de convaincre son frère de ne pas nous accompagner. Après ce que Basile vient de découvrir, Vincent est très remonté, et demande juste à pouvoir vérifier si son loup réagit à la présence de l'Oméga.

— On ne peut pas se permettre de gérer ça maintenant, Vince ! Nous devons faire au plus vite pour sauver Lloyd. On aura tout le temps de voir lorsqu'on l'aura ramené à la maison, si Kit et toi êtes vraiment des Âmes Jumelles.

Le Delta grogne et renâcle, et je me rencogne dans mon coin, loin de lui. Finalement, je suis assez content de ne pas être associé à ce triplé. Raphaël m'en a fait voir de toutes les couleurs, mais il ne m'a jamais fait peur de cette façon.

Je m'arrête net alors que cette phrase passe dans ma tête, me revoyant à genoux devant lui, son membre flasque pendouillant dans ma main alors que je tente de le stimuler en lui faisant une fellation.

En réalité, il m'a fait peur. Pendant quelque temps, j'ai été terrifié par lui et j'ai amèrement regretté que le Destin me l'ait donné comme compagnon. Pourtant, cette partie de ma vie est derrière moi aujourd'hui. Et je ne regrette absolument pas de l'avoir à mes côtés maintenant.

—Je préférerais que tu restes ici P'tit Loup. Je ne veux pas te perdre aussi.

Je me tourne pour faire face à Raphaël, et lui lance un petit sourire triste. Il enroule ses bras autour de moi, et je me colle à son corps chaud, inhalant avec délice le parfum de guimauve qu'il dégage.

—Je pourrais en dire autant à ton encontre Mon Cœur. Je n'ai pas envie de te perdre non plus. Mais cette situation est inextricable. Tu es un Delta de la meute, et de par ton statut, tu es d'office intégré aux armées. Et étant donné que je suis celui en relation directe avec Lloyd, je suis le seul à savoir exactement où il se trouve.

Eli esquisse un petit sourire, chargé de peur et de douleur avant de m'embrasser tendrement. J'entends un bébé pleurer un peu plus loin et mon ventre se crispe douloureusement. À cet instant, je suis content de ne pas avoir d'enfant, ou de ne pas être enceint. Le Delta ne m'aurait jamais laissé accompagner la meute si tel avait été le cas.

Je sursaute brutalement alors que la porte d'entrée claque violemment, faisant un bruit de tout les diables, pour accompagner la sortie furieuse de Vincent.

Je le comprends, le pauvre. Après plusieurs mois passés en exil pour éviter que son compagnon ne prenne peur et le rejette totalement, on lui dit qu'une erreur a sans doute été commise, et que Kit n'est pas réellement son Âme Jumelle. En plus de ça, on l'empêche de faire son boulot en lui interdisant de nous suivre dans ce plan de sauvetage.

Pour éviter le moindre problème, les deux Alphas, ainsi que les Bêtas et ses frères, lui ont gentiment demandé de rentrer chez lui se reposer et d'attendre que le plus gros du problème soit passé avant de tenter de le mettre face à Kit et voir ce qu'il se passe.

Je me crispe de nouveau en entendant des cris provenir de la salle médicalisée un peu plus loin, et je grimace durement. De toute évidence, Ryan ne veut pas que Nathan nous accompagne et risque sa vie. Il veut le garder auprès de leur fils. À quoi, l'Oméga lui répond qu'il est le seul capable de soigner, aussi bien sur le champ de bataille que lorsque l'on aura retrouvé mon compagnon.

Je dois avouer que je suis étonné, mais très impressionné par la virulence employée par l'Oméga face à l'Alpha. Je sais qu'entre compagnons destinés, le pouvoir est annihilé, mais jamais je ne pourrais faire face de cette façon à mes deux hommes. Nathan est une force de la nature sur qui je devrais prendre exemple.

— Ne t'inquiète pas P'tit Loup. Ils hurlent beaucoup, mais ils adorent ça. Bien souvent, ils règlent ça entre les draps.

Je rougis violemment en imaginant de quelle manière ils se réconcilient tous les deux, et pars cacher mon visage dans le cou de mon homme. Raphaël rigole doucement avant de m'embrasser tendrement. Je le sens aussi stressé et fébrile que moi, et je dois reconnaître que ça me permet de garder la tête froide. Nous sommes tous les deux ensembles dans cette galère.

Finalement, après plusieurs minutes à entendre le couple du premier Alpha se disputer, Nathan sort de la salle médicalisée en levant les yeux au ciel, un petit sac entre les mains. Des grognements commencent alors à se faire entendre, et je réalise que c'est la première fois que je vais me retrouver au milieu d'une meute de loup parée au combat.

Je fais donc moi aussi appel à mon animal intérieur, et je laisse le loup passer devant l'ours. Je ne pense pas que la meute serait heureuse de voir un ours courir à leurs côtés. Et puis, j'irais beaucoup plus vite en loup. Bien que mon animal soit réellement ridicule comparé aux autres.

Je suis rassuré lorsque Nathan se poste à mes côtés et que je réalise que nous sommes de la même taille. Ça doit être dû à notre statut d'Oméga.

Un cri puissant est hurlé à la lune, avant que toute la meute ne le reprenne d'une seule voix. C'est à la fois magnifique, et tout à fait effrayant. Un frisson me parcourt l'échine sous mon poil, avant que ma voix ne sorte pour se mêler aux autres.

C'est instinctif. Je n'ai même pas besoin d'y réfléchir pour m'unir à ceux de mon espèce dans cette communion bruyante. Mon animal le fait pour moi. Et ça me transporte dans un tout autre monde.

Après plusieurs minutes de cri, celui que je reconnais comme étant Ryan se dresse face à la meute et pars à toute allure vers la forêt entourant le village. Tous les loups le suivent brutalement comme un seul homme, et je ne déroge pas. Je cours après les autres, restant tout de même aux côtés du premier Oméga.

Je m'aperçois que c'est exaltant, est très vivifiant de me retrouver entouré de tous mes congénères de cette façon. La liberté que m'apporte cette course au milieu de mes compagnons est très jouissive. Je serais sous ma forme humaine, je suis certain qu'un sourire me déformerait le visage.

Avec le comportement de Raphaël au début de notre union, je n'ai jamais réellement eu l'occasion de pouvoir m'évader de la sorte avec le reste de la meute. Et cette petite sortie me fait un bien fou. Même si notre destination me fait peur.

Nous arrivons rapidement à la limite du clan des ours, et notre petite sortie se fait soudain plus furtive. Jusqu'à cet instant, les loups jappaient, se bousculaient, jouaient un peu. Mais dès que la magie des ours s'est faite plus importante, ils ont totalement cessé leurs enfantillages et sont devenus les chasseurs qu'ils sont censés être.

Tout comme le reste de la troupe, je me fais plus léger sur mes pattes, et ralenti l'allure pour me faire le plus silencieux possible. Ce n'est qu'à cet instant également que je remarque le tout petit ours qui semble bien entouré par un groupe de loup assez énormes en comparaison.

Je n'avais jamais fait attention qu'Abraham était aussi petit pour un ours. Mais à le voir entouré par des loups, on se rend compte qu'effectivement, il est minuscule.

Il bifurque brusquement sur sa gauche, entraînant le reste du groupe à sa suite, et je remarque le petit loup noir qui le colle de très près. Il doit s'agir de Kit, et je reste subjugué par le couple qu'il forme. Ils sont absolument magnifiques tous les deux côte à côte.

Ils ont le même pelage d'un noir profond qui luit sous la lumière de la lune. Leur corpulence semble être la même, et seule leur forme est différente. Aby ne serait pas un ours, on pourrait confondre les deux hommes sous cette forme.

Soudain, toute la meute s'arrête, et je réalise que pas un seul bruit ne vient perturber la nuit. Je m'arrête aux côtés de l'Oméga et halète durement en voyant le chalet qui nous fait face. Il ressemble à n'importe quel autre chalet perdu au fond des bois comme on peut en trouver dans le coin, mais une sensation de mort et de douleur flotte au-dessus de lui comme une chape de plomb.

Il me donne froid dans le dos !

Un loup énorme d'un blond doux se frotte à moi, et je n'ai aucun mal pour reconnaître mon compagnon. Il n'a pas besoin de prononcer les mots pour que je comprenne ce qu'il me demande implicitement. Je sais qu'il ne cherche qu'à me protéger, mais je n'ai pas fait tout ce chemin en courant pour littéralement rester à la porte.

Il est hors de question qu'ils entrent dans cette baraque sans moi ! Lloyd est autant mon compagnon que celui d'Eli. Je me dois d'être là lorsqu'on le retrouvera.

Je claque silencieusement des dents pour lui montrer ma désapprobation, avant de relever mes babines pour lui montrer mes canines luisantes. Raphaël baisse la tête, allant jusqu'à se coucher à mes pieds, les oreilles plaquées sur son crâne.

Je dois bien admettre qu'il est doué pour me faire culpabiliser, mais il est hors de question que je reste là à attendre sagement pendant que lui risque sa vie pour sauver celle de Lloyd.

Je lui tourne donc le dos, lui montrant ma croupe, avant de m'asseoir, ma queue touffue sur son museau. Il éternue le plus silencieusement possible avant de se relever, et de me choper par la nuque. Je suis bien conscient qu'il ne fait pas cela pour me faire du mal mais pour asseoir son autorité sur moi. Et justement, c'est bien ce qui m'énerve. Il a beau avoir un grade plus élevé que le mien dans la meute, il ne m'est en rien supérieur dans notre histoire personnelle. Depuis que nous nous sommes mis ensembles, ils n'ont pas cessé tous les deux de m'assurer que je n'étais en rien inférieur à eux.

Et aujourd'hui, Raphaël voudrait que je lui obéisse ? C'est tout bonnement hors de question.

Je claque des mâchoires pour bien lui faire comprendre qu'il ne m'impressionne pas le moins du monde, et commence à me débattre doucement. Je sens ses dents venir se planter dans mon épiderme, et cela ne fait que m'énerver davantage. Mais pas seulement.

Notre petite joute entraîne un déferlement d'adrénaline dans mes veines, faisant grimper la température dans mon corps. Mon animal est heureux de pouvoir enfin se frotter à son compagnon lupin et ne s'en prive pas.

Sans bien comprendre comment, je me retrouve soudain allongé au sol, tout mon corps tremblant de désir, et un énorme loup prêt à se fondre dans mon corps haletant au-dessus de moi.

Un grognement bas mais tout de même puissant nous stoppe d'un seul coup, et je me fige en réalisant que toute la meute, ou presque est en train de nous regarder nous ébattre avec Raphaël. Heureusement que je suis sous ma forme animale, parce que sinon, je serais rouge comme une pivoine. Et je sais qu'avec mon teint de roux, c'est une horreur.

La langue du Delta vient me lécher le museau en signe d'excuse, avant qu'il ne se dégage de mon corps. Je me relève, et tout comme lui, je lui lèche le bout du museau, m'excusant à mon tour.

On finit par suivre les deux Alphas qui avancent d'un même pas vers le chalet, côte à côte. Si Lloyd est bien ici, nous serons ensemble pour le retrouver.

C'est avec fascination que je regarde mes collègues se mettre en formation pour attaquer la maison, avant que l'enfer ne se déchaîne. Et je suis totalement déstabilisé. Je n'arrive pas à tout suivre.

À un moment donné, nous étions à l'orée d'une forêt, dans un silence de mort, attendant un geste ou une indication de l'Alpha pour nous jeter dans la bataille, et la minute suivante, le chalet est pris d'assaut, et des hommes se battent contre des loups, des ours sortent par les fenêtres, et c'est une véritable cacophonie tout autour de nous.

Totalement apeuré, mon loup se recroqueville sur lui-même attendant patiemment qu'on lui ouvre le chemin. Ce n'est pas ma vie. On ne m'a pas élevé pour me battre. Je ne sais pas faire ce genre de choses.

Une soudaine douleur me vrille le ventre et je réalise que cela provient de ma connexion avec Lloyd. Je ne réfléchis pas plus et me lance dans la mêlée pour le retrouver au plus vite. J'ai peur que les ours ne l'éliminent avant qu'on puisse l'atteindre.

Ce n'est qu'après plusieurs secondes de course, que je m'aperçois que je ne suis en aucun cas gêné dans mes mouvements par la bataille alentour. Je jette donc un rapide coup d'œil tout autour de moi, et découvre avec stupeur que je suis entouré par une unité de Gammas, avec Raphaël à leur tête.

Mon homme veille sur moi !

Je pénètre dans la maison, et à nouveau, je ne réfléchis pas. Je laisse mon instinct animal faire tout le travail. Je passe les différentes pièces de la maison sans m'arrêter, me guidant grâce aux sensations qui me parcourent alors que j'approche du sous-sol.

L'odeur de Lloyd se fait plus forte et j'accélère le mouvement. En plus du parfum des agrumes qu'il me rappelle systématiquement, le sang séché et coagulé empli l'air de son odeur ferreuse. Je dégringole les escaliers, avant de me retrouver bloqué devant une énorme porte en fer.

Évidemment, ils n'allaient pas laisser un Alpha comme Lloyd dans une pièce avec une simple porte en bois. Même si lorsque je l'ai vu, il était bien attaché, les ours n'ont rien laissé au hasard.

Les grognements provenant de l'étage semblent se rapprocher, et je me transforme à nouveau pour ouvrir plus facilement la porte. Raphaël grogne derrière moi et je lève les yeux au ciel alors que je comprends qu'il a du mal à accepter que je me montre dans mon plus simple appareil devant ses Gammas.

Je pose ma main sur la poignée et la pousse, mais bien sûr, rien ne se passe. Elle est totalement verrouillée. Je tente de donner un coup d'épaule, mais ma carrure frêle ne risque pas de faire grand mal à la porte en fer. Je suis presque sûr qu'il s'agit d'une porte blindée.

Le Delta se présente soudain à mes côtés, lui aussi de nouveau sous sa forme humaine, et me tends un pantalon de jogging en ruminant. Je fronce les sourcils, me demandant d'où il peut provenir, avant de remarquer Nathan derrière le groupe, tenant son sac dans les mains.

Il me fait un petit sourire, puis un clin d'œil lorsqu'il s'approche de la porte, une petite brique marron entre les mains. Je fronce les sourcils, me demandant comment il peut sourire dans un tel moment. Nous sommes devant une impasse. Nous n'avons pas la clé de la porte, et nous n'avons aucun moyen de rentrer.

— Laissez faire l'artiste !

Nathan nous fait tous reculer le plus loin possible, avant de coller quelques bouts de sa brique sur les gonds de la porte, et des plus petits sur tout le pourtour, avant d'y brancher des fils électriques et de revenir vers nous.

Il me tend ensuite un boîtier avec un petit bouton en plein milieu, son sourire encore plus grand sur ses lèvres.

— À toi l'honneur Calvin !

Je le regarde, puis le boîtier, à nouveau lui, avant de me tourner vers mon dernier compagnon. Raphaël hoche la tête, lui aussi un peu sceptique, mais ayant de toute évidence une entière confiance en Nathan. Je finis donc par appuyer sur le bouton, et un léger clic se fait entendre avant qu'une bruyante explosion ne vienne nous chauffer le visage.

La fumée s'élève de partout autour de nous, et mes oreilles sifflent encore lorsque je me redresse. Mon instinct m'a une fois de plus poussé vers mon homme, car je me retrouve blotti dans les bras du Delta.

Je me tourne immédiatement vers la porte, et c'est avec joie que je la découvre sortie de ses gonds. Je me précipite à l'intérieur et me rue sur le corps de l'homme attaché à la chaise. Mon cœur s'affole dans ma poitrine en voyant la tête de Lloyd contre sa poitrine. Il n'a eu aucune réaction. L'explosion ne l'a même pas fait réagir d'un iota.

Ma main se pose avec délicatesse sur sa joue, et la peau est froide et rêche sous mes doigts et je me mets à paniquer. Les larmes coulent lentement sur mes joues alors que je me laisse tomber à genoux devant mon homme.

— Je t'en supplie Mon Amour. Ne sois pas mort.

Je relève lentement sa tête, perdant mon sang-froid. Je

sais que je ne suis pas dans mon état normal. Je tremble de tout mon être, ma tête me fait mal, et mon cœur semble se refroidir à chaque seconde qui passe.

Raphaël se retrouve soudain à mes côtés, et pose deux doigts dans le creux de son cou, avant de soupirer doucement et de s'attaquer aux fers qui le retiennent prisonnier. Il tire dessus, s'échine de toutes ses forces, mais c'est solide. En même temps, c'est prévu pour retenir un Ours Alpha en pleine possession de ses moyens.

— Il est vivant P'tit Loup. Mais nous devons le faire sortir rapidement d'ici.

Mon cœur semble se réchauffer lentement, malgré tout ce n'est pas gagné. Je suis gentiment repoussé, et je me débats un peu pour ne pas m'éloigner de mon homme, mais je me calme tout de suite en me rendant compte qu'il s'agit de Nathan qui commence son œuvre de soin.

Après seulement quelques secondes, Lloyd ouvre doucement les yeux, et les braque sur moi. Je me plonge avec délice dans l'océan turquoise de ses yeux. Un sanglot s'échappe de mes lèvres alors qu'il esquisse un maigre sourire.

— Je savais que tu viendrais.

Les mots sont à peine chuchotés, pourtant, ils me vont droit au cœur. Je me poste à côté de Nathan pour l'embrasser doucement. À cet instant, les chaînes qui le retiennent cèdent enfin et Raphaël le prend dans ses bras.

Il a beau être plus petit et moins musclé que l'Alpha, le Delta déploie des trésors de force à cet instant. Et il faut bien reconnaître qu'il m'impressionne.

Nous remontons tous les uns derrière les autres, et je garde un œil attentif sur l'Alpha dans les bras de mon autre compagnon, avant que notre procession ne soit arrêtée brutalement.

Face à nous, le père de Lloyd nous bloque le chemin, entourée d'une bonne partie de son clan. Il a dû appeler des renforts. Je pense que nous allons avoir du mal à faire face à autant de force brute.

Je me faufile jusqu'à mes hommes, glissant une main dans le dos du Delta pour lui montrer que je suis à ses côtés, et croisant mes doigts à ceux de Lloyd. L'ours ouvre soudainement les yeux, et j'ai un mouvement de recul en voyant la lueur de combativité qui brille dans ses prunelles. Comment peut-il être aussi alerte vu l'état dans lequel on vient de le récupérer ?

C'est alors que je vois son autre main coincée entre les doigts de Nathan et la faible lueur qui coule entre eux. Donc, depuis que nous sommes sortis de cette pièce, le premier Oméga n'a pas cessé de le soigner. Il devait se douter qu'une telle chose allait arriver.

J'esquisse un sourire carnassier et fait face à l'Alpha du clan des ours. Elijah est entouré par les seuls ours encore capables de se tenir debout, malgré tout, ils restent plus nombreux que nous. Et les loups qui nous ont suivis dans cette folle aventure, ne sont pas vraiment en état de continuer le combat.

L'électricité grésille dans la pièce à mesure que les esprits s'échauffent, et je me tends aux côtés de mes deux compagnons. Je veux juste qu'on puisse sortir de cette pièce et de cette maison sans plus de dégâts.

— Vous avez vraiment cru pouvoir vous en sortir aussi facilement avec si peu de soldats ? Est-ce que par hasard, vous ne nous auriez pas sous-estimés ?

CATHY ANTIER

Le rire gras accompagnant la remarque d'Elijah me hérisse le poil. Je ne suis pas du genre à détester quelqu'un sur les a-priori ou les on-dit. Je préfère me faire ma propre opinion. Et je dois bien avouer que cet homme est plus que détestable. Les rares fois où j'ai croisé son chemin, il m'a énervé comme peu ont su le faire.

Lloyd descend soudain des bras de Raphaël, et fait face à son père sur ses deux pieds. Le Delta garde tout de même une emprise sur lui, enroulant son bras autour de ses hanches pour le coller à son corps et ainsi l'aider à se maintenir debout.

L'Alpha des ours se redresse de toute sa taille pour faire face à son fils, étonné de le voir aussi en forme. Il n'a pas dû faire attention que Nathan était à nos côtés. C'est vrai que de là où il se trouve, il ne doit pas voir le compagnon de notre premier Alpha, qui pourtant, continue de tenir la main de Lloyd et ainsi le soigner.

— Tu es vraiment imbu de ta petite personne papa ! Je crois sincèrement que nous n'avons pas besoin de plus pour te mettre à terre. La preuve, encore ce matin, tu jubilais de ton plan si parfait qui consistait à me garder dans la seule maison du territoire dont personne ne connaît l'emplacement. Si c'était vrai, comment des loups ont-ils pu la découvrir ?

Le rouge de la colère monte le long du cou de l'ours et je retiens le sourire qui monte spontanément à mes lèvres en entendant Lloyd parler ainsi à son père.

Je sais que le rejet de son paternel lui a fait très mal lorsqu'il s'est jumelé avec moi. Il ne pensait pas que son père puisse être aussi intransigeant, et surtout homophobe au point de le renier. Pourtant, il en avait déjà plus ou moins eu l'exemple avec son frère. Quand on voit la manière dont l'Alpha a traité son plus jeune fils à cause de son côté androgyne.

Je reste d'ailleurs persuadé que l'Alpha du clan des sources est l'instigateur de la prostitution de son fils. Je doute que le Bêta de la meute y ait emmené Abraham sans l'accord de son Alpha. Ce qui veut donc dire qu'Elijah était au courant de ce que son Bêta faisait avec son fils.

Abraham est silencieux sur cette partie de sa vie. Dès que je tente d'aborder le sujet, il dévie systématiquement. Je vois bien qu'il a honte de son passé.

— J'avoue qu'ils m'ont étonnés, mais maintenant que je vois le traître dans leurs rangs, je comprends mieux.

Tous les regards se tournent justement sur Abraham qui tente par tous les moyens de se faire le plus petit possible. Mais comme s'ils savaient qu'on parlait de lui, toutes les personnes présentes devant lui s'écartent pour qu'il puisse faire face à son père.

Comme à chaque fois, Lloyd vient en aide à son frère, attirant l'attention sur lui. Je vois le soulagement apparaître dans les yeux de l'Oméga, avant qu'il ne se recroqueville contre son amant.

— Encore une chose étonnante. Comment un simple Oméga comme Aby est-il au courant de l'emplacement de cette maison, alors que moi, ton présumé successeur jusqu'à il y a très récemment, l'ignorait totalement. Ne trouves-tu pas ça étrange, papa ?

Je vois l'Alpha détourner légèrement les yeux vers son Bêta, avant de revenir sur nous, l'air un peu moins sûr de lui, mais toujours autant en colère. Il se met alors à pousser un cri bestial, et je vois tous les ours présents, dont mon compagnon, réagir à ce cri.

Il doit certainement avoir appelé le reste du clan. Je

jette un coup d'œil à Ryan qui semble avoir compris la même chose que moi, car il se met automatiquement en position d'attaque, copié par le reste de la meute.

Je crois que mon désir de sortir facilement et rapidement sans causer trop de dégâts, n'est plus réalisable.

CHAPITRE 29

––––

Tapis dans un coin du jardin, la tête rentrée dans mes genoux et mes mains sur ma tête, je fais en sorte que personne ne me voit comme me l'ont demandé Raphaël et Lloyd. Malgré tout, cela ne m'empêche pas d'entendre les bruits de la guerre qui fait rage à quelques pas de moi.

Dès que l'Alpha du clan des Sources à ameuter le reste de son clan, l'apocalypse s'est déclenchée tout autour de nous. Les loups se sont jetés sur les ours, qui les ont envoyés valdinguer à l'autre bout de la maison. Et sans trop que je ne comprenne comment on en était arrivé là, j'étais agenouillé dehors, derrière une haie assez fournie, à me cacher comme le pauvre petit Oméga que je suis, tandis que mes deux hommes partaient défendre notre meute.

J'ai vu des ours arriver des quatre coins de la clairière, presque aussitôt stoppés par des loups, venus eux aussi de nulle part. Comment en est-on arrivé là ?

Un bruit spongieux arrive jusqu'à mes oreilles, et je me recroqueville davantage sur moi-même. Je suis heureux d'être né Oméga finalement. Je n'aurais pas aimé devoir me battre. Je ne suis pas fait pour ce genre de chose.

J'entends les coups de crocs, de griffes, et les hurlements

de douleur, mais je ne vois rien, gardant mes paupières bien closes. Je ne veux pas incruster ce genre d'images dans ma tête.

Un autre cri bestial retenti dans toute la clairière qui me glace le sang, car il fait appel à mon animal intérieur. Malgré moi, j'ouvre les yeux, et vois Lloyd sous sa forme d'ours debout sur ses pattes arrières, la gueule grande ouverte sur le cri qu'il lance à la lune. Du sang tache le pelage sur sa poitrine, des coulées sombres glissent le long de ses mâchoires ouvertes, et ses griffes brillent d'humidités dans la lumière blafarde de l'astre rond.

Une vague d'énergie déferle dans la forêt, me frappant de plein fouet, et je m'écrase au sol. Je me recule d'un coup en poussant un petit cri plaintif en voyant le corps gisant à terre aux pieds de mon compagnon. La fourrure laisse peu à peu place à des bouts de peau, disparaissant lentement, et je comprends que l'homme aux pieds de Lloyd est mort. L'humain reprend la place de l'ours alors que la vie quitte son corps.

Je manque de rendre le si peu que j'ai mangé ces derniers jours en voyant à quel point le corps a été mutilé. Ce n'est plus qu'un amas de chair sanguinolent. La peau est déchiquetée à tellement d'endroit qu'elle laisse sortir les organes. Je ferme les yeux pour ne plus voir l'horreur, mais les images sont à présent gravées dans ma tête, et je pense que jamais je ne pourrais oublier. J'ouvre alors de nouveau les yeux, et c'est en me focalisant sur le visage que je reconnais enfin de qui il s'agit.

Je suis officiellement jumelé à un Alpha ! Lloyd a défié son père et a gagné. Malgré les traitements infligés par son paternel ces derniers jours, il a fait face à son Alpha et l'a défié. Ce n'était pas gagné. Lloyd partait avec un sacré handicap. Mais je comprends mieux pourquoi mon beau-père l'a fait enlever et l'a torturé. Il devait être terrifié par la puissance de son fils. Lloyd a donc pris la place d'Elijah, et vient de devenir le nouvel Alpha du clan des sources.

À peine a-t-il poussé son cri que les ours présents se courbent devant lui, se transformant dans le même temps, s'agenouillant face à sa puissance. Lloyd reprend sa forme humaine lorsque le dernier ours a disparu et regarde son clan de haut, comme il sied à un Alpha. Et je dois reconnaître que le voir ainsi m'émoustille légèrement.

Faut-il être dérangé pour ressentir de l'excitation dans un moment pareil. Les cadavres jonchent le sol, la terre se gorgeant de leur sang, et mon membre se durcit dans mon pantalon en voyant mon compagnon s'élever face à ce clan d'ours.

— Elijah n'est plus. Je viens de prendre sa vie. Vous me devez donc obéissance.

Des grognements se font entendre d'un peu partout. Certains semblent heureux du changement. Mais ceux mécontents semblent beaucoup plus nombreux. Je vois le sourire désabusé de mon homme courber ses lèvres, et je lui réponds d'un sourire tendre. Lloyd inspire un bon coup et reprend en direction des ours.

— Beaucoup d'entre vous ne voulaient pas de moi comme chef, parce que le Destin a décidé de me jumeler avec deux hommes.

D'un mouvement du poignet, il nous fait signe à Eli et moi de le rejoindre au centre du cercle formé par ses ours. Je cherche le Delta du regard et le vois se rapprocher de moi, un sourire rassurant aux lèvres. Il me prend le bras pour m'aider à me remettre debout, et je peux ressentir que lui aussi tremble d'excitation.

Visiblement, je ne suis pas le seul émoustillé par toute cette histoire. Mes yeux se baissent d'eux même vers l'entrejambe du Delta, et je me mets à saliver en voyant la hampe dure qui se dresse vers la lune.

Eli me fait un clin d'œil avec un sourire aguicheur, et je rougis violemment en comprenant qu'il n'a rien loupé de mon regard. Le Delta finit par rigoler doucement avant de m'entraîner à sa suite vers le centre de l'attention.

Lloyd passe son bras gauche autour de ma taille et me colle à son corps, alors qu'il pose un bras presque nonchalant sur l'épaule du Delta pour montrer à son clan qu'il nous appartient, tout comme nous lui appartenons.

Je me glisse entre ses bras avec bonheur et une confiance aveugle. Maintenant que son père est mort, je sais que nous ne risquons plus rien. Il n'y a pas un seul ours présent ici qui soit capable de battre mon homme.

— Je vous laisse donc la possibilité de quitter le clan. Si vous ne supportez vraiment pas l'idée d'être dirigé par un homme jumelé à deux autres mâles, partez. Je vous laisse quelques jours pour vous décider et me faire part de votre choix. Je n'oblige personne à rester sous mes ordres.

De partout, des murmures se font entendre, avant que la rumeur ne grossisse, pour enfler jusqu'à en faire un bruit impossible. Lloyd grogne doucement, propulsant son pouvoir d'Alpha sur l'attroupement, les faisant taire d'un seul coup.

Je remarque que même les loups sont impactés par la vague de pouvoir qui émane de mon homme. Pas au même niveau que les ours, mais ils n'y sont pas totalement insensibles.

— Je ne compte pas changer grand-chose à la bonne marche du clan. Jusque-là, tout roule. Je ne vois pas pourquoi j'irais changer une équipe qui gagne. La seule chose importante, c'est que nous aurons une communication plus poussée avec les loups. Et que la direction complète du clan va changer.

À nouveau, les ours se regardent les uns les autres, cherchant dans les yeux de leurs complices une indication sur ce qu'ils doivent faire. Lloyd conclue rapidement son discours, indiquant où ils peuvent le trouver en cas de besoin.

Je me rappelle alors que nous n'avons plus de maison. Ces enfoirés ont tout détruit sur leur passage, et le petit nid d'amour que nous nous étions construit Lloyd et moi est totalement en ruines. Je me serre plus encore contre lui, déposant un baiser au milieu de son torse pour lui montrer mon soutien.

Lloyd baisse les yeux sur moi et esquisse un léger sourire avant de déposer un baiser sur le haut de mon front. Puis il se tourne vers Raphaël et en fait de même en l'embrassant sur la tempe.

Je suis heureux de les voir ainsi tous les deux. Ce n'était vraiment pas gagné au départ. Loin de là même !

Lorsqu'ils se sont trouvés pour la toute première fois en présence l'un de l'autre, ils étaient à deux doigts de s'entre-tuer. Il faut dire aussi que je rentrais de chez Lloyd après qu'il m'a marqué, son odeur enroulée autour de moi, et que, pour ne pas totalement me perdre, Raphaël m'avait mordu à son tour.

Deux fortes personnalités se battant pour moi ! Le pied !

Enfin, ce n'est pas du tout ce que j'ai ressenti à l'époque. Bien au contraire. J'étais plutôt terrifié par tout ce que cela allait impliquer dans ma vie.

Mais finalement, tout c'est plutôt bien terminé ! Et la guerre qui existait au départ entre les deux hommes est belle et bien terminée. Il faut dire, quelques heures de sexe débridé peut changer n'importe quel homme !

Lloyd se détourne soudain, nous emportant à sa suite, et commence à se diriger hors de la zone de combat. Partout autour de nous, des hommes et des femmes aident des camarades à se remettre debout, ou pleurent simplement leur perte, et voir une telle chose me déchire le cœur. Parce que les pertes sont énormes des deux côtés. Tout ça à cause d'un homme qui ne supportait pas de voir son fils s'accoupler à deux hommes.

Nathan s'occupe pour le moment des loups, mais en passant à ses côtés, je lui demande subrepticement de bien vouloir s'occuper également des ours s'il en a encore la force. Le premier Oméga, me fait un petit sourire avec un clin d'œil avant de continuer sa tâche. Je le remercie d'un petit sourire à mon tour et d'un léger mouvement de la tête, avant de suivre mes hommes.

Après plusieurs minutes de marche, je me rends compte que l'Alpha ne nous dirige absolument pas vers le territoire des loups, mais bel et bien en direction du clan des ours. Je fronce les sourcils, et m'arrête brusquement.

— Tu nous emmènes où ?

Lloyd esquisse un léger sourire avant de resserrer sa prise sur moi.

— Je suis malheureusement obligé de me rendre dans la maison de mon père. Il s'agit de la maison de l'Alpha, et c'est là qu'est ma place.

Je grimace durement. Je ne m'attendais pas à devoir changer de territoire de cette façon. Même si jusque-là, nous étions à cheval sur les deux territoires, je me sentais plus comme un loup.

— Et puis, nous n'avons plus de maison. Il faut bien qu'on

se pose quelque part. Et sincèrement, je me sentirais mal à l'aise dans la maison de l'Alpha de la lune rousse.

Je jette un coup d'œil à Raphaël pour savoir ce qu'il en pense, mais visiblement, cela ne semble pas le déranger outre mesure. Il me fait un léger sourire et baisse imperceptiblement le menton en signe d'assentiment.

Je me laisse donc de nouveau entraîner vers le clan des ours, et il ne nous faut pas très longtemps pour arriver au centre du village. Lloyd marche la tête haute vers la maison de l'Alpha, et je tente de faire pareil. Malgré tout, je ne peux m'empêcher de voir les regards peser sur notre ménage lorsque nous passons devant les gens.

Je peux presque les entendre penser d'où je suis. Mais qu'ils n'aillent pas croire que nous l'avons cherché. Ça n'aurait tenu qu'à moi, je ne serais pas associé à deux hommes. Même si aujourd'hui je suis heureux de les avoir à mes côtés, lorsque tout ça m'est tombé dessus, je voulais juste me cacher dans un trou de souris et attendre que le mauvais temps passe.

Lloyd ouvre la porte de la maison principale et nous fait entrer Raphaël et moi avant de nous rejoindre. Je pousse un cri pas du tout masculin lorsqu'il se retrouve brusquement à terre au moment où il referme la porte d'entrée.

Je me précipite sur lui pour le trouver à bout de forces, et envahi de plaies suintantes. Avec l'aide de Raphaël, nous le transportons à l'étage, dans une chambre qui semble impersonnelle. Tant mieux, je pense qu'il vaut mieux éviter la chambre de l'ancien Alpha pour le moment. Je ne suis pas certain que mon homme apprécie grandement de dormir dans le lit de ses parents.

C'est alors que je réalise n'avoir jamais entendu parler de la mère de Lloyd. Je me demande ce qui lui est arrivé. Je hausse les épaules, m'en moquant pour l'instant. Le plus urgent est tout de même de prendre soin de mon compagnon.

Je me précipite dans la salle de bains, prends tout le nécessaire, et reviens en vitesse dans la chambre. Le Delta est déjà en train de déshabiller notre homme. Je me concentre donc sur les plaies, les nettoyant, les désinfectant avant de les panser.

Lloyd ne met guère de temps à s'endormir, et je reste quelques minutes à son chevet, pour vérifier que tout va bien pour lui.

Une fois certain qu'il ne va pas mourir sous nos yeux, je me lève, demandant d'un simple regard à Raphaël de bien vouloir veiller sur lui, et tente de me repérer dans la grande maison. Ma toute première pensée alors que je quitte la chambre, c'est qu'Elijah, ou bien celui qui lui a précédé, a eu la folie des grandeurs. Je trouvais déjà que la maison de Ryan et Nathan était immense, mais celle-ci est réellement démesurée.

Déjà, elle est sur trois niveaux. Au rez-de-chaussée, nous trouvons tout naturellement la cuisine, le salon, la salle à manger, le bureau, une bibliothèque, ainsi que deux chambres, dont une qui doit être la chambre médicale. De ce qu'on m'a expliqué sur le fonctionnement des meutes, la maison de l'Alpha renferme systématiquement la salle médicalisée, afin que tout le clan sache où se rendre en cas de problème.

Au premier étage, au vu du nombre de porte que je compte le long du couloir, je suis sûr de trouver des chambres et des salles de bains à profusion. Et j'en viens à me demander ce qu'il peut bien se trouver au deuxième étage. Parce qu'entre le rez-de-chaussé et le premier étage, il y a déjà tout le confort nécessaire. J'irais visiter un peu plus tard.

Pour le moment, je me contente de fouiller dans certains

placards pour trouver des vêtements de rechange afin de pouvoir prendre une douche. Mais j'ai beau ouvrir toutes les armoires, les vêtements sont tous dix fois trop grand pour moi.

À court d'options, je finis par prendre un tee-shirt de la taille d'une toile de tente, ainsi qu'un pantalon de jogging tout aussi immense et pénètre dans la première salle de bains que je trouve.

De toute façon, depuis tout à l'heure que j'arpente les différentes chambres, il n'y en a pas une seule qui semble occupée. J'en viens à me demander où peut bien vivre Abraham.

Je me coule sous l'eau chaude, laissant la poussière et le sang s'écouler dans le drain. Je reste ce qu'il me semble être des heures sous le jet brûlant, me lavant de toute la colère qui a fait rage durant le combat. Je sursaute légèrement lorsque des bras forts s'enroulent autour de moi, et qu'un corps masculin se colle dans mon dos.

Je ferme les yeux, et laisse ma tête partir en arrière, la reposant contre l'épaule de Raphaël. Ses mains douces se posent sur mes hanches, et glissent sensuellement sur mon ventre, avant de remonter sur mon torse, pour venir jouer avec mes tétons.

J'exhale un souffle haché, mon ventre se contractant sous le plaisir ressenti. J'ai l'impression que cela fait des semaines que nous n'avons rien fait, alors que cela ne fait que quelques heures tout au plus. Pourtant, tout mon être palpite de se retrouver de nouveau en compagnie de ses compagnons.

L'animal à l'intérieur de moi frétille lui aussi, et je ne peux m'empêcher d'être entièrement d'accord avec lui. Raphaël penche lentement la tête, et je laisse un soupir de pur plaisir passer mes lèvres lorsqu'il se met à lécher avec application la marque qu'il m'a faite il y a des mois de ça.

Mon membre qui jusque-là était légèrement intéressé par toutes ses caresses, se redresse brusquement, laissant même une goutte de liquide séminal s'échapper du gland. Un coup de hanche involontaire m'envoie contre son aine, et je laisse un hoquet de stupeur sortir de mes lèvres en sentant sa verge dure se glisser entre mes globes pour venir titiller mon anus.

Je tends le bras et attrape la première bouteille qui me tombe sous la main, m'en aspergeant allègrement les fesses, avant de véritablement m'empaler sur le membre dur de mon compagnon.

Nous poussons tous les deux un soupir de soulagement alors qu'il est tout fond de moi, m'élargissant brutalement, son gland me fouillant lentement. Raphaël entame une danse lente, faisant rouler ses hanches, avant de s'enfoncer en moi avec de petits coups secs, puis de ressortir en frôlant ma boule de plaisir.

Je serre les doigts, le plaisir affluant par vague dans tout mon corps, et pars à la rencontre de ses hanches. J'aimerais plus de passion, plus de fureur. À cet instant bien précis, j'ai une furieuse envie de me sentir vivant. Je dois prouver à mon corps que nous sommes en vie.

Je me laisse donc aller contre lui, et prends le dessus sur notre corps à corps, faisant aller et venir mes fesses sur son membre. Raphaël crispe les doigts sur mes hanches, ses ongles me rentrant dans la peau un peu plus à chaque mouvement.

La pression augmente de plus en plus dans mes testicules alors que je sens la délivrance approcher. J'accélère mes mouvements, avant de pousser un cri de surprise lorsque je suis brusquement poussé en avant. Raphaël écrase mon visage contre le carrelage froid tandis qu'il me pilonne durement. Ma bouche ne cesse de crier l'extase qu'il me procure alors que j'ai l'impression qu'il va de plus en plus loin dans mon corps.

Je descends une main vers mon membre, avant qu'elle ne soit subitement stoppée et remontée au-dessus de ma tête, bientôt rejointe par la deuxième. Je suis totalement immobilisé, les deux mains coincées par la poigne de fer de Raphaël, mon visage collé au carrelage, et mon cul empalé par son membre qui ne cesse d'aller et venir en moi.

Bon Dieu ! Je suis en train de mourir de plaisir !

Le Delta augment encore la cadence, et je tremble de partout. J'ai une furieuse envie de jouir, sans vraiment atteindre ce point qui me fera décoller. Je bouge les hanches à la rencontre de mon compagnon, accentue autant que je peux la cambrure de mes reins pour qu'il appuie pile poil au bon endroit, mais rien à faire. La pression augmente encore et encore, me rendant presque fou. Je le supplie, les larmes coulant sur mes joues pour qu'il me laisse jouir.

Soudain, ma vision se fait trouble, avant qu'un écran blanc me fasse face lorsque Raphaël plante ses crocs dans sa marque et que ma semence ne sorte en jets crémeux de mon corps. Je me mets à trembler violemment et le plaisir déferle dans tout mon corps, me rendant momentanément sourd et aveugle.

Raphaël se laisse tomber sur moi, son corps moite de sueur se coulant contre le mien, et je sens sa semence inonder mon ventre. Je resserre instinctivement les fesses, voulant la garder entièrement en moi.

La langue de mon compagnon vient nettoyer la nouvelle morsure qu'il m'a faite, avant de se retirer de mon corps avec une grande délicatesse. Il se met à me savonner et me lave tout en douceur, puis me rince avant de me sortir de la cabine de douche en me portant dans ses bras.

Il m'a rendu faible. Le plaisir qu'il vient de me donner à fait de moi un être sans défense.

Une fois qu'il m'a entièrement séché, il me prend de nouveau dans ses bras et m'entraîne vers la chambre où nous avons laissé Lloyd et m'allonge aux côtés de notre compagnon, puis se glisse dans mon dos. Je me retrouve coincé entre les deux corps et souris de contentement.

— Il va falloir qu'on discute tous les trois maintenant qu'il a pris du galon !

Je fronce les sourcils et me tortille dans tous les sens afin de me retrouver en face de Raphaël. Il repousse une mèche de cheveux qui me tombe devant les yeux et me sourit gentiment avant de m'embrasser tout aussi tendrement.

— Il est devenu l'Alpha ce soir. Il va forcément falloir qu'il vive aux côtés de son clan. Il ne va pas pouvoir rester sur le territoire de la meute.

Je fronce davantage les sourcils, mon ventre se serrant douloureusement. Je ne veux pas quitter mes amis, ou ma famille. Les loups sont ceux qui m'ont sorti de l'enfer. Sans eux, je serais certainement en train de dépérir en servant d'outre à sang à un vampire à l'heure actuelle. Avant que Basile et sa clique ne vienne à la ferme d'élevage, je n'avais pas d'avenir devant moi.

Alors qu'aujourd'hui, je suis celui en charge de retracer et retrouver toutes les légendes qui entourent les métamorphes afin de les retranscrire au plus juste. Tyler et Gidéon m'ont donné leur confiance en me laissant créer un site capable de recenser toutes les bizarreries de ce monde.

Je me renfrogne en me souvenant que c'est certainement pour m'empêcher de penser à fonder une famille qu'ils m'ont donné un travail aussi important.

— Hey ! Tout va bien P'tit Loup. On a réussi. On est tous les trois ensembles et en vie. Et cerise sur le gâteau, nous avons un Alpha à nos côtés.

J'esquisse un sourire las. Je n'ai pas vraiment eu l'occasion de leur parler de la petite discussion que j'ai eu avec Tyler le jour où Lloyd s'est fait enlever. Et à vrai dire, je n'ai pas vraiment envie de leur en parler non plus.

Je tends donc le cou et dépose un baiser léger sur les lèvres de mon compagnon, avant de lui sourire de manière lasse.

— On en reparlera demain Mon Cœur. Comme tu l'as si bien dit, on est tous les trois ensembles et en vie. On a toute la vie devant nous pour en reparler.

Raphaël fronce les sourcils à son tour, comprenant que quelque chose me perturbe, mais n'ajoute rien de plus. Toute cette adrénaline qui a coulé dans mes veines tout à l'heure, plus les endorphines rajoutées par notre petite douche coquine m'ont totalement crevé.

Je me coule contre le corps de Lloyd, attirant Raphaël contre moi, et ferme les yeux, ne pensant à rien d'autre. Pour le moment, j'ai juste besoin de me reposer. Je ferme les yeux et laisse le sommeil m'emporter vers lui.

CHAPITRE 30

─────

L e soleil se lève doucement tandis que je reprends peu à peu conscience. Ça faisait bien longtemps que je n'avais pas aussi bien dormi. Je me laisse bercer par la chaleur qui m'entoure, voulant rester un maximum au creux de cette fournaise.

Un sourire naît brutalement sur mes lèvres en sentant de légers attouchements humides sur mon épaule, avant qu'ils ne descendent lentement dans mon dos. Je me cambre légèrement lorsqu'ils arrivent à mes hanches, exhalant un soupir impatient.

Je me tends dans l'autre sens, alors que cette fois-ci, ce sont mes tétons qui sont agressés par une langue chaude et humide. J'ouvre brusquement les yeux, plongeant dans mon lagon personnel. Lloyd me fait un clin d'œil alors qu'il sort lentement sa langue pour venir laper le bout de mon téton. Un éclair de plaisir se propage dans tout mon être, et je frémis des pieds à la tête.

Un petit rire me parvient de mon dos, et je tourne la tête pour sombrer dans un caramel fondu qui m'attire inexorablement. Raphaël se redresse légèrement et vient déposer ses lèvres sur les miennes tout en douceur. Je suis tendu comme un arc, par forcément dans une bonne position, mais que c'est jouissif. Être entouré par mes deux hommes de cette façon est juste parfait.

Il y a encore quelques semaines, j'aurais ri si on m'avait dit que je me retrouverais dans cette position. Lloyd et Raphaël ne pouvaient pas se supporter, et j'étais en rogne contre le Delta pour la façon dont il m'avait traité.

Les lèvres de Lloyd reprennent leur assaut sur ma poitrine, et je me redresse pour lui faire face. Je regarde sa chevelure noire briller dans la lumière laiteuse du matin et sens mon membre vibrer de contentement. Je baisse les yeux et découvre qu'il repose tranquillement sur la cuisse puissante de l'Alpha.

Lorsque ce mot passe dans ma tête, un sentiment de fierté et de soulagement empli mon cœur. Lloyd est enfin parvenu à devenir l'homme qu'il voulait. Il m'a avoué avoir été formé depuis son plus jeune âge à devenir un Alpha. Et il se sentait prêt à reprendre le flambeau. Surtout en découvrant mon existence et notre jumelage. Lloyd a bien compris que certains membres de son clan seraient contre notre union. Et n'apprécieraient pas d'être dirigés par un couple d'homosexuels.

Alors, bien sûr, il a perdu son père dans l'histoire, mais les deux hommes n'étaient plus vraiment proches ces derniers temps. Elijah n'avait pas du tout accepté notre association à tous les deux. Le seul moyen de récupérer le clan pour Lloyd était de se battre contre son père. Et la seule issue possible dans ce genre de cas, c'est la mort.

Je pose une main douce sur la joue de Lloyd et esquisse un sourire triste pour lui montrer mon soutien, et me penche sur lui pour déposer un tendre baiser sur ses lèvres. L'Alpha enroule ses bras autour de moi et me tire vers lui alors qu'il roule sur le dos. Je tombe sur son corps, nos peaux en contact des pieds à la tête. En tout cas, en ce qui me concerne, car pour lui, il reste encore quelques centimètres à recouvrir.

Sa langue force l'entrée de ma bouche et je gémis alors qu'elle se frotte avec passion à la mienne. Je m'installe plus confortablement sur lui, passant mes jambes de chaque côté de son corps, m'ouvrant totalement pour lui. Sa verge dure vient se frayer un chemin entre mes globes charnus, et je tremble sous l'attente.

Un gémissement de contentement se fait entendre, et je tourne la tête pour regarder Raphaël qui me sourit, avant de se pencher sur moi pour m'embrasser à son tour. Son goût vient se mélanger à celui de l'Alpha et je geins de plaisir, me ruant davantage sur lui, m'enfonçant à mon tour dans sa bouche.

Le Delta glisse ses mains dans mes cheveux, me plaquant davantage contre sa bouche, et je me mets à onduler sur le corps de Lloyd tandis que la température semble grimper à une vitesse vertigineuse dans la pièce.

Je réalise alors que nous sommes tous les trois ensemble dans un lit, pour la première fois depuis ma petite discussion avec l'Ancien. Et ça me perturbe légèrement. Il y a une partie de moi qui en vient à se demander s'il n'a pas raison.

Il vaudrait effectivement peut-être mieux attendre avant de mettre en route un enfant. Nous ignorons tous ce que pourrait donner notre association avec Raphaël et Lloyd. Je me suis emporté face à Tyler, malgré tout, il n'a pas entièrement tort. Et puis, nous venons à peine de nous rencontrer. Il vaudrait mieux prendre notre temps pour profiter de notre ménage.

Et puis, il y a beaucoup d'autres couple capables de repeupler la meute et le clan. Ça ne doit pas forcément être nous trois.

Je me redresse brusquement, posant mes deux mains sur le torse de Lloyd, plongeant mon regard dans le sien, avant de jeter un coup d'œil au Delta. Mon excitation est légèrement retombée. Enfin autant que faire ce peut étant donné que je suis nu avec mes deux compagnons, tout aussi nus que moi.

— Ce n'est pas une bonne idée. Nous ne devrions pas faire ça !

Je commence à vouloir descendre du corps de mon compagnon, dégageant ma première jambe, mais je suis aussitôt figé dans mon élan par les mains de mes deux hommes m'arrêtant net.

Mes deux compagnons se stoppent eux aussi dans leurs caresses, avant de se regarder, les sourcils froncés. Lloyd prend mon visage en coupe et m'embrasse doucement avant de regarder à nouveau Raphaël.

— De quoi parles-tu Loupiot ? Tu ne veux plus de nous ?

Je me mets violemment à rougir en me rendant compte qu'ils m'ont totalement compris de travers. Je secoue la tête en signe de négation.

— Je parle juste d'une éventuelle grossesse. Je ne pense pas que ce soit une bonne idée de lancer un bébé maintenant.

Lloyd fronce les sourcils, laissant ses mains naviguer sur mes hanches nues alors qu'il réfléchit à mes paroles. Il se tourne vers Raphaël, qui hausse les épaules, pas vraiment certain de savoir quoi répondre. Après tout, de ce que j'en sais, il n'en sait pas forcément plus que nous. Il va falloir qu'on parle à Gabriel, Andrew et Basile pour savoir comment les jumeaux ont été conçus.

La seule chose dont je sois sûr c'est qu'il faut une nuit

de pleine lune et un couple fusionné, pour envisager la conception d'un enfant. Il paraît que la seule fois où la grossesse est certaine, c'est lorsqu'il s'agit d'une lune rousse. Parce que selon les légendes, la magie est beaucoup plus forte. Mais comme toute légende, elle a besoin d'être certifiée.

Où en était la lune hier soir ?

J'ai beau fouiller dans ma mémoire, je n'arrive pas vraiment à m'en souvenir. Un croissant ? La pleine lune ? Ou la lune noire ?

Lorsque je discutais avec Tyler et qu'il m'a violemment dit que je ferais mieux de serrer les fesses et de ne pas mettre en route un enfant, j'avoue que j'étais remonté contre lui et que je voulais cet enfant. Mais à présent que je suis calmé et que j'ai les idées un peu plus claires, je peux comprendre pourquoi il m'a dit une telle chose.

Il ne m'a pas interdit de m'envoyer en l'air avec mes hommes. Juste de faire attention à ne pas nous reproduire. En tout cas, pas pour le moment. Malheureusement, je suis incapable de déterminer la position de la lune hier soir. Et j'ai comme un besoin au fond de mon ventre qui me pousse à communier avec mes deux hommes, qui me fait peur.

Je ressens une attraction énorme envers Lloyd et Raphaël, me poussant à me soumettre à leurs besoins, et je suis terrifiée à l'idée que ce ne soit justement la lune qui me contraigne à aller vers eux.

Basile m'a expliqué comment l'attraction l'avait entraîné à se donner à ses deux hommes, et les conséquences qui en ont découlé. Ses deux petites conséquences sont adorables, mais elles ne m'intéressent pas du tout pour le moment. Je sens bien que je ne suis pas encore totalement prêt à devenir père.

Raphaël m'embrasse langoureusement, puis sans un mot de plus se lève et sort de la chambre. Je suis un peu déçu de le voir partir, mais rassuré également. Car en étant seul avec Lloyd, je ne risque rien.

L'Alpha m'attrape justement par la nuque et m'attire à lui dans un baiser fougueux qui me laisse pantelant. De sa grosse main, il part chercher ma jambe, pour me réinstaller confortablement sur lui. Son membre, qui avait légèrement perdu de sa vigueur se redresse entre mes fesses, et je glisse tout le long, m'amusant à le faire coulisser entre mes globes fermes.

Lloyd serre les dents, ses doigts se recroquevillant sur mes fesses, ses ongles s'enfonçant dans ma chair, écartant les deux globes afin de faire plus de place à son membre raide. Je risque d'avoir des marques demain, mais peu m'importe, je le laisse faire bien volontiers.

Un doigt se risque soudain dans ma raie, et un soupir de plaisir m'échappe alors qu'il me titille lentement. Je me cambre pour aller à sa rencontre, tout en continuant de l'embrasser à en perdre haleine.

Le doigt s'efface pour revenir quelques secondes plus tard, humide et plus aventureux. Je mordille la lèvre inférieure de Lloyd, me poussant contre ce doigt qui entre lentement en moi. Je fais des vas-et-vient sur la première phalange, avant qu'il n'entre totalement et vienne frotter ma boule de plaisir.

Un cri d'extase m'échappe, et je me déhanche contre ce doigt, en réclamant plus. Je suis bientôt comblé, lorsqu'un copain vient le rejoindre à l'intérieur de moi et commence à me titiller, m'étirer, me préparant à ce qui va suivre.

Lloyd remonte ses mains le long de mon dos, glissant ses

doigts dans mes cheveux, et je tremble de partout, en voulant encore plus. Les doigts sortent soudain de mon corps, et je geins face à la perte, avant d'exhaler un souffle lent lorsque le membre de l'Alpha se présente.

Lloyd s'enfonce par à coups en moi, et je laisse mon front retomber contre son épaule, le mordillant légèrement. J'avais oublié à quel point il était énorme, et comment son membre m'écartèle lorsqu'il me pénètre.

Je me retrouve soudain empalé sur sa verge dure, mes fesses posées sur ses cuisses, et je me sens bien. Je suis à ma place. L'Alpha tire un peu sur mes cheveux pour redresser ma tête, et m'embrasse violemment alors qu'il donne un coup de bassin pour m'encourager à bouger, s'enfonçant encore davantage en moi, ce que je ne pensais pas être possible.

Je me mets à faire des vas-et vient lents sur lui, me glissant sur sa verge plantée en moi, donnant de légers coups de hanches pour qu'il appuie juste au bon endroit.

Je me crispe soudain lorsque je me rends compte que depuis tout à l'heure, Lloyd semble être doté de plus de mains qu'il n'en a habituellement.

Je me redresse, et jette un coup d'œil derrière moi, découvrant le Delta, à genoux entre les jambes de l'Alpha, enduisant sa hampe de lubrifiant. Je me tends sur le membre de Lloyd, mais Raphaël me fait un petit sourire, déposant des baisers sur mon épaule à l'endroit exact où il m'a marqué.

— Ce n'est pas la pleine lune. Nous pouvons nous amuser sans craintes !

Il me fait un clin d'œil, et je me crispe davantage en sentant un doigt se faufiler aux côtés de la verge de Lloyd en moi. Je ne peux pas dire que ce soit agréable, mais ce n'est pas mauvais. Un peu étouffant peut-être, mais pour l'instant, je réserve mon jugement.

Le Delta me prépare lentement à accueillir un deuxième membre en moi alors que Lloyd continue ses mouvements. Le plaisir afflue dans mon corps par vagues successives, et j'ai peur que Raphaël n'ait même pas le temps de me pénétrer avant que je ne me laisse emporter par l'extase.

Je pousse un petit cri de douleur au moment où le Delta se présente et qu'il entre en moi par petits à-coups. Je me laisse tomber contre le torse de l'Alpha, qui a cessé ses mouvements, le temps que Raphaël ne le rejoigne.

Je mords l'épaule de Lloyd lorsque le Delta est arrivé tout au fond de moi et que la douleur est à son maximum. Le sang de l'Alpha m'inonde la bouche et je l'avale goulûment, à peine conscient de ce que je fais.

Tout mon corps est soudain porté par le plaisir et un râle de bonheur pur m'échappe lorsqu'ils se mettent à se mouvoir de concert en moi. Les deux hommes arrivent à synchroniser leurs mouvements pour qu'ils sortent et entrent en même temps.

Je suis dilaté comme jamais je ne l'ai été, et la douleur est bien présente. Pourtant, ce mal est délicieux, et je vais à la rencontre de leurs membres en moi pour la sentir davantage.

Le rythme s'accélère soudain, et ils se retrouvent à aller et venir en moi chacun leur tour. Je suis droit sur mes genoux, ne contrôlant plus rien, les laissant se servir de mon corps comme ils le désirent, n'étant conscient que du plaisir suprême qu'ils me font ressentir.

Tout brûle à l'intérieur de moi. Les sensations me submergent les unes après les autres. Je n'arrive plus vraiment à savoir où je commence et où ils finissent. Je sais juste que je ne vais pas tarder à m'envoler haut dans le ciel.

Je pousse un cri d'agonie lorsque le plaisir devient trop fort pour que je puisse le supporter, et ma semence sort en jets crémeux de mon membre sans que je n'ai besoin d'y toucher, alors que je plonge dans un black-out total. Je ne vois plus rien, n'entends plus rien, et ne ressens plus rien non plus.

Jusqu'à ce que je perde totalement connaissance en sentant les liquides chauds m'inonder de l'intérieur, et les dents se planter dans chacune de mes épaules. Ces deux hommes viennent de m'offrir ma place au paradis.

J'ignore combien de temps je suis resté inconscient, mais la lumière est descendante lorsque je rouvre les yeux. Je me redresse dans le lit, grimaçant à la douleur qui me remonte des fesses, esquissant un sourire en me souvenant de la raison.

Je me souviens du soir où Lloyd et moi avions pris Raphaël de cette façon et de l'extase qu'il semblait avoir ressenti à ce moment-là. Je me rappelle également m'être dit que la prochaine fois, ce serait moi.

Hé bien aujourd'hui, je sais qu'il ne simulait pas. C'est vraiment extraordinaire. Cette sensation d'être possédé par deux hommes immenses est jouissive, et je ne laisserais ma place pour rien au monde. À part éventuellement à Raphaël.

Je roule sur le dos et m'étire de tout mon long, un bourdonnement sourd résonnant à l'arrière-plan dans ma tête. Ce n'est pas désagréable, mais j'avoue que ce n'est pas génial tout de même. Je me concentre dessus, essayant de voir d'où il peut provenir, avant qu'il ne se transforme.

Brusquement, ce que je prenais pour un bruit gênant, devient des mots, puis des phrases, alors que les voix de mes hommes résonnent dans ma tête. Je me redresse d'un bond, les entendant discuter tous les deux. Je regarde tout autour de moi, cherchant la provenance de leurs voix, pensant qu'ils sont tous les deux dans la salle de bains. Mais la porte de cette dernière est grande ouverte et surtout vide. Les voix ne viennent donc pas de là.

Je me glisse hors du lit, grimaçant au pincement entre mes fesses, et m'approche de la porte. Étonnamment, lorsque j'entrouvre la porte, les voix de mes hommes me parviennent de façons différentes. J'ai comme une impression d'écho.

Je retourne dans la chambre pour enfiler des vêtements, grognant en me rendant compte qu'ils sont toujours aussi grands que la veille, et sors de la chambre pour les rejoindre. Je suis le chemin jusqu'au rez-de-chaussé, et m'arrête dans l'embrasure du salon, trouvant mes deux hommes debout en plein milieu de la pièce.

L'atmosphère pesante arrive jusqu'à moi, et je me rencogne dans mon coin. Personne n'est venu me chercher, ce qui veut dire que ma présence n'est pas réellement désirée. Malgré tout, je suis trop curieux pour simplement remonter et attendre que mes hommes me parlent.

— Alors ? Pour la deuxième et dernière fois, où est-il ?

Je fronce les sourcils en entendant la voix grondante et surtout pleine de pouvoir de Lloyd. Je peux voir sans problème que les ours présents courbent l'échine face à lui, et cela me fait sourire. Un petit Oméga comme moi ne baisse pas la tête face à lui, mais de gros ours comme eux se plie en deux devant leur Alpha.

Cependant, les mots de mon compagnon percent ma

conscience, et je me demande de qui il veut parler. Je regarde chaque homme présent, et j'ignore comment je le sais, mais tous ces hommes étaient des proches d'Elijah.

Peut-être cette lueur combative dans leurs yeux lorsqu'ils regardent l'Alpha ou son compagnon. Ou éventuellement la manière dont ils sont entourés par les proches de mon homme.

C'est alors que je comprends à qui Lloyd fait référence. Il manque une personne dans cette assemblée. Un homme que nous n'avons pas vu depuis des jours. Maintenant que j'y réfléchis, c'est vrai que ça fait un sacré bout de temps qu'il n'est pas venu nous voir. Je ne suis pas sûr qu'il soit même au courant que Raphaël nous a rejoint à présent.

La vague de pouvoir qui parcourt le salon me cloue sur place. J'ai beau ne pas vraiment être affecté par la puissance de Lloyd, je l'ai tout de même senti de là où je me trouve. En revanche, les ours revanchards l'ont bien sentie passer. Ils sont tous à genoux en train de haleter durement.

À tel point d'ailleurs que je commence à avoir peur qu'ils ne meurent avant d'avoir pu s'exprimer. Je fais donc un pas dans sa direction pour l'avertir, mais Raphaël me coupe l'herbe sous le pied en posant une main tendre, mais néanmoins ferme dans le bas de son dos. Je vois Lloyd frissonner légèrement, relâchant de ce fait la pression sur les autres ours.

Les hommes agenouillés relèvent lentement la tête, crachant doucement avant d'inspirer à plein poumons pour retrouver un peu d'air. Je ricane légèrement, attirant l'attention sur moi et m'avance dans la pièce pour me tenir aux côtés de mes hommes.

« As-tu bien dormi Loupiot ? »

Je sursaute brutalement avant de me tourner vers Lloyd qui me regarde avec un sourire énorme sur le visage. Alors je n'ai pas halluciné tout à l'heure. J'ai bien entendu leurs voix dans ma tête.

— Mais ? Comment est-ce possible ?

Raphaël s'approche de moi et me glisse tout doucement à l'oreille pour que le moins de personne n'entende, mais que je ne sois pas vraiment surpris non plus.

— Nous avons dû finaliser le lien tout à l'heure et être totalement jumelés tous les trois. De ce que je sais, seules les véritables Âmes Jumelles fusionnées en sont capables. On en rediscutera un peu plus tard si tu veux.

Je hoche la tête à son intention et me tourne vers les hommes toujours agenouillés devant leur Alpha. Ils nous regardent Eli et moi comme si nous étions des parias, et je ne résiste pas. Je me glisse le long du corps tout en muscle de Lloyd pour venir prendre son visage en coupe entre mes mains et l'embrasser tendrement.

Mais comme à chaque fois que nous sommes proches l'un de l'autre, Lloyd ne résiste pas et saisit mes hanches à pleines mains pour me plaquer contre son pelvis et me faire sentir à quel point il a une fois de plus envie de moi.

Je gémis dans sa bouche, avant d'ouvrir les lèvres et donner un véritable spectacle érotique à toutes les personnes présentes. J'entends distinctement le grognement de Raphaël à nos côtés, et je souris dans le baiser. Puis je m'écarte de mon Géant, restant tout de même collé à son corps, pour aller saisir la nuque du Delta pour lui donner très exactement le même baiser.

Le rire de Lloyd me fait revenir à l'instant présent, me demandant ce qui peut bien le faire rire de cette façon, jusqu'à ce que je remarque que presque tous les hommes à nos pieds sont en proie à une énorme érection qui déforme leurs pantalons.

C'est homophobe et pourtant, ça s'excite en voyant trois hommes s'embrasser !

À cet instant, Lloyd perd patience. Il attrape l'homme le plus proche de lui et colle son visage au sien, lui montrant bien qu'il est très en colère. Une forte odeur d'urine se fait sentir, et le mouvement de recul de ses camarades m'en fait comprendre la raison.

— Où est Jasper ?

L'ours se met à bégayer, nous racontant qu'il l'ignore. Que l'Alpha ne le mettait pas dans ses confidences. Qu'il ne fait pas partie des têtes pensantes.

Lloyd le secoue deux, trois fois, avant qu'il ne le jette en travers de la pièce, et ne s'approche du suivant. Un homme, à peu près à la moitié de la file, se lève soudain pour se dresser face à l'Alpha.

— Si je te dis où tu peux le trouver, auras-tu pitié de nous ?

Lloyd arrête de secouer l'ours qu'il tient encore en main, avant de le lâcher brusquement, le faisant tomber comme une merde au sol, pour s'avancer vers celui qui vient de parler.

— Et pour qui parles-tu Jérémy ?

L'ours baisse les yeux, le rouge lui montant aux joues, avant que son regard ne dévie vers un des hommes toujours au sol. J'ignore qui il est, mais je sais qu'il est important pour ce Jérémy. De la manière dont il le regarde, je suis quasiment sûr qu'ils sont amants. Ou qu'il aimerait bien qu'ils le soient.

Lloyd suit lui aussi là même direction, et un léger sourire étire ses lèvres en voyant l'autre homme agenouillé.

— Dis-moi que c'est une blague, Jerry ! Tu n'as pas été assez bête pour tomber amoureux du fils de Jébédiah ?

— Arrête de te moquer de moi, et dis-moi si je peux te faire confiance. Tu sais très bien que ce n'est pas de gaîté de cœur que j'ai rejoins ton père.

Il baisse à nouveau la tête, de toute évidence très mal à l'aise.

— Je ne pouvais pas le laisser seul de cette manière. Son père l'aurait fait tué, ou l'aurait tué lui-même. Qu'aurais-tu fait à ma place ?

Lloyd jette un nouveau coup d'œil à l'homme qui garde la tête baissée, avant de revenir sur le fameux Jérémy. Je ne suis pas stupide. Même si je n'ai pas grandi dans ce clan, je me doute que ça n'a pas toujours été facile de grandir ici. Ces hommes ont dû cacher leur attirance. Surtout lorsque l'un d'entre eux est le fils du Bêta homophobe.

— Très bien ! Si tu me permets de retrouver Jasper, je verrais ce que je peux faire pour vous !

Jérémy hoche lentement la tête, envoyant un petit sourire à son ami. Ce dernier relève lentement les yeux, les braquant tout d'abord dans ceux de Lloyd pour être sûr de ce qu'il vient d'entendre, avant de regarder Jérémy avec un grand sourire.

J'inspire un grand coup, heureux pour eux. Avec Lloyd à sa tête, ce clan semble repartir sur de bonnes bases. C'est le renouveau dont elle avait besoin.

CHAPITRE 31

————

J e me penche brusquement en voyant la branche me revenir en plein visage après le passage du Delta, et grogne dans ma barbe. Je commence sérieusement à en avoir ras le bol. Ça fait des heures maintenant que nous crapahutons dans cette forêt en suivant un ours auquel on ne fait pas du tout confiance.

Pourtant, Lloyd continue à le suivre malgré tout, l'espoir chevillé au corps. Il reste persuadé que ce Jérémy va lui permettre de retrouver son meilleur ami. Personnellement, j'ai des doutes. Lorsque nous sommes partis de la maison de l'Alpha, j'étais comme le reste du clan, plein d'espoir. Mais après plusieurs heures sans ne rien voir venir, je pense que Jasper est totalement perdu pour nous.

— Désolé Mon Ange !

Raphaël esquisse un sourire d'excuse avant de se précipiter sur moi, posant ses mains partout sur mon visage pour être sûr de ne m'avoir fait aucun mal. Je lui souris doucement et me coule contre lui pour aller poser mes lèvres sur les siennes.

Il est vraiment trop mignon avec moi. Depuis son retour à nos côtés, j'ai découvert un tout nouvel homme. Et ce nouveau Raphaël me plaît infiniment. En tout cas, beaucoup plus que le connard violent.

— Ce n'est pas grave. Je ne t'en veux pas Mon Cœur !

Un bruit de renvoi me fait tourner la tête, et je tire la langue à mon meilleur ami en le voyant se mettre le doigt dans le fond de la gorge et faire semblant de vomir. Kit me fait un clin d'œil avant de se coller à son copain.

Je fronce les sourcils en voyant l'air défait d'Abraham. Je ne vois pas vraiment pourquoi Lloyd a accepté que son frère nous accompagne dans ce périple quand on sait ce qu'il ressent pour son Bêta. Je me demande même comment Kit peut continuer à le soutenir alors qu'il sait pertinemment qu'Aby le quitterait si Jasper le lui demandait.

Et il y a de fortes chances que ça arrive, maintenant que Lloyd a repris la tête du clan des Sources. Vu son jumelage, il sera beaucoup plus ouvert aux couples du même sexe que ne pouvait l'être son père.

Un bras fort s'enroule autour de mes hanches et sans même regarder de qui il s'agit, je me colle contre les muscles qui me tiennent. De toute façon, je n'ai absolument pas besoin de regarder de qui il s'agit, puisque mon corps et mon cœur l'on reconnut.

Je tourne la tête, et dépose un baiser sur le biceps de mon Âme Jumelle, ne pouvant atteindre autre chose dans ma position actuelle, pour lui montrer que je le soutiens malgré tout. Je n'ai plus d'espoir, mais je suis tout de même à ses côtés. Il a besoin de moi, alors je suis là.

Je me penche lentement en avant alors que je sens le corps de Lloyd se tourner sur le côté, et je vois qu'il fait de même avec Raphaël. Il accroche le Delta à sa hanche, et le colle à lui comme il l'a fait avec moi.

Un sourire énorme vient me déformer le visage en les voyant aussi proches l'un de l'autre. Je crois qu'il va me falloir un petit moment avant de m'habituer à les voir aussi proches. Mais c'est très agréable.

— Nous ne somme plus très loin Alpha !

La façon dont Jérémy s'adresse à mon homme est un peu incroyable, mais je pense qu'il essaye réellement de se racheter pour la manière dont il l'a vendu à son père. Et il y a des chances aussi qu'il veuille garder une place à la tête de la meute.

Visiblement, il faisait partie des Deltas du clan avant la chute de mon beau-père, étant très proche du Bêta et de l'Alpha de l'époque. Je pense qu'il aimerait pouvoir garder sa place avec le nouveau chef.

Une cahute se dresse soudain devant nous, et mon ventre se tord douloureusement. Vu l'état de délabrement, il y a de fortes chances pour que seul le corps de Jasper s'y trouve. Personne sain d'esprit n'irait se cacher dans un tel endroit.

Le toit est absent, les murs semblent sur le point de s'effondrer au moindre souffle de vent, et les fenêtres sont inexistantes. Même notre maison était plus en forme que cette ruine.

— J'ai essayé de l'aider du mieux que j'ai pu, mais comme vous pouvez le voir, ce n'est pas facile d'y accéder. Et l'Alpha semblait se douter de quelque chose, parce que ces derniers jours, il était presque toujours sur mon dos.

— Que veux-tu dire Jerry ?

Jérémy se mordille la lèvre inférieure avant de se tourner vers son compagnon, et ce n'est qu'à cet instant que je réalise que depuis notre départ, ils ne se sont pas lâché la main. Dès le moment où nous sommes sortis de la maison de l'Alpha jusqu'à maintenant, leurs doigts sont restés entrelacés intimement.

J'ignore s'ils sont de véritables Âmes Jumelles, en tout cas, ils s'aiment. C'est tellement flagrant que je me demande comment l'ancien Alpha et surtout son Bêta, qui est le père de son compagnon, ont pu louper une telle évidence.

— Tout simplement qu'Elijah s'est tellement acharné sur Jasper qu'il était aux portes de la mort lorsqu'il en a eu fini avec lui. Il m'a alors demandé de m'en débarrasser.

Le jeune homme souffle douloureusement avant de jeter un coup d'œil à la masure devant laquelle on se tient.

— J'ai pas pu m'y résoudre, alors je l'ai déposé là. Il m'a dit qu'il serait capable de prendre soin de lui. Cela fait déjà trois jours, et je ne l'ai pas revu depuis, et je n'ai pas eu de ses nouvelles.

Lloyd lui donne une grande tape dans le dos, et je peux voir au fond de son regard qu'il le remercie d'avoir fait une telle chose pour Jasper. Son père aurait demandé à un autre de ses hommes, son meilleur ami serait mort à l'heure actuelle.

Par contre, en entendant ces mots, Abraham se jette en avant, se ruant vers la maison. Lui ne comprend pas qu'on ait pu laisser Jasper seul alors qu'il était aux portes de la mort. Mon cœur se brise en entendant le cri de détresse poussé par mon beau-frère à l'instant où il découvre Jasper. Tout le clan se met en route comme un seul homme, pourtant, seul Lloyd, Raphaël, Jérémy et moi entrons dans la masure en ruines.

La première chose qui me saute à la gorge, c'est l'odeur de la mort qui rôde tout autour de nous. Il fait sombre, et je ne vois pas plus loin que le bout de mon nez, pourtant, je pourrais mettre ma main à couper qu'il y a un cadavre dans cette baraque. C'est alors que je vois Aby bouger au-dessus de ce qui ressemble à un corps. De là où je me trouve, il m'est difficile de dire si Jasper est encore en vie.

Mon compagnon se rue aux côtés de son frère, et pose deux doigts à la base de son cou, sa tête se baissant d'un seul coup, et mon cœur saigne pour eux. Avant qu'il ne se redresse brusquement pour se tourner vers la porte.

— Il me faut des hommes forts. Il faut tout de suite l'emmener à la meute de la Lune Rousse. À ce stade, il n'y a plus que Nathan capable de faire quoi que ce soit.

Raphaël se rapproche des deux hommes, et je vois l'espoir dans le fond de son regard disparaître brutalement lorsqu'il pose ses yeux sur l'homme allongé au sol. Je suis le même chemin, et manque de régurgiter le peu que contient mon estomac.

Jasper est méconnaissable. Il a des plaies suintantes de pus qui le parcheminent de partout, sa peau est pâle comme la mort, sauf aux endroits où elle est noire de sang séché. Quant à son visage, ce n'est plus l'homme que j'ai rencontré il y a plusieurs mois de cela.

Le Bêta de Lloyd était un gars au visage rond toujours souriant avec un profil parfait. Mais à cet instant, son nez semble avoir changé de place sur son faciès, quant à ses lèvres, elles sont sèches, craquelées, et d'une pâleur à faire peur.

Je suis désolé, mais je ne suis pas certain que Nathan puisse faire quoi que ce soit pour lui. Il vaudrait peut-être mieux l'aider à passer dans l'autre monde plutôt que de s'acharner sur un cadavre ambulant.

Un colosse que je n'avais encore jamais vu pénètre dans la maison délabrée et attrape Jasper d'une manière si douce que ça me surprend. Je l'aurais plus vu tabasser à tour de bras, que serrer un autre homme dans ses bras aussi tendrement.

Il ressort aussi vite qu'il est entré et sans même attendre le reste du clan, avance en direction de la meute. Je suis encore ébahi qu'on obéisse à mon homme aussi facilement. Je crois que je n'ai pas encore assimilé le fait qu'il était devenu l'Alpha du clan des Sources.

Les sanglots déchirants d'Abraham me ramènent à l'instant présent, et je me tourne vers lui dans l'intention d'aller le bercer, mais je me rends compte qu'il n'est pas seul. Kit est déjà occupé à prendre soin du petit Oméga. Et mon ventre se noue en les voyant aussi proche l'un de l'autre.

Je ne sais vraiment pas comment toute cette histoire va se terminer. Surtout si Jasper s'en sort. Il ne fait aucun doute pour moi que mon beau-frère est amoureux de lui depuis des années. Mais il n'est pas son Âme Jumelle, parce que sinon, ils se seraient déjà jeté l'un sur l'autre depuis un petit bout de temps.

Parce que, s'il y a bien une chose dont je suis sûr, c'est que les sentiments d'Abraham lui sont retournés. Lorsqu'il m'arrivait de croiser le regard de Jasper lorsque Kit a commencé à s'intéresser au petit Oméga, j'ai bien vu la colère et la jalousie obscurcir ses grands yeux bleus. Et dans ces cas-là, ils passaient alors au gris orageux. Je pense que tout comme Lloyd, ou une grande majorité des hommes de ce clan, Jasper s'est retenu de se jeter sur le jeune homme pour ne pas se faire éjecter du clan. L'homophobie sous-jacente terrifiait même les plus hauts placés dans la meute.

Le bras de Lloyd s'enroule de nouveau autour de mes hanches, et il me pousse gentiment à sortir de la masure. Dans un silence pesant, nous effectuons le chemin du retour d'un pas plus rapide. Je reste collé à mon homme durant tout le long, et j'ai l'impression que nous avons mis moitié moins de temps à rentrer qu'à y aller. Peut-être que Jérémy a fait un léger détour. Il ne se souvenait peut-être plus vraiment du chemin pour y retourner.

Quoi qu'il en soit, nous arrivons rapidement devant la porte de l'Alpha de la meute de la Lune Rousse. Ryan nous accueille sur le seuil, serrant Lloyd dans ses bras comme s'ils étaient amis depuis des années, et non pas seulement des connaissances depuis quelques semaines.

Ryan donne une rapide tape dans le dos de l'Alpha puis ouvre la porte de sa maison à la délégation des ours dans son ensemble. Le colosse portant Jasper entre le premier à notre suite et suit la direction indiquée par Ryan. Il dépose Jasper tout en douceur sur le lit médicalisé, passant une main tendre dans ses cheveux, et je fronce les sourcils.

Mais que se passe-t-il dans ce clan ? Est-il comme la meute de la Lune Rousse ? Rempli d'homosexuels refoulés qui n'attendaient que la libération que va leur apporter Lloyd ? Ou est-ce autre chose ?

Je dois avouer que je commence sérieusement à me poser des questions. Les hommes du clan ne m'ont jamais paru aussi tactiles entre eux du temps d'Elijah.

— Il s'agit de Noam, le grand frère de Jasper. Le dernier membre de sa famille qui n'a pas quitté la meute à cause de mon père.

Je fronce les sourcils, et me tourne vers mon compagnon pour savoir de quoi il parle. Je sais que son père n'était pas facile, mais pourquoi aurait-il poussé des ours de son clan à en partir ?

Lloyd me pousse doucement à sortir de la pièce juste au moment où les mains de Nathan se mettent à luire puissamment, signe qu'il est en train de soigner notre ami. Ce qui veut donc dire que Jasper n'est pas encore mort, et qu'il y a encore un espoir pour lui. Je croise les doigts pour Abraham et Lloyd.

Mon homme s'assoit sur le canapé et me tire à lui brutalement, me faisant tomber sur ses genoux. Je m'installe plus confortablement, calant ma tête sous son menton, et inspirant son odeur si particulière d'agrume à plein poumon. Je me demande quand cette fragrance arrêtera de me calmer aussi facilement. J'espère bien, jamais.

Mon Géant passe une main douce dans mon dos, me caressant tendrement alors que sa bouche se pose sur le dessus de ma tête avant que je ne le sente se tendre. Je relève les yeux et un sourire étire mes lèvres en voyant Raphaël se pencher sur lui pour l'embrasser à son tour.

Le Delta s'installe à nos côtés, ses mains se posant aussi bien sur moi que sur notre Alpha. Il veut nous montrer qu'il est là avec nous et qu'il ne nous quitte plus. Tant mieux, j'en suis heureux.

— La famille de Jasper est une des plus anciennes du clan. Je pense même qu'elle est celle à l'origine de la création du clan avec la nôtre. Ils ont donc énormément de poids dans les décisions du clan. Il s'est avéré qu'à un moment donné, papa a trouvé qu'ils en avaient trop. Il a donc voulu forcer la petite sœur de Jasper à s'accoupler avec un de ses hommes. J'aurais dû voir à ce moment-là que papa avait changé. Qu'il n'était plus l'Alpha juste et loyal qu'il était encore quelques années plus tôt.

Il referme ses bras autour de moi, et je me demande si c'est uniquement pour me tenir serré contre lui, ou si c'est pour lui donner le courage qui lui manque de continuer son histoire.

— Depuis que j'ai rencontré Calvin, je me pose tout un tas de question. Je n'arrivais pas à comprendre pourquoi une telle chose m'arrivait, et surtout comment cela pouvait être possible. Papa m'a toujours dit que seuls les hommes et les femelles pouvaient procréer. Que toute autre forme d'amour était impossible. J'avoue que je n'ai pas vraiment fait attention à ce qu'il me disait à cette époque, parce que je n'ai jamais regardé aucun autre homme comme je le fais avec vous.

Il soupire à nouveau, et je crois que c'est la toute première fois qu'il avoue à voix haute que Raphaël lui plaît et qu'il l'a regardé comme un homme regarde son amant.

Le Delta lui fait un petit sourire et se penche sur lui pour l'embrasser comme il le mérite avant de nous serrer dans ses bras forts.

— Et puis, Calvin est apparu dans ma vie, et tout a semblé se mettre en ordre. Je me suis souvenu de truc que j'avais totalement oblitéré. Mon oncle Stanley qui a disparu du jour au lendemain après nous avoir annoncé qu'il avait rencontré son Âme Jumelle. Je sais aujourd'hui que ça devait être un homme, et qu'il s'est fait éjecter du clan. Des voix ont commencé à s'élever contre ce traitement arbitraire, dont les parents de Jasper. Le clan s'est retranché sur lui-même au fur et à mesure des années, allant même jusqu'à couper les ponts avec nos voisins les plus proches.

Il s'arrête soudain de parler et je sens son menton quitter ma tête. Je relève donc les yeux à mon tour, et vois que mon homme est en train de regarder l'Alpha de la Lune Rousse. Ryan hoche la tête avec un sourire amusé aux lèvres.

— Oh, tu sais, notre Alpha n'était pas vraiment mieux que le vôtre avant que je ne le tue. Ton père ne devait pas être

le seul en tord dans l'absence de pont entre nos deux territoires.

Lloyd hoche lentement la tête, mais je peux voir dans
son regard qu'il n'est pas totalement d'accord. Pourtant, je
pense que Ryan est le mieux placé pour connaître l'histoire de
sa meute.

— Mais c'est vrai que je me souviens d'une époque où
votre clan était beaucoup plus proche de notre meute. Et
maintenant que tu en parles, je me demande si en réalité, ton
oncle n'avait pas une louve de chez nous pour compagne et
qu'il s'est transformé en loup pour jumeler leur âme.

Mon compagnon hoche la tête, les yeux exorbités.

— Ça paraîtrait logique aussi. Le fait que ce soit l'ours de
mon oncle qui a dû laisser sa place à un loup l'aurait imman-
quablement fait éjecter du clan. Ce qui veut donc dire qu'il est
ici ?

Ryan grimace avant de secouer en signe de négation.

— On va dire que Gerald était aussi compréhensif que ton
père. Il n'acceptait pas d'étrangers chez nous. Si mes souvenirs
sont bons, ils sont partis juste après leur jumelage. J'ignore où
ils ont atterri.

Mon homme hoche lentement la tête, et je me colle
contre lui pour lui prodiguer mon soutien. Mes mains partent
vagabonder autour de son ventre, se glissant sous son tee-shirt
pour aller caresser sa peau douce et chaude. Je le sens frissonner sous mes attentions, et je souris lascivement. Incroyable
comme il réagit à mon toucher.

— Bref ! Quoi qu'il en soit, papa a donné un ultimatum
aux Wilmer. Soit ils acceptaient que leur fille épouse Jébédiah,
soit ils partaient de la meute. Vous avez rencontré Jéby, vous

savez que jamais vous n'auriez donné votre fille à cet homme.

— Par contre, ça ne l'a pas dérangé de lui donner son fils !

La voix hargneuse d'Abraham nous fait tous taire d'un seul coup, et je me redresse sur les genoux de mon homme pour le regarder. Je n'avais même pas fait attention qu'il était parmi nous. Cela arrive souvent avec mon beau-frère. Il est tellement petit et timide qu'on le remarque à peine.

— Que veux-tu dire Aby ?

L'Oméga fait une grimace qui ne lui va pas du tout, avant de baisser la tête pour se cacher derrière ses longs cheveux noirs. J'ai déjà remarqué qu'il faisait ce geste lorsqu'il avait besoin de se cacher. Il s'en sert comme d'une armure.

— Rien !

Lloyd me pose délicatement à côté de lui sur le canapé et se lève d'un bond, rejoignant son frère en quelques pas seulement. Il glisse sa main dans la mèche qui lui barre le visage et lui relève la tête tout en dégageant son regard de ses cheveux. Les larmes contenues dans les grands yeux noirs de l'Oméga me retourne le ventre.

— De quoi veux-tu parler Aby ?

Mon beau-frère renifle piteusement avant que la colère ne ravage son visage d'habitude si beau et lisse.

— Comme si tu l'ignorais Lloyd ! Tu sais parfaitement ce que papa à fait ! Tu ne peux pas ignorer qu'il m'a donné à ses hommes pour les garder auprès de lui. Il les tenait par les couilles de cette façon. « Si tu dis quoi que ce soit, je révèle à tout le monde à quel point tu aimes mettre ta bite dans le cul de mon fils ! », « Comment ça tu ne veux pas faire ce que je te dis ! Veux-tu que ta compagne sache que tu as passé les dernières heures à t'enfoncer dans le cul de mon fils ? ». Encore et encore ! J'étais son moyen de pression face au reste du clan. La moitié d'entre eux m'est passée dessus.

Au fur et à mesure de son récit, ses joues se sont échauffées, sa colère a enflé à tel point qu'il s'est dressé face à son frère, les poings serrés à ses côtés. Ses yeux lancent des éclairs et je sens qu'il n'est pas très loin de péter un câble.

Lloyd enroule ses bras autour de lui et le serre contre son corps, les larmes dégringolant le long de ses joues. Je me mords la lèvre inférieure alors qu'une douleur sans nom enfle dans mon ventre. Raphaël se colle à mon dos, ses bras faisant le tour de mes hanches, et me plaque contre lui, m'insufflant sa chaleur et sa force. La douleur diminue lentement, et je comprends que lui aussi ressentait le malheur qui vient d'envahir notre compagnon.

— Je t'assure que je l'ignorais Aby. Je pensais que c'était de ton propre fait. Je pensais qu'étant donné qu'aucun garçon ne voulait être vu en ta compagnie, tu assouvissais tes besoins avec ceux qui voulaient bien de toi. Jamais je n'aurais cru que papa puisse faire une telle chose.

Un reniflement dédaigneux parvient de l'Oméga alors qu'il se laisse aller dans les bras de son grand frère. Lloyd le serre davantage contre lui, ses mains passant dans un ballet apaisant dans son dos.

— Je suis désolé Aby. Mais pourquoi ne me l'as-tu pas dit ? Pourquoi m'avoir fait croire que c'était ce que tu désirais toi aussi ?

Le petit Oméga renifle à nouveau et je manque d'exploser de rire en voyant les traces qu'il a laissées sur le tee-shirt de l'Alpha. Entre les larmes, la morve, et le maquillage dont il s'affuble tous les jours, le haut de Lloyd est mort.

— Il voulait me tuer. Il m'a dit que si tu étais au courant de quoi que ce soit, il me tuerait et ferait passer ça pour un suicide. D'après lui, ça ne t'aurait pas paru impossible. Alors je n'ai rien dit, et j'ai continué à faire ce qu'il voulait. C'était plus facile pour tout le monde.

Lloyd resserre davantage ses bras autour de son frère, nichant son nez dans le cou de l'Oméga, s'excusant encore et encore pour son aveuglement. Il n'est pas coupable, pourtant, vu ce que je ressens, il se dit que c'est de sa faute. Et je comprends pourquoi.

Durant des mois, voir peut-être des années, il a laissé son frère se faire abuser par des hommes qui n'avaient aucune considération pour lui. Ils ne faisaient que l'utiliser pour leur plaisir personnel. Je ne suis même pas certain qu'Abraham y ait trouvé son compte.

Mon beau-frère lève les yeux sur mon moi, et de son regard accablé me demande de bien vouloir l'aider. Je lui fais un petit sourire, et me dirige vers mon Géant. Je passe mes mains autour de lui et l'entraîne à ma suite sur le canapé. Raphaël se glisse de l'autre côté et enroule lui aussi ses bras autour de notre homme lui apportant sa puissance et sa force de caractère.

Du coin de l'œil, je vois Abraham sortir de la pièce et se rendre à l'étage. Il y a des chances pour qu'il rejoigne son amant du moment. Et je comprends alors pourquoi il s'est attaché aussi vite et aussi puissamment à Kit. Mon meilleur ami devait être le tout premier homme à lui montrer véritablement de l'affection.

Même si Jasper a toujours été gentil avec lui, il ne s'est jamais approché à ce point de son cœur. Il est toujours resté à une distance respectable de l'Oméga. Il ne fallait pas que les mauvaises langues puissent parler.

Malgré tout, je reste persuadé que le Bêta de Lloyd est fou amoureux du petit Oméga, et que de le voir aussi proche de Kit doit lui broyer le cœur. Je me demande bien ce que nous réserve l'avenir.

CHAPITRE 32

————

J e me glisse discrètement dans le lit, me collant au dos de mon Alpha et dépose un baiser tendre sur son épaule. Lloyd soupire devant moi et je souris de toutes mes dents en entendant ce son. Je suis tellement soulagé d'avoir retrouvé mon compagnon. Durant un court laps de temps, j'ai cru qu'on arriverait pas à temps pour le sauver de la folie de son père. Mais heureusement, la meute s'est rassemblée autour de nous pour nous venir en aide. Je me demande ce que nous aurions fait sans elle.

Il y a une chose sur laquelle je suis entièrement d'accord avec Lloyd, c'est qu'heureusement que l'Alpha de la meute de la Lune Rousse a changé ces derniers mois. Parce qu'avec Gérald à leur tête, mon homme et son Bêta seraient tous les deux morts et enterrés à l'heure actuelle.

J'enroule mes bras au torse de mon homme, me souvenant de sa douleur lorsqu'il a découvert son meilleur ami aussi mal en point. J'ai bien cru qu'il allait détruire tout ce qui se trouvait sur son chemin. Mais Raphaël et moi avons réussi à le calmer juste en le serrant contre nous.

Une autre chose dont on peut se féliciter, c'est d'avoir gardé de bonnes relations avec la meute de la Lune Rousse. Jasper aurait définitivement passé l'arme à gauche, sans l'aide de Nathan et de son pouvoir.

Bien que Nathan n'ait pas vraiment réussi à le soigner comme il aurait aimé. Mais il faut dire que le pauvre était déjà bien épuisé par tout le travail fourni après notre bataille contre les ours. Lorsque nous sommes arrivés avec Jasper à l'article de la mort, il était déjà mort de fatigue.

Nous n'étions pas là, mais Basile m'a dit qu'il s'était tout simplement écroulé sur la table d'examen alors qu'il était en train de soigner le Bêta, perdant connaissance. De ce que j'en sais, il est toujours en train de comater. Quoi qu'il en soit, Basile nous a indiqué qu'il était possible que Jasper garde des séquelles si Nathan ne se réveillait pas très bientôt.

Cela nous importe peu. La seule chose que nous voulons, c'est qu'il soit bien vivant à nos côtés. Mais Jasper sera peut-être d'un avis différent. Je ne le connais pas assez pour spéculer. Si ça se trouve, il est tellement imbu de son physique qu'il décidera de mettre fin à ses jours pour qu'on ne le voie pas avec des cicatrices sur le corps.

Je me secoue doucement alors que je commence à totalement extrapoler. Déjà, ce n'est qu'une éventuelle possibilité. Et c'est Basile qui nous l'a dit. Il n'est absolument pas médecin, ni même guérisseur. Il est cuisinier. Et puis, connaissant mon homme, je ne pense pas qu'il puisse être ami avec un homme assez imbu de lui-même pour mettre fin à ses jours s'il était défiguré.

Un autre corps chaud se glisse derrière moi et mon sourire s'accentue sur mes lèvres. Je me demande encore comment j'ai réussi à avoir autant de chance. Être associé à ces deux hommes est réellement ce qu'il m'est arrivé de mieux dans ma vie.

J'explose soudain de rire tandis que je repense à une conversation que nous avions eu Tyler et moi il y a quelques mois de cela. Avec un petit sourire, il m'avait dit que pour le moment, je détestais le Destin pour m'avoir associé à ces deux imbéciles, mais que bientôt, je le remercierais. Encore une fois, il avait entièrement raison. Je suis fou amoureux de mes deux compagnons. Et je crois que le plus dingue, c'est tout de même de les aimer dans les mêmes proportions.

Je veux dire, Eli n'est pas plus important à mes yeux que ne peut l'être l'Alpha. Tout comme avoir Lloyd à mes côtés me semble aussi important que d'avoir le Delta. Ils sont devenus ma vie.

Les lèvres de Raphaël se posent tout en douceur sur mon épaule, et je la redresse un peu pour lui demander silencieusement de continuer. Je sens son sourire s'élargir sur ma peau, et le mien lui répond.

L'homme allongé devant moi se retourne soudain pour me faire face, et son sourire m'éblouit durant quelques secondes avant qu'il ne m'embrasse goulûment. Sa langue pénètre ma bouche violemment, me faisant gémir sourdement, pendant que la bouche d'Eli descend le long de mon dos, redessinant les bosses formées par mes vertèbres. Sa langue tourbillonne encore et encore, envoyant des frissons délicieux dans tout mon corps, me faisant grogner de plaisir. Lloyd s'y met de son côté, sa langue se baladant le long de mon cou pour descendre sur ma poitrine et se mettre à jouer avec mes tétons.

Les sensations qui me parcourent de partout semblent trop pour mon corps. Je tremble, je gémis, je frémis, je crie, je geins. J'ai juste besoin qu'on me laisse jouir. Mais dès que je m'approche trop près de la libération, les deux hommes se relèvent pour aller s'embrasser et me laisser à l'agonie.

Les voir ensemble me fait plaisir bien sûr, et je suis content de voir qu'ils prennent soin l'un de l'autre également. Mais pas pile poil au moment où l'orgasme va m'emporter bordel de merde !

Je suis brusquement mis à quatre pattes, ma gorge laissant un petit cri surpris sortir, avant qu'un râle de pur plaisir ne le remplace. Raphaël vient de se glisser sous mon corps pour venir lécher le bout de mon membre dur, aspirant le liquide qui s'y est agglutiné. Il laisse courir le bout de sa langue tout le long, me faisant frémir de plaisir, avant de retourner jouer avec le gland. Il fait tourbillonner sa langue, l'aplati sur toute ma longueur avant de m'avaler totalement. Je crie d'un plaisir incroyable alors que je me retrouve au fin fond de sa gorge brûlante.

Avant de manquer de défaillir lorsque la langue de Lloyd s'insinue entre mes globes pour m'envoyer direct en orbite. Ils jouent tous les deux de leurs muscles humides sur moi, m'amenant doucement mais sûrement au septième ciel.

Une fois de plus, je suis à deux doigts de venir lorsque Raphaël se tortille sous moi pour changer de position et se retrouver dans le même sens que moi. Je croise son regard caramel étréci par le plaisir et je ne peux m'empêcher de gémir sourdement. Je ne résiste pas plus longtemps, et me penche sur lui pour venir l'embrasser violemment, réclamant sa bouche voracement. Cet homme est à moi.

Un membre dur se présente soudain à mon entrée, et je me sépare de mon amant pour voir mon Géant tendre le membre du Delta le long de ma raie, avant de le plonger dans mon antre. Je me cambre pour venir à sa rencontre et exhale un cri de plaisir alors qu'il me remplit entièrement. Mon anus se dilate totalement pour accepter la circonférence plus qu'acceptable de mon amant, et j'ondule sur lui pour m'élargir davantage, sachant pertinemment ce que mon Alpha a en tête.

En effet, je me suis à peine totalement ouvert, qu'il se présente à son tour et commence à entrer en même temps que notre compagnon. Je vois Raphaël crisper les lèvres, et je me souviens de ce que l'on ressent lorsque l'on est à leur place. C'est totalement divin !

Mais pas autant que de les avoir tous les deux au fond de moi de cette façon.

J'aime les sentir me remplir, bouger à des rythmes différents. La douleur qu'ils me procurent n'est rien comparée au plaisir infini de les avoir au fond de mon corps. Lorsqu'ils sont enfouis dans mon être de cette façon, j'ai le sentiment de communier avec leurs Âmes. Et je crois bien que c'est très exactement ce que le Destin avait prévu pour nous.

Raphaël ressort lentement de mon corps et je gémis d'extase alors qu'il frôle ma boule d'amour, avant qu'il ne me pilonne durement et je hurle son prénom. Lloyd fait le même mouvement, sortant à une vitesse d'escargot avant de s'enfoncer violemment en moi.

Ils se mettent à me pilonner, chacun leur tour, et comme la première fois où ils m'ont pris ensembles, je me dresse sur mes genoux, ferme les yeux, et laisse le plaisir qu'ils me procurent m'envahir tout entier. Les sensations se bousculent en moi, douleur, extase, bonheur, amour, et je ne sais pas laquelle est la plus forte.

Une lumière blanche flashe soudain devant mes yeux au moment où j'éjacule, et j'ai l'impression de sortir de mon corps. Les jets chauds de mes compagnons me remplissent vivement, et je sens l'attache qui se forme dans mon ventre.

Mon corps se contorsionne soudain, et une douleur sans nom me parcourt de partout. Je hurle de toute la force de mes poumons, et les cris de mes compagnons font écho au mien. Je rouvre les yeux, et sursaute brutalement en voyant l'ours qui me fait face. Je détourne le regard derrière moi et découvre que Lloyd c'est lui aussi transformé en ours.

Une nouvelle salve de sperme m'inonde le ventre et je me tortille de plaisir et de douleur mêlée, alors que mon corps se transforme à nouveau, cette fois-ci pour prendre l'apparence de mon loup. Mes deux compagnons suivent mes transformations, se revêtant à leur tour de leur peau de loup.

Je ne sais pas ce qu'il se passe, mais à chaque fois que je change de forme, mes compagnons aussi et la fatigue commence à me submerger. Je ne pourrais pas tenir très longtemps.

Je ferme donc les yeux, et tente de discuter avec mon animal intérieur, mais je n'arrive pas à l'atteindre. Il semble lui aussi perdu dans cette vague de magie qui le force à se transformer encore et encore.

La pression que je ressentais toujours dans le fond de mon ventre se rétracte soudain et mes deux compagnons s'éloignent de moi d'un bond. Raphaël sous sa forme de loup, Lloyd ayant retrouvé son ours. Rassuré qu'ils soient en sécurité, je m'écroule sur le lit, et tombe dans une sorte de coma. En tout cas, je ne vois plus rien de ce qu'il se passe autour de moi.

Je me retrouve submergé par une lumière blanche aveuglante, qui étrangement ne me fait absolument pas mal aux yeux. C'est étonnant. Une lumière de cette intensité devrait me brûler les rétines. Comment se fait-il que je n'ai pas le moindre mal ?

Soudain, la lumière aveuglante semble se transformer en une boule d'énergie qui rétrécit peu à peu, pour finalement former un semblant de corps. Ça n'en est pas un, pourtant, j'ai l'impression de voir des jambes soutenir un tronc affublé de deux bras grotesque, ainsi que d'une tête bizarre.

Je suis en train de perdre totalement la boule !

— Qui es-tu ? Pourquoi me fais-tu ça ?

La boule d'énergie s'approche lentement de mon moi intérieur, et malgré le fait qu'elle n'ait pas de bouche, je pourrais mettre ma main à couper qu'elle me sourit.

— Je vais bientôt mourir si tu n'arrêtes pas tes transformations maintenant.

La boule continue d'avancer, jusqu'à se retrouver juste en face de moi, et je pourrais jurer que j'arrive à voir un visage dans la forme lumineuse. Je ne pourrais pas le décrire, mais il me semble bien distinguer des yeux, un nez et une bouche. Pourtant, je suis quasiment persuadé que si je passe la main dessus, je ne sentirais aucune bosse.

— S'il te plaît ! Je n'ai pas envie de mourir. J'ai encore de l'amour à donner et à recevoir.

La boule d'énergie semble enfler avant qu'elle ne me pénètre brutalement, et c'est comme si tout le savoir du monde m'envahissait. Des images défilent devant mes yeux grands ouverts, me donnant des indications sur ma capacité de Changeforme. Cette entité me montre tout ce que je peux faire avec mes pouvoirs, et je trouve ça grisant. J'ai tellement de pouvoir sans même le savoir.

Je peux prendre toutes les formes animales que je veux, sans restrictions. Même les animaux volants ou marins. Je serais capable de voler ou encore de respirer sous l'eau si l'envie m'en prenait. J'acquiers la force et l'endurance de l'animal que j'incarne. Et je garde en tout temps ma capacité humaine à réfléchir.

En dehors de ça, cette boule d'énergie me montre également ce que pourrait être mes enfants. Leur beauté et leur pouvoir. Parce que je pourrais leur transmettre une partie de mes pouvoirs. Ils pourraient également prendre des formes différentes de leur animal d'origine. Et ils ne seront absolument pas des monstres. Ils seront magnifiques et merveilleux.

La boule ressort de mon corps, et je tombe à genoux, à bout de force, le souffle court. Elle m'en a montré beaucoup, et pourtant, je suis certain qu'elle en sait beaucoup plus. Elle semble avoir une connaissance infinie du monde où nous vivons.

— Tu es un miracle de la nature Calvin. Tu dois rester en vie. Le monde à besoin de toi. C'est pour cela que j'ai mis une partie de moi en toi. Comme je l'ai fait avec ton père ou Nathan. Vous avez tous un rôle à jouer dans cette vie, dans ce monde.

Je regarde cette entité étrange avec de grands yeux émerveillés, et lui souris tendrement. Elle se penche sur moi, et une douce chaleur me pénètre alors qu'elle pose sa main sur ma joue.

— Il te reste encore du chemin à parcourir, et votre groupe n'a pas encore trouvé tous ses membres, mais vous serez bientôt au complet.

Je fronce les sourcils, me demandant de quoi il peut bien parler. Je réalise alors que tout à l'heure, il m'a parlé du premier Oméga, ainsi que de mon père. Il doit très certainement faire référence à eux. Notre petite troupe n'est pas dû au hasard alors.

Comme le soupçonnait fortement Tyler, ce n'est pas par hasard si tous les Omégas du pays ou presque ce sont retrouvés à cet endroit bien particulier. Nous avons un truc à accomplir. Je ne sais pas encore quoi, mais nous sommes tous venus au monde pour une raison particulière.

— Je dois aussi t'avertir que les prochains mois seront difficiles pour votre meute. La rage et la colère vont essayer de la détruire. Vous devrez vous montrer fort et soudés.

Je hoche mécaniquement la tête, n'étant pas certain de me souvenir de tout ceci lorsque je serais revenu à moi. Mais je croise les doigts pour que ce soit le cas.

— Tu dois également avertir Nathan qu'il doit arrêter de s'épuiser de la sorte. Pour l'aider, j'ai transféré une partie de mes pouvoirs de guérison à l'Âme Jumelle du dernier Delta. Bien que jusqu'à présent il ne semblait pas avoir de pouvoir particulier, dès l'instant où il sera face à son Âme Jumelle, la guérison coulera dans ses veines.

À nouveau, je hoche la tête comme un débile, me disant que je vais pouvoir le dire à Kit. Il aura le pouvoir de guérir comme Nathan. C'est assez cool ! Même si étrangement, je ne le vois pas aider les autres de cette façon. Lui a plus le contact facile et l'art et la manière de vous entortiller autour de son petit doigt pour que vous fassiez ce qu'il veut. Il est tellement à l'aise partout, qu'il peut discuter avec n'importe qui.

Mais ce n'est pas moi qui décide comment attribuer les pouvoirs !

— Lorsque vous serez tous réunis, votre destin s'accomplira. J'ai confiance en vous pour garder en place l'équilibre du monde, alors, aie confiance en toi et en tes hommes.

Il se penche sur moi et pose une main chaude sur mon ventre et me sourit tendrement. La chaleur se propage à tout mon corps, me baignant dans une euphorie de bien-être.

— Vous êtes tous exceptionnels, et vos enfants le seront également. Vous êtes l'élite du monde.

La boule d'énergie dépose un baiser sur ma joue et recule doucement, perdant lentement de l'intensité, alors qu'elle diminue au fur et à mesure.

— Attends ! Et si on a encore des questions à te poser ? On fait comment ?

La boule d'énergie me sourit tendrement, et j'ai presque l'impression de la voir rire.

— Tu crois que je n'y ai pas pensé ? L'un d'entre vous peut me parler quand il le désire, même si pour l'instant, il préfère croire qu'il parle à son animal intérieur. Je ne désespère pas qu'il comprenne bientôt.

Je souris tendrement à cette chose qui s'est incrustée en moi et m'a montré ce que pourrait être ma vie, et je vais même jusqu'à lui faire un petit signe de la main lorsqu'elle disparaît lentement. Je sais que je suis en plein délire, que tout ceci ne peut pas être possible, pourtant, je suis quasiment sûr à cent pour cent, que cette entité est en réalité le Destin lui-même.

J'ouvre brusquement les yeux en inspirant une énorme goulée d'air, me demandant depuis combien de temps exactement je n'ai pas respiré, et tombe sur les regards affolés de mes deux hommes. À peine ai-je ouvert les yeux qu'ils se jettent chacun leur tour sur ma bouche, aspirant l'oxygène que j'ai eu tant de mal à faire entrer dans mes poumons.

— Putain Calvin ! Tu nous as fait une peur bleue ! Tu nous as fait quoi là ?

Je regarde la panique refluer lentement des yeux verts lagon de Lloyd, pour être remplacée par une colère indescriptible. Et je me demande pourquoi il est en colère. Ses mains entourent subitement mon visage, et les larmes qui se forment dans ses yeux me déstabilisent totalement.

— J'ai cru qu'on t'avait perdu ! On ferait quoi Raf et moi si tu n'étais plus là ? On peut pas vivre sans toi !

Je plonge mes doigts dans ses cheveux noirs et l'attire à moi pour déposer un baiser sur sa tempe, alors qu'il se met à pleurer, et tourne le regard vers mon autre compagnon. La terreur pure que j'y vois me noue le ventre, et je tends mon autre main pour le serrer contre moi également.

Raphaël ne se fait pas prier et prend place à côté de Lloyd, m'agrippant de toutes ses forces. Je ne sais pas quelle image j'ai pu leur donner durant le laps de temps où j'ai été avec le Destin, mais ils n'auraient pas dû avoir assez de temps pour paniquer de la sorte.

Du ressenti que j'en ai, j'ai passé quelques secondes avec le Destin, pas plus de quelques minutes en tout cas. Pas assez pour qu'ils soient sur le point de perdre la tête de cette façon.

— Ça fait deux heures que tu ne cesses de te transformer à tout bout de champ. Passant d'une forme à une autre sans jamais reprendre ta forme initiale. Durant tout ce temps, on a essayé de t'atteindre, mais tu ne semblais plus être avec nous. Et puis Nathan n'a toujours pas repris connaissance. On ne savait pas quoi faire.

J'ouvre de grands yeux ébahis à leurs mots. Deux heures ? Mais c'est impossible ! Et mon corps continuait ses transformations durant tout ce temps ? Mon Dieu ! Pas étonnant qu'ils soient aussi stressés !

Je les serre contre moi, embrassant Lloyd à pleine bouche, avant de faire de même avec Raphaël, leur montrant tout l'amour que je ressens pour eux de cette manière. Les deux hommes me répondent avec fougue et se collent à moi comme s'ils ne voulaient plus me laisser partir.

— Sais-tu ce qu'il t'est arrivé, Loupiot ?

Je souris tendrement à mon Alpha et tente de leur expliquer ce dont je me souviens. Je sais qu'il y a des risques pour qu'ils me prennent pour un fou, mais je m'en moque. Je suis sûr et certain d'avoir discuté avec le Destin. Et d'après ce qu'il m'a dit, je ne suis pas le seul à pouvoir le faire.

L'un de nos camarades de meute est capable de discuter quand il le désire avec le Destin. Ce qui veut dire qu'il faut que je le trouve afin de pouvoir faire mon propre boulot. Grâce à lui, ou elle d'ailleurs, je vais pouvoir facilement retranscrire nos rites et légendes et les partager aux autres meutes du monde entier. Très bientôt, plus personne ne pourra nier l'existence des Omégas, des Renifleurs ou des Changeformes. Tous sauront que nous existons bel et bien.

— Attends ! Tu veux nous dire que tu as discuté avec le Destin ? Notre Dieu à tous ? Putain ! Calvin tu es vraiment incroyable !

Lloyd m'embrasse goulûment et je rigole face à la force de son assaut sur moi. Il est bientôt rejoint par Raphaël et tous les deux finissent par me montrer une fois de plus à quel point ils peuvent m'aimer.

Que c'est bon de se retrouver coincé entre ses deux hommes entièrement dédiés à mon plaisir.

Lloyd me grimpe soudain dessus, et son sourire canaille me crispe les entrailles. Cet homme est vraiment trop sexy pour mon propre bien. Il se penche sur moi et m'embrasse tendrement, sa langue me fouillant comme j'aime tant.

— Donc, si j'ai bien compris, le Destin a dit que nous pouvions avoir des enfants sans problèmes ! Et si on s'y mettait ? Il ne faudrait pas qu'on fasse chuter l'indice de natalité !

Il me dit ça en jouant de ses sourcils et j'explose de rire. Raphaël lève les yeux au ciel, mais le sourire qui se peint sur son visage me dit ce que j'ai besoin de savoir. Il n'est pas contre les paroles de notre compagnon.

— Hé bien ! Je dirais que vu la façon dont le Destin m'a plus ou moins caressé le ventre, je pense qu'il est possible que nous ayons déjà rempli notre rôle.

Lloyd se redresse d'un bond, les yeux grands ouverts, légèrement exorbités, et je ne sais pas trop s'il est content ou pas de cette nouvelle. Pourtant, de la façon dont il a amené la chose, il semblait vouloir cet enfant.

Raphaël pousse notre Alpha pour se précipiter sur mes lèvres en m'embrasser furieusement. Au moins, lui je sais qu'il est heureux. Je l'ai vu dans ses yeux humides avant qu'il ne se penche sur moi. Ses mains caressent mes joues, essuyant les larmes qui coulent les unes après les autres.

Je ne pensais pas que je serais aussi heureux d'avoir un enfant dans le ventre. Dans un accès de colère tout à fait irraisonnable, je me suis dit que j'allais faire exprès de tomber enceint pour clouer bec de Tyler. Il ne pouvait pas parler de mon futur enfant de cette façon. Mon bébé ne pouvait pas être un monstre.

Mais une fois calmé, j'ai compris que ce n'était pas la chose à faire. Mettre au monde un enfant sans savoir à quoi il allait pouvoir ressembler était un peu stupide. Et puis, je ne me sentais pas forcément près à avoir un bébé à moi.

Mais lorsque le Destin a posé sa main sur mon ventre, j'ai su sans l'ombre d'un doute qu'un bébé s'y trouvait déjà. Je ne sais pas depuis quand, peut-être venions-nous seulement de le concevoir, ou peut-être cela datait de la veille ou de l'avant-veille, qu'importe, j'étais sûr et certain que ce bébé était déjà là.

Alors cela m'a paru naturel de le dire à mes Âmes Jumelles. Après tout, ils sont ceux qui vont devoir m'aider à élever cet enfant puisqu'il sera également le leur. Mais la réaction de Lloyd me déstabilise légèrement.

— Je vais être papa ?

Les larmes qui se mettent à dégringoler sur ses joues ne m'indiquent pas vraiment s'il en est heureux ou pas. Jusqu'à ce qu'il prenne mes lèvres d'assaut et qu'il saute du lit brusquement avant de se ruer sur la porte et sortir précipitamment de notre chambre.

Soudain, j'explose de rire alors que je l'entends hurler a tue tête qu'il va être papa dans les rues du village ! Toute la meute est dorénavant au courant. Je me demande s'il va courir jusqu'à chez lui ! Vu son état actuel, il y a de fortes chances !

Raphaël explose de rire à son tour, et je me tourne vers lui, les sourcils froncés pour savoir ce qui peut bien le faire rire de cette façon. Il m'embrasse tendrement avant de me dire d'une voix amusée !

— Il n'a même pas pris le temps de se rhabiller avant de sautiller partout comme un cabri ! Il est en train de hurler à tout le monde qu'il va être papa alors qu'il est à poil ! Sacré image à garder de son Alpha tu ne crois pas ?

Je ricane doucement, ne voulant pas vraiment me moquer de mon compagnon, mais le rire d'Eli est communicatif et j'explose de rire, des larmes de joie dégringolant mes joues.

Tyler avait raison, le Destin sait ce qu'il fait. Grâce à lui, je suis aujourd'hui le plus heureux des hommes !

ÉPILOGUE

J e m'allonge sur la table d'auscultation de Nathan, relevant
mon tee-shirt. Je souris tendrement au léger renflement
qui bombe mon ventre, heureux comme ce n'est pas permis.

— Ne t'inquiète pas Calvin. Je vais juste te faire une
simple échographie. Il faut qu'on prenne les mesures et qu'on
sache combien il y en a !

J'écarquille les yeux de peur, ne m'étant même pas posé
la question. Ce qui est totalement stupide quand on sait que
mon père, qui est lui aussi associé à deux hommes, a mis au
monde des jumeaux. Étant donné que je fais tout comme lui,
j'aurais dû y penser.

Alors que je me torture l'esprit avec ses mots, le compagnon du premier Alpha approche une énorme machine de la
table et l'allume tout en me faisant un grand sourire. Il grimpe
sur un tabouret d'un bond, son sourire toujours présent sur ses
lèvres. Incroyable comme cet homme semble toujours être
heureux. Sa bouche est toujours étirée en un sourire lumineux.

Il a bien récupéré après son coma. Traiter Jasper était de
trop pour lui, pourtant, il l'a fait pour aider un ami. Et je lui

en serais éternellement reconnaissant. Grâce à lui, mon compagnon a pu retrouver son meilleur ami, et ainsi constituer sereinement son conseil intérieur. Jasper est officiellement devenu son Bêta, même s'il est toujours alité pour le moment. Comme nous avait prévenu Basile, le fait que Nathan n'ait pas eu le temps de le soigner totalement a laissé quelques cicatrices. La plus moche étant celle située sur son visage.

Elle part de la tempe gauche, contourne son œil, laissant sa vue sauve, pour venir s'enfoncer dans sa joue et relever sa lèvre supérieure en un éternel sourire ironique. Lorsqu'il l'a vue pour la toute première fois, Jasper en a brisé le miroir. Mais après plusieurs jours, il l'accepte mieux. Même s'il ne veut pas qu'Abraham le voie ainsi. Il a totalement fermé sa porte au petit Oméga. Le pauvre est inconsolable. Même Kit à du mal à l'atteindre en ce moment.

— Alors ! Est-ce que tu veux qu'on prenne les paris ? Combien à ton avis ?

Je rigole doucement et secoue la tête en signe de négation. Il est réellement exubérant, et c'est ce qui fait son charme. C'est pour ça que tout le monde aime Nathan.

— Je ne prends aucun pari là-dessus. De toute façon, s'il y en a plus d'un, je me pends !

Le premier Oméga explose de rire et prend un flacon de gel, et tout en le secouant, repousse le haut de mon pantalon pour asperger mon ventre de ce gel froid et dégueulasse. Je sursaute en poussant un cri aigu qui fait rire Nathan.

Il tend ensuite la main pour attraper une espèce de sonde qu'il pose sur le tas de gel. Il commence à faire des mouvements avec l'embout passant sur la peau tendre de mon ventre, glissant avec facilité, cherchant visiblement quelque chose de bien précis, sans le trouver de toute évidence.

Il fronce les sourcils, la sonde allant et venant toujours sur mon ventre, et je commence à paniquer. Et si je m'étais trompé. Et si le geste du Destin n'était que pour me dire que je pouvais avoir des enfants et non pas pour me dire qu'il était déjà là. Pourtant, la bosse de mon ventre est révélatrice. Mais il faut dire que je me lâche un peu sur la bouffe ces derniers jours.

Jusqu'à ce qu'il se stoppe brutalement, ses yeux se mettant à pétiller de mille feux. Il se tourne vers moi, son sourire s'élargissant alors qu'il appuie sur un bouton sur sa machine étrange. Il repose la sonde, et prend ma main dans la sienne.

— Alors, il y a une bonne et une mauvaise nouvelle. Tu veux laquelle d'abord ?

Je me penche un peu sur le côté pour regarder l'écran où l'image est figée sur une sorte de tache blanche entourée de noir, et d'autres taches plus blanches. Je ne vois pas ce que Nathan a pu voir là-dedans, mais je sens que je ne vais pas aimer la réponse qu'il va me donner.

Je me redresse donc lentement, et plonge dans le regard gris du premier Oméga. Puis je hausse nonchalamment les épaules, ne sachant pas vraiment ce que je veux. Nathan rigole légèrement en voyant mon air désabusé.

— La mauvaise nouvelle, c'est que tu aurais pu gagner pas mal d'argent si tu avais parié. Parce que la bonne, c'est que tu avais raison. Il n'y a bien qu'un seul bébé là-dedans.

Je me laisse retomber en arrière sur la table d'auscultation, heureux, mais malgré tout apeuré. J'ignore totalement comment on s'occupe d'un bébé. Cela fait plusieurs jours que je tente de me faire à cette idée que, bientôt un enfant viendra envahir notre quotidien, mais j'ai un mal fou.

Nous venons à peine de nous installer dans l'immense maison de l'Alpha du clan des Sources, et je sais que nous avons tout l'espace nécessaire pour accueillir ce bébé. Mais je ne sais pas du tout de quoi peu avoir besoin un si petit être.

La porte s'ouvre soudain sur Raphaël qui me sourit tendrement, vite suivit par Lloyd, un peu moins détendu. Depuis le tout premier instant, le Delta est celui qui prend le mieux la nouvelle. Il l'a accueillie avec une sérénité déconcertante. Peut-être parce que son frère est déjà passé par là et qu'il sait plus ou moins où il met les pieds.

En revanche, Lloyd est stressé au possible. Il ne cesse de poser des questions, sur le déroulement de ma grossesse, savoir comment je me sens, et où on va bien pouvoir mettre ce bébé une fois qu'il sera né.

Et bien évidemment, plus il stresse, plus je stresse !

Le Delta dépose un baiser sur mon front et pose son regard sur l'écran de la machine infernale. Je vois une petite larme se former dans son œil alors qu'il examine attentivement l'écran, et je me demande ce qu'il peut bien y voir. Il tend alors la main et se met à dessiner une forme sur l'écran et soudain je le vois.

Sous mes yeux se dessinent brutalement les formes de notre bébé. Je vois ses jambes minuscules qu'il semble agiter dans tous les sens. Est-ce que c'est à cause de ça que j'ai l'impression d'avoir des bulles qui éclatent dans mes intestins ?

Ses petites mains apparaissent soudain, et je ne peux retenir mes larmes alors que je compte ses petits doigts. Incroyables, ils sont déjà tous formés et tous là.

Par contre, je panique un peu en voyant la taille de sa tête par rapport au reste de son corps. Heureusement, Nathan est là pour me rassurer, et m'expliquer que la tête est la partie du corps qui se développe le plus vite, afin que le cerveau soit opérationnel le plus rapidement possible. Il faut qu'il soit là pour diriger le reste des organes.

Lloyd m'embrasse soudain avec tout l'amour qu'il ressent pour moi, et laisse à son tour une unique larme couler sur sa joue. C'est avec un bonheur sans bornes que j'accepte sa main s'enroulant autour de la mienne, glissant ses doigts entre les miens, alors qu'il fait de même avec Raphaël.

— Je vous aime tellement mes amours !

Je me redresse pour aller les embrasser l'un après l'autre, riant et pleurant dans le baiser. Tant de joie et d'amour est peut-être un peu trop pour moi.

Je sursaute brusquement alors que des cris nous proviennent de l'extérieur de la pièce. Je tourne la tête vers la porte laissée ouverte par mes hommes et grimace durement en voyant mon meilleur ami passer en furie devant la porte.

— Tu n'es strictement rien pour moi connard ! Tu n'es qu'une épine dans mon cul depuis l'instant où j'ai mis un pied dans cette meute, et tu vas rester loin de moi pour le reste de nos vies.

Kit semble vraiment furieux, et il est poursuivi par un Delta tout aussi hors de lui. Vincent semble au bord de la crise de nerfs, et l'Oméga n'est pas loin de totalement perdre son sang-froid. À moins que ce ne soit déjà fait.

Nous nous regardons tous avant de suivre les deux hommes qui continuent à se hurler dessus et à se lancer des insultes à la tête. Je rougis même de certaines paroles prononcées par l'un ou l'autre. J'ai encore des choses à apprendre visiblement.

Vincent lève soudain les mains comme pour apaiser la situation, soufflant lourdement, et c'est tout à son honneur. Malgré tout, je peux voir dans le regard de Kit qu'il ne le laisse parler qu'à cause de son souffle court. Tel que je connais mon ami, il est en train de reprendre des forces pour continuer le combat.

— Écoute Kit, je sais que tu as fait ta vie durant mon absence, et je ne te demande pas de tout abandonner pour moi, mais essaye de comprendre. Tu es mon Âme Jumelle, tu es mon autre moitié. J'ai besoin de t'avoir à mes côtés.

Vincent me fait un peu pitié dans cette histoire. Normalement, lorsque deux Âmes Jumelles se retrouvent au même endroit, elles se reconnaissent en se transformant et en fusionnant le corps de leurs hôtes. Pour parler vulgairement, ils s'envoient en l'air jusqu'à ce que leurs Âmes se reconnaissent totalement.

Sauf que là, Vincent et Kit ont passés pas mal d'heures ensembles dans la même pièce sans que quoi que soit se déclenche. Nous avons tous compris ça comme étant une erreur de Basile, mais papa affirme qu'il ne s'est pas trompé à l'époque. Les deux hommes possédaient la même couleur d'aura. Ils sont destinés l'un à l'autre. Même si pour le moment, Kit ne semble plus avoir de couleur du tout. Tout comme Aby. Les deux Omégas ont vraisemblablement réussi à modifier leurs auras d'une manière ou d'une autre en se côtoyant.

Malgré tout, Kit ne ressent aucun attrait pour celui qui devrait être son Âme Jumelle, et reste accroché à Aby. J'ignore si c'est uniquement pour rendre Vincent fou de jalousie, ou s'il ressent réellement des sentiments pour mon beau-frère, mais je lui en suis reconnaissant. Au moins l'Oméga n'est pas tout seul pour traverser cette épreuve.

Le rejet de Jasper à son réveil lui a été fatal. Après les

révélations qu'il a faites à son frère, Abraham s'est totalement écroulé lorsque le Bêta lui a clairement fait comprendre qu'il ne voulait plus le voir.

Un souvenir me revient brutalement, et j'ignore pourquoi il arrive maintenant, quoi qu'il en soit, je me souviens du soir où Vincent est revenu dans la meute. Nous étions dans la chambre que partagent Kit et Aby lorsqu'il s'est d'un seul coup tendu, avant de baisser brusquement la tête. Et alors que nous sortions de la chambre, la voix de Vincent nous était parvenue à l'étage. Et mon meilleur m'avait alors dit qu'il savait déjà qu'il était revenu.

Comment aurait-il pu savoir une telle chose s'il n'était pas un peu connecté au Delta ?

Ma bouche s'ouvre en grand alors que je me tourne vers Kit, les yeux exorbités.

— Tu mens ! Tu ressens quelque chose pour lui, sauf que tu n'as pas encore atteint ta majorité sexuelle, alors tu fais « comme si ».

Les joues de Kit se colorent brusquement avant qu'il ne hausse les épaules comme s'il s'en moquait royalement. Le regard de fureur qu'il braque sur moi ne m'étonne même pas.

— En quoi ça te concerne ! C'est ma vie, tu n'as pas à t'en mêler ! Ce connard ne me touchera pas, point final ! Il n'a qu'à se trouver un autre cul à bourrer ! Il ne passera pas par le mien !

Je sursaute brutalement lorsque Vincent attrape le col du tee-shirt de Kit pour le plaquer au mur et se coller à lui. Je crois que mon ami vient tout juste de le pousser à bout.

— Attention à ce que tu dis, Kit ! Je veux bien me montrer gentil, mais tu es en train de jouer avec le feu. Ça fait des jours que je supporte tes humeurs de merde, tu vas me faire le plaisir de mieux te comporter. Le Destin a fait un don incroyable à mon beau-frère. Il est capable de reconnaître les deux moitiés d'Âmes Jumelles avant qu'elles ne se trouvent. Et tu es en train de cracher dessus.

Et soudain, je vois mon ami lâcher totalement la bride à sa colère. Il se met à donner des coups de pieds et de poings contre le torse du Delta, des larmes de rage dégringolant sur ses joues.

— Le Destin n'est qu'un menteur ! Il ne peut pas m'avoir associé à un homme comme toi ! Il m'a dit que je serais heureux avec la personne qui m'était destinée ! Comment je pourrais être heureux avec toi ?

Vincent tente de calmer son Âme Jumelle, alors que je reste planté face aux paroles de mon ami. Depuis le tout début, je fais fausse route. Je n'avais pas compris lorsque le Destin m'en a parlé, mais tout devient clair.

Je croise le regard de Raphaël qui me sourit avant de hocher la tête alors que Lloyd regarde vers le plafond. Je crois qu'on a tous les trois compris ce qu'il se passe. Et putain, le Destin est tordu lorsqu'il s'y met !

Je comprends mieux lorsqu'il me disait qu'on allait traverser quelques mois difficiles !

BOOKS IN THIS SERIES

Les Âmes Jumelles

Dans L'antre Du Loup

A La Croisée Des Mondes

Printed in Poland
by Amazon Fulfillment
Poland Sp. z o.o., Wrocław